ブレイブ・ストーリー　下

宮部みゆき

角川文庫
22699

ブレイブ・ストーリー　下　目次

第二部

ブレイブ・ストーリー　上　目次

ブレイブ・ストーリー　中　目次

幻界全景《ヴィジョン》
針の霧
ソノ
ランカ
ティアズヘヴン
サーカワの郷
凍れる都
デラ・ルベシ特別自治州
ソン村
嘆きの沼
アンドア台地
アリキタ
ザクルハイム
おためしのどうくつ
ガサラ
ゴザ
南大陸連合国家

水晶大宮殿
北の統一帝国
皇都
ソルブリア
ドラゴンの島
ササヤ
リリス
ボグ
グランデラ川
ルルド
マキーバ
ナハト
不帰の砂漠
N
E
W

地図　ナベタケイコ

第二部（承前）

36
システィーナ聖堂の檻

折しも、システィーナ・トレバドス聖堂では、午後の礼拝の時間だった。中央の通路を挟んで左右に何列も延びた長腰かけに、信者たちが並んで腰かけている。祭壇に立つダイモン司教は、白い法衣《ほうえ》の上から、錦糸《きんし》の刺繍《ししゅう》をほどこされた重たげな袈裟《けさ》をかけ、革装の古びた書物——たぶん祈禱書《きとうしょ》だろう——を目の高さに掲げて、朗々と読み上げていた。

ワタルは印を結んで聖堂のなかに忍び込むと、礼拝堂のいちばん後ろにある、大燭《だいしょく》台《だい》の列の後ろに身を潜めた。燭台に立てられた無数の蠟燭《ろうそく》の炎が、青い煙を立ちのぼらせながら、ゆらゆらと揺れている。印を解いて深呼吸をすると、蠟の匂いがした。

信者たちは百名ほどもいるだろうか。全員アンカ族だとばかり思っていたのに、数人の獣人族が混じっていることに、ワタルは驚いた。敬虔《けいけん》に頭《こうべ》を垂れ、司教の説教を聞いている。ワタルの耳に入った部分では、ダイモン司教の口から出てくるのは、創世の神への感謝と、こたびのリリスの争乱で傷ついたヒトたちの回復を願う意味の穏当な言葉ばかりだったから、そういう意味では不思議はないけれど、この聖堂が隠している裏の顔のことを思えば、不可解きわまりない。それとも、ここの信者である他種族は、まだ何も知らないというのだろうか？

祈禱書の朗読が終わった。ダイモン司教は、響きのいい声で説教に移った。やはり、リリスの争乱は不幸なことであり、我々は今こそ手を取り合い、励まし合ってこの難局を乗り切らねばならないというような、ワタルにはきれい事としか思えない言葉が続く。それでも信者たちは神妙に聞き入り、ダイモン司教が再び創世の神に感謝を捧《ささ》げて説教をしめくくると、一同は立ちあがって歌を歌い始めた。

礼拝が終わると、信者たち一同はぞろぞろと礼拝堂を出てゆき、一人一人を見送ったダイモン司教が大扉を閉め、そこに閂《かんぬき》をかけた。司教の法衣の裾《すそ》が、磨き込まれた床を滑って、さっさというかすかな音をたてる。司教は、祭壇周りの蠟燭の燃え具合を確かめると、奥の扉を開けて姿を消した。後ろの大燭台の方までは来なかったので、ワタルはほっとした。

そっと燭台の隙間から這《は》い出ると、立ちあがって裾をはたき、あたりを見回す。

さて、どうしたものだろう？

大扉は外との出入口の役割しか果たしていない。祭壇の後ろの、ダイモン司教が出ていった扉が、聖堂内の他の部分に通じていることは明らかだ。やっぱり、あそこから侵入するしかないか。でも、あの扉を通るとすると、司教をはじめとする誰かと鉢合わせする危険が極めて高いし、奥の様子がまったく見当つかない以上、かなり長いあいだ、結界を張り続けていなければならない。身体が保《も》つだろうか。

これだけの建物だ。きっと、他にも通用口みたいなものがあるはずだ。いったん外に出て、周囲をぐるりと探ってみようか。

ふと、誰かの視線を感じて、ワタルはまばたきをした。

誰もいない。礼拝堂は空っぽだ。誰が見ているはずもない。気のせいだろう。緊張しているからだ。

足音を忍ばせて腰かけの後ろを横切り、大扉を目指す。閂に手をかけて——

やっぱり、誰かに見られているような気がする。視線がワタルを追いかけてくる。

腰の勇者の剣に片手を置き、ワタルはゆっくりとあたりを見回した。この視線はどこから来るものだ？

壁を彩るステンドグラス？　そこには様々なシスティーナの姿が描かれている。飾り職人たちの前に光臨する姿。宝玉のついた杓《しゃく》で魔物を打ち据える姿。美しく緻《ち》密《みつ》に描かれているけれど、しょせんは作り物だ。その目に生命が宿っているはずはなく、ワタルを見ているわけはない。

もう一度閂をつかむと、どこかでかさこそ——と音がした。はっとして、ワタルは振り返った。

何の音だ？

自分の神経が張りつめて、ピリピリと放電する音さえも聞こえそうだ。でもそれは、今さっき聞こえたかすかな音とは違う。今のは——何かが動いたような——

新鮮な切り花の香りが鼻をくすぐる。祭壇脇のシスティーナの石像の台座には、今日も花が溢《あふ》れているのだ。システィーナ像がその足元に、他種族たちを踏み潰《つぶ》しているその姿を、信者たちの——いや、まだこの聖堂の真実を知らないヒトびとの目から覆い隠すための、まやかしの献花。

ワタルはほっと息をついた。大扉のところからでも、石像の台座から、二、三輪の真っ白な花が床に落ちているのが見えたのだ。さっきのは、花が落ちたときの音だったのだ。あまりにもたくさん盛ってあるので、崩れてしまったのだろう。

ぐずぐずしてはいられない。慎重に、音をたてないようにして閂を抜き、大扉を押そうとしたとき、石像の台座から、さらに五、六本の花が続けざまに落ちた。花の隙間から、石像の足の踵《かかと》のあたりがちらりと見える。

一瞬、ワタルはひやりとした。システィーナ像が足を動かしたので、花が乱れて下に落ちたみたいな気がしたからだ。

ンな、馬鹿な。

それでも、息を停めてじっと見守る。

と、ダイモン司教が出ていったあの扉から、がちゃがちゃと音が聞こえてきた。扉が開きかける。ワタルは横っ飛びに飛んで手近の長腰かけの背に隠れた。

扉が開き、誰か出てきた。法衣が床を滑る音。ダイモン司教か？　まずい。通路をこっちに向かってくるようだと、すぐに見つかってしまう！

ワタルは大急ぎで印を結び、結界をつくって姿を消した。

法衣の裾が床を滑る音が、どんどん近づいてきた。そっと長腰かけの背もたれから顔をのぞかせてみると、やはりダイモン司教だった。豪華な袈裟を脱ぎ、白い法衣だけの姿に戻っている。手にはあの杓——システィーナ像が持っているのとそっくりな、頭のところに宝玉のついた杓をつかんでいる。

先《せん》にここで初めて会ったときよりも、艶《つや》やかな顔色だった。ワタルの目には、何だか司教が活《い》き活きとして、若返ったようにさえ見えた。つるつる頭にも脂がのって光っている。ふと、カルラ族の翼に乗って、空からこの聖堂を見おろしたときの光景を思い出した。聖堂はリリスに君臨し、その影が町を覆っていた——聖堂が力を持ち、勢いを増すにつれて、ダイモン司教にも不思議なパワーが満ちている？

司教は、ワタルが潜んでいる長腰かけの脇を通り過ぎた。さらに二列先まで行ったところで、出し抜けに足を止めた。

祈禱や説教のときと同じ、穏やかだが威厳という芯《しん》のある声が、こう言った。

「魔法の気配がする」

一瞬、結界のなかに隠れていることを忘れて、ワタルは身を縮めた。心臓がどきんどきんと暴れ出す。

ダイモン司教はゆっくりと首を巡らせた。その口元に、あからさまなニヤニヤ笑いを浮かべている。

大丈夫だ。結界がある。見つからない。ワタルは自分で自分に言い聞かせた。息苦しくなってきたので、逆に意識して呼吸を緩めた。身体の消耗を、少しでも抑えなくては。

「いたずら者め」と、ダイモン司教は言った。首だけでなく、身体ごとぐるりと廻《まわ》りながら。

「どこに潜んでおるのかな？」

ワタルに背を向けて、楽しそうにそう呟《つぶや》く。ワタルはそろそろと床を這い、ダイモン司教から離れようとした。

そのとき、ダイモン司教が振り向きざま、轟《とどろ》くような声で呼ばわった。「そこだ！」

司教の手の中の杓は、あやまたず真っ直ぐにワタルを指していた。杓のてっぺんについた宝玉が輝き、そこから稲妻が迸《ほとばし》った。避《よ》ける余裕もなく、ワタルは中腰になったまま稲妻を受け止めた。とっさに両手を前に出して身をかばう。掌《てのひら》に、ついで腕に、電撃を受けたような痺《しび》れが奔《はし》った。ワタルは呆気《あっけ》なく吹っ飛ばされ、長腰かけの背もたれよりも高く飛びあがって、背中から床に落ちた。

あまりの驚きに、痛みさえ感じない。床をひっかくようにもがいて起きあがると、結界は消えていた。あの稲妻のような光に、かき消されてしまったのだ。

ダイモン司教はワタルを睨《にら》みつけながら、顔いっぱいに笑っていた。ふたつの目が、命やエネルギーのない、暗闇の蛍光塗料のような輝きを放っている。

「ど、どうして……」

ダイモン司教はするりと一歩前に出て、ワタルに近づいた。

「そのような未熟な魔法で、この私の目を騙《だま》すことができるなど、本気で思っていたのかね？　おまえがここに潜んでいることなど、とっくに気がついておったわ」

知っていて知らぬふりを決め込み、ワタルを泳がせていたというのか。

ワタルは膝《ひざ》をついて起きあがり、勇者の剣に手をかけた。ダイモン司教の笑みが大きくなった。

「おまえは何者だ？」と、いたぶるような猫なで声で問いかける。さらに一歩詰め寄る。ワタルは半歩下がる。

「たとえ術は未熟でも、おまえのような子供が結界魔法を唱えるなど希有《けう》なこと。先にここを訪れたときは、ハイランダーだと言っていたが」

「僕はハイランダーだ」ワタルはきっと顎《あご》をあげた。「不正を暴き、悪と闘って幻界《ヴイジョン》を守るのが、僕の使命だ！」

吠《ほ》えるような声をたてて短く笑うと、ダイモン司教は言った。「聞いたふうな口をきく。威勢のいいことだ」

値踏みするような視線で撫《な》で回されるのを、ワタルははっきりと感じた。おぞましくて身震いが出た。

「その剣は――」ダイモン司教は杓《しゃく》でワタルの勇者の剣を指し、目を細めた。「そしてその目の輝き。あの魔法」

再び、険悪な笑顔が広がった。司教の目が晴れた。「そうか。おまえは〝旅人〟だな？」

ワタルは答えなかった。いつでも斬りかかることができるよう、全身で身構え、集中していた。

「そうだ、おまえは〝旅人〟なのだな」

司教は、さっき祈《き》禱書《とうしょ》を朗読していたときに似た、謳《うた》うような口調で言った。楽しげで、ほとんど浮かれてでもいるみたいな表情だ。

「忌まわしき〝ザザ・アク〟よ。神を騙《かた》る者よ。偽りの女神の掻《か》きたてし汚濁の泡より生じた卑屈なる僕《しもべ》よ。何故この聖域に足を踏み入れた？　おまえのような卑しき存在にも、この聖堂の放つ光輝が感じられるというのか？」

　ワタルは息をはずませて言い返した。「レンガ職人通りのヒトたちはどこだ？」

　ダイモン司教は、白髪交じりの優美に長い眉《まゆ》を持ちあげた。「何だと？」

「トニ・ファンロンはどこにいる？　みんな、この聖堂の地下牢《ちかろう》に押し込められているはずだ！」

「そういうことか」ダイモン司教はにやにや笑った。「これは恐れ入る。おまえはあの連中を助けるためにやってきたというのか？」

　ワタルは声を張りあげた。「みんなはどこだ！」

「〝ザザ・アク〟よ。探せるものなら探してみるがよい。見出《みいだ》せるものならば、その目で見出してみるがよい」

　ダイモン司教はゆっくりと杓を両手に持ち替え、てっぺんについた宝玉を目の高さに掲げた。

「しかし、おまえには探せぬ。不浄の者たちを助け出すこともできぬ。できるものか。なぜならば——おまえはここで死ぬのだ！」

　ダイモン司教は宝玉を額に押しあて、朗々と呪文《じゅもん》を唱え始めた。

「太古に封じられし我らが神の咆哮《ほうこう》よ、永劫《えいごう》の時の鎖につなぎ止められし御霊《みたま》の力よ。今こそ出で給え、我ら神を讃《たた》える者どもの衷心にて希《こいねが》いたり。天雷招来！」

　聖堂のすべてのステンドグラスが、あたかもそのなかに雷が落ちたかのように、一斉にまばゆい光を発した。目もくらむほどの眩《まぶ》しさに、ワタルは思わず片手をあげて目を覆った。足元からどすんという衝撃が来てよろめき、必死で長腰かけの背につかまった。

「我らが神よ、その名を騙る偽りの者に天誅《てんちゅう》をくだし給え！」

　ダイモン司教は両手を広げ、天井にまで轟くほどの野太い声を張りあげた。それに応《こた》えて、再びステンドグラスが輝いた。

　その光のなかで、ワタルは見た。ステンドグラスのなかに描き出されたシスティーナたちが、みんなワタルの方を向いている。右手に杓を構え、左手の手鏡をワタルの方に差し出して、ワタルの顔をそこに映し、

　——おお、我らが敵がここに。

　——我らが敵はこの手中に。

　すべてのシスティーナたちの目が爛々《らんらん》と輝いているのを。

　ばさり！　また花が落ちた。反射的に、ワタルは鞭《むち》のような敏捷《びんしょう》さで石像の方へ視

線を飛ばし、振り返った。そして、そのまま凍りついてしまった。

信じられない。

こんなことがあるわけない。

システィーナの石像が、足元を埋める花々を爪先ではらい落としながら、今、ゆっくりと台座を降りてくる。

右足が台座を離れ、床に着く。左足が持ちあがる。手鏡を掲げた左手が身体の脇に下がり、みしりと音がする。杓を握った右手が、翼のように大きく横へと差しのべられる。

そんな馬鹿な。石像が動くはずはない。これは幻覚だ。僕は幻覚を見ているんだ。

ダイモン司教が聖堂の天井を仰いで哄笑《こうしょう》した。「見るがいい！　神を騙る汚濁の者に聖域を侵されて、システィーナ様がお怒りじゃ！」

石像のシスティーナには、目はあっても瞳《ひとみ》はない。しかしワタルは、のっぺりとした灰色の石であるはずのその瞳から、怒りと憎悪の視線が迸り、ワタルを釘付《くぎづ》けにするのを感じていた。

システィーナ像は床に降りると、手鏡を頭上に掲げ、テニスのバックハンドのショットさながらに、杓を下から上へと振りあげた。杓の先端から衝撃波が飛び出した。毒気と棘《とげ》を孕《はら》んだ鋭い風が、聖堂を突っ切って飛んでくる。ワタルの前の長腰かけの背もたれが、手品のようにスッパリと切断され、次の瞬間には砕けて飛び散った。破片がワタルの上にばらばらと降りかかった。

声も出せず、ワタルは逃げ出した。

「おお、逃げるわ逃げるわ、不浄の者よ！　神罰が怖いか。恐ろしいか。この聖堂に、おまえの逃げ隠れる場所などあるものか！」

ダイモン司教の声と同時に、第二の衝撃波が飛んできた。ワタルは頭から床に飛び込んでそれをかわした。シャツの裾《すそ》が切り裂かれ、二、三列分の長腰かけが煽《あお》りをくらってひっくり返る。

ずしん、ずしん。システィーナが一歩進むごとに、聖堂の床が揺れる。ワタルとの距離は、もう長腰かけの三列分もない。ダイモン司教はワタルから遠ざかりつつ、杓を掲げて祈りを再開した。

衝撃波が来る。きわどく飛んで避ける。左の耳たぶが切れ、血が飛び散った。滑って転んだらおしまいだ。システィーナ像の石の目は、ぴったりとワタルを捉《とら》えている。杓が振りあげられる。ワタルは勇者の剣を抜き、嘆きの沼で覚えたあの魔法剣を使って、飛んでくる衝撃波に向かって光弾を放った。

長腰かけの破片を吹き飛ばしながら直進してきた衝撃波と、勇者の剣の先端から飛び出した光弾は、ワタルからほんの一メートル足らず離れたところでまともにぶつかった。光弾は衝撃波を受け止め、白く輝く半円のバリアに広がってそれを弾《はじ》き返した。

衝撃波はシスティーナ像へと撥《は》ね返り、手鏡を高く掲げた左腕がよろりとした。石像はたたらを踏み、持ちこたえて体勢を戻すと、またワタルの方へと進んでくる。

システィーナの石像は、自力で動いてるわけじゃない。ダイモン司教の呪文が動かしているのだ。ワタルは自分の両目がゆらゆらと泳ぎ、信じがたいこの決闘の光景に酔っぱらってしまいそうになるのを必死でこらえながら考えた。ダイモン司教を倒さなきゃ。呪文をやめさせるんだ！

衝撃波。また弾き返す。光弾のバリアで受け止めきれなかった力が背後の大燭台《だいしょくだい》を直撃し、蠟燭《ろうそく》が一斉に吹き消された。いや違う。蠟燭の頭が切り飛ばされてしまったのだ。切断された無数の火のついた芯《しん》の部分が、なおも燃えながらぱっと弾け飛んで床に落ちた。

――この衝撃波を！

システィーナの杓の先端が、ワタルに狙いを定める。

――ダイモン司教に向かって打ち返すんだ！

思い出せ。草野球だ。カッちゃんとさんざん遊んだじゃないか。非力なワタルは、でもミートのセンスは最高だと、見物していた小村《こむら》の小父《おじ》さんが褒めてくれたじゃないか。ワタルちゃんは、どんな球でもバットにあてる。いい勘してるぜ。イチロー顔負けだ！

タイミング勝負だ。呼吸を合わせろ。システィーナ像が振りかぶる。さあ、来るぞ。

それ自体に凶悪な意志を孕《はら》んで、衝撃波がワタルめがけて押し寄せる。それが空を切ってくるのが見える。ワタルの首を切り落とそうと、唸《うな》りながら飛んでくるのが見える。

ワタルは勇者の剣をふるって魔法弾を撃った。腰が引けて、それは一瞬遅かった。

光のバリアはワタルの鼻先で広がり、衝撃波の勢いに負けて、ワタルを後ろへよろめかせた。いくつもの大燭台が、支えの柱をすっぱりと切断され、呆気《あっけ》にとられたように静まりかえったあと、ひと呼吸遅れて、重々しい音と共に落下した。

「どうした？　避けるだけで精一杯か。もう後がないぞ、小僧！」

ダイモン司教の高笑いが、聖堂の壁に反響する。

間近に迫ったシスティーナ像の石の顔が、にやりと笑った。止《とど》めを刺そうと狙っている。

杓《しゃく》が宙に弧を描く。至近距離で放たれた衝撃波が、キーンという不協和音をたててワタルに迫ってきた。

――イチロー顔負けだ！

ワタルは本当に草野球のバッティング・フォームそのままに、勇者の剣を振り抜いた。放たれた光弾は、ワタルの正面からわずかにずれて、きわどいところで衝撃波を弾き返した。バリアで防げなかった衝撃波が、ワタルの左肘《ひだりひじ》をかすめた。剃刀《かみそり》で指を切ったときのような、ひやりとした感触が奔《はし》った。シャツの袖《そで》が裂け、左の頬にパッと血が飛んだ。

「うわ！」

システィーナ像のずっと後ろで、ダイモン司教が背後の長腰かけを道連れに、仰向《あおむ》けにひっくり返った。白い法衣《ほうえ》が帆のように広がり、裾の一部がすぱりと切れて、ひらひらと宙に舞いあがる。

「お、おのれ！」

ダイモン司教がひるむと、一瞬システィーナ像の動きが止まった。ワタルはその瞬間を逃さなかった。杓を持ったシスティーナの右腕の下をかいくぐると、まっしぐらにダイモン司教へと突進した。

「小僧め！」

もがきながら立ちあがろうとしたダイモン司教の動きを、だぶだぶの法衣が遮った。

ワタルはほとんど三段跳びでダイモン司教に飛びかかり、法衣のたっぷりとした袖を、むんずと踏みつけた。床に腕をついていた司教は、悲鳴をあげて床に叩《たた》きつけられた。

ワタルはダイモン司教の法衣の襟をつかむと、ぐいっと引き起こした。司教の身体を盾にして、システィーナ像に向き直る。

「そら、やってみろ。呪文を唱えてみろよ。システィーナ像が攻撃してきたら、僕と一緒にあんたの首も落っこちるぞ！」

「小癪《こしやく》な……この卑怯《ひきよう》者めが！」

「そんなのおあいこだ！」

システィーナ像は、手鏡と杓を持った両腕を掲げたまま、ゆらゆらと揺れている。

「離せ、その汚い手を離せ！」

「離すもんか！」

叫びつつ、つるつる頭を振りたてて逃げようと暴れるダイモン司教を、ワタルはぐいぐいひっぱった。法衣の襟がびりっと裂けた。司教はしゃにむに足を蹴《け》り、杓でめちゃくちゃにワタルを殴りつけた。

「穢《けが》れた手でわしに触るな！」

あ、そう。ワタルはぱっと手を離した。ワタルから逃れようと力一杯暴れていた司教は、引き留める手を失って、自分から床に頭をぶつけた。ごつんという音がした。

うおうと呻《うめ》いて、司教は床にうずくまった。ワタルはさっと手をのばし、司教の緩んだ指から杓をもぎ取った。

「こんなもの、こうしてやる！」

杓の柄を握りしめると、精限り魂限りの力を込めて、宝玉を床に叩きつけた。

宝玉は呆気なく砕けた。破片が飛び散るとき、血のような匂いがプンと鼻をついた。

ふらついていたシスティーナ像の動きが止まった。万歳をするように両手をあげている。と、右手の指が緩んで、杓がするりと床に落ちた。からんと音をたてて落下すると、それはワタルの目の前で、みるみる砂に変わっていった。

「おお、システィーナ様！」

ダイモン司教は額を切って、顔一面にだらだらと血を流していた。血が染みるのか、片目を閉じている。司教なんかじゃない、痩《や》せさらばえてなお凶悪な、海賊船の老船長だ。

「おのれ、小僧め、システィーナ様はお許しにならぬぞ！」

ダイモン司教の憎悪の声に応《こた》えて、ステンドグラスがまた稲妻のように輝いた。それに同調するように、システィーナ像の左手に残った手鏡も光り始めた。はっとするまもなく、その丸い鏡面から光が放たれた。ワタルはとっさに右に逃げた。床に転がって起きあがると、さっきまでワタルがいたところの床に、大きな焼け焦げができていた。

今度は手鏡光線攻撃ときたか。腹立たしいのと可笑《おか》しいので、ワタルはパニックに陥っていた。恐怖と興奮で、心のタガが外れそうだ。今にもヒステリックに笑いだしそうだ。

そのとき、左手首にはめたファイアドラゴンの腕輪が赤く光った。燃えるような感触が、ワタルを正気に戻らせた。ハイランダーの忠誠の誓い。我らはファイアドラゴンの遺志を継ぐ者、護法の防人《さきもり》、真実の狩人《かりうど》なり。

ワタルは立ちあがった。赤々と輝くファイアドラゴンの腕輪を、一瞬胸に押しあてると、勇者の剣を構えて飛び出した。

システィーナ像の手鏡から矢継ぎ早に光線が飛び出しては、ワタルを追って、床に、壁に、真っ黒な熱い焼け焦げをつくる。砕け散った長腰かけの残骸《ざんがい》が燻《くすぶ》り、燃えあがる。

狙いはシスティーナ像じゃない。あの手鏡に力を与えている、ステンドグラスを壊すんだ。ワタルは走り、右に避け、左に飛び、前に転び後ろに避けながら、聖堂中を駆け回って、ステンドグラスに向けて魔法弾を放った。

ステンドグラスが一枚砕けた。

――女神の膝下《しっか》にひざまずき、
次の一枚がキラキラとガラスの雨になった。

――悪しきを憎み、弱きものを救け、
さらに一枚、もう一枚。魔法弾が命中し、ステンドグラスが木っ端微《み》塵《じん》になるたびに、破壊音に紛れて、甲高い雄叫《おたけ》びのような女の悲鳴が響きわたる。

――この身が朽ち果て塵《ちり》に還《かえ》るそのときまで、最後の一枚、祭壇脇のステンドグラス。そのなかで正面を向いたシスティーナが、憎々しげに目を光らせ、ワタルに飛びかかろうとしながら、無数のガラスの破片と化した。

――正しき理《ことわり》の星を仰ぎ進まんことを！

息を切らし、目を血走らせて、ワタルはシスティーナの石像を振り返った。それは瓦礫《がれき》の山と化した長腰かけの列の向こう、ワタルの正面に仁王立ちしていた。

「これでも食らえ！」

ワタルは魔法弾を撃った。ワタルの意志を秘めて空を飛んだ光弾は、あやまたずシスティーナ像に、その胸のど真ん中に命中した。

光弾が光の欠片《かけら》となって宙に消えても、システィーナ像はすっくと立っていた。ワタルはがくりと片膝《かたひざ》をつき、それでもシスティーナ像から目を離さなかった。

システィーナ像の左手が緩み、指が開いて、手鏡が床に落ちた。杓と同じように、手鏡もまた床の上で砂に変わっていった。

「おお、システィーナ様……」

血だらけの顔をこわばらせ、ダイモン司教が四つん這《ば》いでシスティーナ像の足元ににじり寄った。両手で像にすがりつき、かき抱く。

「何ということだ！　小僧め、おまえは自分が何をしたかわかっているのか？」

ワタルが何か言う前に、システィーナ像がぐらりと傾いた。それはただの石像に戻っていた。壊れかけ、台座を失い、不安定なただの重たい石の塊に。

ダイモン司教が、今何が起こっているのか悟り、逃げ出す前に、システィーナ像はゆっくりと傾き、悲鳴をあげる司教を下敷きにして、ずずんと俯《うつぶ》せに倒れた。

ダイモン司教の悲鳴がぷつりと途切れた。聖堂のなかで動いているものといったら、舞いあがる塵と埃《ほこり》、長腰かけの残骸を、臆病《おくびょう》な残飯あさりのハイエナのようにちろちろと舐《な》めている小さな炎の群。ただそれだけ。それらの光景を、ステンドグラスという隔てを失って、生に差し込む陽光が、場違いな明るさでうららと照らしている。

——か、勝った。やっつけた。

ワタルはその場に腰からくずおれた。長いこと潜水をし過ぎたときみたいに、吸っても吸っても肺が空気を求めていた。

祭壇脇の扉が出し抜けに開くと、法衣を着た男性が数人顔をのぞかせた。彼らは一様に呆然《ぼうぜん》として立ちすくみ、ワタルがそちらに顔を向けると、わっと叫んで扉の向こう側へ駆け戻っていった。扉がばたんと煽《あお》られた。

ぐずぐずしてはいられない。これだけの騒ぎを引き起こしてしまったのだ。あの男たちは司教の部下だろう。彼らがシュテンゲル騎士団やパム所長に報《しら》せれば、みんなが駆けつけてくる。そうなったら多勢に無勢、とてもワタルでは太刀打ちできない。

逃げなきゃ――。やっとこさ立ちあがり、大扉の方へ向かいかけると、その大扉の向こうを駆け抜けながら、誰かが大声で叫んでいるのが聞こえてきた。

「おーい、おーい、大変だ！　聖堂が大変なことになっている！　ブランチに報せてくれ！　救けを呼んでくれ！」

まずい。まともに大扉を出ていっては、とうてい逃げ切れないだろう。結界を張らなくちゃ。ワタルは剣を持ちあげた。でも、疲れすぎていた。印を結ぶために剣を動かそうとしただけで、めまいがして倒れそうになった。

このままじゃ、捕まってしまう――

「いったい、こりゃ何事だ？」

仰天して裏返った声に、ワタルは目をあげた。システィーナ像のあった場所、花に覆われた台座のところに、男が一人顔を出していて、目をまん丸に見開いている。ワタルは一瞬で理解した。

そう、台座だ。システィーナ像が密《ひそ》かにヒト目を憚《はばか》りながら、他種族たちを足元に踏みしめていた、あの台座こそが地下牢《ろう》への出入口なのだ。なるほど、パム所長とダイモン司教の思いつきそうな趣向じゃないか。

男が顔を引っ込める前に、ワタルは残った力をかき集めて魔法弾を撃った。男はきゃっと叫び、ついでどたどたと音をたてて姿を消した。どうやら下に転がり落ちたらしい。

ワタルは足を引きずり、弱った身体にむち打って、台座のところまで走った。思ったとおり、台座がそっくり横にずれ、下に通じる頑丈な梯子《はしご》が見えている。顔を突っ込んでのぞくと、さっきの男が梯子の下で失神していた。

震える手で梯子をつかみ、ワタルは下に降りた。降りたところは石壁に囲まれた狭い通路で、ところどころに火屋《ほや》で覆ったランプが灯《とも》されている。すぐ右手に小さな部屋があり、机と椅子、書類の束。詰め所なのか。

間違いない。地下牢だ。正面には檻《おり》があり、さらに通路は遠く延びて、その両脇に、びっしりと牢屋が並んでいる。なかに閉じ込められたヒトびとが、格子をつかみ、隙間に顔をおしあてて騒いでいる。

失神している男は、ここの牢番のようだった。腰に鍵束《かぎたば》をつけている。ワタルはそれを失敬すると、進路を遮っている檻にぴったりとくっついて呼びかけた。

「皆さん、無事ですか？　レンガ職人通りの皆さん、みんなここにいるんですか？」

おおっというどよめきが起こり、いっぺんには聞き取れないほどの数の質問が飛んできた。「おまえは誰だ？」「助けに来てくれたのか？」「上で何があったんだ？　床がどすんどすんと揺れたぞ！」

「僕はハイランダーです！　皆さんを助けに来ました！」

　大声でそれだけ答えておいて、ワタルは梯子の下までとって返し、台座の裏側にくっついた取っ手を操作して、元どおりに蓋《ふた》をした。詰め所の壁に、輪にしたロープがかけてあったので、それで失神している男を縛りあげると、机の下に押し込んだ。

　鍵束にはたくさんの鍵がぶらさがっていて、正面の檻を開ける鍵を見つけるまで手間取ってしまった。地下牢のなかのヒトびとは、喜び、焦《じ》れ、大騒ぎが止まらない。

　やっと檻を開けると、ワタルは地下牢の通路にまろび出た。ヒトびとの声があまりにも騒々しく、両手を輪にして口元にあてて叫んでも、誰も聞いてくれやしない。ワタルは勇者の剣を鞘《さや》ごと手に取ると、それで檻の格子をがつんがつんと叩《たた》いた。

「静かに！　静かにして！」

　ヒトびとがやっと鎮まると、ワタルは声を励まして呼ばわった。「ファンロンさんはいますか？」

　奥の方で、うわずったような声で、ファンロンはここだと返事があった。ワタルはそこまで駆けていった。

　トニ・ファンロンもまた窶《やつ》れていた。ずっとここに閉じこめられていたせいだろう、幽鬼のように青ざめて、頬骨が飛び出している。うなじのところで束ねた長い黒髪も、先に会った時より薄くなり、痩《や》せているようだ。でも目はしっかりと開いていて、ワタルの顔を見ると、そこにぱっと光が灯った。

「君は、ガサラのハイランダーじゃないか」

ファンロンは両手で牢の格子をつかんだ。

「君一人でここまで来たのか？　仲間は？」

「残念ながら、僕一人なんです」ワタルも牢の格子につかまり、やっと立っていた。

「そっと忍び込むつもりだったんだけど、大立ち回りになっちゃって。だから、上には戻れません。今ごろはきっと、パム所長の部下たちと、シュテンゲル騎士団がこの聖堂を囲んでいるはずです」

檻のなかの獣人たちや水人たちが、口々に騒ぎ出した。怒ったり呪ったり叫んだり。

そのなかで、ファンロンだけが笑った。

「それじゃ、助けに来たとは言えないな。君も雪隠詰《せっちんづ》めじゃないか」

「そうなんです。申し訳ないけど」

「どうするつもりだ？」

「あの梯子の他に、出口はありませんか」

「そんなもの、ありっこないさ」

ファンロンは大声で笑いながら言って、同じ牢に押し込められている仲間たちを振り返った。いかつい獣人や水人たちが、一斉に吠《ほ》えるように笑った。

「ありっこないから、僕らはここにトンネルを掘っていたんだ。無論、見つからないようにこっそりとだけどな」

トンネルはこの牢にあるのだろう。ファンロンたちは喝采《かっさい》しながら、粗末な床板を剝《は》がしにかかった。そこにぽっかりと穴が空いている。

「町の外まで掘り抜いたんだぞ！」ファンロンに並んで、尖《とが》った牙《きば》を誇るように剝《む》き出しながら、獣人が叫んだ。「俺たちだけなら、いつだって脱走できた。でも他の牢の連中が心配でな。いいときに来てくれた、お手柄だぜ、ちびっこいハイランダーさんよ！　さあ、その鍵で、みんなの牢を開けてやってくれ」

ワタルは気が抜けて、その場にへたりこみそうになった。ファンロンが格子の隙間から手をのばし、危ういところでワタルの腕をつかまえた。

「しっかりしろ。怪我してるみたいだけど、気絶するなら後にしてくれ。もっと安全な場所まで逃げ出した後に」

「うん、わかった」

鍵束を握った手を、またファンロンが引き戻した。彼の黒い瞳《ひとみ》が大きくなっている。

「それは——僕の道具箱じゃないか！」

ワタルが腰につけてきた道具箱だ。

「エルザに会ったのか？」

「はい。彼女は無事です。あなたの身を心配して悲しんでるけど、無事です」

「良かった……」

「これ、彼女から預かってきたんです。ファンロンさん、僕はあなたに龍《りゅう》の笛を作ってもらいたいんです。そのために、あなたを探してリリスに来たんです」

ファンロンの痩せた顔に、精悍《せいかん》な気が漲《みなぎ》った。

「よし、わかった。何だかわからないが、何だって作ってやるよ。とにかく、早くここから出ようじゃないか」

37　ジョゾの翼

長いトンネルは、リリス郊外の山中に通じていた。脱出したヒトびとは、そこで散り散りに分かれることになった。

「他の町のブランチを訪ねてください。リリスの実状がわかれば、みんな放ってはおかないはずです」

女性や子供たちも混じっているし、ワタルはとても心配だったのだけれど、レンガ職人通りのヒトたちは意気軒昂《けんこう》だった。

「俺たちは、このあたりの地理には詳しい。捕まえられることなんかないよ。きっと逃げ切ってみせる」

ワタルはトニ・ファンロンと共に、森を抜け丘を越えて〝大樹の道標《しるべ》〟へ向かった。キ・キーマのダルババ車は、強行軍の道中の泥と埃《ほこり》を車輪にくっつけて、確かにそこで待っていてくれた。ミーナは大樹の枝に登っていて、ワタルとファンロンの姿をいち早く発見してくれたが、傷だらけのワタルを見て動転して、危うく枝から落っこちるところだった。

「サルも木から落ちるってところだね」と、ワタルは笑ってみせた。「僕、凄《すご》い恰好《かっこう》になってるけど、でもたいした怪我じゃないよ」

「嘘ばっかり。ひどい傷よ。いったい何があったの？」

話は後だ。一同はダルババ車に乗り込んだ。

「とにかく、リリスのブランチの管轄外に抜け出さないと、腰を落ち着けて龍の笛を作ることもできないよな。ちょっと揺れるけど、我慢してくれよ。山をふたつ越せば、タクロという小さい村がある。えらく寂れたところなんで、リリスの連中には知られてない。ブランチの手も届かないだろう。あそこまで行けば、大丈夫だ」

キ・キーマは気合いを入れてダルババに鞭《むち》をくれ、土埃を蹴《け》立《た》てて走り出した。

タクロという山中の村は、もうずうっとずうっと昔、誰もはっきりとは覚えていないほど遠い時代に、金鉱があって栄えたところだった。金鉱が掘り尽くされると、村の繁栄も終わった。今では、老人ばかりが少数残って、細々と畑を耕して暮らしている。

「タクロの金でできた装飾品といったら、骨董《こっとう》品の代表だ」

ファンロンは、素朴な茅葺《かやぶ》き屋根の小屋を見回しながらそう言った。

「修理を頼まれて、二、三度扱ったことがあるけど、こんなところだったのか」

ダルババ車が村の入口に着くと、老人たちが小屋から顔をのぞかせ、キ・キーマに親しげに挨拶《あいさつ》を投げた。ワタルは驚いた。

「キ・キーマ、知り合いがいるの？」

ここまで、ダルババ車で登ってくるには、かなりしんどい道ばかりだった。

「こんなところに、配達に来るの？」

「仕事じゃないんだけども、ま、頼まれ事をすることがあってさ。年寄りが多いから、衣類とか日用品とか、町場でないと手に入らないものを買って持ってきてやるんだよ」

そもそもは、キ・キーマがダルババ車を転がし始めたばかりのころ、山中で迷ってしまって、ここにたどり着いたことがあったのが始まりだそうだ。

「俺たちはホラ、仕事じゃリリスには行かないからな。このあたりの道には疎くて、しかも新米のころだから、危うく行き倒れになるところを、ここで助けてもらったんだ。それ以来、近くに来ると顔を出すようにしてるんだよ」

もともと金鉱があった町だから、老人たちは、かつて金鉱労働者だった獣人族ばかりだった。キ・キーマとは本当に仲がよさそうで、みんな親切だった。事情を話すと、空いている小屋を提供してくれて、食糧や飲み物も、持ち寄って勧めてくれた。

村長は、耳の内側の毛まで真っ白になった獣人で、ワタルの目には、年寄りのシベリアン・ハスキーみたいに見えた。老いて弱ってはいるけれど、瞳のなかにかすかに残る精悍さがよく似ているのだ。

一晩の休息をとると、ファンロンはすぐ龍の笛の製作にとりかかった。初めてジョゾのウロコを見たときの彼の興奮ぶりといったら、ワタルもミーナもキ・キーマも、ちょっと言葉を失うほどのものだった。

「こいつは一生一度の大仕事だ」彼は頬を上気させて言った。「ドラゴンのウロコなんて、僕の師匠でさえ扱ったことはなかった。もちろん僕も初めてだよ。しかも失敗は許されないんだよな。こいつは一枚しかないんだ」

二日、いや三日の時間をくれと、彼は言った。「任せてくれ、絶対に作ってみせる」そう宣言し、小屋に籠《こ》もってしまった。

「職人気質《かたぎ》というか芸術家肌というか……」

キ・キーマは黒目を大きく瞠《みは》って感心した。

「ちょっと前までは牢《ろう》につながれ、命の危険にさらされていたなんて思えないくらいのエネルギーだぜ。たいしたもんだよ」

「ファンロンさんはきっと、今は目の前の細工仕事に打ち込みたいのよ」ミーナがしんみりと言った。「そうすれば、リリスに残してきてしまったエルザさんのことを考えずに済むんでしょう」

エルザのことは、無論ワタルも案じていた。でも、対立しているとはいえ、彼女はパム所長の娘だ。ファンロンたちの大脱走があってリリスにはいっそうの厳戒態勢がしかれることだろうけれど、それがすぐさまエルザの身の危険につながる可能性は少ない。そう考えて、自分を宥《なだ》めた。

それに、気が抜けたのか、ワタルは倒れて寝込んでしまった。高熱にうなされて、ミーナを心配させた。村の老人の一人が、怪我からくる熱によく効くという薬草を煎《せん》じてくれたのだけれど、それはとっても苦くて不味《まず》くて、ゲエゲエいいながら飲み下さなければならなかった。

ファンロンが仕事に打ち込み、ワタルが休息をとっているあいだ、リリスのブランチのハイランダーたちと、シュテンゲル騎士団の一団が、村の入口に訪れた。キ・キーマの読みは外れ、彼らは一応、タクロ村も脱走囚人たちの捜索範囲に組み入れていたのだ。

でも、応対に出た耳の遠い老人たちとのやりとりに焦《じ》れ、廃村寸前という村の侘《わ》びしい佇《たたず》まいにも呆《あき》れたのか、村中まで踏み込むことはなく、すぐに引きあげていった。

「この村のおじいちゃんおばあちゃんたちは、けっこうしたたかよ」

ワタルを看病し、付き添っていたミーナが、ちらりと舌の先をのぞかせて笑った。

「本当はあそこまで耳が遠いわけじゃないのに、わざと聞こえないふりをして、追っ手を煙《けむ》に巻いちゃったの」

ワタルは安心して傷を癒《いや》した。ミーナが心底心配してくれていることがよくわかるので、システィーナ聖堂で何があったのか、自分が何をしたのか、少しずつ語って説明した。

「よく、無事に帰ってこられたね」

ミーナの深い青灰色《ブルー・グレイ》の瞳《ひとみ》が、うっすらと潤んだ。

「勇者の剣のおかげだよ」と、ワタルは言った。「でも……僕はダイモン司教を殺しちゃった」

「ワタルが殺したんじゃないわ。自業自得じゃない。それに、ダイモン司教を倒さなかったら、ワタルが殺されてた。ファンロンさんたちを助けることもできなかった」

そのとおりだ。でも、心に残ったうずくような罪悪感は消えてくれなかった。素朴な木を組んだだけの梁《はり》を見あげ、茅葺き屋根をさわさわと震わせる風の音を聞き、竈《かまど》で煮えているシチューの湯気や焼きたてのパンの匂いに包まれて横になっていると、すべてが悪い夢だったようにも思えてくる。でも、寝返りをうったびに、うとうとしてふと目覚めるたびに、日めくりが風に吹かれてぺらりと一日前に戻るみたいに、聖堂での光景が蘇《よみがえ》り、それが現実の出来事であったことを、ワタルに再認識させるのだった。ゆっくりと倒れるシスティーナ像と、その下敷きになってゆくダイモン司教。額の傷からだらだらと血を流し、悲鳴をあげながら。

ミーナは、ワタルが悪夢まじりのうたた寝からさめると、昼でも夜でも、いつも枕元にいてくれた。ミーナが気づいていないとき、その横顔を見つめると、ワタルはそこに母さんの面影を見つけた。母さんに似ているけれど、母さんではない、優しい女性の面影も見えた。それはまだワタルが会っていないヒト、これから未来のどこかで巡り合うであろう現世《うつしよ》の誰か——ワタルのことを想ってくれる誰かの面影のようにも思われた。

身体のあちこちにまだ傷薬を塗り、包帯を巻いた恰好《かっこう》ながら、ワタルが起きあがれるようになったころ、トニ・ファンロンがよろよろと小屋から出てきた。その手には、赤く輝く小さな笛が握りしめられていた。

「できた……」

そう言って、今度は彼がぶっ倒れてしまった。三日のあいだ不眠不休、飲まず食わずだったというのだから無理もない。

ワタルは龍《りゅう》の笛を手にした。紅宝石《ルビー》の輝きをそのなかに封じ込め、ほっそりと華奢《きゃしゃ》なその細工品は、笛というよりも、ヒトの手に荒らされていない深い森の奥に飛び交う、不可思議で美しい鳥のくちばしのように見えた。いったい、どんな音がするのだろう？

「ここがいいじゃろう」

タクロの村長は、ワタルたちを村はずれの広場へと案内してくれた。雑木林に囲まれて、柔らかな下草に白い小花が咲き乱れている。

「ドラゴンはたいそう身体が大きいんじゃろうけれども、ここなら大丈夫じゃ。足場もしっかりしておるしな」

かつてこの村が栄えていたころには、祭りや集会に使われていた場所だという。

ワタルは深呼吸をひとつして、青空を仰いだ。今日は雲ひとつない晴天だ。風も優しい。

「ワタル、早く笛を吹いてみて」

ミーナとキ・キーマ、その後ろには村長が村人たちを従えて、固唾《かたず》を呑《の》んでいる。みんな、ドラゴンを見るなんて、生まれて初めてなのだそうだ。お年寄りたちが子供のように瞳を輝かせている様子は、ちょっと可愛い。

「それじゃ、ね」

ワタルは緊張してきた。龍の笛を取り落とさないようにしっかりと指で挟んで、口元に持ってゆく。

真紅の笛は、ほんのりと温かかった。ワタルはそっと息を吹き込んだ。

その音《ね》は、豊かな流れとなって迸《ほとばし》り出た。突然、頭からすっぽりと、透き通って美しく滑らかな布に包み込まれたようで、風景さえも変わった。雑木林の緑が鮮やかな新緑に変わり、下草のなかに咲く小花の白色が、白銀のように輝き出した。

龍の笛は、ワタルの呼気を音に変えているのではなかった。その資格を持つヒトの命に触れて、自身で歌い出すのだ。空の彼方《かなた》へと呼びかけるのだ。その呼び声は風に乗り、風と渾然《こんぜん》一体となり、雲を渡り、光を吸い込み、地上にあるものすべての耳に心地よい囁《ささや》きを降り注ぎながら、空の高処《たかみ》を目指して舞い昇ってゆく。

「きれい……」

陶然と空を仰いで、ミーナが呟《つぶや》いた。まるで音色の流れが見えているかのようだ。いや、ワタルの目にも、確かに見えた。澄んだ〝幻界《ヴィジョン》〟の空気のなかでもひときわ澄み切って、濁りを寄せつけず、強靭《きょうじん》なエネルギーを内に秘めた清らかな風が、この広場からぐんぐんと立ち昇ってゆく様が。

ワタルが口元から龍の笛を離しても、しばらくのあいだはその気配《オーラ》が残っていた。歌をやめた龍の笛は、ワタルの指のあいだでぴかりと赤く輝くと、満足気に沈黙した。どれぐらい待っただろうか。みんな時を忘れていた。ひたむきに青空を仰いで、心をひとつに、胸をわくわくさせながら。

やがて蒼穹《そうきゅう》の彼方に、ぽつりとひとつ、真紅の点が現れた。まるで青空のただ中に、もうひとつの龍の笛が生まれたかのように。だがその真昼の中天に輝く真紅の星は、明らかに動いていた。近寄ってくる。こちらに向かってくる。雲の欠片《かけら》もない一面の紺碧《こんぺき》のなかを、導かれ、見《み》出《いだ》し、呼びかけに応《こた》えて、ただまっしぐらに。

真紅の点はみるみるうちにふくらみ、大きな翼の形を成した。力強く羽ばたくたびに気流を起こし、背後に虹《にじ》を生み出しながら、飛んでくる。やってくる。

ワタルは思わず片手をあげた。みんなも手を振り始めた。真紅の翼がはっきりと見えてきた。間違いない。あれはドラゴンだ。

真紅のドラゴンは翼を張り、ワタルたちの頭上で大きく旋回すると、真上で滞空した。ワタルたちはさっと散って、広場の中央を空けた。鉤爪《かぎづめ》のはえた足と翼の動きで器用にバランスを取りながら、ジョゾはゆっくりと降りてきた。翼が動くたびに、雑木林と下草が揺れ騒いだ。ジョゾの翼の巻き起こす風に、ワタルの髪が、ミーナの耳が、村人たちのゆったりとした服の袖《そで》や裾《すそ》がはためく。みんな笑ったり声をあげたりしながら、ちぎれるほどに手を振り続けた。

ジョゾの足が地面についた。巨大なファイアドラゴンは、自分の翼で待ち受けるヒトびとを薙《な》ぎはらわないように、注意深く着地した。大きな丸っこい目が、くるんと動いてワタルを見つけた。

「ジョゾ！」

ワタルは両手を広げて飛んでいった。ファイアドラゴンは翼をたたみながら、喉《のど》を鳴らしてワタルを迎えた。

「やあ、やあ、久しぶりだね、ワタル」

ジョゾは大きな牙《きば》のあいだから声を出した。彼の身体は、〝嘆きの沼〟で会ったときよりも、ひとまわりもふたまわりも成長していた。翼はたくましく、牙は鋭く光り、真紅のウロコの一枚一枚が、強靭な衣となって全身を覆っている。でも、明るい口調に変化はなかった。

「なかなか呼んでくれないから、どうしたのかと思っていたよ」

「ごめんね。あれからいろいろあったんだ。でも、僕のこと、ちゃんと覚えていてくれたんだね」

「もちろんさ」ジョゾは目をくりくりさせた。

「君は僕の命の恩人だもんね」

嘆きの沼で怪魚カロンに喰《く》いつかれたとき、ワタルが勇者の剣で切り落としたジョゾのしっぽは、まだそのまんまだった。

「しっぽ、はえ変わらなかったの？」

ジョゾはしっぽの先をぱたぱたさせて、下草を打ちながら、笑った。おっかなびっくりジョゾに近づき、指先でしっぽに触れたり翼を撫《な》でたりしていた村人たちが、わらわらと逃げた。

「いくら僕らドラゴンでも、それはちょっとね。竜王様に叱られちゃったよ。曲芸飛行ばっかりやってるからだって。でもさ、傷痕《きずあと》があるなんて、歴戦の勇士みたいで、ちょっとカッコいいだろ？」

ジョゾは長い首をかしげると、集まっているヒトびとを見回した。「ワタルのお仲間たちかい？」

「うん、そうだよ」

「みんな、目も口も大きいね」

ワタルは声をたてて笑った。「君を見てびっくりしてるからだよ。みんな、ドラゴンを見るのは初めてなんだ」

「そうなの。皆さん、こんにちは」

ジョゾの気さくな挨拶《あいさつ》に、村人たちは「おお」とどよめいた。腰を抜かしているお年寄りもいる。村長は、しきりと額の汗を拭《ぬぐ》っている。

「これはこれは……本物じゃ。本物のファイアドラゴンじゃ」

「うん、そうだよ」ジョゾは屈託がない。

ミーナがおそるおそる進み出た。「ワ、ワタル――」

「うん。ジョゾ、僕の旅仲間のミーナとキ・キーマだよ」

「初めまして、ネ族のお嬢さん。それと、水人族のおじさん」

「お、おじさん」キ・キーマはひるんだ。

「俺はそんなに年寄りじゃないんだ」

「あれ、そうなんだ。ごめんよ。水人族の歳って、わかりにくいんだよね」

　ドラゴンの歳だってわかりにくい。ジョゾは、ちょっとのあいだに身体は大きくなったけれど、中身はまだまだ子供のようだ。

「ところでワタル、何処に行きたいの？　僕は先《せん》より、もっともっと高く速く飛べるようになった。何処でもお望みの場所へ連れて行ってあげるよ」

　ワタルは事情を説明した。ジョゾは驚く様子もなかった。

「そう、デラ・ルベシね。うん、確かに、近頃はアンドア台地周辺の気流がおかしくなってるから、カルラ族が近づいたら危険だろうね」

「知ってるの？」

「知ってるさ。幻界の大空は僕らのものだもの。すぐ出発する？」

「うん！」

　ワタルたちは旅支度を済ませていた。ジョゾが首を差しのべてくれたので、まずキ・キーマがよじ登り、ミーナを引っ張りあげ、最後にワタルが登って、ジョゾの首の付け根にまたがった。村人たちが近づいてきた。

「村長さん、お世話になりました。本当にありがとう」

「何の何の、お安い御用じゃったよ」

「ファンロンさんのこと、お願いします」

「ああ、任せておけ。彼が元気になったら、峠越えの安全な道を通って、無事ガサラまでたどり着けるように手配してやる」

ワタルはガサラのカッツあてに手紙を書いていた。ファンロンはそれを持ってガサラに行き、リリスの実状を、ブランチ全体に広く訴えかける手はずになっている。

「三人様だね？　ちゃんと座ったかい？　しっかりつかまっていてよね」

ジョゾは首をよじって確認すると、翼を動かし始めた。

「それじゃ、出発するよ。最初はちょっと揺れるからね。それ！」

ジョゾが翼をひと振りすると、たちまち上昇気流が巻き起こった。それはワタルの頬を心地よく撫で、気持ちをも高揚させてくれた。

「気をつけていくんじゃぞ！」

村長が大声で呼びかける。ワタルは手を振った。村人たちも手を振り返す。ジョゾの身体がふわりと持ちあがり、雑木林が足元へと退いてゆく。ワタルは村人たちの歓声と励ましの声を聞き、大声でさよなら、ありがとうと言った。

またたく間に、ジョゾは空へと舞いあがった。別れの挨拶に、広場の上を半円を描いて滑空すると、デラ・ルベシを目指してさらに上昇してゆく。

見送るタクロ村の老人たちは、ジョゾが再び赤い星のようになり、やがて消えてしまうまで、揃って空を仰いでいた。誰ともなく、誰もが口を揃えて呟《つぶや》いた。

「長生きはするもんじゃの……」

38 凍れる都

カルラ族の翼に乗ったことのあるワタルにとってさえ、ジョゾの飛行の速さ、高さはまた格別のものだった。ましてや、これが初飛行のミーナとキ・キーマにとっては大変なショックであるようだ。それでもミーナは下界を見渡しては歓声をあげ、きゃっきゃと喜んでいたからいい。キ・キーマときたら、飛びあがってまもなく、それでなくても青白い肌から、完全に血の気がなくなってしまった。

「オ、俺はちょっと——空の旅は苦手かもしれない」

あわあわしながらそう言ったきり、後はもう口もきけずに、かちこちに固まってジョゾの翼にしがみついている。

「キ・キーマ、案外いくじなしね」

ミーナがからかっても反応しない。

「少し空気が薄くなるけど、下が見えない方が安心だろうから、この雲を抜けて上に出るよ。そうすれば、足元にはふわふわの真っ白な雲が一面に広がって、ちょっとは気が楽になるんじゃない？」

　ジョゾはそう言って、頭上の雲のなかに飛び込み、するするとそれを通り抜けた。彼の言うとおり、目の下の雲海は（それがとんでもなく高い場所だということさえ忘れれば）、いかにもやわらかくて安全そうで、ちょっぴり不安を取り除いてくれたようだ。

　ジョゾの首につかまりながら、ワタルとミーナは、彼といろいろな話をした。ドラゴンは、いつもこんなに高いところを飛ぶの？　北大陸と南大陸を隔てる海の何処か、〝針の霧〟に覆われた小島に棲《す》んでいるという噂は本当なの？

「うん、そうだよ。僕は〝針の霧〟のなかで生まれた。僕らドラゴン族の暮らしてる小島は、ドラゴンの首みたいな形をしてるんだ」

　大昔には、ドラゴン族ももっと大勢いて、南大陸にも北大陸にも、たくさん棲んでいたのだという。

「だけどね、僕らはやっぱり、君たちと共存することが難しかったんだって」

「どうして？」

「だって身体が大きすぎるもの。力も強すぎる。それに火を吐くしね」

　ミーナは目を瞠《みは》った。「それじゃ、あたしたちの種族が——アンカ族も獣人族もみんなみんな——ドラゴン族を追い出しちゃったのかしら」

「うーん。そうなのかな」ジョゾは言いにくそうだった。「僕も、竜王様や父さん母さんから昔の言い伝えを聞いてるだけだから、よくわかんないことも多いんだけど」

ジョゾにも父さん母さんがいるのだ。そりゃ当然だけど、ちょっと不思議だった。

「だけど、そうだとしたら、あたし嫌だな」ミーナは思い詰めたみたいな顔をして、耳をひっぱっている。「ファイアドラゴンは、創世の女神さまを手伝って、〝幻界《ヴィジョン》〟を守り育ててくれた大切な恩人よ。その子孫を、後から出てきたあたしたちがハクガイしちゃっただなんて……」

「迫害したとかそういうことじゃなくてさ」ジョゾはあわてて言い足した。「あのね、竜王様は言ってた。幻界は、それ自体がひとつの生きものみたいなもんなんだって。だから、長い歴史のうちにはヘンカするんだって。僕らみたいに強大すぎるものは、だんだん数が少なくなって、いつか滅びていくのも仕方がないんだって」

　ずいぶん淡々としている。

「ジョゾは寂しくないの？」と、ワタルは訊《き》いた。

「寂しいって？」

「滅びるってこと……」

「なんか、実感わかないよ。僕は元気だもの。それに、〝龍《りゅう》の島〟にはまだまだ仲間がいるしね」

それでも大人のドラゴンたちは、めったに島を離れることはないという。〝龍の島〟に籠《こ》もって、ひっそり平和に暮らしているのだ。外へ出て幻界中を飛び歩くのは、好奇心旺盛《おうせい》な若いドラゴンたちばっかりだそうだ。ワタルがジョゾに巡り合ったのは、本当に希有《けう》な幸運だったのである。

「これも女神さまのお導きかもしれないね」と、ジョゾは雲のなかで目を細めながら言った。

　空の旅は寒いだろうからと、それぞれに着込んできたのだけれど、アンドア台地が近づいてくると、雲は次第に厚みを増し、気温もぐっと下がってきた。キ・キーマは盛んにくしゃみをしている。

「ちょっと火を吐いて温めてあげようか」

「いや、いい！　遠慮しとく！」

　あわてて断った拍子に、キ・キーマはジョゾの背からずり落ちそうになった。ワタルとミーナは笑い転げた。

「遠慮することないのにな。でも」ジョゾは雲の向こうを透かし見た。「この雲、やっぱり様子がヘンだよね。いつもなら、ここまで飛んでくれば、雲の隙間からアンドア台地が見えてくるんだ。だけどこれじゃ、何にも見えない」

　いつの間にか、足元にあったはずの雲に、すっぽりと包み込まれてしまった。ジョゾは高度を変えていないのに。

「それに、君たち感じない？　この雲、悲しい味がするよ」

「悲しい味？」

ワタルもミーナもベロを出して、雲を味わってみようとした。それはなかなか難しかった。綿飴《わたあめ》を舐《な》めるみたいにはいかない。

「涙の味だ。もしかしたら、女神さまが悲しんでおられるのかもしれない」

ジョゾは神妙な口調になった。

翼で雲をかき分けるようにして、ファイアドラゴンの飛行は続いた。やがて、右手の前方で、雲のかすかな切れ間に何かがピカリと光るのが見えた。ほんの一瞬のことだったけど、確かにワタルの目に入った。

「そうだね。もうアンドア台地のすぐそばまで来ているはずだから。ちょっと降りてみよう。つかまっててよ」

ジョゾはすうっと高度をさげた。見えないジェットコースターに乗っているみたいに、ワタルの胃袋がふわりと浮いた。キ・キーマが呻《うめ》いた。

「あれだ！」ジョゾが言った。「おや、もう真上まで来ていたよ」

ジョゾの翼が生む強い気流に、雲が背後へと吹き流されてゆく。開けた視界のなかにぽっかりと、忽然《こつぜん》と、空中楼閣のような都市の姿を見出《みいだ》して、ワタルは息を呑《の》んだ。

氷河に守られ、雪に閉ざされたアンドア台地の頂上に、その都は存在した。楕円《だえん》を描く二重の城壁。林立する柱。巡る回廊。そこここに上り下りの階段とテラスを配した石造りの建物が、あたかも迷宮のように連なり、冷たく輝いている。

最初は、水晶でできた建物なのかと思った。でも、目を凝らしてよく見つめると、そうではないとわかった。凍っているのだ。すべてが氷に覆われている。ワタルは以前、家族旅行に出かけた先で訪れた、ガラスの博物館で見たものを思い出した。クリスタルガラスで作られた大きなお城。尖塔《せんとう》の上に翻る旗までも、細やかなガラス細工で作られていた。

「ごらんよ、あの森。木立まで凍ってる」

白い霜をまとった枝から下がる無数のつららが、風変わりな果実のようにキラキラと輝いている。

「何から何まで氷づけだわ」ミーナが感嘆の吐息と共に言った。「こんな寒いところに、本当にヒトが住んでいるのかしら」

見渡す限りの広大な都に、人影はまったくない。

キ・キーマが特大のくしゃみをして、ジョゾの翼を震わせた。

「そうか、だから助けを求めてるんだよ、ワタル。みんな凍え死んじまう前に、何とか下へ降ろしてくれって」

ワタルは寒気に耳たぶが痺《しび》れるのを感じた。

「ジョゾ、アンドア台地には、歩いて登る道はないの？」

「さあ、見たことないなぁ」

「氷河に囲まれているのは、昔からだよね」

「うん。でも、前にここまで飛んできたときには、建物や森は凍ってなかったよ。花も咲いていたし、散歩してるヒトの姿を見かけたこともあったもの」

氷の都の北東の城壁のそばに、平らな天井を持つホールのような建物があった。ジョゾはそこに着地した。

「うひゃあ、寒い！」翼をたたみながら、ジョゾは大きな鼻の穴をうそうそと動かした。

「僕もくしゃみが出そうだよ。ワタル、どうする？　中に入ってみるんだろ？」

「うん」ワタルはジョゾの背中から飛び降りた。「ジョゾ、ここにいたら凍えちゃう？」

「ときどき火を吐いて温まるから、大丈夫。だけども、長居はゴメンこうむりたいな。ワタルたちだって、身体に良くないよ」

「わかった。できるだけ早く戻ってくるよ」

ホールの天井から地面に降りるだけでもひと苦労だったし、町中を探索するのには、尋常ではない努力が必要だった。つるつる滑って、まともに歩けないのだ。それでも、ワタルもミーナもキ・キーマも、すってんころりんとやっては立ちあがり、転んだ仲間を助けようとして自分も転んだり、さんざんな目に遭いながらも、笑うことができなかった。

これほどの冷気と静寂。心まで凍りついてしまいそうなこの都に、果たして生きているヒトなどいるのだろうか。ここにたどり着くのに手間取っているうちに、真実の鏡を通して助けを求めていたあの男性は、命が尽きてしまったのではないのか。

「誰かいませんか？」

「おーい、助けに来たぞう」

三人で大声を張りあげてみる。返事はない。凍れる都は木霊さえも返さず、呼びかけを吸い込んでしまう。いや、空に放たれるそばから、呼びかける声も凍りついてしまうのかもしれなかった。

もうずいぶんと前のことになるけれど、母さんに連れられて、子供向けのお芝居を観にいったことがある。ペガサスの子供が主役で、ギリシャの神々が大勢登場するという音楽劇だった。正直いって、ワタルにはあんまり面白いものではなかった。ただ、セットが美しいことには心を惹《ひ》かれた。大理石造りの神殿と、それを取り囲む深い森。

デラ・ルベシのこの都は、ワタルにそのお芝居のセットを思い出させた。ある建物では、緩やかな外階段をのぼってゆくと、花や鳥や天使たちの彫刻をほどこされた大きな扉にたどり着く。窓枠に薔薇《ばら》の飾りがついたお屋敷の、戸口の柱の上ではケルベロスが番犬よろしく睨《にら》んでいる。

碁盤の目に仕切られた、整然たる町並み。建物の屋根は平らな陸屋根《ろくやね》が多く、角張って飛び出した庇《ひさし》の下には、それぞれに意匠の違う装飾品がついている。賢者や偉人の姿を模したものなのだろうか、魔導士や騎士、貴婦人の姿をした像が柱となってぐるりと立ち並び、天蓋《てんがい》を支えている屋外ドームもあった。

ギリシャ神話の神々の郷《さと》。模造品というにはあまりに重々しい。

それだから、眺めとしては、ワタルにはまったく違和感がなかった。でも不思議だった。老神教の信者にとっては、こういう都の有り様《よう》が理想なのだろうか。女神の治める幻界の町は、皆、その町の産業《なりわい》や、幻界のなかで果たしている役割に添った形で存在している。そこにはヒトの生業と生活があるからだ。ここにはそれが欠けている。そう、だからこそお芝居のセットが連想されるのだ。

何のための屋外ドームなのか。誰を讃《たた》える彫像なのか。誰がこの都を望んだのだろう？

ここに住むヒトたちは、どんなことに汗を流し、どんなことに笑い、どんなことに不安をおぼえるのだろう。作り物めいた雰囲気が、匂いのようにはっきりと感じられるのは、一面に氷と霜に覆い尽くされているせいだけではないような気がしてたまらない。

「ねえ、キ・キーマ」と訊《き》いてみた。「幻界《ヴィジョン》には、他にもこういう町がある？」

キ・キーマは寒さにげっそりとしている。

「俺は見たことねえ。こんな寒い町なんか」

「寒さじゃなくて、町の造りさ。こんな立派な神殿みたいな建物ばっかりがある町って、他に知ってる？」

「そんなのないと思うわ」遅れがちなキ・キーマを心配そうに振り返りながら、ミーナが言った。「この町、変よね。凍ってるから変だっていうだけじゃない。お店とか宿屋とか、そんなものが全然見あたらないもの」

三人は町の一角にある小さな公園みたいな場所まで来ていた。中央には、花木の植え込みに囲まれて台座があり、そこにオブジェが飾られている。丸い球の形をしたオブジェだ。最初は地球儀みたいなものかと思った。でも、近寄ってよく見ても、球の表面には何の模様もなく、ただつるりとしている。すっかり凍りついているから、うっかり触ると指がくっついてしまいそうだ。

球には真ん中からひびが入り、壊れかけている。割れ目に霜がついている。しげしげと観察し、ワタルはやっと、これは宝玉を象《かたど》ったものではないかと気がついた。他でもない、勇者の剣についている宝玉だ。

でも、それだとおかしな話にならないか？　宝玉は〝旅人〟を導くものだ。だが老神教では、〝旅人〟を忌まわしい存在だと決めつけているのだ。〝旅人〟と密接に関わっているものをオブジェにして飾るなんて、矛盾している。

「ワタル、どうしよう。ただやたらに歩き回っているんじゃ駄目だわ」ミーナが両腕で身体を抱き、さすりながら言った。「それに、キ・キーマが倒れちゃいそうよ。水人族は寒さに弱いの」

　考えてみれば、トカゲは変温動物だ。周りが寒いと、体温も下がって動きが鈍くなる。キ・キーマは広場の入口にしゃがみこんで、目を閉じ、じっとうずくまってしまっている。

　二人は精一杯急いでキ・キーマのもとに駆け寄った。足元が滑って、キ・キーマにぶつかってしまったのだけれど、それでキ・キーマは目を開いた。とろんとしている。

「大丈夫？」

「ああ、ごめんよ」まばたきもゆっくりとしている。見れば、頑丈な鉤爪《かぎづめ》のついた指の谷間に霜がびっしりと降りている。「何だか眠くてしょうがないんだ」

「たいへんだわ。凍え死んじゃう」

「ジョゾのところへ戻ろう。キ・キーマ、立てる？」

「俺なら、大丈夫だよ」言葉も鈍くなっている。身体はずしんと重くなっている。ワタルとミーナは左右から彼の腕をつかんで、よいしょよいしょと足を運んでいった。

「大丈夫だよ……心配ないよ……」

寝言みたいに呟《つぶや》くキ・キーマは、半分意識がなくなっているみたいだ。

見渡す限り薄蒼《うすあお》く凍りつき、純白の霜に覆われた町。地面はスケートでもできそうなほどに分厚い氷と化しているので、足跡も残らない。ワタルは、碁盤の目の道をたどって、ここまで来たルートを逆戻りしているつもりだったのだが、色彩に変化のない町並みに惑わされてしまったらしい。そろそろジョゾが見えてきそうだというところまで来ても、ファイアドラゴンの真紅の身体が見つからない。と、ミーナがキ・キーマの腕を放し、足を止めた。ワタルは二、三歩先に行くまでそれに気づかなかった。

「ミーナ、どうしたの？」

振り返ると、彼女はまん丸に目を見開いて、ぽかんとしている。

「どうしたんだよ？」

「ワタル」ミーナは指さしている。「これ、見て」

二人の左手には、凍りついた灌木《かんぼく》の木立に囲まれた広場があった。一面の純白。大雪の朝の校庭みたいだ。

「コレが何？」

「見えない？　よく見て」

　ワタルは目を凝らした。冷気のせいで涙がにじむ。

「何が見えるって――」

　問い返そうとしたとき、ワタルにも見えた。広場の中央に、雪の広場に氷の筋が、幾重にも走っている。模様を作っている。

　現世《うつしよ》へ通じる、あの文様だ！

「ここで真実の鏡を使えるってことなのかしら？」

　だとしたら、ますますわけがわからない。真実の鏡も光の通路への出入口になる文様も、やっぱり〝旅人〟のものだ。老神教には関わりがないどころか、敵対するはずのものだ。

「行って、確かめてみようぜ」キ・キーマがとろんとした口調で言った。「見間違いかもしれないし、本当にあの文様なら、何か手がかりになるかもしれねえ」

「でも……」

「いいから、いいから」

　三人は凍りついた広場を横切り、かちんかちんに凍った雪の上の模様に近づいた。

近くで見ると、ますますあの文様にそっくりだ。ワタルはその真ん中に立ち、しゃがんで指先で文様の筋をなぞってみた。

「ここだけ盛りあがってる」

「ホントだ」

ミーナもワタルの脇に来てしゃがんだ。指先に氷が触れ、爪でひっかくとカリカリと音がする。

「いったい――」

どういうことかなと言いかけたとき、冷気を避けるためにきっちりとボタンをかけたミーナのシャツの内側で、また真実の鏡が光を放ち始めた。ミーナはあわてて鏡を取り出そうとした。が、突然足元がぐらりと揺らいで、三人は尻餅《しりもち》をついてしまった。

「わ、何？」

硬く凍りついた雪の地面が震動している。文様の外側の縁に沿って、ぴりぴりと亀《き》裂《れつ》が走った。亀裂が広がるにつれて、微細な氷の破片が舞いあがる。

氷が割れて、文様の外周がよりいっそうくっきりと浮き立った。と、がくんという震動があって、地面が下がり始めた。文様の部分が、大きなエレベーターさながらに、ワタルたちを乗せたまま下降してゆく。

39　教王

文様のエレベーターが降りきったところには、文様の形をそのまま写した広間があった。頭上は文様形に開いたままで、そこから冷気が流れ込んでくる。

広間のなかも、外と同じくらい寒かった。細かな粉雪か、凍った雪が吹き寄せられている。でも、凍りついてはいない。大理石に似た石の壁。石の廊下がワタルの前方に延びている。

「行ってみよう」

キ・キーマを真ん中に挟んで、三人は歩き始めた。廊下には、松明《たいまつ》とか燭台《しょくだい》とか、灯《あか》りらしいものは何もない。でも全体にほんのりと明るかった。廊下や壁や天井を構成しているつるつるした石が、月光のようなかそけき光を放っているのだ。

廊下は右に折れ、左に折れ、長々と続いていた。ところどころに、右に左に、重たげな扉が現れた。扉の周囲には凍った雪がこびりつき、試みに押したり引いたりしてみても、しっかりと閉ざされていて、びくともしない。

ここにも、人の気配はなかった。

緊張と寒さとで、ワタルたちは口をきかなかった。長い廊下をどんどん進んだ。廊下の先に、ロウソクの炎の形を模したような形のアーチがあり、その先はひときわ明るくなっている。そこを目指した。

アーチを抜けると、張り出したテラスに出た。天井まで吹き抜けになっている。三十メートルくらいはありそうだ。円形の部屋で、壁の周囲を階段が巡っている。ワタルは踏み出し、テラスの縁《へり》を飾る、優美な蔦《つた》に似た曲線を描いた手すりごしに下を見た。そして、あっと声をあげた。

階下の円形広間の中央に、差し渡しがワタルの身長くらいありそうな、大きな円い鏡が据えられている。真実の鏡だ。その脇に、まるでその鏡の番人を務めているかのように、一脚の肘掛《ひじか》け椅子にもたれて、白いローブの男、ワタルに呼びかけたあの男が、ぐったりとくずおれていた。彼の手にしていたあの槌《つち》、それも今では、力なく垂れ下がった手を離れて、彼の足元に落ちている。

ワタルは階段を駆け降りた。何と呼びかけたらいいか思いつかず、しゃにむに駆け寄って、ローブの男の腕をつかんだ。

「しっかり！　しっかりしてください！」

ワタルが男を揺さぶると、彼の額の銀の冠がずれた。真実の鏡のなかで見た光景に間違いはなく、男は白髪だった。眉《まゆ》も白い。でも年齢は、あのとき思ったよりも若い。三十歳にもなっていないのじゃなかろうか。

男の首が力なく折れるように傾き、目が開いた。ワタルはその顔をのぞきこんだ。安堵《あんど》が込みあげてきた。

「ああ、良かった。助けに来たんです。僕に呼びかけたのは、あなたですよね？」

男は眠たげにまばたきをすると、椅子のなかで身体を起こそうとして、痛そうに呻《うめ》いた。ワタルは手を貸して、彼が椅子の背もたれによりかかれるようにしてあげた。

「君が……〝旅人〟だね」

直《じか》に聞くと、やはり若々しい声だった。瞳《ひとみ》も澄んでいるし、肌には張りがある。それなのにこの白髪。

「そうです。ワタルと言います」

キ・キーマとミーナが、ようやく階段を降りて追いついた。男は三人の顔を見回した。

「僕の旅の仲間たちです。一緒にここに来てくれました。手間取ってすみません」

「どうやって……ここに？」

「ドラゴンに乗ってきたんです」

ちょっと目を見開き、男は頰笑んだ。「それは素晴らしい。君はドラゴンに出会ったのか。僕は……会えなかった。〝幻界《ヴィジョン》〟でも、もうとても珍しい生きものだからね」

ミーナの真実の鏡を通して呼びかけてきたときには、「私」と角張って名乗っていた。今、「僕」という気取りのない呼称を聞くと、ワタルには、このヒトがますます若く、気さくな存在に思えてきた。それがなおさら謎めいて感じられた。

「とにかく、ここを出ましょう。ひどい顔色ですよ。きっとこの寒さで肺炎にかかってるんだ」

ワタルは男の額に手をあててみた。熱があるだろうと思ったのに、冷え切っていた。顔色は鉛色だ。

「他にもヒトがいるんですか？　一緒に逃げましょう。もっと暖かいところに」

すると、男はゆっくりと首を振った。「もう誰もいないよ。みんな死んでしまった。僕が最後の生き残りだ。僕だけだ」

その口調には、悲しみよりも、自嘲《じちょう》するような響きがこもっていた。

「僕のことは、〝教王〟と呼んでくれ。皆にもそう呼ばれていた。僕は皆のリーダーだった。一応ね……」

教王。デラ・ルベシ特別自治州が、老神教につながる信者たちの隠れ郷《ざと》であったならば、それは確かにふさわしい呼称だ。

でも……それにしてはおかしなことが散見する。

「この様子、どういうことです？」

ミーナが男の膝《ひざ》の近くにしゃがんだ。「疫病ですか？　それでみんな死んじゃったの？　ここは前からこんなに寒いの？」

「話は後まわしだ。早くここからおさらばしようぜ」キ・キーマが唸《うな》るように言った。「ミーナ、ちょっと俺の背中をさすってくれ。そしたら元気が出るからさ。このヒトを背負っていくよ」

白いローブの男は、ワタルの手に片手を重ねた。「僕はここから離れることができない。ここはまもなく滅びる。僕も死ぬ。逃げ出すことはできないんだ。そんなことは、女神がお許しにならない」

女神さまが？　ワタルは目を瞠《みは》り、軽く両手を広げて周りを指し示した。

「どういうことです？　だってここは——あなたたちは老神教の信者なんでしょう？　ここに隠れ住んでいるんでしょう？　だからあなたも、〝教王〟と呼ばれていたんじゃないんですか？」

「いや、違うよ。ただ、地上ではそういうことになっている」

男はうっすらと頬笑んだ。氷の薄片が欠け落ちるように、彼の顔から無表情という覆いが剝《は》がれてゆく。

「それも女神との盟約の内に含まれていた。徒《いたずら》に地上を騒がせず、地上とのつながりを絶つには、そういうことにしておくのが、この南大陸の政情では、いちばん都合が良かったからだ。だから僕らは約束を守った。ずっと守ってきた。でも、とうとう破約のときが来た。いつかはそうなるということを、女神はご存じだったのだろう。ヒトは狡《ずる》く、その心は脆《もろ》い。いつかは必ず心弱き者を生み出して、永遠にと誓った約束を反故《ほご》にする。そして皆でその罰を受けるんだ」

歌うような独り言の呟《つぶや》き。ワタルの頭はついていかれない。

「何を言ってるんです？」

白髪の若き教王はワタルの目を見た。

「かつては僕も、君と同じ〝旅人〟だったんだよ」

現世《うつしょ》から訪れた人間だったというのか。

「ここには僕も含め、十一人の現世の人間が住んでいた。全員、かつての〝旅人〟だ。自らの運命を変えることを望み、要御扉《かなめのみとびら》を通って、この幻界を訪れた」

懐かしむような瞳の色。

「だけど僕ら十一人は、己の望みをかなえることができなかった。幻界の旅の険しい道のりに負け、旅を放棄することを選んだ。でも、自分の運命の有り様《よう》を何ひとつ変えることができないままに、おめおめと現世へ還《かえ》ることも望まなかった――」

ワタルは黙って、教王の痩《や》せて尖《とが》った顎《あご》の形を見ていた。澄んだ瞳に、疲れたというよりは、退屈をもてあましているような翳《かげ》りが見えることも気になった。

それにこのヒト、誰かに似ている。僕は以前このヒトに会っているような気がする。

「だからあなたたちは、幻界に残ったの？」

ミーナが小声で問いかけた。呼気が白く漂う。

「ああ、そうだ」教王はうなずいた。「そういう挫折《ざせつ》した〝旅人〟のために、女神はこの都を造った。そして僕らは、ここで密《ひそ》やかな隠遁《いんとん》生活を送ることを命じられた。それが幻界に残るための条件だった」

ミーナは、あらためて感じいったように、しげしげと高い天井を仰いだ。

「みんなで、ここに閉じこもって？　外の世界には一歩も出ずに？」

心に浮かんだ想いを隠すことには向いてない、くるくると表情を変えることにこそ長《た》けた小さな顔には、（わたしにはとてもガマンできない）という感想が、はっきりと浮き出ている。

ミーナに代わって、ワタルは訊《たず》ねた。「ずっとここにいて、飽きるとか……退屈することはなかったんですか。あなた方には、何かここで果たすべき役割が与えられていたんですか？」

教王は顔をあげると、彼のすぐ傍らにある、あの大きな真実の鏡に目をやった。

「僕らの役割は、これを守ることだった」

「これ――真実の鏡ですよね」

キ・キーマが一歩鏡に歩み寄り、ごつい手で鏡面に触れてみようとして、やめた。

教王はうなずいた。「〝旅人〟は皆、幻界の旅の途中で真実の鏡を見出《みいだ》す。一人にひとつ、必ず巡り合う。旅が終わるときには、それを女神に返さなくてはならない。幻界に戻すことは許されないんだ。だって、危険だからね」

「危険？」

「そうさ。真実の鏡を使えば、現世と行き来することができるのだから」

ワタルはミーナの顔を見た。ミーナは賢く悟って、

「わたし、この鏡は家のお守りだから肌身離さず持っていなくちゃならないって教わって育ったけど、鏡の働きのことは、何も知らなかったわ。お父さんお母さんも知らなかったんじゃないかしら」

「それは封じられた知識だからね」教王は言って、ミーナに頬笑みかけた。「でも今は、君も知ってしまっただろ？」

ミーナはためらいがちにうなずいた。「でもわたし、それで何かしようなんて思わないけど」

「この幻界には、そういうヒトばかりがいるわけではないということさ」

教王は、足元に落ちていた槌《つち》を見ると、白髪となった眉《まゆ》をつと持ちあげてから、ゆ

っくりと拾いあげ、膝の上に載せた。今の今まで、力の抜けた手からそれが滑り落ちていたことにさえ、気づいていなかったようだった。

「この真実の鏡は、ここで暮らしていたかつての〝旅人〟たち十二人の鏡を集めたものだ。真実の鏡は、それ自体に魂を持っている。それらが融合して、ここにこの形を成した。そして僕らはそれを守っていた。誰かを――現世と幻界を行き来して、何かをしようと企《たくら》む者を寄せつけぬように」

十二人。さっきは十一人と言っていた。ワタルの胸に、不吉な動悸《どうき》が打った。

「人数が一人増えてますね」

教王はワタルを見ると、微笑した。「そうだ。つい最近、一人逃げ出してしまった。今も逃げている。彼は脱走者であり、女神との盟約を破り、女神に背く者だ。僕らのなかから、そういう離反者が現れた。だから僕らは、女神の罰を受けねばならない」

「それがこの――」言葉が、ワタルの喉《のど》につっかえた。「凍りついた都？　女神さまはあなた方を懲らしめるために、この都を凍らせて、滅ぼそうとしているというのですか？」

教王はうなずく。顎が胸のあたりにまでさがり、彼は目をつぶってしまった。

「そりゃ、少し厳しすぎるじゃないか」キ・キーマが口を開いた。寒さでマヒしかけているのか、ちょっと呂律《ろれつ》が怪しい。「俺たちの女神さまは慈悲深いお方だ。たった一人が約束を破っただけで、あんたたち全員を滅ぼそうとなさるなんて、行きすぎだよ。何かの間違いじゃないか？」

「神は本来、厳しいものだ」教王は目を閉じたまま言った。「そしてヒトは弱い。いつかは必ず、己の目先の欲に目がくらんで、神との盟約を違《たが》えようとする。女神はそれをよくご存じなんだ。こんなことは、今までにも何度となく繰り返されてきたんだから」

　十二人のうちの一人。逃げ出した。今も逃げている。女神はそれをお怒りになっている。ワタルの動悸は激しくなった。

「地上では今、ハイランダーたちに緊急の指令が下されているんです。ある逃亡者を追って捕らえるようにと」

　ワタルの言葉に、ミーナがぱっと目を丸くした。「そうだわ！　重大な国家機密を盗み出して、北へ渡ろうとしている脱走者。もしかしたら、それ――」

　ワタルが説明した。教王の頬がこわばる。

「そんなことが起こっているのか。それはたぶん……うん、間違いないだろうね。そうか……女神が直々に命じられたか」

　例の逃亡者が、いったいどこから来た者なのかという謎も、これで解ける。

　彼はデラ・ルベシの脱走者なのだ。

「俺たちもハイランダーなんだ」キ・キーマが胸をそらして言った。彼の目に、ここに来て初めて興味の色が浮かんだ。「その脱走者があんたたちの仲間だったなら、あんた、何か手がかりを知らないか？　そいつを捕まえるのは、俺たちの役目でもあるんだ」

教王は椅子の背につかまって立ちあがろうとした。膝に力が入らないのか、うまくいかない。諦《あきら》めてまた腰を落とすと、ワタルに言った。「それならば、話は早い。君に助けを請うたのも、わざわざここまで来てもらったのも、その脱走者を捕らえてほしいからだったんだよ。僕は確かに手がかりを持っている。君たちに、今その脱走者がどこにいるのか、正確な場所を教えてあげることができる」

「どうやって？」

「この真実の鏡に映すのさ。ちょっと手を貸してくれないか？」

キ・キーマは動きが鈍っているので、ワタルとミーナが両脇から教王の腕を抱えるようにして、何とか立ちあがらせた。教王は真実の鏡に近づくと、その前に立ち、両手で円い鏡の縁を、するりと撫《な》でた。

すると、真実の鏡に映っていた教王の像が、溶けるようにしてぼけた。驚きにぱちぱちとまばたきしたワタルは、次の瞬間、そこに町の風景が映し出されているのを見つけて、また息を呑《の》んだ。

港町のようだ。立て込んだ倉庫のような建物の隙間から、切れっ端のような海が見えている。トタンと材木を組み合わせただけの貧相な造りの倉庫の壁に、黄色いペンキか絵の具で、ヒトの握り拳《こぶし》の絵柄が描いてあった。何かの印のようだ。

「こいつは……ソノの町だ」キ・キーマが目を細め、用心深い口調で言った。「間違いない。建物が古いし、くすんでるだろ。アリキタじゃ、昔は漁師町として栄えたところなんだが、アリキタで工業が盛んになると、海が汚れて漁ができなくなってさ、すっかり寂れちまった。それで商業港に鞍替《くらが》えしたんだけど、もともと小さな漁港だから、ハタヤやダクラの港のようにはいかない」

「北への風船《かざぶね》は出てるの？」

「大きな船は無理だ。でも、中型船ならいくつもある」

「脱走者はここに潜んでるんですね？」

ワタルの問いに、白髪の教王は真実の鏡につかまり、肩で息をしながらうなずいた。

「きっと、風向きがよくなる折を待っているんだろう。知っているだろうけど、北大陸に渡る風船は、星読みたちが天空を観察して風を読み、天候を予知してくれないと、出帆することができない」

「船出にふさわしい風は、いつ吹くの？　キ・キーマ、知ってる？」

太い首をひねって、キ・キーマは考え込んだ。「正確なところは知らねえよ。でも、確かに今は、風船の渡る時機だ。年に三度か四度、そういう時機が来る」

「じゃ、急がなくちゃ！」ミーナはしっぽをぴょんと跳ねらかした。「ぐずぐずしちゃいられないわ。みんなに報《しら》せなくちゃ。この拳みたいな形の印のある船会社か、商店の船を探せばいいのよね？」

「真実の鏡はそう教えてくれている。脱走者は密航を企てて、時機が来るまで船主に匿《かくま》ってもらっているのかもしれないな」

キ・キーマとミーナは、今にも駆け出しそうな様子になった。でもワタルは動かなかった。教王の、白い眉毛に隠れそうな瞳《ひとみ》を見つめて問いかけた。「その脱走者が持ち出した国家機密って、いったい何なんですか？　あなたは、それが何だか知ってるはずだ」

「そんなこと、本人をとっ捕まえてから訊《き》きゃいいよ」と、キ・キーマは逸《はや》る。

教王がよろめいて、椅子の肘《ひじ》にもたれた。彼が動くと、白いローブに包まれた身体が、ひどく痩《や》せていることがよくわかった。

「脱走者は——あの男は、真実の鏡を通って現世《うつしよ》に戻り、動力船とモーターの設計図を持ち帰った。それを持って、北大陸に渡ろうと企んでいる」

それなあに？　という無邪気な疑問が、ミーナの顔に浮かんだ。屈託の欠片《かけら》もない。キ・キーマもぼんやりしているだけだ。

　ワタルは一人、この恐ろしい事実に押し潰《つぶ》されそうになるのを、必死にこらえていた。

「北の帝国に、それを売りつけようというんですね？」

　モーターのついた動力船がたくさんあれば、〝針の霧〟に遮られることもなく、風向きに頼ることもなく、北大陸はいつでも望むときに南大陸に攻め込むことができるだろう。

「ねえワタル、それどういう意味？　売りつけるって、何を？　どうしてそんな怖い顔をしてるの？」

　ワタルはミーナに向き直ると、動力というものがどういうものなのか、それで動く船がどんなものなのか、話して聞かせた。

　その効果は絶大だった。ミーナの瞳の底に、めらめらと怒りが燃えあがった。

「何でそんなバカなことを！」ミーナは叫んだ。「〝旅人〟だったヒトが、どうして北大陸の侵略に協力するようなことをするの？　どうして？　この国に、南大陸のわたしたちに恨みでもあるの？　幻界《ヴィジョン》の平和を乱して、何が面白いっていうの？」

　教王は、ミーナではなくワタルの顔を見て答えた。「彼はそれを、幻界の産業革命だと言っていた」

「サンギョウカクメイ？」

「現世の歴史で、実際に起こったことだよ」

ワタルはミーナに説明しながら、その言葉を噛《か》みしめた。

動力。人力に頼らない機械の力。ワタルもここを訪れたばかりのころ、何度となく考えた。幻界ではヒトの力で為《な》していることの大半を、現世では動力と機械がこなしている。その違いに、何度も目を瞠《みは》ったものだった。

「僕は思うんだ——」教王は独り言のように呟《つぶや》いた。「彼ともよくこのことで話をした。意見も言って聞かせた。産業革命も動力の開発も、時が来れば、自然に幻界のなかに生じるはずのものだ。それが未《いま》だ到来しないのは、時が満ちていないからだと」

「現世だってそうだった」と、ワタルは言った。「世界じゅうのあちこちに知恵が生まれ、努力と工夫と研究が続けられて、それが歴史を変えるほどの大きな発明につながってきたんだって、僕は学校で教わったよ。みんなみんな、小さなことの積み重ねの結果だって」

「彼はそれをまどろっこしいと言った」と、教王は続けた。「現世にあるものを、幻界に持ち込んで何が悪い？　そう言ったよ。幻界を富ませ、繁栄させるものなのだから、いいじゃないかと」

「その……動力ってものがあったら、ホントにわたしたち繁栄するの？」

ミーナの素直な問いに、ワタルは返事をすることができなかった。それは〝繁栄〟

の意味による。その〝繁栄〟が、幻界の幸せにつながるものであるかどうかによるのだ。

「彼の言い分は、もちろん建前さ」

「じゃ、本音は何なのよ？」

教王はミーナに向き直った。

「北の帝国は、喜んで彼を受け入れるだろう。彼を帝国の要人として遇するだろう。ネ族のお嬢さん。君の心配しているとおり、動力船があれば、北の帝国はまたたく間に南大陸を征服してしまうだろうさ。今度こそ本当に、幻界の統一帝国をうち立てることになる。そうなったら、我らが脱走者は偉大な興国の功労者だ。北の帝国の皇帝一族に混じって、幻界の頂上に君臨することができる」

ミーナの目の色が薄くなった。「それだけのために――」

「そうだ。たったそれだけのために、彼は現世の知識を幻界に持ち込んだのだ。己の欲のため。だからこそ女神はお怒りなんだ」

ワタルは真実の鏡に目をやった。平らな鏡面は、今はまた、ローブの男と彼を囲むワタルたちの姿を映しているだけだ。

「脱走者は、そんなに簡単に、北の帝国と渡りをつけることができるかな？　動力船の設計図だって言ったって、すぐに信じてもらえるかしら」

「信じるだろう」いささか気の毒そうに目を伏せながら、教王は言った。「僕の知っている限りでも、北の統一帝国は、ずいぶん以前から、真実の鏡を集めようとしてきた。皇帝一族は、真実の鏡の働きを知っているようだね。現世との通路が開けば、どれだけ大きな力になるか、承知しているのだ。だから、何とかして今ここにあるような真実の鏡を作ろうと、一時はかなり手荒なこともやっていたようだ」

ワタルはミーナを見た。ミーナの小さな顔からは、表情らしい表情が消えてしまっていた。心が過去に飛び戻っている。

北の帝国の特殊部隊〝シグドラ〟が、ミーナの家族を襲ったのも、ミーナの家に伝わる真実の鏡を狙っていたからなのだ。彼らが南大陸への亡命者を拉致《らち》して本国へ連れ帰っているというのも、真実の鏡を求める活動と関わりがあるのではないのか。

つと眉《まゆ》をひそめて真実の鏡を見つめながら、教王はワタルたちに問いかけた。

「君たちは、そもそもこの真実の鏡というものが何であるか、知っているかい？」

ワタルは当惑した。質問の意味がわからなかったのだ。

「何って――だから現世との通路を開く――仕掛けというか」

「もちろんそれも重要な働きのひとつだ。だが、真実の鏡は、そのためだけに存在してるわけじゃない」

文字どおり、これは「幻界の真実」を司《つかさど》る存在なのだと、教王は言った。痩せた指で、真実の鏡の縁をそっと撫《な》でている。

「幻界を幻界ならしめている要素――世界の素《もと》。世界を構成する正しきものの集積。そんなふうに言えばいいのかな」

世界の素？　やっぱりよくわからない。ワタルは首を振った。

「まあ、すぐ理解できなくても仕方ないかな。何といっても、君はまだ子供なんだし」

少しばかり皮肉な笑みが、教王のこけた頰に浮かんだ。

「幻界は、虚にして実。有にして無。存在するが、実在するわけではない空《くう》の世界だ」

ますますわからない。教王の一方的な演説を拝聴している感じになる。

「君は幻界の成り立ちも知らないだろう？」

ワタルはちょっとムッとした。

「いいえ。知っています。幻界は、現世の人間の想像力のエネルギーが創りあげている世界だって」

「うん……まあ、その表現も間違っているとは言えないけれど」

「正しくもないって言うんですか？」

「幻界はね、ふたつの鏡の狭間に存在しているんだ。ふたつの鏡が幻界の素なのさ」

ようやく衝撃から醒《さ》めたミーナが、ゆっくりとまばたきしながら顔を上げる。

「ふたつの鏡。そのうちのひとつが、言うまでもなくこの真実の鏡だ。そしてもうひとつは、〝常闇の鏡〟と呼ばれている」

「常闇の鏡――」

「真実の鏡が正しきものの集積ならば、対する常闇の鏡は、たぶん悪しきものの集積なんだろう。たぶんと言うのは、僕も現物を見たことはないからだ。でも、常闇の鏡は必ず存在するはずなんだ。確信がある。なぜなら幻界は、そのふたつの合わせ鏡が造りあげている〝有にして無〟なのだから」

キ・キーマがそっとワタルの表情をうかがった。ワタルは教王の顔を見ていた。まばたきすることも忘れて。

「真実の鏡――幻界を司る真実の集積は、無数の欠片《かけら》に打ち砕かれて、幻界じゅうに散らばっている。そして〝旅人〟が訪れるたびに、彼らを導く道標《しるべ》の役割を果たす。だが、常闇の鏡はどこにあるのか？」

自問自答するように、教王は言った。

「おそらく、まず間違いなく、北大陸にあるのだろう。北と南で一対となり、幻界を造りあげているんだ」

「でも、そんなのおかしいわ」ミーナが声をあげた。「わたしの真実の鏡は、両親から受け継いだものだって言ったでしょ？　わたしの一族は、北大陸の出身なんです。ということは、真実の鏡の欠片は、南大陸だけじゃなく、北大陸にも存在してるということでしょう。つまり真実の鏡は、幻界じゅうに散らばっているんです。だったら、それと対になる常闇の鏡だって、たくさんの欠片になって、同じように散らばっていると考える方が、自然だわ」

　ワタルはちょっと目を瞠った。ミーナがこんなふうに、理屈っぽいほど筋道立った意見を述べるのを、初めて見たからだ。急にミーナが大人びて見えた。

　教王はミーナに頬笑みかけた。その名にふさわしく、無知な信者に教えを垂れるかのような表情だ。

「真実は無数にうち砕かれ、数え切れないほどのヒトびとのあいだに散らばっている。だが、一方の常闇は——悪しきものは、まだひとまとまりの実体となってどこかに存在している。それが幻界の、今の有り様なのではないかと考えることはできないかな？」

　俺には難しすぎるというように、キ・キーマがかぶりを振っている。顔色はますます白い。

「だから幻界《ヴィジョン》は幸せなんだ。今はまだ」

　謎めいた言葉を吐いて、教王は独りでうなずいている。

「しかし、悪しきものがどこか一ヵ所に集められて、誰かがそれを守っているというのは、本当に正しいことなのだろうか？」

教王の問いに、キ・キーマが反応した。寒さのせいで言葉は鈍いが、声は大きい。

「それはもしかして、北の統一帝国が差別や虐殺をしているのは、その常闇の鏡とやらが北大陸にあるせいだって言ってるのか？」

教王は答えず、ゆっくりとワタルたちに背を向けて、真実の鏡に向き合った。

「わからない。だが、常闇の鏡はまず間違いなく北大陸にあるのだと思う。そして、北の統一帝国にとっては、それがたいへんな重荷になっているのじゃないだろうか。だからこそ、皇帝は、手荒な方法を使ってでも、真実の鏡を求めているんだ。常闇の鏡の脅威を封じるために、それに対抗できるだけの力を備えた、完全なる形の真実の鏡を必要としてきたんだ。あるいは、ひょっとしたら、そちらの方こそが切実な望みであって、真実の鏡を通して現世の知識を取り入れるというのは、むしろ、その経過で発生した付属的な要素でしかないのかもしれない……」

しばらく黙っていたので、くちびるがくっついてしまい、ワタルはうまくしゃべれなかった。恐ろしいほどのここの冷気が、あらためて身に染みる。

「め、女神さまは、それについては、あな、あなたに知識を授けてはくれなかったんですか？」

教王は首を振った。「もとより、授ける必要のない無用の知だからね。旅を打ち切った、ひ弱な〝旅人〟には」

そして、話の筋をぐいと引き戻すように、くるりと振り返ってワタルを見た。

「ともあれ、そんな下敷きがあるのだからね。脱走者が北へ渡れば、話はトントン拍子で進む可能性があるよ。脱走者は、今からちょうど十年前に要御扉《かなめのみとびら》が開いたときに、幻界にやって来た〝旅人〟だ。彼の現世《うつしよ》の政情に対する知識は、僕らよりもずっと新しかった。ひょっとすると、旅を打ち切ったときから、今回の企《たくら》みを胸に抱いていて、機会を待っていたのかもしれない」

ミーナは両手を口元にあて、しゃがみこんでしまった。キ・キーマが心配そうに、その華奢《きゃしゃ》な背中を撫でてやる。彼の方もひどく具合が悪そうなのに、その手つきには労《いたわ》りが満ちていた。

「お願いだ」教王はそっとワタルの腕に触れた。本当はぐいとつかみたかったのだろう。でも、彼にはもうその力が残っていないのだ。凍りつく寒さと、飢えと、おそらくは絶望と諦《あきら》めが、彼から気力と体力を奪い去ってしまった。

「脱走者が北へ渡る前に、何としても捕まえてほしい。そして僕らの魂を救ってほしい」

自分よりも年上のヒトに懇願されるなんて、ワタルには耐えられないことだった。だけど耐えねばならないこともわかっている。

「脱走者が出て以来、僕はずっと、この鏡を通して〝旅人〟に呼びかけていた。今は要御扉が開いているときで、新たな〝旅人〟が幻界を訪れていることは知っていたからね。何とか聞き届けてほしいと願っていた」

「あなたは僕を呼んだとき、〝あなたもまた、幼い子供だったのですね……〟と言いました」と、ワタルは言った。

「それはつまり、僕の前にもあなたの呼びかけに応《こた》えて、ここを訪れた〝子供の旅人〟がいたということですよね？」

教王は静かにうなずく。

「それはミツルという少年だったんじゃありませんか？　僕みたいな剣士のタマゴじゃなくて、子供ながらに立派な魔導士です」

「ああ、そうだ」教王の目が広がった。「知っているのか？」

「ええ。僕の友達なんです」

「驚いたな」

ミツルは呼びかけに応え、ほんの数時間の後には風の大魔法を操ってここを訪れたのだという。

「彼の方が……僕より優秀なんです」

「しかし彼は、僕の頼みを聞いてはくれなかった」と、教王はかぶりを振った。「自分が幻界に来たのは、女神に会うためだ。幻界の政情にも南大陸と北大陸の対立にも興味はない、関係ないと言い捨ててね」

いかにもミツルらしいと言えば言える。自らの運命を変えるという〝旅人〟の目的を思えば、当然の反応であるとも言える。それなのに、ワタルはそれを自分のことのように恥じた。ミツルのために弁解してやりたいという気持ちと、ミツルへの腹立たしさに、おなかの底が焦げつきそうになった。

「そのとき、言われたんだ。今の幻界には、もう一人〝旅人〟が来ている。そいつはお人好《ひとよ》しでお節介だから、あんたの頼みを聞いてくれるかもしれないよ、と。だけどあのときの口調では、彼が君と友達だとは、とうてい思えなかった」

ワタルは、今度は自分のために赤面した。ミツルにそんなふうに軽んじられている自分を恥じた。それを恥と感じる自分を恥じた。

「ミツルは、ワタルをこの件に巻き込むことで足止めして、先に運命の塔へ行こうとしてるんじゃないのか？」キ・キーマが鼻の穴をふくらませながら言った。怒っているのだが、やっぱり呂律《ろれつ》が怪しいし動作も鈍くなっているので、何だか可笑《おか》しい。

その可笑しさに救われた思いで、ワタルは笑った。「そんなことないよ、キ・キーマ」

「でもよう！」

「それより、事情はわかったんだ。早くここを出て、ソノの港町へ行こう」

「そうね。あんまり長いこと待たせてると、ジョゾが凍りついちゃうし」

ミーナが、健気《けなげ》にすっくと立ちあがりながら言った。彼女のこういう芯《しん》の強さには、感嘆せずにいられない。

「すぐ出発だ。僕らにつかまってください。歩けますよね？」

ワタルが差しのべた手を、教王はゆっくりと押し戻した。

「どういうことです？」

「僕は逃げられない。言ったろう？」

「だって……あなたは僕に、助けてくれと言ったじゃないですか」

「我々の魂を救ってくれと頼んだんだ。死を逃れたいと思ったわけじゃない」

教王は、椅子につかまりながら移動すると、椅子の上に置いていた槌《つち》を手に取った。持ちあげられず、膝《ひざ》のあたりにだらりと垂れてしまう。

「僕らは脱走者を出し、盟約を違《たが》えて女神さまの怒りをかった。だから罰を受ける。仲間はもうみんな死んだんだ。リーダーである僕が、おめおめ生き延びるわけにはいかない。女神もそれをお許しにはなるまい」

「だけど！」

「君たちが脱走者を捕らえ、彼の企みを砕いてくれれば、僕らの罪も許されるだろう。そして魂が浄化され、いつかは次の世界に生まれ変わることもできるはずだ。だけどこのままでは、僕も、先に逝《い》った僕の仲間たちも、みんなみんな魂が淀《よど》んだまま、永遠に久遠の谷を漂うことになってしまう。だから頼んでいるんだ。助けてくれと」

そんな意味だなんて、思ってもいなかった。聞かされても納得はできない。

「あなたは生きていたくないんですか？　まだまだ若いのに。どうしてそんなに簡単に、今の自分を諦めてしまうことができるんです？」

思わずという感じで、詰問がワタルの口から飛び出した。教王は、ワタルが予想もしなかったほどの勢いで振り向くと、口元を歪《ゆが》めた。「自分を諦める？　僕が？」

「ええ、そうです」

教王は吹き出した。

「諦めてなんかいないさ。むしろ、僕は自分を守りたいんだ。死んでいった仲間たちだってそうだったろう。僕は今さら、穢《けが》れた下界になんか降りたくない。現世でも幻界でも、どっちでも御免だ。僕らの至福の世界はここにあった。ここに、ここにこそ」

手を広げ、周りを指し示しながら、天井を仰いでぐるりと回る。踊るように。

「ここを失うなら、もうこの命なんか要らない。浄められた魂で再び生まれ変わり、次の生でまた楽園を見出《みいだ》す方が、ずっとずっと望ましいことだ」

怯《おび》えて、ミーナがワタルに寄り添った。

「現世では――」と、教王は槌を持っていない方の手で拳《こぶし》を握り、胸を叩《たた》いた。「何ひとつ僕の思い通りにはならなかった。努力はすべて空しく、夢はすべて叩き潰《つぶ》された。誰も僕を理解してくれず、何処も僕を受け入れてくれなかった。僕の人生は、僕を愛してはくれなかった。僕の人生は、僕に何ひとつ与えてはくれなかった。だから僕は、幻界《ヴィジョン》に来たんだ」

ローブの下で、足が地団駄を踏んでいる。

「だけどこの幻界でも、僕の望みはかなわなかった。運命の塔にたどり着くどころか、町から町へと旅をすることさえおぼつかない。何ひとつ思いどおりにはならないことは、現世にいるのと同じだった。だから僕は旅をやめた。女神と取引する道を選んだ。そして、ここに籠《こ》もったんだ」

この造られた神の郷《さと》に？　ヒトの温《ぬく》もりを欠き、暮らしの活気を欠き、壮麗でありながら空虚な神殿のような町に？

「女神さまは、そんな僕らをよく知っていた。ここはね、女神の衣の下に隠された都なんだ。僕らは選民だった。神との盟約に支えられた、雲上人だった。女神との約束、真実の鏡を守るという崇高な役割を与えられて、僕らはようやく、僕らの住むべき世界を見出した。穢れた下界とは一切関わりを持たない。このデラ・ルベシこそが、僕らの楽園だった」

しかし、それを理解せず、卑しい世俗の欲を捨てきれなかった一人の不心得者により、盟約は破られてしまった――

　教王は骨張った拳を額にあてた。

「僕らはここで、神々のように暮らしていた。幻界を下に見て、孤高で清浄な日々がここにはあった。これこそが僕の望んでいたものだった。だからこそ僕は〝教王〟と呼ばれていたのだ。地上に容《い》れられず、無知な世間の連中の理解の届かない教義を胸に抱く王だ。わかるだろう？」

　何を教える？　何を奉じる？　何を司《つかさど》る教王だ？

「もしもあんたが」キ・キーマがのろのろと口を開いた。「本当にそんな立派な教えをもたらすことのできる〝教王〟だったなら、どうしてあんたらを裏切り、ここから逃げ出して、北へ渡って自分だけ好《い》い思いをしようなんていう輩《やから》が現れたんだ？」

　教王は答えなかった。キ・キーマの問いかけが聞こえなかった――いや、そんな問いかけなどなかったかのような横顔を見せている。

　ややあって、教王は静かに呟《つぶや》いた。「僕らを理解しない者は、僕らの仲間ではなかった。あいつはそもそも、ここにいる資格のある人間ではなかったんだ」

「脱走者がここにいたころから、あなたはそう思っていたんですか？」と、今度はミーナが問いかけた。「そう見抜いていたの？　だったら、こんなことになる前に、どうして手を打たなかったんです？」

教王は振り向くと、口元を尖《とが》らせた。「君らに僕を責める権利なんかない。あんなヤツのせいでこんな事態になってしまった。裏切られて傷ついて、僕がどれほど辛《つら》い気持ちでいるか、ちっともわかってないくせに」

「だって……」

「第一、そんな言い方は、女神の選民に対して非礼だぞ」

ミーナがワタルの顔を見た。困ってもいるし、呆《あき》れてもいる。

ワタルはふと思った。僕には、どうしてこのヒトが幻界の旅を打ち切ったのか、その理由がわかるような気がする。

きっとこのヒトは、いつもこんなふうだったんだ。胸にあるのは自分の言い分だけ。見るものも、自分の見たいものだけ。求めるものも、自分のほしいものだけ。傷つくのも、いつも自分だけ。

思いどおりにならないものを捨て、気に染まないものを切り離し、そこにあっても見ないふりをして、ひたすらに求めるものはただひとつ。自分が求めるにふさわしいものだけ。

それでは何処にも居場所なんかつくれるわけがない。誰の親切も届かなければ、誰に裏切られようと、その兆候を感じることだってできるはずがない。

そして、ようやくたどり着いた安息の地は、女神との盟約という、燦然《さんぜん》と輝く空虚だ。

選民だ。教王はそう言った。それは何だ。何から、どんな理由で選ばれたのだ。抜け殻になることで、見返りに得たものがそれだというのか。

教王じゃない。虚王だ。虚《うつ》ろの王様だ。なるほど女神はそれをご存じだった。だからこそ、こんな紛《まが》い物の神の郷を創ってお与えになったのだ。

もう充分に凍えている身体に、それでもなお寒気が走った。

思い当たったのだ。さっき、教王の顔が誰かに似ていると思った。それが誰なのか、閃《ひらめ》いたのだ。ルゥ伯父《おじ》さんと買い物に出かけたとき、道ばたでワタルにぶつかり、転んだワタルに謝ることも、助け起こすことさえせずに、手を踏んづけて通り過ぎようとしたあの若者の顔だ。

あの時ルゥ伯父さんは、猛烈に怒っていた。あの若者も、そんなルゥ伯父さんに腹を立てているように見えた。だけどその実、なぜルゥ伯父さんがそんなに怒るのか、理解している様子はなかった。なんで見ず知らずの他人に文句を言われなくちゃならないのかと、ふてくされていた。

あの若者には、本当にワタルの存在が見えなかったのだ。ワタルは存在していなかった。少なくとも人間の子供としては、そこにはいなかった。あの若者にとっては、ワタルはただ通り道を塞《ふさ》ぐ障害物でしかなかった。だから、手を踏んづけて通り過ぎようとしただけだったのだ。道ばたの空き缶や、空っぽになったコンビニのビニール袋を踏むように。

もし、あの若者が幻界を訪れたなら、彼もまた教王になるのではないか。それこそがいちばん自分にふさわしいと、心の底から満ち足りて。

　よそう。考えすぎだ。

「あなたのその髪は……」

　最後にひとつ、ワタルは小さな声で訊《たず》ねた。

「その白髪。この都が女神さまの懲罰を受けて凍りついて、恐ろしさのあまりにそうなってしまったんですか？」

　教王の表情に、ここで邂逅《かいこう》したとき最初にワタルが見た、倦《う》み疲れて退屈しきったような色が戻りつつあった。だるそうに口の端をさげて、彼は答えた。「僕は望んでこうなったんだ。若さなんて要らなかった。若さにつきまとう未熟さは、神の選民にふさわしいものじゃないからね」

　そうか。それならもう、これ以上訊ねることは残っていない。

　キ・キーマとミーナは、根がはえた上に凍ってしまったみたいに動かない。ワタルは教王の顔に目を据えたまま、言った。

「二人とも、行こう」

「でも、ワタル……」

「いいんだよ。このヒトは、ここに残ることを望んでるんだ。僕らには――僕にはそれを邪魔する権利はない」

「ああ、行くがいい」

教王はゆっくりと顔をほころばせた。そして大儀そうに槌《つち》を持ちあげると、一度その柄を肩に載せてひと息つき、真実の鏡へと向き直った。

「僕の最後の仕事がこれだ。この真実の鏡を打ち砕く。僕らが集めてここに奉じていた真実の鏡は、再び元の欠片《かけら》に戻り、幻界のヒトびとのなかに散らばるだろう。そして、それぞれの役目を果たすために、新たな〝旅人〟に見出されるときを待つのだ。それこそが、幻界の〝真実〟の、もっとも正しい有り様だと女神はお考えになっている」

教王は祈るように目を閉じた。

「これが終われば、女神の最後の懲罰が下される。君たちも、巻き添えになりたくなかったら急いだ方がいい」

最後にもう一度だけ、教王の目がワタルの目をとらえた。

「行きなさい。そして旅をまっとうするんだ。僕らには果たせなかったことを、君にはやり遂げてほしい」

その瞬間、その刹那《せつな》だけ、教王の仮面が剝《は》がれ、その下の素顔がのぞいた。それを見たと、ワタルは思った。現世《うつしよ》でもたらされた自らの運命を変えようと、固い決意と悲壮な願いを胸に、何のあてもないまま幻界を訪れた、孤独な〝旅人〟。

あまりに悲しくて、ワタルは泣き叫びそうになった。やっぱり、あなたをここに置き去りにするなんて、僕にはできない。僕にそんなことをさせないで。

だが、教王はワタルの想いを読み取り、それが言葉として発されることを許さなかった。ひたとワタルの目を見据えて、彼は命じた。「行くんだ。悪しきものに気をつけろよ」

ワタルはそろそろと後ずさった。ミーナがワタルの腕を引っ張る。教王は痩《や》せた腕に力を込め、槌を持ちあげようとする。ワタルは急に糸が切れたようになって、走り出した。広間の階段を駆けあがり、アーチの前で振り返ってみると、教王がよろめきながら、真実の鏡に向かって槌を振りあげているところだった。その光景が、ワタルの目に焼きついた。教王の顔が、記憶のなかの若者の顔とダブった。でもそれは、さっき思ったほどには似ていないように見えた。ワタルの錯覚であるのかもしれなかった。

立ち去るワタルの足どりが、次第に速くなった。ミーナもキ・キーマも走り出す。たとえこの都に崩壊の時が迫っておらず、安全な場所であったとしても、やっぱり同じように逃げ出すことだろう。振り返ることもなく、一目散に逃げ出すことだろう。逃げなければ、離れなければ、置き去りにするものの重さに引かれて、沈没する船のつくりだす大渦に巻き込まれるかの如《ごと》く、自分もここで、一緒に滅びてゆくことになるという、恐ろしい確信があったから。

「あ、君たち！」

　ジョゾの大きな身体が飛び跳ねている。

「やっと戻ってきたね。心配してたんだよ。用は済んだの？」

「う、うん」

　ワタルには言葉がなかった。しばらく地下にいたあいだに、神殿のような町の寒さはいや増していた。そのせいだ。またくちびるが痺《しび》れてくっついちゃったんだ。気持ちのせいじゃない。

「間にあわないんじゃないかと、ハラハラしてたんだ。すぐ飛びあがるからね。しっかりつかまってるんだよ」

「間にあわないって――ジョゾ、どうかしたの？」

　ジョゾは真紅の翼の先で、空の一点を指し示した。

「あれを御覧。真っ直ぐこちらに飛んでくる」

デラ・ルベシを覆う雲のなかに、ダイアモンドのような硬質の光を放つ、真昼の星が見える。よく見ると動いている。翼があるようにも見えるのは、目の迷いか。

「あれは女神さまの僕《しもべ》だよ。きっとここに懲罰の風を運んできたんだ」ジョゾは言って、ぶるりと震えた。「僕はそんな場所にいたくないよ。さ、行くからね！」

たちまち、ジョゾは高く舞いあがった。一気に雲のなかに突っ込むと、デラ・ルベシから遠ざかろうとする。

分厚い雲の流れのなかで、ワタルは近づいてくる星を見た。それには本当に翼があった。それは、まさに氷そのものだった。

無数の氷片が寄り合い、重なり合って形を作っている。氷の神鳥だ。ジョゾよりももっと大きい。翼をひとうちするたびに、耐え難い冷気を吹きおろす。

氷の神鳥は、まっしぐらにデラ・ルベシへと向かってゆく。

「ジョゾ」

「なあに？」

「できたら、この辺をぐるぐる廻《まわ》っていてくれる？　デラ・ルベシがどうなるか、気になるんだ」

「見ても怖いだけだよ。およしよ」

「お願いだよ。見届けなくちゃいけないんだ、僕は」

しょうがないなあと鼻を鳴らして、それでもジョゾは鼻先をデラ・ルベシへと戻した。ゆるりと大きく旋回する。

氷の神鳥は、デラ・ルベシを囲む二重の城壁の、内側の方に止まると、そこでいったん翼を休めた。それから大きく両の翼を張り直し、羽ばたきを始めた。

ひとつ羽ばたく。吹雪が巻き起こる。ふたつ羽ばたく。空気が凍る。氷結した建物が、道が、絶対零度を超えて崩壊してゆく。

雪の塊が、空から降ってきたときの、微細な結晶に戻ってゆく。ドームの天蓋《てんがい》を支える彫像たちが倒れる。回廊が砕けて、氷の粒が空に舞う。波にさらわれる砂の城のように、数々の円柱に囲まれた神殿たちが、端から形を失くして無に還《かえ》ってゆく。城壁が倒れる。まず外側が。ついで内側が。氷の神鳥は舞いあがり、デラ・ルベシの上を旋回しながら冷気を送り続ける。

「あれを見て」

ミーナがワタルの隣で指さした。

「文様が壊れてゆくわ」

ワタルたちを運んでくれたエレベーター。文様を描く氷の筋が、いっせいに濃く浮きあがったかと思うと、それと地面との隙間に、氷のため息を吐き出した。そしてゆっくりと下降してゆく。最初は水平に降りていたが、すぐに片方へ傾き、角が欠け、一筋、二筋とひびが入り、下降を続けながら崩壊し、やがて数え切れないほどの氷の破片と化して、地響きと共に地下へと雪崩れ落ちていった。

「女神さまがお怒りだ」と、ジョゾは言った。彼は事情を知らないはずなのに、すべてを承知しているみたいな、悟りきった瞳《ひとみ》をしていた。「ああ、悲しいね。悲しい味が濃くなったよ。女神さまはお嘆きだ。いったいここにいたヒトたちは、どんな罪深いことをしたんだい？」

ジョゾの首にしがみつき、くちびるが凍るのを感じながら、ワタルはデラ・ルベシの最後を見届けた。

空しいものは空しく、無は無へと還《かえ》る。

ほどなくアンドア台地には、雪と氷と、ありのままの自然だけが残された。

来たりた時と同じように、氷の神鳥は音もなく飛び去り、雲の彼方《かなた》へと消えた。ワタルはそれを見送らなかった。ジョゾは遠巻きに、もう神鳥に近づこうとはしなかった。

静まりかえった空。雲の流れ。

少しずつ、視界が晴れてゆく。懲罰の時は終わったのだ。

「もう行こうぜ」

キ・キーマがカスカスとかすれる声で呟《つぶや》いた。「俺、もう限界だ……うん？」

そうだね、帰ろうと言いかけたワタルの袖《そで》を、キ・キーマの指が不器用につかみ、ワタルの身体を一方にねじ曲げた。

「どうしたの？」

「あれ、あれは何だ？　何か光ってるぞ」

キ・キーマの指さす方、今や見渡す限りの雪原となったデラ・ルベシで、確かに何かが赤く輝いている。小さいけれど強い輝きだ。

「ジョゾ、あんなところにウロコを落とした？」

「落とさないよ。そんなもったいないことしないってば」

「じゃ、あれは何？」

ワタルの胸がときめいた。ここ数時間のうちで初めて、吉兆に動悸《どうき》が速くなった。

「キ・キーマ、あと五分辛抱できる？」

「お、おう」

「ジョゾ、降りられるかな」

ジョゾの大きなぐりぐり眼が、上目遣いにワタルを見た。「本気なの？」

「うん。ごめんよ」

やれやれ……鼻息をぶふふと吐き、ジョゾはＵターンしつつ下降を始めた。アンドア台地に積もる雪の粒は、そのひとつひとつが限界まで硬く凍っているので、小麦粉みたいに軽く舞いあがり、風に吹き飛ばされてゆく。ジョゾの背に乗っているうちはよかったが、地上に降りると、たちまちのうちにワタルは雪の粒のヴェールに覆われてしまった。

「キ・キーマはここにいて。すぐ戻るよ」

期待があった。それと同じぐらい強い確信もあった。顔や肩先から痺《しび》れるほど冷たい粉雪をはらい落としながら、ワタルは赤い輝き目指して雪原をかき分けた。すぐ後ろに、ミーナもついてくる。

「ワタル、もしかして……」

「うん。僕もそう思う」

今はもう、あの台座は跡形もなく消えてしまった。花木の植え込みも凍って砕け、無に帰した。でも、あのオブジェは残っていた。元の大きさの、四分の一ぐらいあるかないかだ。でも、丸い珠《たま》の輪郭の一部が残っていた。それは受け皿のようにちんまりと雪原に据えられて、赤い輝きは、その中央でまたたいていた。

ワタルが近づき、手を差しのべると、赤い輝きはすうっと宙に浮きあがった。もう、間違えようがない。

第三の宝玉だった。ワタルは勇者の剣を抜き、右手で掲げた。

宝玉がまたたく。その光は、雪原に突如出現した、小さな小さなオーロラのようだ。

そのオーロラのただ中に、真紅の衣を身に纏《まと》い、白銀の胸当てをつけた少女の姿が現れた。結い上げた黒髪が一筋だけ乱れて、秀でた額に垂れている。

――待っていました、〝旅人〟よ。

精霊の呼びかけに、ワタルはその場でひざまずいた。

――私はこの世の希望を護《まも》り育て、ヒトの未来を司《つかさど》る精霊です。私を疎んじ、私を恐れ、私を必要としないヒトびとの手で、長らくこの台地に封じられておりました。解き放ってくれて、ありがとう。

ワタルの心の目に、すべてを捨て、ようやくこの地で安息を得ていたのにと、嚙《か》みしめるように語ったときの教王の姿が蘇《よみがえ》った。彼らが希望を捨て、未来を封印することによって得ていたかりそめの平穏は、跡形もなく滅び去ってしまった。

――振り返ってごらん、勇者よ。

ワタルが後ろを見ると、ミーナと二人分の足跡が、雪原の上に残っていた。

――私が存在することができるのは、倦《う》まずたゆまず歩み続けるヒトの道の上だけです。歩みを止めたヒトのもと、絶えてしまった道の先には、永らえることができません。どんなときでも希望を胸に、未来を仰ぎ、顔を上げて進みなさい。さすれば、私はいつでもあなたと共にありましょう。あなたの後ろに残る道こそ、あなたの行く手を拓《ひら》く道標《しるべ》となることを忘れずに。

希望と未来の精霊は頬笑み、姿を消した。第三の宝玉はひときわ明るく輝くと、勇者の剣の鍔《つば》へ、吸い寄せられるようにしてそっと収まった。勇者の剣に、また新たなエネルギーが注ぎ込まれ、精霊の守護の力がいや増すのを、ワタルは全身で感じ取った。

目を閉じ、両足を踏みしめてしっかりと雪原に立つと、頭上高く、勇者の剣を差し上げた。それを待ち受けていたかのように、分厚い雲間から一条の陽光がさしかけて、ワタルを包み、祝福を与える。

残る宝玉は、あとふたつ。

40　離れる心

港町――ソノ。

船着き場の一角、古びた板張りにトタン葺《ぶ》きの屋根の倉庫が、侘《わ》びしく立ち並ぶ。海風に雨樋《あまどい》はすっかり錆《さび》つき、死んだ虫の脚のように折れ曲がって、軒先からぶらさがっている。それをまた海風が揺すり、雨樋が壁にぶつかって、かたん、かたんと寂しい音をたてる。町から見おろす海は青黒く、潮の匂いは淀《よど》んで濃いけれど、港町の活気はここには足らず、うねうねと続く街路を歩くヒトびとの足どりも、心なしか重たげである。

ソノは乗り遅れた町だった。風船《かざぶね》航路の開発と共に隆盛となり、富に富を蓄積してさらに勢いを増す、風船持ちの大商人たちの誘致が後手に回った。零細風船商人たちによる、中型の風船の交易で運び込まれ、また運び出されてゆく商品の、陸路での運搬ルートと手段の確保にも後れを取った。規模こそ小さいがかつては活発な漁師町だったソノには、魚や魚を原料とする加工食品の運搬の経験の蓄積こそあったものの、北大陸がほしがり、またその見返りにと南大陸に売り込もうとする種々雑多な品々を取り扱うには、いささかノウハウが足りなかったのだ。食品と雑貨を同じ倉庫で管理することはできない。北の統一帝国の特権階級が風船商人たちに売って寄越した骨董《こっとう》家具は、デリケートな修復や研磨が必要なものばかりで、手をかければ高価なものになると見当はついても、ソノの港の男たちの無骨な手には余った。他所《よそ》の町へ持ち込むにも、運び出す手順に戸惑っているうちに、年に数度の商業機会を待ち受けて、感覚を研ぎ澄ましている風船商人たちに見限られ、やがて相手にしてもらえなくなってしまった。

もともと、正しい意味での〝海の男〟というよりは、漁《すなど》る男たちであったソノの働き手たちは、海から糧を得ることができなくなったと見切りをつけると、散り散りになってソノを離れていった。残った者たちは、少しずつ痩《や》せてゆくソノの町の経済に、すがるようにして細々と暮らしを続けてきた。

だが、時を経て、ハタヤやダクラのような堂々たる工業港、商業港が繁栄を極め、当然のことながら連邦政府の厳しい監視下に置かれ、統制を強められていったが故に、巡り巡ってこのソノの小さな港には、皮肉な役回りが廻《まわ》ってきた。交易の鑑札を得ることができず、元手も乏しく、連邦政府に顔も利かないが、海を渡る腕と度胸と山っ気だけは誰にも負けないというもぐりの風船商人たち——闇のブローカーという言葉こそふさわしいヒトびとの必要を満たす役回りが。

密航の仲介である。

今では、それはソノの町の隠れた資金源となっていた。誰も知らないことになっており、また知らない者にはまったく届かぬ知識。しかし、必要に迫られて知ろうとする者には、こっそりと裏口の戸を開けて招じ入れる、密航の仲介者と船乗りたち。内職というには大規模すぎ、産業と呼ぶには後ろ暗いながら、町を生きながらえさせるために、ソノの港に生きてきたヒトびとは、この役回りを演じるしかなかった。またそれには、他の町でも他の方法でも満たすことのできない楽しみと一抹のスリルがあるという、特殊な付加価値もあるのだった。

肩を並べて海風のなかに佇《たたず》む倉庫街は、道ばたで時間を潰《つぶ》しながら仕事が来るのを待っている労働者たちのような風情を湛《たた》えている。そのなかに、ヒトの握り拳《こぶし》の形を商標とする小さな船会社があった。この会社の所有するたったひとつの倉庫の壁には、やはり同じ商標が、色褪《いろあ》せてなお目立つ黄色いペンキで描かれている。二階部分にある事務室は、壁の羽目板に染みついた潮と黴《かび》の臭いと、がたついた窓枠のせいでひどく貧乏たらしい雰囲気ではあったが、それを気に病む事務員は一人もいなかった。この会社の社長であり、やはり一艘《そう》しかないオンボロ中型風船の船長《キャプテン》でもあるアンカ族の老人は、港にもやってある船のなかで生活している。他に家を買ったり借りたりする金の節約になるし、自身で船の手入れと警備をすれば、その経費も浮くからである。

そして、事務員もおらず客の一人も寄りつかない事務室は、北大陸への密航を希望する南のヒトびとを、出航のときまで匿《かくま》っておくための、たいへん便利な隠れ家として機能していた。もっとも最初から、船長が望んでそうしたわけではない。誰かを匿うなどという作業は、実際にやってみるとかなり難儀なものである。できるならば、密航を望むヒトとの話がまとまり、前払金を受け取ったなら、後はいざ出航というときに港で落ち合うまでは、互いに顔を合わせずにいた方が快適だ。だが、そんなふうにして船出まで泳がせておいた客が、寂れた町で騒ぎを起こしたり、挙動不審を咎《とが》められてブランチにひっぱられたりして、話がおじゃんになるだけでなく、こちらの稼業まで露見しそうになるというアクシデントを何度か経験して、船長は学んだ。いざ船に乗り込み、板子一枚下地獄の海原に出てしまうまでは、客を自分の目の届くところに留《とど》めておく方が安全だと。

なに、いずれにしろ北へと出航できる時機は、年に三度か四度あるだけだ。年がら年じゅう誰かを匿ってやらねばならぬというわけではない。しかもそのたびに、事務室が密《ひそ》かな客を泊めるのは、せいぜいひと晩かふた晩、長くても四、五日のことである。各地の星読みたちが、出航好適の合図を出してくれたなら、とっとと客を船底に押し込めて、大型風船で混み合う沖合をするりと抜けてしまえばいい。それでオサラバだ。

しかし、今回の客は少々勝手が違った。

若い男だが、とにかくやたらに急いでいた。何が何でもできるだけ早く北へ渡りたいと、脅すような口調で言い募るのだ。彼が船長のもとを訪ねてきたのは、まだ出航好適時機の来る数日前のことだったのに、今夜にでも船を出せと迫るので、しまいには船長も腹を立ててしまったほどである。

風が吹かねば風船は出せぬ。時機が来ても、港まわりを警備しているブランチの目を盗まないとならないので、出航するタイミングも難しい。怒りながらも船長はそう説明し、誰か他の仲介者をあたってくれと、男を追い出そうとした。すると男も怒り狂って、そこらの椅子だの壁だのをドカバカ蹴《け》っ飛ばした挙げ句、倉庫から出ていこうとして、階段を転げ落ちた。足を踏み外したのではなく、倒れてしまったのだった。興奮しすぎて目を回してしまったらしい。

船長は往生した。このまま道に放り出してしまってもいいのだが、近所で怪しい行き倒れが出れば、ブランチのハイランダーたちがあたりを嗅《か》ぎ回ることになるだろう。ソノの町では、密航に関わっている船主や船乗りたちは、それなりにブランチを懐柔し、見て見ぬふりをしてもらう術《すべ》を心得ていたが、ハイランダーたちのなかには買収のきかない堅物がいるし、ソノのブランチも、他のブランチとのバランスをとり、首長の顔色を窺《うかが》う必要に迫られて、ときには抜き打ちで強面《こわもて》に出ることもあるから、油断ならないのだ。

仕方ない。船長は失神している若い男を事務室に運び込み、介抱してやった。男は手荷物らしいものをほとんど持たず、ただ、紙筒みたいなものを後生大事に抱え込んでいるだけだった。ガリガリに痩せていて、着た切り雀の服はボロボロ。靴の底も抜けかけているし、足には豆がいっぱいできている。手にもロープでできたような切り傷の痕《あと》がたくさん残っていた。山登りでもしていたのだろうかと、船長は訝《いぶか》った。

さらに不思議だったのは、この客がまだ意識を取り戻さないうちに、彼を訪ねて別の来訪者があったことだった。しかもそれはガキだった。星読みか、鉱山と工業の国アリキタでは非常に珍しい存在である魔導士みたいな出《い》で立ちで、足首まで届く丈の長い黒マントを羽織り、ごたいそうな宝玉のついた杖《つえ》を手にしているが、逆さまにしてみたって、せいぜい十一、二歳の子供である。そして、やっぱり北へ渡りたいという。

「おまえさん、この男の連れかね？」

船長の質問に、血の気の失《う》せた顔で横たわっている若い男を横目に見ながら、そのガキは答えた。「連れじゃない。ただ、この男と一緒にいれば、確実に北へ渡れると考えて追いかけてきたんだ」

およそ親しみの感じられない口調だったから、本当に知り合いでも何でもないのだろう。倒れた若い男を見ても、眉毛《まゆげ》の一本も動かさなかった。いやいやこの子供の場合は、産毛一本そよがせなかったと言った方が正しいか。

金は持っていると、魔導士みたいなガキは言った。船長はそれを確認し、前払金を受け取った。どうやって稼いだのか訊《たず》ねかけて、やめた。何だか薄気味悪かったのだ。

連れではない知り合いではないと言いつつ、魔導士みたいなガキは、寝込んでいる若い男の持っていた紙筒を勝手にいじり回し、中身を検分した。フンフンとうなずいている。それは何だと船長が訊《き》くと、あんたには関係ないと言う。生意気なガキだと言うと、それでも客だと言い返された。

紙筒の中身は、何かの図面のようだった。少なくとも船長にはそう見えた。

やがて若い男が意識を取り戻すと、魔導士みたいなガキは彼と何かひそひそ話を始めた。事務室に食事や水を持っていくときに、船長はその断片を漏れ聞いたが、たいていはガキの方がしゃべっていて、

「あんたのことはキョーオウから聞いた」

「鏡は壊されるだろう」

「あんたの目的なんかに興味はない」

そっけない口調で、そんなわけのわからないことばかり言っている。若い男の方は、

身体が弱っているせいもあってか、すっかり恐れ入り、ガキに太刀打ちできないようで、あるときなど、どうか自分も一緒に連れて行ってくれと、ぺこぺこ頭をさげていた。どうやら若い男は、船長に前払金を払ったことで、一文無しになってしまったらしかった。俺は危うく無料《ただ》働きをするところだったと、船長は苦り切った。

こんな具合だったから、船長はいつにも増して注意深く、この客を事務室に留めておくことに心を砕き、目を離さなかった。ただ、ガキと若い男は、まったく外に出ようとしなかったから、さほどの手間はかからなかった。それに、好んで接近したい相手ではなかった。船長が何か話しかけるたびに、魔導士みたいなガキから、凍りついてしまいそうな冷たい視線を向けられるのも不愉快だ。

薄気味悪さは、日が経つほどに増した。実は、魔導士みたいなガキの懐が温かそうなのと、彼の持ち歩いている杖があまりに立派であることに興味を惹《ひ》かれ、船長の腹に、少しばかり悪い考えがかすめたことがある。ガキを叩《たた》きのめして、あの杖を奪っちまおう――と。

もちろん、そんな考えは腹の底に収めて、顔には出さなかった。悟られるはずはない。だが、何度目かの食事を運んでいったとき、船長の目がつと壁に立てかけられた杖の方に向くと、事務室の粗末な備品のひとつである木の机が、いきなり壁際からずるずると動いて、船長と杖のあいだに割り込んだ。誰が動かしたわけでもなく、ひとりでに動いたのだ。船長は腰を抜かしそうになった。

うふふと含み笑いが聞こえて振り向くと、ボロボロになってスプリングの飛び出したソファに腰かけ、足をぶらつかせながら、魔導士みたいなガキが笑っていた。

「余計なことを考えない方がいいよ」

そう言った。と、またぞろ唐突に机がずるずると後退して、元あった場所に戻った。机の上に載せてあった古いペン立てとインク壺《つぼ》が、はずみでころりと転げて床に落ちた。

壁際で、杖の頭についている宝玉が、最初は赤く、次に薄緑に、そして蒼《あお》く、最後に琥珀《こはく》色にとまたたきながら色を変え、意味ありげに光った。

口のなかで、舌を噛《か》みそうなほどの勢いで女神を讃《たた》える言葉を唱えながら、船長は逃げ出した。ありゃ本物の魔導士だ。とんでもない術士だ。くわばら、くわばら。

こうして――今日で五日が過ぎた。

船長は倉庫の扉を開けて中に入ると、しっかり鍵《かぎ》をかけ閂《かんぬき》をかった。客を泊めているあいだは、いつもこうするのだ。そして二階の事務室にあがっていった。

今夕、日没後に出航する。それを伝えに来たのだった。正直、ほっとしていた。あんな客、とっとと厄介ばらいしてしまいたい。反面、あの不気味な魔導士のガキを乗せて海に乗り出し、北大陸へ渡るまで、半月近くを一緒に過ごすことになるのだと思うと、気が重かった。わしももう、こんな暮らしから足を洗う潮時がきとるのかもな……。

階段の踊り場まで来たとき、頭上で「うぎゃっ」というような悲鳴が聞こえた。船長はその場で凍りついた。ありゃ何だ？　誰の声だ？　あのチビの魔導士が、またぞろ何かやらかしとるのか？

回れ右して階段を降り、逃げてしまおうという思いと、事務室まで駆けあがって怒鳴りつけてやろうという思いの板挟みになって、船長は逡巡《しゅんじゅん》した。と、もう一度「わああ」という――今度は悲鳴というより、泣くような声だった――叫びが聞こえてきて、事務室のドアの、上半分にはめられていた曇りガラスが木っ端微《み》塵《じん》に爆発した。次にはドアそのものがばたんと外側に開き、壁にぶつかって跳ね返る。ガラスの破片が船長のところにまでパラパラと落ちてきた。

船長は呆然《ぼうぜん》とした。もしも、ガラスの割れたところから、震えあがるような冷気が吹き下ろしてこなかったなら、そのまま立ちすくんでいたことだろう。冷気に顔を洗われて、船長はようやく我に返った。這《は》うようにして階段をのぼり、そのあいだに、顔や髪や口髭《くちひげ》にくっついたガラスの破片を振り落とした。

「い、い、今のは何だね？」

事務室のドアから、おそるおそる顔を突っ込んで、船長は訊ねた。が、その言葉は、途中でくしゃみに変わった。痛いほどの冷気が鼻に飛び込んできたからだ。おお、寒い！　耳たぶが凍りそうだ！

魔導士のガキは、壁際に立って、片手を腰に、片手で杖を持って、何かを見ていた。ガキの足元にうずくまっている——

氷の塊を。

それはヒトの形をしていた。何かに驚き、きゃっと叫んで逃げ出しかけて、それが果たせず、救いを求めるように片手を壁に張りつけて、そのまま凍りついてしまったというような形だ。

「こりゃ……何だ」

船長の問いに、魔導士のガキは肩をすくめた。「あんたの客だよ」

「あ、あ、あの、わ、若い男か？」

「そうだよ」

船長ははいはいする幼児のようになって、魔導士のガキの足元に這い寄った。

「い、いったいどうしたというんだね。何で凍っちまったんだ？　この寒さは何だ？」

魔導士のガキを見あげて、船長は目を見開いた。

「おまえがやったのか？　ま、魔法をかけて」

「僕じゃない」魔導士のガキはかぶりを振る。

「そうだな……これは、言ってみりゃ天罰ってところだよ」

「天罰？」

「うん。きっと、デラ・ルベシに女神の審判が下ったんだろう。だからこの男も、逃げても逃げ切れなかったってことさ」

魔導士のガキはさっと黒マントの裾《すそ》をはためかせ、あの若い男が寝ていたベッドの枕元から、例の紙筒を取りあげた。

「おまえさん、それ――」

「こうなっちまったら、この男には宝の持ち腐れだ。僕が利用させてもらう」

「だけど、そりゃ他人《ひと》のものだぞ、坊ず」

船長は、思わず子供を叱る口調になった。が、ガキの魔導士はおよそ子供らしくない目つきで船長を見やり、

「こいつだって」と、紙筒の先で氷と化してしまった若い男を指すと、「どこかからこれを盗んできたのさ。褒められた話じゃない」と言い捨てた。

「ところで、出航はいつなの」

「え？ ああ、今夕だ。本当は夜中の方がいいんだが、今夜は月がないから、あまり暗くなると危険なんでな。ブランチの警備艇が周回パトロールを終わったころを見計らって船出するよ」

「あ、そう。ずいぶん待たされたよ」

船長はガタガタと震えていた。寒いのと怖いのと、両方だ。

「この……氷をどうしたらいい？」

「放《ほ》っときゃ、解けて水になるよ」

しかし、元はヒトなのだ。「溶けたら、血が流れやしないかね」

「そんな心配はないと思うけど、嫌なら僕が片づけてやってもいいよ」

船長はごくりと喉《のど》を鳴らした。喉が干あがっていた。頼むと言いたいが、言ったら何をされるかわからないという気もした。

「ブランチに……露見《ばれ》ねえか？」

「ブランチ？　ああ、ハイランダーとかいう手合いか」魔導士のガキはつまらなさそうに吐き捨てる。

「そうだ。ここで手入れを食ったら、出航できねえ。あいつらを見くびると、えらい目に遭うぞ」

「心配ないよ。跡形もなくきれいに消してあげるから」

にやりと笑う。船長はまた寒くなった。やっぱりこんな客、引き受けなきゃよかったという後悔の念を嚙みしめて——

そのとき、階下の出入口の扉を、門が反るほどに強く叩きながら、大声で呼ばわる声が聞こえてきた。

「おーい、船長！　そこにいるか？　いるなら開けてくれ。こちらはブランチの者だ。あんたに訊《き》きたいことがある」

船長は魔導士のガキの顔を見た。自分でも、情けないほどにすくみあがっているのがわかった。だが、魔導士のガキは落ち着き払っている。

「どうやら邪魔が入ったようだ」

そう言って立ちあがった。

「あんたの船は、すぐにでも出航できる状態になってるんだな？」

「あ、ああ。準備はできてる」

「じゃ、出かけよう」

「しかし、ブランチに追跡されながら港を出ることはできねえよ」

「大丈夫だよ。沖まで、僕が運んでやる」

魔導士のガキが杖《つえ》を手にすると、また宝玉が輝いた。


ワタルたちは、アリキタとボグの国境、関所に近い街道沿いの森のなかでジョゾと別れた。ジョゾはこのままソノの町まで皆を乗せて行くと申し出てくれて、一度は空を飛んで国境を越えたのだけれど、小さな町の上をいくつか通過しただけで、下界でかなりの騒ぎが起こっていることに気づいたのだ。ドラゴンはただでさえ珍しい生きものだが、工業国のアリキタでは、既にしてほとんど神話のなかだけの存在になっているらしい。ジョゾが言うには、アリキタは南大陸の他の場所よりも空気が汚れているので、ドラゴンたちにも嫌われていて、彼も彼の仲間も、ほとんど飛んできたことがないのだそうだ。

それでなくても人心が動揺している昨今、余計なトラブルは起こしたくない。ジョゾを危険に巻き込むのも望ましくない。だからワタルたちは引き返し、ジョゾを龍《りゅう》の島へ帰して、それから関所に駆け込んだ。デラ・ルベシの実状から説明を始めていたらかえって手間がかかってしまうので、出所は明かせないが確かな情報だと、例の倉庫の件を伝えて、居合わせたカルラ族に、まずソノの町のブランチへ急行してもらった。そして自分たちもその後を追った。

ワタルたちがソノのブランチに着いてみると、指揮官の所長と連絡員一人を残して、既に全員が問題の倉庫へと出向いた後だった。黄色い拳《こぶし》を商標とする風船会社は、アンカ族の老船長が一人いるだけの零細会社で、これまでにも何度となく密航を仲介していた疑いがあるという説明を聞き、ワタルは事実を確認してむしろほっとしたが、キ・キーマはちょっと苦い顔をした。どうしたのと小声で訊いてみると、

「ここのブランチじゃ、今まで、よほどのトラブルが起こらない限り、たぶん、密航

の仲介を見逃してきてるんだよ。本音と建前の使い分けさ」と、声を潜めて教えてくれた。

　そういうことはあるんだろう。ワタルだって現実の世界で、そういう事柄がニュースとして取りあげられるのを見聞きしている。

「でも、今度ばかりは全力でかかってくれるさ。首長命令なんだもの。ね？」

「そうだな。うん、そうだ」

　さほど待たされることもなく、倉庫に向かったハイランダーの一人が駆け戻ってきた。老船長の倉庫には誰もいない。ただ、二階の事務室にはヒトがいた形跡があり、しかも、

「信じられないような話だが、ヒトが凍ってるんだ。というか、ヒトの形をした氷の塊があるんだよ」

　ワタルたちは顔を見合わせた。ミーナがはっとたじろいで手をあげて、心臓のあたりを押さえた。

「脱走者だわ……」

　女神がデラ・ルベシに懲罰を下したとき、彼もまたそれを受けたのだ。どれほど遠く離れようと、女神の怒りからは逃れることができなかったのだ。

　でも、そんなことができるならば何故、女神はわざわざ首長たちのもとに光臨し、

逃亡者を追って捕らえろと命じたのだ？　彼を罰することができるならば、そんな必要はなかったはずじゃないか。

　ワタルの胸が騒いだ。

「その事務室のなかに、見慣れないものは残されてませんでしたか？　図面なんです。紙の束かもしれないし、筒に入ってるかもしれません」

「さて……なにしろ事務室のなかは散らかってるからな。とにかくうちのメンバーは、港へ向かった。船長の居所がわからないし、風船を調べてみないと」

「じゃ、僕らは倉庫へ行って、探してみてもいいでしょうか」ワタルは所長に願い出た。

「ああ、いいだろ――」

　所長の言葉が終わらないうちに、突然、ブランチの建物全体が揺れ動いた。ここのブランチもまた材木とトタンを組み合わせただけの小屋で、かなり老朽化している。最初のひと揺れで、羽目板がびりびりと鳴った。揺れが続くと窓枠が外れ、床が波立ち、立っているのも難しくなってきた。

「な、何だこりゃ」

　地震かと思った。が、窓枠にしがみついて外を見たミーナが、悲鳴のような声をあげて皆に教えた。「竜巻よ！」

ワタルたちは外に飛び出した。確かに竜巻だ。それもひとつやふたつではない。差し渡しが五メートルから十メートルくらいの竜巻が、あちらにもこちらにも、まるでソノの町の空を支える風の柱のように、にょきにょきと立ち現れている。

それらはひとつの方向を目指して、緩やかに移動していた。集合しようとしている。通り道にあるソノの町の粗末で古びた建物を次々と打ち壊し、巻きあげてはまき散らしながら。向かってゆく。ひとつの目的地に。

海だ。

「あっちが港なんですね？」

ワタルは竜巻たちの行く手を指さし、風に負けない声を張りあげて問いかけた。ブランチの所長が裏返った声で叫んだ。

「ああ、そうだ。このままじゃ風船が危ないぞ！」

ワタルの心に、トリアンカ魔病院での光景が蘇《よみがえ》った。信者たちを巻き込み、密集したスラの木々をなぎ倒し、ワタルを嘆きの沼まで運んでいったあの竜巻。ミツルが行使した風の大魔法。

港に、ミツルがいるのだ。

「行かなくちゃ！」

ワタルが叫んだとき、ブランチの建物がべりべりと倒壊した。

ソノの町のうねうねとした坂道を、港に向かって駆け降りながら、ワタルは見た。いくつもの倉庫や住宅が屋根を飛ばされ、柱を倒され、窓が砕け、雨樋《あまどい》が折れて吹き飛ぶ。あるものは倒れ、あるものは歪《ゆが》み、建物から飛び出してきたヒトびとが、頭を抱えて逃げまどうのを。洗濯物がロープごと空に飛ばされ、あんぐりと口を開けてそれを見送る小母《おば》さんがいた。あたしのエプロン——と、譫言《うわごと》みたいに繰り返している。犬や猫も飛ばされてゆく。植木が舞いあがる。お鍋《なべ》を載せた竈《かまど》が、そっくりそのまま宙をよぎってゆく。

通過した後に町の残骸《ざんがい》を山積みにしながら、竜巻たちは進んでゆく。キ・キーマの大きな身体を盾に、ワタルたちはそれを追いかけた。竜巻が通り過ぎた場所には、瓦《が》礫《れき》と、呆気《あっけ》にとられたヒトびとと、ぽかんとした静けさが残るだけだが、少しでも竜巻との距離を詰めようとすると、渦巻く風に阻まれて、前を向いていることさえ難しくなった。それでもキ・キーマは動じず、途中で何処かから外れて飛んできた木の扉を担ぎ上げ、それを器用に動かしては飛んでくる障害物を避《よ》けて、進路を切り開いてくれた。

「俺につかまってろよ！」

キ・キーマの大声は、風のなかでもよく通った。ワタルは身をかがめ、キ・キーマの腰に両手でしがみつき、背中に頭を押しつけていた。ミーナがそれに続く。ミーナのしっぽはワタルの胴に巻きついていた。

港まであと一区画。坂の上から埠頭《ふとう》が見える――

そこまで来たとき、唐突に風が止んだ。舞いあげられていたものすべてが、重力に引かれてゆっくりと落下し始める。

ワタルは空を仰いだ。港の上空を。ミーナもそうした。キ・キーマも、まだ身体の前に木の扉を担ぎ掲げたまま、呆然《ぼうぜん》として上を見ている。

十数個の竜巻は、今、すべて海上にあった。港の桟橋のひとつにつながれた、一隻の風船の周囲に寄り集まっている。そして、すでに竜巻らしい形を失っていた。それぞれが、ぐるぐると渦巻く丸い風の塊となって、わずかに上下しながら漂っているだけだ。

だから港のなかは凪《な》いでいた。風の塊に包囲された風船は、マストの傾いた老朽船で、横腹に描かれた黄色い拳のマークも、半分以上は消えてしまっている。あっちこっち錆《さび》だらけだ。帆はたたまれ、帆柱だけが、すっかり落葉した貧相な立木のように突っ立っている。しかし、その脆《もろ》そうな船体をゆっくりと揺すっているのは静かな波の動きだけ。他の桟橋や繋留杭《けいりゅうくい》に留め置かれた風船たちも、何事もなかったかのように、マストの旗をだらりと垂らしている。

ワタルは、風の塊を従者たちのように従えた風船に向かって駆け出した。ミーナが続く。ひと呼吸遅れて、キ・キーマも盾にしていた木の扉を放り出して、二人の後を追った。

桟橋も古びて、板と板のあいだが隙間だらけになっていた。そこから海が見えた。腐食してささくれ立った板のひとつに足をとられて、ワタルは桟橋の真ん中あたりでつんのめった。息を切らして立ち止まる。

「ミツル！」

身体じゅうの力を集めて呼びかけた。

と、風船の操縦席の後ろの扉が開き、小さな人影が現れた。艫《とも》の方へとやってくる。黒衣の魔導士。ミツルだった。片手に杖《つえ》、片手を船端において、その顔には半ば驚き、半ば笑っているような表情が浮かんでいる。

「何だ、おまえか」

波が桟橋を洗う音が聞こえる。竜巻のあいだ、恐れをなして沖合に逃げていた海鳥たちが舞い戻ってくるのが見える。

「こんなところで何してるんだ？」

「それはこっちの台詞《せりふ》だ！」

叫び返したとき、操縦席の奥で、誰かの頭が動くのが見えた。きっと船長だ。

「俺は見てのとおりだよ。風船に乗っているんだ。これから出航さ」

ワタルのように叫んでも怒鳴ってもいないのに、ミツルの声はよく聞こえた。

「北の帝国へ渡るつもりだっていうのか？」

ミツルは答えなかった。まるで機械の調子を見るかのように、宙に浮いている風の塊の群をぐるりと見回す。ついさっきまで暴れ回っていた竜巻たちは、透明な珠《たま》のなかに封じ込まれてしまったかのようにおとなしく収まって、ただぐるぐると音もなく渦巻いているだけだ。

「他に行き先があるのかよ？」と、ミツルは問い返した。

ワタルは風船に歩み寄り始めた。一歩、二歩。ミーナとキ・キーマがついてこようとしたので、手で遮った。

「どうして北へ行かなきゃならない？」

「決まってるだろ。宝玉を集めるためさ」

ミツルの手のなかの杖のてっぺんで、そうですよねと相槌《あいづち》を打つみたいに、宝玉が光った。最初は赤く、ついで薄緑に、そして蒼《あお》く、次に琥珀《こはく》色に。

四色だ。すでに四色。

ワタルの勇者の剣と、ミツルの杖とでは、宝玉を集める仕組みが違っているのだろう。勇者の剣は、集めた宝玉を鍔《つば》に収めてゆくことで成長してゆく。でもミツルの杖は、その頭の部分に取りつけられた珠が、ミツルが新しい宝玉を見つけるたびに、そのエネルギーを吸い込んで力を増してゆくらしい。

「あとひとつなんだ」杖に目をやりながら、ミツルは言った。「残りのひとつは北大陸にある。だから、どうしても行かなくちゃならない」

「先を急いでるから、デラ・ルベシの教王の頼みを聞いてるヒマなんかなかったってことかい？」

ミツルの黒い瞳《ひとみ》が大きくなった。「へえ、それじゃおまえ、やっぱりデラ・ルベシに行ったのか」

「うん、行ったよ」

「お人好《ひとよ》しだなぁ。まさかと思ってたのに、ホントにあんな場所まで行ってやったのか」

からかうような口調に惑わされずに、ワタルは真っ直ぐミツルを見あげていた。

「デラ・ルベシは滅びたよ。教王も死んだ」

ミツルは何も言わなかった。

「脱走者も死んだ。生きながら凍りついて。知ってるんだろ？」

やはり黙っている。トリアンカ魔病院で再会したときよりもさらに長くなった髪が、潮風になびく。

「おまえは脱走者と一緒にいたんだろ？　彼が北へ渡ろうとしていると知って、利用しようとしたんだな？」

「情報として捉《とら》えただけだ」と、ミツルは言った。「それに泣きつかれたしな。あいつ、船長に前払金を払ったら、一文無しになっちまったんだって」

ワタルはミツルの顔に視線を据えたまま、訊《たず》ねた。「脱走者の持っていた図面はどこにある？」

なぜかしら、ミツルは目を細めて頬笑んだ。それでわかった。返事になっている。

ワタルは、風船の艫に向かって右手を差し出した。「返してくれ。今すぐ」

間髪を容れず、ミツルは反問した。「なぜ」

「そんなものが北の統一帝国の手に渡ったら、南大陸を危険にさらすことになるからだよ」

ミツルの頬笑みが広がった。「可笑《おか》しなことを言うヤツだな」

「可笑しくなんかあるもんか」

「動力船の設計図なんかが、なぜそんなに危険なんだ？」

ワタルは焦《じ》れた。「知らないのか？　わからないのか？　そんなはずないだろ？」

「北の統一帝国のことは、よく知らない」

ミツルは、わざとはぐらかしている。

「この南大陸のことだって、知らないことの方が多い」

つとソノの町に視線を飛ばす。自身の魔法の力でめちゃめちゃにしてしまった、侘《わ》びしい港町の光景を。

「だって俺は観光旅行に来たわけじゃないからな。〝幻界《ヴィジョン》〟の国の事情に、いちいちこだわってはいられないんだ。そんな時間はなかった。自分の旅の目的を追うことで、俺は精一杯だったから」

そして、ちょっと笑った。

「おまえはずいぶん寄り道してるみたいだけどな。何だよその腕輪は。この前会ったときに気づいてたよ。それ、ハイランダーとやらの印なんだろ？　〝幻界〟の治安維持のために頑張ります、か。余裕があるんだな」

その言葉は、ミツルが意図した以上に、それどころかワタル本人が覚悟していた以上に、ワタルの痛いところを突いた。もう迷ったりしないつもりだったのに、痛かった。

「北だの南だの、そんなことは知らない。興味もない。でもワタル、考えてみろよ。おまえの大好きなこの南大陸に限ったって、たとえばこのアリキタは――」

ミツルは軽く両手を広げた。船の艫に立って演説しているみたいだ。

「鉱山と工業の国だ。どちらも今はまだヒトの力だけで、すごく原始的な形で行われてる。でも、やがては誰かが動力を発明するだろう。時間の問題さ。幻界だって進歩するんだ。いや、進歩しなくちゃならない。そのために必要な要素を、どうしてそんなに忌み嫌う？」

ワタルはためらわずに答えた。

「それが幻界で生み出されたものであるならば、ミツルの言うとおりだよ。だけど、その設計図は違う。現世《うつしょ》から持ち込まれたものだ。そんなのは間違ってるよ！」

「なぜ間違ってるんだ？」

素早く問い返されて、返事ができなかった。それを見越していたように、間をおかずにミツルは続けた。

「ま、いいや。そんな問答をする気もないんだから。とにかく、俺はこの設計図が要るんだ。だからおまえに渡すことはできない」

「何のために必要だっていうんだよ？」

ワタルは思わず、すがるような声を出してしまった。

応じるミツルは冷静だった。「皇帝ガマ・アグリアスⅦ世と取引するためさ。俺の求める五つ目の宝玉は、北の統一帝国の皇家に伝わる王冠に埋め込まれているんだ」

ワタルは全身の血の気が引き、爪先から流れ出てゆくのを感じた。下を向けば、桟橋の板の隙間から、自分の血がたらたらと海に流れ落ちてゆくのが見えそうだ。

「皇帝の冠だぜ。ただ頼んだだけじゃ、くれやしないだろうな。だから、向こうが飛びついてきそうな取引の材料が必要なんだ。実を言うと、デラ・ルベシの教王に呼びかけられるまでは、何のあてもなくて困ってた。だから渡りに船だったよ」

ミツルに対して抱いていた――抱いていたはずの信頼や親しみが、アルコールのように蒸発して消えてゆくのを、ワタルは感じた。そして、心のなかで今までそれが占めていた位置に、新たに生まれた猛烈な怒りがとって代わった。

「――向こうが飛びついてきそうな材料だって？」

「ああ、そうさ。北は南に攻め込みたがってるんだろ？　俺も、その程度のことは知ってるからさ」

ワタルの怒りが爆発した。

「それじゃおまえは、第五の宝玉を手に入れるために、南大陸のヒトたちを北の統一帝国に売り渡そうっていうのか？　おまえのやろうとしていることは、そういうことなんだぞ！」

ミツルの顔から、からかうような、面白がっているような表情が消えた。不審と懸念、それにほんのひと匙《さじ》、ワタルを気遣うような色が、瞳《ひとみ》に浮かんだ。

「三谷」と、ミツルはワタルを現世の名前で呼んだ。「おまえ、大丈夫か」

本当に心配しているのだ。それが何故なのか、ワタルには見当がつかなかった。こいつは何が言いたいんだ？

「おまえの言ってることは、寝言だぞ。譫言《うわごと》だ」

「違う」

「違わない。おまえは、自分が何のために要御扉《かなめのみとびら》を通って来たのか、忘れてるんじゃないか？　ハイランダーになるためだったのか？　幻界のヒトたちと仲良く暮らすためだったのか？　違うだろ？」

今度は、ワタルが黙る番だった。出口のない抗弁が、ワタルの身体を内側から揺さぶって震わせた。

「おまえは自分の不条理な運命を変えるためにここに来たんだ。幻界は、俺たちの居場所じゃない。運命を変えて、現世に戻れなければ、ここにいたって意味はないんだ。それこそがいちばん肝心なことなのに、おまえはすっかり忘れてるじゃないか」

何も言い返せない。

久しぶりに、ワタルは思い出した。父さんに叱られて、それが納得できなくて、自分の言い分を並べて言い返すときって、いつもこんなふうだった。父さんは時間をかけてワタルの足場を崩した。そして言い聞かせた。間違っているのはワタルの方なのだ。ただ、あまりに深くその間違いのなかにはまりこんでいるので、自分が間違っていることさえわからなくなっているのだと、ワタルが認めざるを得なくなるまで。

「目的を忘れてなんかいない」

やっと、小さな声でそう言った。でもミツルには聞こえたようだ。というより、ワタルがそう言い返すと見抜いていたのだろう。

「いいや、忘れてる。頭を冷やして、よく考えてみろよ」

ミツルはため息をつくと、杖《つえ》を左手に持ち替えた。

「悪いけど、俺は先を急いでる。おまえのために待ってはいられない。設計図が北に渡れば、侵攻が始まるのは時間の問題だ。南大陸は今でも混乱してるけど、それに輪をかけた騒ぎが始まるだろう。宝玉をいくつ集めた？　争乱が——いや戦争が起これば、今よりもっと探しにくくなるぞ。早くした方がいい」

むらむらと込みあげてくる思いを押し戻せずに、ワタルは言った。「ミツルが先に運命の塔にたどり着いてしまったら、僕が宝玉を探す必要なんか失くなるんだ。残った一人は〝半身《はんしん》〟になるしかないんだから」

ミツルは艫《とも》から離れかけていたが、驚いたように向き直った。

「〝半身〟？　何のことだ？」

ミツルにも知らないことがあるのか。驚くと同時に、ワタルは皮肉な痛快さを味わった。

「〝大いなる光の境界〟を張り直すためには、現世からのヒト柱も必要なんだよ」

興奮と混乱で、ワタルの説明はおよそ上手なものとは言えなかったけれど、ミツルの理解は速かった。

「そうか」と、短く言ってうなずいた。目を大きく見開いている。

ひと呼吸するあいだだけ、沈黙が落ちた。海鳥が鳴く。

ミツルは、いささかも口調を変えることなく、続けた。「だったら、なおさら急がなきゃな。俺とおまえは、ここまで来てはっきりと利害が対立したわけだ。この競争には勝ち負けができたんだから、二人仲良くゴールインというわけにはいかない。お互い、運が悪かったな」

ミツルにどんな反応を期待していたのか、自分でもわからない。彼が動揺する様も、ましてや怯《おび》えた顔など、どう頭をひねってもワタルには想像することができないから。

だから今の返事は、他のどんなリアクションよりも、ミツルらしかった。ミツルは幻界《ヴィジョン》を旅して、より強く、よりミツルらしくなっていた。

涙が出てきそうになって、ワタルはまばたきをした。悲しいからじゃない。潮風のせいだ。竜巻の名残りの埃《ほこり》のせいだ。

「ワタル」

気がつくと、ミーナがすぐそばまで来ていた。キ・キーマもいた。ワタルは振り返ったけれど、二人の顔をまともに見ることはできなかった。

「今の話は……本当のこと？」

ミーナの声は震えていた。ワタルは黙ってうなずいた。

「そんなバカな」キ・キーマが呟《つぶや》く。あの大きな身体のどこから、こんなか細い声が出てくるのだろう。

「俺は信じない。信じないぞ、ワタル」

キ・キーマは大きく一歩踏み出すと、ワタルの肩をつかんで振り向かせた。

「ワタルがヒト柱に選ばれるだなんて、そんなの信じないぞ」

ワタルはキ・キーマの大きな顔を仰いだ。いつだって親切そうな、丸い目を仰いだ。

「でも、幻界のヒト柱のきまりは信じるだろ？　だったら、それと同じだよ」

「同じじゃねえ！」

「同じさ。大勢のなかの一人か、二人のうちのどちらか一人だという違いがあるだけだ」

ワタルはキ・キーマの手を握った。

「サーカワの郷《さと》の長老も、このことはご存じだったよ。だけど僕に、迷っちゃいけないって言ってくださった」

とたんに、キ・キーマの身体が、ひとまわりもふたまわりも小さくなったみたいに見えた。魂が半分ぐらい抜け出してしまったかのようだ。

「長老が……」

言葉が続かない。ワタルは心からすまなく思った。ごめんね、キ・キーマ。

「ワタルはそのことを、いつ知ったんだ？　どうして……どうしてもっと早く教えてくれなかったんだよ。俺たち、仲間じゃないか」

「うん」

「このことを知ってたら、俺だってミーナだって、何がなんでも旅を急いで、ワタルが早く女神さまに会えるように……俺だってもっともっとワタルの役に立てたのに」

キ・キーマの目が潤んでいる。今度こそ本当に涙が溢《あふ》れそうになって、ワタルはぐいとかぶりを振り、風船に向き直った。

「ミツル！」

「まだ何かあるのか」

「もしも僕が——」

どうしてこんな駄目押しの質問をするのだろう。答はわかりきっているというのに。

「今、南大陸の平和なんてことのためじゃなくて、ミツルが最後の宝玉を手にするのを邪魔するために、ミツルとの競争に勝つために、設計図を取り返しに来たんだと言ったら——それなら」

「それなら？」

「――どうするつもりだった？」

ミツルはためらいを見せなかった。声も凛《りん》としたままだった。

「おまえと対決した」

ミツルの視線は揺るがず、ワタルの瞳を貫いた。

「そして勝った。俺の方が強い。それはおまえもよく知ってるはずだ」

ワタルはうなだれた。たまりかねたようにミーナが飛んできて、ワタルの肩を抱きながら、唾《つば》を飛ばしてミツルに叫んだ。

「何よ、あんた！　それでも友達なの？　あんたにはヒトの心ってものがあるの？」

ミツルはにこりともせず、無言のまま両手で杖を持った。ミーナには目もくれない。

「何とか言いなさいよ！」

ミーナは泣き声になっている。ワタルはそっと彼女を押しやった。

「いいんだよ、ミーナ」

「だって……」

ミツルは仰向《あおむ》くと、杖の宝玉を頭上に掲げた。呪文《じゅもん》を唱え始める。ここからでは聞き取ることのできないほど低い声だけれど、その様子はいかにも板について、堂にいっている。

海の上に浮いていた風の珠《たま》が、騒ぎ始めた。ほどけて広がり、ひとつに集まってゆく。すぐにそれは大きな風の衣と変じ、風船をすっぽりと包み込んでしまった。

ミツルの乗る風船が、ゆっくりと海面から浮きあがってゆく。風の台《うてな》に乗り、しずしずと昇ってゆく。

ワタルは顔をあげた。艫から見おろすミツルと目が合った。

「さよなら」と、ミツルは言った。

風の衣は大きくはためき、果てしない海の彼方《かなた》へと延びる風の導管《パイプ》に変わった。ミツルを乗せた風船は、するするとそのなかを滑ってゆく。

遠ざかる。小さくなる。そして、空と水平線がひとつになり、朧《おぼろ》にかすんでいるあたりで、ふっと消えた。

行ってしまった。

「沖へ出たんだ……」

キ・キーマは呆然《ぼうぜん》としている。

「あんなふうにして外海に出られちまったら、もうこっちの風船じゃ追いつけねえ。沖に出てしまえば、たとえ魔法が切れたって、帆を上げて船を操って、北大陸まで一直線だよ」

ミーナの震える腕が、ワタルをぎゅっと抱きしめた。

（さよなら）

そう言ったとき、ミツルの瞳《ひとみ》の奥底で、かすかな光が閃《ひらめ》いた。それをワタルは見たと思った。あれは火花だった。たった今得た〝半身〟の真実がどれほど衝撃的であろうとも、その帰結する先がどれほど酷であろうとも、いやそれだからこそ、今ここで深く考え、判断を保留すれば、動きがとれなくなってしまう。そう主張する心の半分と、いや立ち止まれ、友達の言葉に耳を貸せ、友達を置き去りにすることはできないと、必死で説得する残りの半分が、ミツルのなかで衝突して飛び散った火花。

いや、違うか。あれはミツルの瞳の奥にあった光なんかじゃなかったかもしれない。ミツルは正しい、僕は間違っていた、負けを認めようと折れるワタルの心の半分と、負けてない、僕は正しいと頑張る心の半分が衝突し、火花が出た。それがミツルの瞳に映っただけのものだったのかもしれなかった。

41　ガサラの夜

　ガサラの町は夕闇に包まれていた。
町の出入口の大門は閉じ、ぐるりを囲む巨大な塀のそこここに、ぱちぱちと火の粉を飛ばしながら、松明《たいまつ》が燃えている。ワタルがここを離れたころよりも、松明の数がぐっと増えていた。警備を固める必要が生まれたからだろう。

　それでも、〝ハルネラ〟が引き起こした混乱の最中《さなか》に、交易の町ガサラのなかでは、目立った騒ぎは起こっていなかった。活気も衰えてはいない。ひとつには、ここの町はやはり全体に裕福で、命ひとつしか女神に差し出すものがないというような貧しいヒトたちが少ないからだろう。

　もともとガサラでは、多くの種族が入り交じって商売に精を出し、町を守り立てていた。種族の枠を超えて、この町のヒトびとは、まずガサラのヒトであった。危機のときには、まずガサラの市民として行動することが、当たり前になっていたのである。交易の町であるからこそ、北から老神教の教えが忍び入る機会が多いのではないかという懸念があった。だが、裏返してみればそれは、北の統一帝国の実状についての情報も入り易いということでもあったのだ。だからリリスの町のように、〝ハルネラ〟が「アンカ族の救世主を亡き者にするための女神の陰謀である。老神教こそが〝幻界《ヴィジョン》〟を救う」などという世迷い事が幅をきかせ、それに煽《あお》られたアンカ族のヒトびとが、頭に血を逆上《のぼ》らせてしまうなどという事態も起こらなかった。北の統一帝国が、現状どんな様子であるのか。亡命者や商人たちを通して、断片的であれ生々しい情報を知る機会のあったガサラのアンカ族たちは、老神教が国教として奉じられている彼《か》の地でも、すべてのアンカ族が幸福に安楽に暮らしているわけではないということを、実感としてよく知っていたのだから。

　そして何よりも、ここのブランチには、〝棘蘭《しらん》のカッツ〟という気丈な所長がいた。それがリリスとのいちばん大きな差だ。〝ハルネラ〟の真実に、彼女はけっして動じなかった。町のヒトびとが動ずることも許さなかった。幻界を守るため、女神が誰かをお召しになるのならば、なぜそれに抗《あらが》うことがあろう？　女神がお召しになるその者は、選ばれて使命を与えられるのだ。誇りを持ちこそすれ、怯《おび》える必要がどこにあろう。

　それでも不安を訴える者がいると、彼女は鼻先で笑い飛ばしてこう言った。

「フン、うぬぼれるんじゃないよ。女神さまはすべてお見通しだ。ヒト柱になりたくない、死にたくないと泣き騒ぐような臆病者《おくびょう》を、どうしてあてにするものか。あんたなんか、最初《はな》から勘定に入っちゃいない。安心しな」

ワタルは物見台の上に立っていた。現世《うつしよ》のビルに喩《たと》えれば、地上六階ぐらいの高さに相当するだろう。梯子《はしご》をのぼるとき、ここの張り番は忠告してくれた。

「坊ずがどうしても物見台のてっぺんにあがりたいというのなら、しょうがねえ。でも、いったん梯子につかまったら、絶対に途中で下を見ちゃいけねえよ」

「うん、わかった」

「しかし、もの好きだねえ」

「高いところが好きなんだ」

忠告に従って、ワタルは途中で下を見なかった。無事に物見台にたどり着き、夕風を頬に感じて手足をのばしたとき、初めてあまりの高さに目《め》眩《まい》を感じたけれど、しっかりと手すりにつかまって事なきを得た。

すぐ後ろにいる張り番は、腰にロープをたばさみ、銅板を叩《たた》いて丸めて作ったメガホンを肩から提げて、腕組みをしている。きっかり五分ごとに、東西南北へと視線を移す。一日三交代で、こうして町を見守る。それが仕事なのだ。

ガサラの町の無数の窓に灯がともる。宿屋や酒場からは、そろそろ賑《にぎ》やかな客たちの声が漏れ始めている。家々の窓から湯気が立ちのぼり、夕餉《ゆうげ》の匂いが漂う。ダルババ屋では、身体を洗ってもらって長旅の汚れを落としたダルババたちが、ゆっくりと飼い葉を食《は》んでいる。その脇では、水人《すいじん》族たちが長い煙管《キセル》でタバコをふかしながら談笑する。何処かで誰かが、調子を確かめるように楽器を鳴らしている。十五弦の、胴体のまん丸なギターに似た楽器だ。流しの芸人が門付けの準備をしているらしい。

町の外に目を転じれば、ガサラを囲む雄大な草原が、視界いっぱいに広がっている。点在する岩場。こんもりとした木立の集まり。すべてが夕陽に染まり、一日の終わりに安らいでいる。鳥の群が黒い点の集まりになって空を横切り、遠い森へと消えてゆく。

　ワタルは深く息を吸い込むと、両肘《りょうひじ》を手すりに載せて、夕空を仰いだ。

北の凶星《まがぼし》。

紅《あか》く、強く輝いている。それでも、この夕闇のヴェールのおかげだろうか、禍々《まがまが》しい光には見えない。手をのばして空から取り外し、ミーナにプレゼントしたら、きっときれいなペンダントになるだろう。

　ワタルは星とにらめっこをした。まばたきをしない、我慢比べだ。ぐっと目を瞠《みは》っていると、凶星の方が先にまたたいた。何だか微笑を投げられたような気がした。何をムキになっているんだね、君は？

　ソノの町でミツルと別れると、ワタルはキ・キーマとミーナと共に、このガサラへと戻ってきた。迷うことはなかった。ヒト柱の一人となることが定まってしまった以上、後はそのときを待つだけだ。それならば、幻界で最初に訪れたこの町、仲間たちに出会ったこの町、ハイランダーの誓いを立てたこの町で待っていたかった。

ソノからの道中、ミーナはよく泣いた。キ・キーマは黙りがちで、そのせいかダルババも元気がなかった。

ワタルはミーナに、歌ってほしいと頼んだ。旅のはじめのころ、よくダルババ車に揺られながら歌ってくれたじゃないか。ミーナは承知して、きれいな声で歌い出す。でも、歌の一番も終わらないうちに、その声は涙でかすれ、震えて調子が外れてしまうのだった。

そんなときは、ワタルが歌った。ミーナの歌を聴き、うろ覚えで覚えた歌を。あるいは、現世で慣れ親しんだ歌を。

ガサラに戻ると、キ・キーマはダルババ屋を手伝いながら、ハイランダーとしても警備の仕事をした。ミーナは診療所の先生の助手をしている。ワタルもまたカッツの部下の立場に戻り、キ・キーマと同じようにパトロールをしたり、トローン一人の手に余る書類仕事を片づけたりした。

「ここんところ忙しくてな。書類なんぞをかまってるヒマがなかったんだ」

トローンは陽気に言い訳をして、けっこう人使いが荒いところを見せた。何か察しているのか、眼鏡の奥で怪訝《けげん》そうな目をしていることはあったが、口に出して問いかけてくることはなかった。

戻るとすぐに、ワタルは、カッツにだけは、何から何までうち明けた。同情してもらおうと思ったわけではない。だいたい、棘蘭のカッツはそんなにヤワじゃない。ただワタルは、自分がヒト柱として召されるときが来ても、周囲に混乱が起こらないように、誰よりも信頼できて、ワタルが知っている限りでは誰よりも肝っ玉の太いカッツに、すべて承知しておいてほしかったのだ。

思ったとおり、カッツはまったく動じなかった。「わかった」とひと言。そして、

「宿屋暮らしじゃ何かと不便だろうし、あんたが召されるときに、周りに他人がうじゃうじゃいるんじゃ面倒になる。ブランチの二階に、物置にしてる部屋があるから、そこを片づけて寝起きするといい。足りないものがあったら、トローンに言えば都合してくれる」

そう言っただけだった。

あんたが召されるとき。カッツはそれを、「あんたが出かけるとき」と言うのと、まったく同じ口調でさらりと口にした。またそれ以来、〝ハルネラ〟についてもヒト柱についても、まったく何ひとつ語らなくなったことも、彼女らしい思いやりだろうと、ワタルは有り難く思っていた。

物見台に登りたかったのは、できるだけ空に近い場所で、北の凶星を見ておきたかったからだ。僕は怖がってない……全然怖がってないわけじゃないけど、覚悟はできている。それを伝えたかった。嘘かもしれない。本当は怖いのかもしれない。自分でもよくわからなかった。だからこそ、北の凶星に伝えたかったのだ。伝えてしまえば、心の底が固まる。そんな気がした。

ソノで遭遇してから、今日でもう八日目になる。ミツルは北大陸に着いたころだろう。どうあがいても、ワタルには追いつくすべはない。二引く一は一なのだ。そのことだけを考えていた。いや、考えるように努力していた。だって、もうどうしようもないのだから。

北の凶星が、ちらちらとまたたいた。その光に変化の様子はなく、輝きに衰えも見えない。〝ハルネラ〟は、まだ終わらないの？　いつ終わるの？　あとは幻界からもう一人選ぶだけだというのに、手間取っているんだね。

「おや」

物見台の張り番が声をあげ、梯子のそばに歩み寄ると片手を差し出した。

「珍しいですね。何か御用ですか」

カッツが登ってきたのだ。物見台まであと三段を残して、張り番の手にはつかまらず、ひらりと飛びあがると身軽に手すりを乗り越えた。腰から提げた黒革の鞭《むち》が、夕陽を浴びてつやつやと光っている。その威力のほどを知らない者には、カッツの服装とあいまって、この鞭も、ちょっと奇抜で刺激的なアクセサリーにしか見えないことだろう。

「夕陽見物さ。あたしもたまにはロマンティックな気分になってみようと思ってね」

　ワタルがガサラを離れているあいだに、カッツの髪形が変わっていた。刈りあげに近いショートカットだったのが、短めのボブカットのようなスタイルになり、それがよく似合っている。黒ずくめの革のファッションに、右肘の肘あてと左手首のファイアドラゴンの腕輪が、真紅のアクセントを添えていた。

「何さ、そんなポカンとした顔をして」

　片手を腰に、ちょっと首をかしげて、カッツはからかうように笑った。

「あたしに見とれてるってわけかい？　なにを今さら」

　ワタルは赤くなった。実際、見とれていたのだ。ホントに今さらながらの話ではあるけれど、カッツは美人だ。幻界に来ることがなければ、ちゃんとした大人の女性で、しかもこんな美しいヒトに出会う機会など、まだまだ訪れなかっただろうと、ワタルは思っていた。

　一緒になって笑っている張り番の男に、カッツは言った。「あたしはこの坊やと、ちょっと話があるんだ。しばらくここを借りていいかい？」

「喜んで」張り番の男はうなずき、銅のメガホンを外すと、ワタルに差し出した。

「それじゃ、こいつは坊ずに預けておくとしよう」

「はい。何か見つけたら、大声で報《しら》せます」

「おう、頼んだぜ」

張り番の男が梯子《はしご》をおりていってしまうと、カッツはさっきまでのワタルと同じように、手すりに肘を載せた。愛《いと》おしむように目を細め、夕映えの草原を見渡している。

「あんた、ここに登るのは初めて？」

「はい」

「いい景色だろ。あたしはここからの眺めがいちばん好きなんだ」

「僕も好きです」

「朝焼けもきれいだし、雨や霧のときも、それはそれで格別な風情があるんだよ」

カッツは首を振って前髪をさらりと撥《は》ねあげ、手すりに腕を突っ張って夕空を仰いだ。

「あたしの生まれ故郷は、山のなかの小さな開拓村でね。段々畑と痩《や》せた林に囲まれて、粗末な小屋がひしめきあっていた。ガサラまで出てきて、初めてこのだだっ広い草原を見たときには、肝を潰《つぶ》したもんだよ。世の中はこんなにも広かったのかって」

カッツの故郷の話を聞いたのは初めてだ。一人で村を出てきたのだろうか。何歳のとき？　何かはっきりした目的があったのだろうか。

その話は続かなかった。カッツは黙り、ワタルも黙って彼女と並んでいた。それはそれで居心地のいい沈黙だった。

かなり経ってから、カッツが唐突に口を開いた。「まったく、癪《しゃく》にさわるったらありゃしない」

誰のことを言っているのか、ワタルにはわからなかった。自分が怒られたのかと思った。

「え？」

「あいつさ」カッツは北の凶星を指さした。

「宝石みたいにきれいに輝いて。あんなふうに空の高いところにいられたんじゃ、捕まえてとっちめるわけにもいかないじゃないか」

いかにもカッツらしい言いぐさだったので、ワタルは噴き出した。「カッツさんの鞭なら、届きそうな気がするけど」

「やってみようか」と言って、カッツは腰の鞭に手をかけた。そしてにやりと笑い、ワタルの顔を見た。

その目は笑っていなかった。怖いほどに真剣だった。ワタルも笑みを消した。

「あんた、本当に覚悟はできてるの」

問いかけというより、確認するような口調だった。ワタルの返事はわかっている、と。

「うん……たぶん」

「諦《あきら》めがいいんだね」

「そうかな。自分でもよくわからない。仕方がないって感じなのかも」

肩をすくめてポケットに手を入れると、指先に龍の笛が触れた。

「ガサラに戻って来る道中で、一度や二度は——ジョゾを呼んで、いちかばちかで、ミツルの後を追いかけようと思ったこともありました。ドラゴンに乗れば、北大陸に渡ることもできる。でも、もしミツルに追いつくことができたって、勝つことができるとは思えない。あいつはものすごく強い魔導士だ」

それにワタルは、宝玉の数でも後れをとっている。

「どっちにしろ手後れだ。これでいいんだって、そう決めたら心が落ち着きました」

カッツは腕組みをした。胸が豊かなので、革のベストの前がぐんと張り出し、彼女の腕の上に乗っかるような感じになる。ワタルは目を奪われ、また赤くなりそうになった。それをごまかすためにも、急いで続けた。

「幻界《ヴィジョン》からヒト柱に選ばれる誰かと違って、ものすごい人数のなかの一人じゃない。二人のうちの一人です。だからかえってふんぎりがついちゃうのかな」

カッツは何も言わない。ベストのポケットから紙巻きタバコとマッチを取り出すと、夕風のなかで上手に火をつけた。

「それに……詳しく話したことはなかったけど、そもそも僕が幻界に来られたのは、友達の――もう一人の〝旅人〟であるミツルのおかげなんです。それだけじゃない。彼が助けに来てくれなかったら、僕はとっくに死んでた。現世《うつしよ》でも一度。幻界に来てからも一度。僕は彼に助けてもらった」

母さんがマンションでガス栓をひねったときと、トリアンカ魔病院でギロチンにかけられそうになったとき。

「彼がいなかったら、とっくに落としていたはずの命なんです。だから、彼に道を譲るなら――それでもいいかって気がする」

カッツはゆっくりとタバコをふかし、長々と煙を吐き出した。そして手すりに押しつけてもみ消すと、その吸い殻を指のあいだで弄《もてあそ》んだ。

「あたしはね」

声の調子が、ちょっと変わった。目は真っ直ぐに草原を見ている。

「あんたのそんな言い訳を聞こうとは思わないんだ」

言い訳なんかじゃない、本当の気持ちですと抗弁しようとしたけれど、カッツの声の勢いに押されて、割り込めなかった。

「ヒト柱になるのは怖くないのかとか、キ・キーマやミーナを悲しませることになっても平気なのかとか、女神さまに会えないままでいいのかとか、そんなことを訊《き》くつもりもない。あんたはこの幻界に、自分の運命を変えるためにやってきた。ヒト柱になってしまえば、その目的は果たせない。それでいいのかと訊くつもりもない」

その腰に提げた鞭と同じ、ためらいのない強い言葉。狙いを定めてカッツは続けた。

「あんたは現世にお母さんを残してきた。そのお母さんにも、二度と会うことはできなくなる。今この瞬間にも、あんたの身の上を、死ぬほど心配してるに違いないお母さんだろうに、彼女はもう永遠に、あんたの消息を知ることができなくなる。帰らぬあんたを待ち続け、残りの人生を寂しく棒に振ることになる。お母さんをそんな目に遭わせて、どうしてあんたは平気でいられるんだなんて、訊《たず》ねるつもりも全然ないよ」

訊ねてるじゃないか。ワタルの心に痛いことばっかり。

「あんたは頭のいい子だ。勇気もある」

怒った口調で、カッツは褒めた。

「だからあたしが何を訊ねようと、あんたはそれにふさわしい答を作りあげるだろう。今みたいにね。こっちがふむふむと納得するだけの、ちゃんとした答を用意することができるだろう。もともとあんたにはその必要があるんだし。他人よりも、まずあんた自身を納得させるためにね。そっちの方が、あんたにとっちゃ、遥《はる》かに切実なことなんだし」

　カッツはようやくそこで間をおいたけれど、ワタルには何も言うべきことが見つからなかったので、黙っていた。

　夕暮れが夕闇を差し招き、空の明るみが、藍色《あいいろ》の夜の深みに席を譲り始めた。つい今し方までは、輝くものといえば北の凶星《まがぼし》だけだったのに、他の星々もぽつりぽつりと姿を現している。

　その空を背景に、カッツはワタルに向き直ると、ワタルの目を真っ直ぐに見つめた。

「それでもあたしには、まだたったひとつだけ、あんたに訊きたいことが残っている」

　ワタルはたじろぎ、ちょっとだけカッツから離れた。

「あんた、ミツルを放っておくつもりかい？」

「放っておく？」

「彼のやりたいようにさせておいていいのか、ってことだよ」

　ワタルはまばたきをした。意味がつかめない。カッツは何が言いたいんだ？

「どういうことです？」

「どうもこうもないさ！」カッツは片手でばんと手すりを叩《たた》いた。「そのミツルって子は、やりたい放題やってるじゃないか。考えてもごらん。彼は何をした？　何をしてる？　トリアンカ魔病院でも、ソノの町でも、魔法を使って大勢のヒトを殺したり傷つけたりしてる。ソノの町も港も、その子の招いた竜巻のせいで壊滅状態だそうじゃないか。あんたそれをどう思う？」

ワタルはすっかり狼狽《うろた》えてしまった。心が裏返しになり、ほつれた縫い目が露《あら》わになる。

「だ、だけど」

「だけど何さ？」

「トリアンカのときは仕方なかった。相手は老神教の狂信者たちで、ああしなかったら僕は殺されていたし、ミツルもあの結界のなかから抜け出すことができなかったし」

それに、それに、ワタルは裏返しになった心のなかを駆けずり回り、言い分を探す。

「みんなの迷惑になることばっかりやってるわけじゃない。マキーバの町で聞いたんです。彼は魔法を使って、大きな山火事を消し止めた。放っておいたら大変なことになるところだったんだ」

でも駆け回っているうちに、ミツルがデラ・ルベシの教王の頼みをあっさりと退けたということも思い出してしまった。時間がない、と言い捨てて。しかも彼は、デラ・ルベシの脱走者の後を追いかけたのに、捕まえるどころか、彼に便乗して北へ渡ろうとした――

「それほどの優れた魔法の使い手なら、トリアンカ魔病院でもソノでも、もっと穏和なやり方があったはずだ。幻界のヒトたちを傷つけたり殺したりせず、町を壊すこともなく、先に進む方法を選ぶことだって、きっとできたはずじゃないか。どうしてそうしなかった？」

　カッツの詰問に、ワタルはよろりと一歩退《ひ》いた。カッツは間を詰めてきた。

「あんたに代わって、あたしが答えてあげるよ。それはね、ミツルって子が、幻界なんてどうなってもいいと思ってるからだよ。運命の塔にたどり着き、女神さまに会って目的を遂げたら、それでオサラバだからね。二度と足を踏み入れることなんかない。だから、誰を傷つけようが困らせようが、知ったこっちゃないと思っているからさ。自分が通り過ぎた後に死体の山ができようが、廃墟《はいきょ》がいくつも残ろうが、おかまいなし。手っ取り早い方法を選んで、とっとと先に進めればいいと思っているからさ」

　カッツの手が伸び、ワタルの肩をつかんだ。

「あんたはそれでいいの？　あんたは、そのやり方が正しいとお思いかい？」

　正しいとか……正しくないとか……そんなこと……

「ミツルは友達なんだ」と、ワタルは小さな声で言った。心を底までさらっても、その答しか見つからなかった。

「あたしはそんなことを訊《き》いてるんじゃない。ミツルのやり方を、あんたは許せるのかと訊いてるんだ」

　ワタルをぐいと押しやるようにして、カッツは手を放し、背中を向けた。ワタルはまたよろめいて、手すりに背中を押しつけた。

「北へ渡っても、ミツルって子は同じやり方を続けるだろうよ。通り道に障害物があれば、根こそぎ壊して道を開ける。瓦礫《がれき》の山をこしらえて、ごろごろ転がるヒトの亡《なき》骸《がら》をまたいで先に進むんだ。運命の塔を目指してね」

「だ、だけどミツルは」ワタルは途切れ途切れに言った。「そうしなきゃいられないくらい、自分の、う、運命を変えたがってるんです。あまりにも辛《つら》い運命だったから、どんなことをしても変えたくて。それは僕より——僕よりずっとずっと」

　カッツは髪が舞うほどの勢いで振り返った。「だったら、どんな手段をとってもいいっていうのかい？　許されるっていうの？　自分がひどい目に遭って失ったものを取り返すためなら、他人はどうなってもいいと？　もう一度訊くよ。あんたはそれが正しいと思うのかい？　それを許すの？」

　ワタルの心の底には、もう誇りさえ残っていない。何も答えられない。

「北の統一帝国は、確かに今のあたしたちにとっては脅威だよ。だけど、あの国にだって、たくさんのヒトたちが暮らしてるんだ。皇帝のやり方に賛成してるヒトたちばかりじゃない。虐げられて、苦しんでるヒトたちだって、きっといるはずだ。あんたはさっき、トリアンカじゃ仕方なかったって言ったね？　相手が狂信者たちだったんだからって。その理屈をあてはめるなら、北のヒトたちがどんな目に遭ったって、やっぱり仕方ないってことかい？　相手が相手なんだからって」

夕闇が濃くなっていた。いつの間にか、空には満天の星だ。その下で、カッツの怒れる瞳《ひとみ》もまた、一対の双子星のように輝いていた。

「ミツルの求める最後の宝玉は、北の皇帝が持ってるんだろう？　ミツルはえらく頭の切れる子らしいから、動力船の設計図を餌に、上手に皇帝と取引して、自分の目的を果たすんだろうさ。ミツルも幸せ、北の皇帝も幸せ。めでたし、めでたし。でも、その後はどうなる？　動力船を造って、北は南に攻め込んでくる。戦争が起こる。大勢のヒトたちが死ぬ。それは正しいことかい？　あんたはそれを許せるの？　ここで黙ってじっとして、頭を抱えて見ないふりをする？」

ワタルはようやく、カッツの顔を仰いだ。

「カッツさんは、僕にどうしろって言うんです」

そしてまた、耐えられなくなって目をそらしてしまった。カッツはわずかに両肩を落とした。

「あんたはそれを、あたしに訊くの？　あんたの心に訊くべきことなのに」

僕の心に。答は僕の心にある——

また手すりに両手を載せ、遠くに目をやりながら、カッツは言った。「あんたはミツルは友達だと言った。だけどねワタル。友達だって、肉親だって、恋人だって、正しくないことは正しくないんだ。あんたの心が、それは間違っていると感じたなら、あんたにはその心に従う義務がある」

　カッツのほっそりとした指が、きつく手すりを握りしめている。

「あたしは昔、自分の愛したヒトと対立したことがある」

　唐突な告白だった。うなだれていたワタルはカッツを見た。

「もう十年以上も昔のことだけどね。ある男がいた。ヒト殺しだった。自分の欲のために、大勢のヒトを殺した。だけど恐ろしくずるがしこい男でもあったから、はっきりした証拠を残さなかった。周りのヒトたちのことも、舌先三寸の嘘で言いくるめていて、だからあたしたちは、そいつのしっぽをつかむことができなかったんだ」

　だがあるとき、貴重な機会を得て、カッツたちはそのヒト殺しを罠《わな》にかけた。

「後にも先にも、二度とないようなチャンスだった。あたしがどれほど嬉《うれ》しかったか、言葉で説明したって伝わらないだろう」

　ところが、ようやく裁判に持ち込めるというところまできて、カッツたちは告発された。罠を仕掛けて犯罪を誘発するやり方は、連邦政府の法に反していると。

「揉《も》めに揉めたよ。それで結局、そのヒト殺しは釈放された。ああ、そうさ。確かにあたしたちは、違法な囮捜査《おとりそうさ》ってやつをやったんだ。ヒト殺しにふさわしい罰を与えるのに、それしか方法がなかったからだ。だけども、それは間違いだと言われた。あたしたちを嘲笑《あざわら》いながら、ヒト殺しは大手を振って牢屋《ろうや》から出ていった」

そして、十日も経たないうちにまたヒトを殺した。商家に強盗に入って、一家を皆殺しにしたのだ。今度は悪運も尽きたのか、その場で捕らえられた。

「そいつがどうなったかって？　縛り首になったよ。だけどね、もしもそいつを釈放しなかったなら、最後の強盗殺人は起こらずに済んだろう。たとえ違法でも、あのときはああすることが正しかった。あたしは今でもそう信じている」

ワタルははっとして悟った。「もしかして……カッツさんたちを告発したのは」

カッツはうなずいた。「ボリス・ロンメル。あのころは、あたしと同じハイランダーの一員だった。今じゃシュテンゲル騎士団遊撃隊の隊長になっちまったけどね。あんたも会ったことがあるだろ」

トローンが言っていた。カッツは昔、ロンメル隊長にフラれたことがあると。

「ボリスは法を尊んだ。議会もあのヒトを支持した。ブランチの首長たちも、彼の意見を受け容《い》れた。だけどあたしは――あたしはヒトの命の方が大切だと思った。確かにあたしは法に背いた。だけどもそれを恥じてはいない。だから、あたしを告発したあのヒトを、どうしても許すことができなかった。そして、あのヒトもあたしを許さなかった」

だから二人は別れたのだ。

「カッツさんは、ロンメル隊長が好きだったんでしょう？　二人は好きあってたんでしょう？」

カッツはワタルに目を向け、くちびるの端っこで、そっと微笑した。

「そうだよ。だけど、それでも許せない、許さないということはある。あたしは今でも、あのヒトが、あの不運な商人一家を殺したも同然だと思っているよ。ボリスはボリスで、今でもあたしのしたことが間違っていると信じているだろう。あいつはそう簡単に、自分の信念を曲げる男じゃないからね」

だけど今でも——きっと好きなんだ。

「ボリスの側から見れば、あたしの方が間違っていた。だから彼は、自分が正しいと信じることをした。どっちの側にも真実がある。結局は、その真実を、どっちの側から見るかというだけのことに過ぎないのかもしれない。あたしは譲れなかったし、ボリスも譲らなかった。あたしは彼が譲らないだろうことを知っていた。この世の誰よりも、ボリスのことをわかっていたから。ボリスも、あたしのことをわかっていた。あたしが譲らないだろうことを知っていた。だからこそ彼は、あたしを告発することに、ためらいはしなかった。あたしを止めるには、それしか方法がないことを知っていたから」

　ロンメル隊長の蒼《あお》い目を、ワタルは思い出した。ワタルの瞳の底まで見通してしまいそうな、深い落ち着きと叡智《えいち》を湛《たた》えていた。カッツの燃える黒い瞳と、隊長のあの瞳がぶつかって、互いに譲らなかったというその場面を想うだけで、ワタルの心は波立った。

「ワタル」

　カッツは音もなくワタルに近寄ると、身をかがめ、今度は両手をワタルの肩に置いた。

「ミツルはあんたの友達だ。きっと大切な友達なんだろう。だけど、それでも、もしもあんたがミツルのやり方を許せないと思うのならば、あんたは行動しなくちゃいけない。黙っていてはいけないんだ。わかり合えることとなんか期待しちゃいけないけど、諦《あきら》めてはいけないんだ。あんたが許せないと思うのなら、許せないということを伝えなくちゃいけない」

　だから訊《たず》ねているんだよ、あんたはミツルを許せるのかと――カッツはそう言葉を結んで、身体を起こした。

　いつしか、草原は夜の帳《とばり》に包まれていた。燃える松明《たいまつ》は地上の星に、天上の星は空に散らばる無数の光の欠片《かけら》に変じ、物見台に佇《たたず》むカッツとワタルは、その狭間《はざま》で二人ぼっちだ。

「僕は」

長い、長いためらいの後、ワタルは言った。

「ミツルにあんな真似をしてほしくはない。運命の塔にたどり着くために、幻界《ヴィジョン》のヒトびとを苦しめるようなやり方をしてほしくはない。だってそれは……それは間違ったことだもの」

見る影もなく破壊されたソノの町。

「だけど……だけどそれを言うのは……卑怯《ひきょう》なような気がしてた。自分が負けたくないから、ミツルを邪魔しようとして、その口実になるものを探しているみたいな感じで」

「それは間違いだ」と、カッツは静かに言った。「そんなのは、あんたが自分で自分を諦めてしまうための、言い訳に過ぎない。ミツルにあんな真似をさせたくないのなら、ミツルが間違っていると思うのならば、ミツルにどう思われようと、たとえ卑怯だと罵《ののし》られようとも、あんたはミツルを止めなくちゃいけない」

「友達だから？」

「いや、違う」カッツはきっぱりと首を振る。

「あんたは大切なことを忘れているね」

「大切なこと？」

カッツはワタルの左手をつかむと、高く持ちあげた。

「あんたがハイランダーだということさ」

一度、二度、強く揺さぶりながら言った。

「あんたは誓いを立てた。幻界の平和を守り、護法の防人《さきもり》として立つことを。それならば、幻界の平和を乱すものを放置しておいてはいけないんだ。見て見ぬふりをするならば、あんたにはファイアドラゴンの腕輪をはめる資格はないのだから」

星の光に、ファイアドラゴンの腕輪がかすかに光った。気のせいだろうか。また温《ぬく》もりを感じる。リリスのシスティーナ聖堂で、ダイモン司教と、命がけで闘ったあのときと同じように。

「あんたが〝旅人〟であることも、ヒト柱の一人に召されることになるかもしれないことも、ミツルがあんたの競争相手となってしまったことも、今はもう何の関係もない。あんたはハイランダーだ。だったら、女神さまに召されるそのときまで、あんたの命が尽きる瞬間まで、ミツルを追いかけ続けなくてはならない。そして、声を嗄《か》らして叫び続け、ミツルに呼びかけなくてはならない。ミツルが彼の目的のために、平然と破壊し、踏み潰《つぶ》して通り過ぎようとしているものの価値を訴え続けなくてはならない。彼が間違っているということを、あんたが彼のやり方を許しはしないということを、伝えなくてはいけない。彼を止めなくてはいけないんだ」

ふと、懐かしいような甘い気持ちで、ワタルは思い出した。ルルドの天文台で別れるとき、ロンメル隊長はこう言った──カッツと同じようにワタルの肩に手を置き、ワタルの目を真っ直ぐに見て。

──君は〝旅人〟だ。君がまっとうするべきは、君の使命だ。それを忘れるな。

──棘蘭《しらん》のカッツも、きっと私と同じ意見を持っているはずだ。彼女は君の長《おさ》だ。今の言葉は、彼女の命令だと思って聞いてほしい。

違っていた。カッツの想いは別のところにあった。彼女は最後の最後まで、ワタルにハイランダーとして行動してほしいと願っているのだから。

あなたたちはまたすれ違っている。どちらも正しいのに、正しいままで。何だか頬笑ましいような、それでいて悲しいような。ワタルはまぶたが熱くなるのを感じた。こんなにもすれ違い、でもあなたたちは、そっくり同じ目をして僕に問いかけてくる。問題は、ひとつの真実をどちらの側から見るかということ。そして僕は、どちらの側に立つ？

ワタルはカッツを見あげ、大きくうなずいた。カッツは頬笑み、うなずき返した。

「あたしと──あたしたちと一緒に、北へ渡ろう」

計画があるんだ、と言った。

「あんたの力が必要だ。手を貸しておくれ」

42　深夜の会話

　夜の雨に、番人たちの小屋を囲む森の木立がしとしとと濡《ぬ》れている。大きな雨粒に頭を叩《たた》かれて、時折こくりと揺れる木の葉は、居眠りでもしているかのようだ。まだ起きていなくてはいけない。まだ眠り込むわけにはいかない。なぜなら、小屋のなかでは導師さまが起きておられるから。森の木の葉たちは、ラウ導師が眠りにつくまで、こっくり、こっくりしながら付き合っている。雨音を子守歌にして。

ラウ導師は机に分厚い書物を何冊も広げ、軸の長いペンを片手に、熱心に書き物をしていた。頭のすぐそばまでランプを引き寄せ、鼻先には小さな丸眼鏡を載せている。静かな小屋のなかに、ペン先が紙の上を滑ってゆく音が聞こえる。ランプの灯心がじりりと燃えて、油煙が立ちのぼる。

　不意に、誰かに呼びかけられたかのようにつと手を止めて、ラウ導師は顔を上げた。狭い小屋のなかではあるが、ランプはさらに小さい。それが作り出している光の輪の外、ぎりぎりの境界のところに、誰かが佇《たたず》んでいた。

ラウ導師は鼻眼鏡を外し、目を凝らした。

「オンバさま……」

導師に名を呼ばれると、その「誰か」は小さく身震いするように笑った。光の輪の境界線から、さらに半歩ほど後ずさる。

「そんなに驚かなくてもいいでしょう？」

甘い少女の声だった。ワタルが〝妖精《ようせい》〟を連想し、そのくすぐったいしゃべり声に、淡い憧《あこが》れを寄せたこともあった相手——

「しかし、そのお姿は」

ラウ導師はペンを置き、椅子を引いて立ちあがった。

「似合わない？　ヒトの形を借りるのも、たまにはいいかと思ったの」

薄暗がりに隠された小屋の隅で、オンバさまはぐるりと回ってみせた。スカートの裾《すそ》がふわりとふくらんだ。

ほっそりと華奢《きやしや》で、壊れ物のような美を湛《たた》えた少女の姿である。服装からして〝幻《ヴィ》界《ジョン》〟のヒトではない。

「あたしだって、普段、好き好んであんな醜い姿になってるわけじゃないもの。たまには気分転換したいのよ」

「その少女のお姿は、どこから借りてきたものでございますか」

「運命の塔にいたの」

「それでは、現世《うつしよ》の者でございますな」

「そうね。きっとあの子の友達よ」

オンバさまは言って、かりそめの姿のかりそめの右手を上げると、かりそめの自分の頬に触れた。

「ガールフレンドなのかしら。ともかく、あの子——ワタルがずっと気にかけてる女の子だわ」

オンバさまの気持ちをはかりかねて、ラウ導師は黙っていた。

「この姿でワタルの前に現れたら、あの子もわたしのこと、もっと好きになると思いません？」

ラウ導師は穏やかに言った。「あまり妙案とは思われません」

「そう？　わたしはただ、あの子を喜ばせたいと思っただけなんだけど」

喜ばせてやれば、自分の味方になると思っているのだろうか。ラウ導師は思った。ヒトの気持ちはそれほど簡単なものではない。このお方は、まだそれがおわかりになっておられない。

「けっこう気に入ったわ、この姿」

オンバさまはもう一度くるりと回ってみせた。今度はさっきと逆回転だ。スカートの裾がひるがえる。しかしラウ導師には、オンバさまの心も同じように軽やかにはずんでいるとは思えなかった。

沈黙が落ちると、雨音が聞こえる。

「あの子、北へ行くわよ」と、オンバさまは言った。

教えられるまでもなく、ラウ導師は知っていた。幻界じゅうの鳥たちが、手分けして〝旅人〟の様子を調べ、間断なく報《しら》せにきてくれるからである。

「とうとう、そこまでたどり着いたってわけよ。運命の塔まで、あと一歩ね。いよいよ大詰めだわ」

ラウ導師はゆっくりと応じた。「そこから先の道のりこそが、本当の試練です」

オンバさまもそれはよくご存じでしょうと続けたが、相手は聞いていないようだった。光の輪に踏み込まないよう、注意深く輪郭の外を歩いて、窓際へと寄ってゆく。

「よく降る雨だこと。わたし、雨は嫌い」

ほの温かいランプの光の輪のなかからオンバさまの横顔を見ていると、ラウ導師の心には、悲しみと憐《あわ》れみばかりがひたひたと込みあげてきた。

「あなたはどちらの味方なの？　ミツル？　それともワタル？　どちらに勝たせたいと思っているの、導師さま」

「〝旅人〟の道行きに、勝ち負けの差はございませぬ」

「だけど、どっちか一人はヒト柱に選ばれて、冥王《めいおう》にならなきゃならないのよ」

「それも女神さまの御裁断によるものです」

「いつもそうやって、何でもあの女が決めてしまうのよね」

オンバさまは言い、かりそめのヒトの美少女の手で窓枠をぐっとつかんだ。

「まあ、わたしはどっちだっていいんだけど。ワタルが勝っても負けても、わたしの気持ちは変わらないもの。あの子が冥王になるなら、わたしは女神になるわ。そして一緒に幻界を治めるの。あの子が現世へ還《かえ》るというのなら、わたしはこの姿のまま、あの子について現世へ行ってもいいわ」

もうこの幻界には飽き飽きしたのと、オンバさまはくたびれたみたいにため息まじりに言うのだった。

「いっそのこと、今度こそ〝魔界〟に攻め滅ぼされてしまったって、いいじゃないの。現世のヒトたちの溢《あふ》れる想像のエネルギーは、また新しい幻界をこしらえることでしょうよ。混沌《こんとん》の深き淵《ふち》には、未分化の幻界の核が、たくさん沈んでいるんでしょう？　そのひとつが成長して花開いて、まったく新しい幻界となる。素敵だわ」

「本心からそう申されますか？」

「ええ、本心だわ」

ゆるゆると首を振りながら、ラウ導師は椅子に戻った。ランプに手をのばし、灯心

を引き出そうとしかけると、

「やめて！」と、鋭い制止の声が飛んできた。

「灯《あか》りを大きくしないでちょうだい」

「今のそのお姿を気に入っておられるのではないのですか」

「気に入ってるわ。でも、見たくはないの」

元に戻ったとき、なおさら辛《つら》くなるからだ。言外の意味を、ラウ導師は悟った。ランプから手を離すと、膝《ひざ》の上に載せた。

「わたし、戦うわよ。そして今度は勝つわ」

ランプの灯りの届かない場所で、オンバさまの瞳《ひとみ》が光る。

「今宵《こよい》は、それを告げるためにおいでになったのでございますかな？」

「ええ、そうよ」

「わざわざ？」

「そうよ。今度こそ、あなたたちの力では、わたしを止めることはできないって、教えてあげようと思って」

「止めだては不可能だと」

「ええ。わたし、ワタルと手を組むんだもの。きっとそうしてみせる」

「ミツルではいけませんかな？」

ラウ導師は、返事がわかっていて問いかけた。そして予想どおり、オンバさまはミツルの名を聞くとたじろいだ。

「ミツルには、付け入る隙がなかった。そうでございますな？」

ややあって、やっとオンバさまは答えた。

「あの子は駄目よ」苦々しい口調だった。

ラウ導師は目を伏せた。いきさつを、想像することができたのだ。ミツルは飛び抜けて優秀だ。あの子の目は鋭い。

「オンバさまがミツルに呼びかけただけで、ミツルはオンバさまの真のお姿を見抜いた。そしてぴしゃりと撥《は》ねつけた。そういうことだったのでございましょう？」

オンバさまは応《こた》えない。しかし、少女の姿を借りている今、その華奢な肩がこわばっているのが、ラウ導師にはわかった。

「……ワタルの方が優しいわ」

オンバさまは小さな声で言った。

「だからわたし、あの子と手を組むの。それに、あの子の決意は、これまで幻界を訪れたどの〝旅人〟たちとも比べものにならないくらい強固のようだから、きっとすごく頼りになるわ」

ローブの襟をかきあわせ、にわかに強まったように感じられる夜の冷気に震えて、ラウ導師は言った。「岩の如く固い意志は、ワタルだけではない。ミツルも同じです。なぜ、あの二人の決意がそれほどまでに固いのか、オンバさまにはおわかりになりませぬか」

薄闇の向こうで、オンバさまはラウ導師の方に目を向けた。

「それは、あの二人が幼いからでございますよ、オンバさま。小さき者たちが、おのれを巻き込む過酷な運命に対峙《たいじ》するためには、全身全霊の力を振り絞らねばなりませぬ。だからこそ、あの子供らは果敢なのです」

その果敢さには、あなたでも歯が立ちますまい。いくらワタルが優しくとも――。

導師は、後に続けるべきその言葉を言わず、胸の底に秘めておいた。

「素敵ね。素敵だわ」

言葉とは裏腹に、旨《うま》くないものを嚙《か》んで吐き出すように、オンバさまは言い捨てた。

間断ない雨音が、夜の更けてゆくのを計っている。

「ワタルならきっと、わたしの正体を知っても、わたしを撥ねつけたりなんかしないわ。だから今度は、上手《うま》くいくわ。絶対にね」

ラウ導師は机に向き直り、ペンを取りあげた。書き物を始める。数語も書き留めないうちに、窓際のオンバさまの姿が消えた。

ラウ導師は顔を上げなかった。書き物を続けた。それでも気配は感じられた。床の上を、何か鈍重で醜い生きものが、ランプの放つ光の輪を嫌い、のろのろと離れてゆくのを。

その気配が完全に消えてから、ようやくラウ導師はもう一度椅子から立ちあがり、窓際に寄ると、鎧戸《よろいど》を押し開けた。細かな雨が、導師の顔に、長く白い眉毛《まゆげ》と顎鬚《あごひげ》に、まつわりつくように降りかかる。

森の木立が揺れていた。ざわざわと枝をすり合わせ、頭を振っている。皆、すっかり目を覚ましてしまったのだ。

「おお、すまなかったな」と、導師は小声で木立に呼びかけた。

「もうお寝《やす》み。何も心配することはない。この幻界には何事も起こるまいよ。だから安心して、朝までぐっすり寝むがよい」

雨は静かに降り続いていた。何かに怯《おび》えつつ、何かを悼むように、森の木立はひっそりと肩を寄せ合い、銀の粉のような雨粒を浴びながら、番人たちの村を包み込んでいた。

43 暗殺計画

一夜明けると、昨日、深夜にまで及んだカッツとの話が、すべて夢だったような気がした。素朴な木の寝台の上で、ワタルは何度も目をこすった。窓から射し込む陽射しが眩《まぶ》しい。

僕は起きてる。目が覚めてる。新しい一日の始まりだ。あれは夢なんかじゃない。

昨夜カッツは、ワタルに途方もない計画をうち明けてくれたのだった。ハイランダーの選抜隊が北の統一帝国に忍び込み、皇帝ガマ・アグリアスⅦ世を暗殺するというのだ。そしてその計画に、ワタルも参加してほしいというのである。

「暗殺計画自体は、ずいぶん前から練られていたんだ。ただ、方法が限られていた。交易の季節に、商人たちの風船《かざぶね》に紛れてこっそり忍び込むってね。でも、それだと危険が多すぎるから、なかなか踏み切れなかったんだよ。だけどあんたが龍の笛を手にしたことで、まるっきり事情が変わった。ドラゴンに乗れば、空から北へ渡ることができる。それも、一直線に皇帝の居城へと」

つまりホントのところ、必要なのは僕じゃなくて、ドラゴンなんだな。それはちょっと、苦笑いだけど。

でも、昨日物見台の上で、カッツが僕に言ってくれたことは正しい。僕はミツルを追いかけなくちゃいけない。

ワタルは手早く着替えを済ませ、枕の下に隠しておいた龍の笛を取り出すと、そっとポケットへ忍び込ませた。これを使ってジョゾを呼べる機会は、あと一度だけ。

「いつでも出発できるように、支度しておくんだよ」と、カッツは言っていた。「例の脱走者を取り逃がしてしまって以来、南大陸の四人のブランチ首長が集まって、極秘会議を重ねてきたんだ。いよいよ暗殺計画実行の決定がくだされれば、その命令書を持って、ギル首長がここへ来られるという段取りになっている」

今日か明日か、とにかく数日中にはそういう運びになる。そしたら出発だ。

「他のメンバーは？」

「当初の計画では、あたしと、他には志願者が三人。つまり、ナハト、ボグ、アリキタ、ササヤの四国を代表して一人ずつってわけさ」

「それじゃ僕はオマケですね」

「強力なオマケもあったもんだね。あとの三人は、ギル首長と一緒に来ることになってる。強者《つわもの》揃いさ。楽しみにしておいで」

それで五人だ。少数精鋭主義と言えば聞こえはいいけれど——

「それから、ついでに言っとくけど、この隊の隊長はあたしだ」カッツは不敵に笑ったものである。「どうしてかって言ったら、そもそも暗殺計画の言い出しっぺはあたしだからなんだよ。指揮も責任も、あたしがとるんだ。いいね？」

「わかりました。あの……この任務のことは、しゃべっちゃいけないってことはわかるけど……でも……」

「トローンは知ってるよ。あいつはここの副長だからね。隠しておくわけにはいかなかった。あたしがあんたを連れて行くということも承知してる。あんたも、キ・キーマやミーナには黙っていられないだろう。ただ、それ以外のヒトたちの耳には入れないようにしておくれよ」

ワタルはしっかりとうなずき、心の奥に秘密が重く沈むのを感じながら、昨夜ベッドに潜り込んだのだった。

出発の支度といっても、ワタルの荷物などたかが知れている。いざとなったら身ひとつで、勇者の剣さえ携えて行けばいい。ワタルは、剣を吊《つ》している腰帯をしっかりと締め直し、部屋を出た。

階下《した》のブランチ執務室に下りてゆくと、トローンが澄ました顔で書類を読んでいた。

ワタルに気がつくと、

「おいおい、やっと起きたか。寝ぼすけだな。早く朝飯を食ってこい」と、これまた普通の声で言った。極秘任務のことなんか、おくびにも出さない。今さらながら、猛《も》者《さ》だなぁと思った。

近くの宿屋の食堂で、朝ご飯と昼ご飯の中間の食事をしながら、ワタルは考え込んだ。ご飯は美味《おい》しいはずなのに、味がしない。

この件を、ミーナとキ・キーマに、どう説明したらいいだろう。頭はそのことでいっぱいで、舌や胃袋なんかの働きにかまっていられないらしい。

二人を連れていくわけにはいかない。危険すぎる。キ・キーマは強いしミーナは身軽だけれど、今度の作戦はねじオオカミ退治なんかとはわけが違うのだ。ワタルの気持ちとしても、もうこれ以上、あの二人を巻き込みたくはない。

本当のことを話せば、二人はワタルと一緒に行くと言い出すだろう。絶対に引き下がるまい。嘘をつかなくちゃ。でも、どんな嘘を？　もう二人の手助けは要らないというか？　気が合わなくなったから、もう仲間になるのはやめだよって？　そんなの嫌だ。キ・キーマとミーナの心を傷つけるなんて、できない。

「あんたから言えないなら、あたしが話してもいい」と、カッツは言っていた。「ブランチ長として、二人にはここに残れと命令するよ。まだまだ〝ハルネラ〟の混乱が続いているからね。幸いガサラは落ち着いてるけど、ブランチはどこもてんやわんやで、手が足りない。あの二人には、いくらでも別の任務が出てくるよ」

そうやってカッツに責任を肩代わりしてもらったとしても、問題は残る。この作戦で北へ渡れば、結果がどうあれ、ワタルはもう、南大陸に戻ってくることはないだろう。

自分の身にどんな結末が待っているのか、今はまだ、ワタルにもわからない。ミツルが運命の塔にたどり着き、時間切れでヒト柱になるのか。何とかミツルに勝って、運命の塔に行き、女神に会って運命を変えて、現世《うつしよ》に還《かえ》るのか。

あるいは、作戦が失敗し、北の皇帝の居城の何処かで命を落とすのか。

どの結末が待っているにしても、いずれにしろ、あの二人とは、これでお別れなのだ。だったら、どんな形でもいいから、ワタルは二人にサヨナラを言いたい。二人がいてくれたことで、どんなに心強かったか、二人のことがどれほど好きか、ちゃんと伝えてから別れたい。なしくずしに離ればなれになってゆくのは嫌だった。

でも、どう言い出せばいいのか見当もつかない。

ぼんやりとパンを噛《か》んでいると、宿屋のおばさんに声をかけられた。

「おや、今日は食が進まないね。スープのお代わりは要らないの？」

食堂には他のお客の姿はなく、おばさんは皿洗いを片づけたところだった。今朝はワタルが来るのが遅いので、どうしたのかと思っていたと言った。

「ごめんなさい」

「謝ることなんかないよ。誰にだって、寝起きのよくない日はあるもんだ」

ガサラの町のなかにいると、〝ハルネラ〟の巻き起こしている混乱も騒動も遠いものに感じられる。南の連合国家の平和を守るために、北の皇帝を暗殺しなければならないなんて話も、清潔で居心地のいいこの食堂で考えてみると、てんで絵空事だ。

食堂の窓の外を、賑《にぎ》やかに声を掛け合い、ダルババ車がすれ違う。首から鈴を下げた新聞売りの男の子が、りんりんと音をたてながら駆けてゆく。この新聞というもの、現世では珍しくも何ともないが、幻界《ヴィジョン》ではごく最近〝発明〟されて、たいへんな人気を呼んでいる。ルルドの天文台から〝ハルネラ〟の真実が公開された時に、政府から出されるおふれだけでなく、もっと詳しく、もっと細かいことを知りたいと思った誰かが、色々と聞き歩き、それを記事にして、版画みたいに彫り、刷ったものを売るということを思いついたのだ。これはたちまちブームになり、短期間でほうぼうにいくつもの新聞社ができた。記事の内容も〝ハルネラ〟一辺倒ではなく、街道の交通情報や、あちこちの町の事件や出来事まで報じている。宿屋や居酒屋の宣伝も載るようになった。

現世の新聞も、起源は同じようなものだったのかもしれない。そのうち、連載小説や四コマ漫画なんかも載るのかな。暗殺計画が成功したら、もちろんそのことだって記事になる。トップ記事間違いなしだ。

現世は、今ごろどんな様子だろう。新聞にはどんなニュースが載せられているだろう。

母さん。ワタルの心は、食堂の温かな雰囲気のなかで、身体を離れて漂い出た。母さん、ルウ伯父《おじ》さん。元気かな。僕はこんな遠くにいて、さらに遠くへ行こうとしています。きっと帰ると約束したけど、もしかしたら帰れなくなってしまうかもしれません——

「ワタル？　いたいた、おはよう！」

ミーナの元気な声に、ワタルは我に返った。

「あら、今ご飯なの？　寝坊したんでしょ」

戸口からひとっ飛びでひらりとワタルの腰掛けの隣に着地すると、ミーナは明るい目を向けた。陽のあるうちは灰色に、夕まぐれから夜にかけては深い青灰色《ブルー・グレイ》に輝くこの瞳《ひとみ》に、どれほど励まされてきただろう。鼻先がツンとしそうになって、ワタルは顔を伏せ、食べかけのパンを頬張った。

「そんなにあわてて食べると、喉《のど》につっかえちゃうわよ」

ミーナは声をたてて笑い、ワタルの背中をさすってくれた。

「う、うん。ミーナ、どしたの？　何だか楽しそうだね」

「わかる？」ミーナは腰かけの上で小躍りした。「いい報《しら》せがあるの。ブブホ団長たちが、ガサラに来るのよ！」

ミーナが所属しているエアロガ・エレオノラ・スペクタクルマシン団が、ガサラの町で興行するため、こちらに向かっているというのである。

「今朝着いたダルババ屋さんが、団長からわたし宛の手紙を預かってきてくれたの。もうすぐそこまで来ているから、今日じゅうに到着するって！」

ワタルの胸を、温かな安堵《あんど》の波が洗った。ブブホ団長たちがガサラに来るのならば、ミーナを残して出発することが、ずいぶんと楽になる。もしもミーナがどうしてもワタルと一緒に行くと言い張っても、きっとブブホ団長が説得してくれるだろう。ワタルとしても、その方がずっとずっと心軽くミーナと別れることができるというものだ。

「よかったね、ミーナ」

「うん！　でもね、いい報せはそれじゃないのよ」

ミーナはワタルのそばにぴったりとくっついて、声をひそめた。

「ね、前に団長たちに会ったとき、ババさまと話をしたでしょ？　覚えてる？」

ババさまと呼ばれるアンカ族の老婆は、ワタルに、もしも女神さまに会えなかったらどうするつもりかと問いかけたのだった。ワタルは、会えなかったときのことは考えていないと答えた。するとババさまは、それならもうお尋ねすることはないと言って、それっきりだった。

「覚えてるけど……」

「あのときは詳しく話さなかったけど、ワタル、ババさまはね、すごい占い師なの。ババさまには未来が見えるの。そんなに遠く先のことじゃないけど、でも見えるの。神通力を持ってるから。実は、ワタルに初めて会ったあのころ、ババさまにはもう北の凶星《まがぼし》が見えていて、すぐに〝ハルネラ〟が来ることもわかっていたんですって！」

わかっていたから、ワタルにあんな質問を投げて寄越したんだろうか。やがて〝ハルネラ〟が来て、ワタルがヒト柱になるかもしれないということまで見えていたから？

「そう……それで？」

ミーナの喜びように、ワタルはまだついてゆかれない。しかしミーナは両手でワタルの手を取ると、ぎゅっと握りしめ、さらに強く寄り添ってきた。

「それでね、ワタル。わたし、ソノの町での出来事のあと、ババさまに手紙を書いたの。ワタルの未来のことを教えてください、その未来を変える術《すべ》があったら教えてくださいって。その手紙が届いて、ババさまは未来を見てくれた。占いに使う、大きな水晶玉に映してね。そしたらね、見えたんですって！　ワタルが運命の塔に続く階段をのぼってゆく様子が！」

ワタルは身を引き、まじまじとミーナの顔を見つめ直した。「それ、どういう……」

「どうもこうもないわ！　ワタルの未来よ！　ワタルは運命の塔に行けるのよ！　ヒト柱なんかにはならないのよ！　ちゃんと女神さまにお会いして、旅の目的を果たすことができるんだわ！」

だからこそブブホ団長は大急ぎで手紙を書き、ミーナに報せて寄越したのだ。そしてワタルを励まし、元気づけるために、ババさまの口から直《じか》にお告げを聞かせたいと、わざわざガサラに向かっているのだという。

「ね？　いい報せでしょ？　わたし嬉《うれ》しい！　ワタルは、あのミツルって子に負けたわけじゃない。ワタルは勝つの。ババさまのお告げに間違いはないんだから！」

ソノの町でミツルと遭遇し、ミーナとキ・キーマも、とうとう〝旅人〟とヒト柱の真実を知ってしまった。以来、キ・キーマとのあいだには、何度かやりとりがあった。そのたびに、まだ終わったわけじゃない、あとふたつの宝玉を探し続けようと、キ・キーマは提案した。ワタルがそれに首を振ると、大きな身体を小さく縮めて、力になれなくてすまないと悲しんだ。それを繰り返し、とうとうどちらも辛《つら》さに耐えられなくなって、二人でその話をすることはなくなった。ガサラの町に落ち着いてからも、キ・キーマは毎日の仕事に忙しく過ごしていて、ワタルとはゆっくり向き合うことがないままだ。

しかし、ミーナは違っていた。以前と変わらぬ明るい顔でワタルと話し、ワタルのそばを離れず、しかしワタルがヒト柱のことで水を向けると、凛《りん》としてそれを撥《は》ねつけ、笑顔のなかに頑《かたく》なな目を据えて、何も話し合おうとはしなかった。

その態度の裏には、こういう理由が隠されていたのか。あらためて、ワタルはミーナの芯《しん》の強さに感嘆した。

「イヤだ、ワタルったらぼんやりしちゃって」

ミーナはワタルの顔の前でひらひらと手を振った。

「わたしの言うこと、わかった？　ね、こんないい報せはないでしょ？　水晶玉には、他にもいくつかの光景が映ったんですって。それはきっと、あとふたつの宝玉を探すための手がかりなんだわ！　ババさまに会って詳しい話を聞いたら、すぐ出発しましょう。きっと見つけられるわ。だってワタルは運命の塔に行くんだもの！」

喜びに勢い余って、ミーナは腰掛けの上に立ちあがり、万歳をした。宿屋のおばさんがびっくりして台所から飛び出してきた。

「何事かい？」

「あ、いえ何でもないんです、スミマセン」

ワタルはあわててミーナを引っ張りおろし、もう彼女が躍りあがったりできないように、両手で両肩をしっかりと押さえた。

「ミーナ、ミーナ、ありがとう」

ワタルも混乱していて、何から話したらいいかわからない。とにかく、口から言葉がこぼれ出るに任せてしまった。

「僕のためにそんなに心配してくれて、ホントに本当に感謝してるよ」

「何言ってるのよ、水くさいなぁ。仲間じゃない。それにわたし、決めたの。ルルドでも言ったでしょ？　わたし、ワタルの行くところにはどこにだってついてゆくの」

ミーナはワタルごと舞いあがりそうな勢いだ。押さえきれない。

「ミーナ、落ち着いて。聞いてほしいんだ。いいね？」

躍っていたミーナの瞳が、喜びと期待に輝きながらも、つと動きを止めた。小首をかしげ、肩に置かれたワタルの手の上に手を重ねながら、彼女は訊《たず》ねた。「どうしたの、ワタル。嬉しくない？」

「嬉しいよ」ワタルは、何よりも自分を落ち着かせるために、ゆっくりと言葉を選んだ。

「僕にもまだチャンスがあるんだね。ババさまのお告げは、それを教えてくれている」

「ええ、そうよ！」

「だけどね、ミーナ」ワタルは大きくひとつ呼吸して、続けた。「僕は、もう残りの宝玉を探す旅に出ることはできないんだ。他にやらなくちゃならないことがあるから」

ミーナの目が、太陽を瞬間冷凍したみたいに凍りついた。

「他に――何ですって？」

「僕は、北へ行く。北の統一帝国に」

言い切ってから、ワタルは食堂を見回した。誰もいない。おばさんも台所の奥に引っ込んでしまっている。

「ハイランダーとして、果たさなくちゃならない任務を与えられたんだ。カッツさんをリーダーにして、ジョゾに乗って北へ行く。任務を果たして戻ってこられればいいけど、とても難しい仕事だから、どうなるかはわからない。でも、それでも僕はやる。やるって決心したから」

たっぷり深呼吸みっつ分くらいのあいだ、ワタルもミーナも黙って向き合っていた。見つめ合うというよりは、睨《にら》み合うような張りつめた沈黙に、食堂に漂う食べ物の匂いが、場違いに平和だった。

「北へ行く？」と、ミーナが小声で訊《き》いた。

「そう」

「〝旅人〟としてじゃなく、ハイランダーとして？」

「そうだ。ガマ・アグリアスⅦ世を暗殺するために――」

思いがけず、ミーナはワタルの顔に向かってまともに噴き出した。

「ヘンなの。どうしてそんなことをするの？　南の連合国家は、北に戦争を仕掛けようというの？　そんなの無駄だわ。動力船の設計図は、もう帝国の手に渡ってしまったのよ。負けるに決まってる」

「時間を稼ぐんだよ」と、ワタルは説明した。

「皇帝が暗殺されれば、北の統一帝国だって、少なからず混乱するはずだ。皇帝一族の独裁国家なだけに、突然リーダーがいなくなったら、舵《かじ》のない船みたいになってしまうからね。ガマ・アグリアスⅦ世は四十歳ぐらいだっていうから、彼の後継者は、きっとまだ若い。皇帝の座を継いでも、すぐには力量を発揮することはできないはずだ。そうして国が乱れれば、しばらくのあいだは、動力船を開発したって、海を渡ってこっちへ攻めてくることはできなくなる。そのあいだに、南の連合国家は守りを固めて、帝国を迎え撃つ準備をすることができる。外交的な取引の材料を考えることだってできる。あるいは、和平を結ぶ機会だって生まれるかもしれないじゃないか。とにかく、今は時間が必要なんだ」

それはカッツの話してくれた内容そのままであったけれど、ワタルもその策に異論はなかった。

「僕もこの計画については、昨夜聞かされたばかりなんだ。だけど、僕の力が必要だって、カッツさんは言った。僕もそう思う。ジョゾを呼べるのは僕だけだし、たとえそうでなくても、ジョゾをこんな任務に巻き込む以上、僕が参加しないわけにはいかない」

ミーナの顔から、すべての表情が消えた。作られたばかりでまだ魂の入っていない人形のようだと、ワタルは思った。何を心にし、そこからどんな感情を選び出せばいいのか、あまりにも唐突すぎて、ミーナにもわからないのだろう。

ややあって、その平たい顔のまま、ミーナは言った。「それなら、わたしも一緒に行くわ」

そう口に出した瞬間、ミーナの顔に生気が戻った。瞳が燃えあがった。

「わたしもワタルと一緒に北へ渡る。ワタルを手伝うわ。そうよ、そうする」

笑みが蘇《よみがえ》った。ワタルの手に重ねている手に力が入る。

「言ったでしょ？　わたし決めたの。ワタルが行くところ、どこにでもついてゆくって。ええ、そうよ。北の帝国へ行きましょう。それでいいんだわ。ババさまのお告げにだって、きっとそのことが含まれているのよ。ワタルは北へ行って、ミツルに追いついて、ミツルよりも先に宝玉を揃えて、そして運命の塔へ行くんだわ。そうよ、そうよ――」

ミーナの口から奔流のように言葉が溢《あふ》れ出てくるあいだじゅう、ワタルは首を横に振っていた。ミーナは、なかなかそれに気づかなかった。言葉が尽きて、それでもまだワタルがかぶりを振っているのを、不思議そうに目を瞠《みは》って見つめた。

「──ワタル？」

「駄目だ」と、ワタルは言った。声は震えていなかった。そのことを、自分でも意外に思った。大人の男の声みたいに落ち着いて、揺るぎない口調になっていた。

「ミーナは一緒に来ちゃいけない。南大陸に残るんだ」

　空白。そしてミーナはワタルに飛びかかってきた。「どうして？　何でよ？　なぜわたしが一緒に行っちゃいけないの？　どうしてワタルはそんな意地悪なことを言うのよ」

「意地悪してるわけじゃない」

「してるわよ！」

　ミーナはワタルを突き飛ばした。ワタルは腰かけから転げ落ちそうになり、そこを今度はミーナにつかまれて引き留められた。

「わかった！　カッツさんの命令なのね？　そうなんでしょ。あのヒトがわたしを置いていくようにって言ったのね？　だったらいいわ、わたし頼むから。カッツさんにかじりついて、一緒に連れて行くって言うまで、てこでも動かないんだから！」

「違うよ、ミーナ。僕が決めたことだ」

　ワタルの襟首をつかんでいるミーナの手が、わなわなと震え始めた。

「わたし……」

「ごめんよ。だけどミーナ、もうこれ以上、君とキ・キーマを危険な目に遭わせたくないんだ。だから一緒には行かれない」

震えが手から腕へと這《は》い上り、くちびるまで震え始めた。

「危険なんか……そんなの……怖いことなんかないのに」

「僕が怖いんだよ」と、ワタルは言った。それが正直な気持ちであり、どんな言い訳や説明よりも正解なのだと悟りながら。

「君とキ・キーマを連れて行って、危険に巻き込んで、命を落とさせてしまうかもしれない。僕はそれが怖い。自分が死ぬかもしれないことよりも、ずっとずっと怖い。自分のことなら諦《あきら》めもつくし、納得できる。でも君たちのことは違う。君たちは大切な仲間だ。友達だ。僕のせいで、死なせるわけにはいかないんだよ」

死ぬって決まったわけじゃないのにと、ミーナは呟《つぶや》いた。

「そうだね。でも、予想はしておかなくちゃいけない。その可能性は大きいもの」

ワタルは呼吸を整えた。そうすると、自分の内側に、ミーナと同じくらいぶるぶる震えている小さな自分が隠れていることに気がついた。もうちょっと、もうしばらくのあいだ、姿を見せずにしっかり隠れていてくれよ。

「もしかしたらすべてが上手《うま》くいって、皇帝を倒した上で、僕はミツルに先んじて、運命の塔に行くことができるかもしれない」

「ええ、そうよ」

「でもそのときに――その目的を果たすために、君やキ・キーマが命を落とすことになったら、僕は一生後悔するよ。運命の塔で女神さまに会って、思いどおりに運命を変えて、現世《うつしょ》へ還《かえ》れるとしても、残りの人生を幸せに過ごすことなんか、絶対にできない」

だから――ずるいと承知しながらも、ワタルは言った。「友達だから、仲間だから、僕のために、安全なところにいてほしいんだ。お願いだよ、ミーナ」

ミーナは両手で顔を覆うと、静かに泣きだした。ワタルはもう一度、彼女の両肩に手を置いた。

「出発が正確にいつになるか、まだわからない。でも、すぐであることは間違いない。ギル首長がガサラに着いたら、すぐに。だから今のうちにお別れを言っておきたかったんだ。今までありがとう。言葉になんかできないくらい、感謝してるよ。本当だよ」

指の隙間から、呻《うめ》くように、ミーナは言った。「キ・キーマには……」

「これから話す」

ミーナが動かないので、ワタルはそっと腰かけから立ちあがった。

「ありがとう、ミーナ。ずっとずっと、元気なミーナでいておくれよ。スペクタクルマシン団のスターになって、南大陸じゅう、いや幻界《ヴィジョン》中のヒトたちを楽しませておくれよ。ね？ 約束だよ」

ミーナは返事をしてくれなかった。

44　ガサラ脱出

ミーナとのやりとりの後、すぐにキ・キーマに会う元気を出すことはできなかった。もう少し時を置こう。幸い、仕事もあった。

ガサラの周辺には、ガサラよりも小さいけれど、商いの中継地点となる町が散在している。それらの町でも〝ハルネラ〟にからんで治安が乱れており、ときどき、家財道具を背負ってガサラまで逃げてくる住人たちが現れる。今日も何組かそうした避難民がガサラの門を訪れたので、ワタルは彼らの世話を焼くことに追われた。

「こんな騒ぎが続くくらいなら、いっそ、あたしがヒト柱になるから、早く元の平和な国に戻ってほしいと思っちゃうよね」

幼い子供の手を引き、疲れ切った妻の顔を斜めに見ながら、避難民の男がそんなことを呟いた。彼らのために設けられている簡易宿泊所には最低限の設備しかないけれど、それでも嬉《うれ》しい、風呂《ふろ》に入ってちゃんと飯を食ったのは四日ぶりだ、とも言った。

「〝ハルネラ〟は、もうすぐ終わりますよ。あとちょっとの辛抱です」

ワタルの慰めに、男はゆるゆるとうなずく。

「そうだね……」ため息と共に、独り言のように言う。「しかし、ヒト柱は本当に必要なんかね。女神さまのお力があれば、そんなものなくたって、〝大いなる光の境界〟を張り直すことはできるんじゃないのかね。あたしは最近、〝ハルネラ〟を招く女神さまの真のご意思は、別のところにあるんじゃないかと思うようになったよ」

「真のご意思？」

「うん。この広い世の中の、大勢のヒトたちのなかで、たった一人だけを選んでイケニエにするぞ――そう言われただけで、あたしらはこんなにも見苦しく狼狽《うろた》えて騒いでしまう。ヒトってのは、弱いものだ。結局は、みんな自分の身が可愛い。そのくせ世の中が乱れれば、それに乗じて儲《もう》けようとしたり、気に入らない連中をやっつけようとしたりする。それも欲だよ。欲深なんだ。醜いね。ざまはないよ。でも普段は、自分たちのそんな醜い部分のことなんか、きれいさっぱり忘れちまってる。〝幻界〟が平和で繁栄を続けていたら、なおさらだ。ヒトってのは偉大な生きものだ――ぐらいに思い上がってさ。だから女神さまは、ときどきあたしらヒトを揺さぶって、己の弱さや醜さを思い出させ、それ以上うぬぼれが積もることがないように戒めるために、わざと〝ハルネラ〟なんていう仕掛けをこしらえていなさるのじゃないかねえ」

ワタルには思ってもみないことだった。

「でも……もしもそうならば、女神さまはヒトに対して、意地悪っていうか、厳しいっていうか」

「そうだね、うん。だけど神さまは、もともと、そういうものじゃないのかね。優しくしてたら、何も治まらないからさ。言葉は空しいものだ。どれほど尊い教えでも、日々の繁栄のなかでは重みが失《う》せてゆく。ヒトは忘れっぽい生きものなんだ。だから女神さまだって、千年にいっぺんぐらいの割合でさ、こんなふうに世の中を揺さぶることで、あたしらに教えを思い出させるしか手がないんだろうよ」

思いがけず話し込んでしまったので、ワタルが簡易宿泊所を離れたときには、午後もずいぶんと過ぎていた。朝から重かった心に、さらに重たい問いかけを乗せられて、ブランチに戻る足どりもはずまない。

ところが、俯《うつむ》きがちに町を歩いていると、妙なことに気がついた。道ばたや軒先にヒトびとが集まり、ひそひそと話をしている。どの顔も険しく、ちょっぴり不安そうだ。何事だろう？

ちょうどそのとき、角を曲がったところに、診療所の医師が、往診用の鞄《かばん》を提げて、町のヒトと立ち話をしているところにぶつかった。すぐに声をかけたけれど、先生はそれにさえ気づかないほど、熱心に話し込んでいる。

「あの、何かあったんですか？」

「おお、君か！」先生は、ムクムクの毛に埋もれそうになっている小さな目をぱちぱちさせた。「何かって、何も知らないのかね？」

「町の様子がおかしいですけど……」

先生をはじめ、立ち話の輪をつくっている全員が驚いた顔をした。

「その腕輪、あんたハイランダーなんだろ？　そんな呑気《のんき》なことを言ってていいのかね。小一時間ばかり前から、ガサラはシュテンゲル騎士団の遊撃隊に包囲されちまってるんだよ！」

ワタルは仰天した。「包囲って——なんでまたそんなことに？　門番や物見台の番人は何をしてたんだろう？」

「何をしてたもかにをしてたもないよ。草原を遠くから、シュテンゲル騎士団の小隊が進軍してくるなぁ——補給なんぞで立ち寄るのかなぁ——と思って、気づいたら囲まれちまってたらしいんだ」

「今は正門も閉じているよ」と、先生が言った。「出入りは一切禁止だ」

まったく気づかなかった。「僕、ずっと簡易宿泊所にいたんです」

「その気になれば、シュテンゲル騎士団は風よりも速く、蛇のように静かに動けるということだな」

感心してる場合ではない。包囲の目的は何なのか確かめなくては。

「ブランチに戻らなきゃ！」

駆け出そうとしたワタルの後ろ襟を、診療所の先生がぐいとつかんだ。

「待ちなさい。今は様子をうかがった方がいい」

「どうしてです？」

「さっきロンメル隊長が部下を引き連れて、ブランチへ乗り込んで行ったよ。どうやら彼らの目的は、ブランチにあるようだ」

ワタルは目を瞠《みは》った。「犯罪者を追いかけてきたとか、そういうこと？」

先生は首を振る。「君もハイランダーなら、知っているだろう？　先にブランチの四首長が、連邦議会の承認なしに、ハイランダーたちを動かしたことが問題になっているのを。ロンメル隊長がやって来たのも、それと関連がありそうだ」

ワタルはあっと思った。ルルドの天文台前で別れるとき、ロンメル隊長の小隊と、居合わせたハイランダーたちのあいだに立ちこめた険悪な雰囲気。そしてロンメル隊長の言葉。ブランチ長と彼らに従うハイランダーたちが連邦議会の怒りをかえば、議会に忠誠を誓っているシュテンゲル騎士団とも、この先、何処かで敵対しなければならない局面が発生するかもしれない——

あの警告が、実現してしまったのだ。今がその時なのだ。

「どうやら隊長は、カッツを捕らえに来たようだ」

先生の小さな優しい目は、ワタルの驚愕《きょうがく》を読み取っている。

「連邦議会から、彼女の身柄を拘束し、首都まで護送するように命令がくだされたらしい。何があったか知らないが——」

ワタルは知っている。あの暗殺計画だ。きっと、あれがどこかから漏れて、連邦議会の耳に入ったのだ。そして議会には、北の皇帝を暗殺するという策を、良しとしないヒトびともいるのだ。

カッツはこの計画の言い出しっぺだと言っていた。首謀者だ。逮捕されたら、きっと重罪に問われる。ああでも、ギル首長はどこにいるのだろう？　一緒に北へ渡るはずの、あと三人の猛者《もさ》たちは？

足元から冷気が駆けのぼってきて、ワタルを骨まで震えあがらせた。

「どんな罪状だろうと、わしらはやすやすとカッツ所長を渡したりしねえよ」

町のヒトの一人が、鼻の穴をふくらませて言い切った。

「シュテンゲル騎士団なんざ、政府の飼い犬だ。信用できるもんじゃねえ。だいたい、アンカ族ばっかりの集団だろ。あいつらは、わたしら他種族のことなんか、最初《はな》から勘定に入れてなかった。ブランチとは違う！」

そうだそうだと、立ち話の輪が盛りあがる。拳《こぶし》が振り回される。

「カッツ所長を守るためなら、わしら、騎士団と一戦交えたっていいんだ！」

診療所の先生は、困ったように耳を寝かせてしまった。「町の住人たちの気持ちは、連邦政府だって騎士団だって承知しとるだろうよ。だからこそ包囲しておるんだ。下手に逆らったら、ガサラの町はとんでもないことになるよ」

「じゃあ先生は、カッツ所長がひっぱられるのを黙って見てろっていうのかよ！」

「そんなことは言うておらん」

「だったらさあ！」

喧嘩《けんか》に発展しそうになってきたところで、ワタルはそっと逃げ出した。

正門まで駆けてゆく。ホントだ。門は閉じられ封鎖されている。騎士たちが厳《いか》めしい顔つきで立ち並び、門には何か書状が貼り出されている。カッツの逮捕状だろうか。噛《か》みつかんばかりの勢いで抗議している獣人族の住人と、これまた怒鳴りつけるような口調で応対しているシュテンゲル騎士。道の反対側では、お母さんのスカートにすがった子供が怯《おび》えて泣きべそをかいている。

ちょうど町を出ようとしていたところなのか、ダルババ車が一台、門のそばで立ち往生していた。御者の水人族が、やはりシュテンゲル騎士の一人と問答をしている。こちらは口論にこそなっていないけれど、御者はたいそう困っているようだ。ワタルは大きな車輪の陰に潜んで、二人のやりとりに耳をそばだてた。

「だからさ、あっしは何も騎士団の皆さんに逆らおうなんて気持ちはないんですよ。

ただ、この積み荷は極上のシュルシュワでね。騎士さん、食ったことない？　シュルシュワの活き作りはこの世でいちばん旨《うま》い食い物だけど、鮮度が命なのさ。ここで立ちん坊してるあいだに、どんどん値が落ちちまうよ」

「我々も、任務さえ果たせばすぐに包囲を解くことができるのだ。徒《いたずら》にガサラの通商を妨害する意図はない。いましばらく待っておれ」

「そんな難しいこと言われたってさあ、シュルシュワが腐っちまったらどうすんの」

「抗議するなら、ブランチにしたまえ。我々は連邦政府の意に従って行動しているのだ。ここのブランチ長が我々の要請に従ってさえくれれば、すぐにも町は元どおりの状態になるだろう」

　やっぱりだ。カッツはどこにいるのだろう。ともかくブランチに忍び込んで、様子を探ってみなくてはならない。ワタルは勇者の剣をつかんだ。

　ブランチの前には二重のヒトの輪ができていた。外側の輪は、集まった町の住人たち。内側の輪は外よりずっと人数が少なく、正味五人のシュテンゲル騎士が、輪というよりは弧を描いて足を踏ん張っている。

　トローンがなかにいるはずだ。ワタルはちょっと考えてから、建物の裏に回った。窓はすべてきっちりと閉ざされている。二階のワタルの部屋の窓も、今朝出るときは開けてきたはずなのに、今は鎧戸《よろいど》まで閉められている。

　ワタルはブランチの正面に戻ると、ヒト混みに紛れて機会をうかがった。集まった住人たちは、てんでにしゃべりあったり、騎士たちに抗議したり質問を投げたり、全然応じてくれない騎士に罵声《ばせい》を浴びせたりからかったりと、とにかく騒音がやかましい。

と、ブランチの出入口の扉が開いて、その真ん前に頑張っている体格のいい騎士が、ちょっと脇へ退いた。誰かがブランチのなかから、彼に話しかけている。騎士は身体をよじり、扉の隙間に頭を突っ込んで、ふんふんとうなずいている。

　ワタルは勇者の剣を構えると、思念を集中して、例の姿を消す結界を張った。そのままヒトびとのあいだをすり抜けて、素早く身をかがめ、出入口に立つ騎士の股《また》の間をくぐり抜けた。

「おろ？」と、騎士が声をあげた。「今、何か通ったぞ」

自分の股ぐらを見おろしている。そのときにはもう、ワタルはブランチの執務室の隅に到達していた。

　正面に据えられているカッツの事務机には、トローンがでんと構えて座っていた。その正面に、ロンメル隊長が立ちはだかっている。トローンを囲むようにして、隊長の部下の騎士が二人、それぞれ両手を腰の後ろにあてて直立している。

他のハイランダーたちは、うまく身を隠すことに成功したようだ。姿が見えない。それとも、もう連行されてしまったのか。

「もう一度だけ訊《たず》ねる」

ロンメル隊長が、張りのあるいい声でトローンに呼びかけた。今までにも何度か隊長の声を耳にしたことはあるけれど、これほど威《い》嚇《かく》的な口調になっているのは初めてだ。

　でもトローンは動じていない。鼻面に眼鏡を載っけて背もたれに反っくり返り、だらしなくずっこけている。今にも鼻をほじったりしそうだ。

「所長のカッツはどこにいる？　町を出ていないことはわかっているのだ」

「そこらにいるんじゃないかな。俺は知らん。所長のお守り役じゃないからね」

「君が答えなくても、彼女をかばうことにはならないぞ。我々は必ずカッツを探し出し、連行する」

「だったら、とっとと探しに行けばいいだろ！　知らんものは知らん」

「我々が町を捜索すれば、住民たちに余計な不安を与えることになる。そういう事態を避けたいからこそ、協力してくれと言っているのだ」

　ロンメル隊長の蒼《あお》い目は冷静そのもので、焦っている様子はなかった。ただ、ちょっぴり疲れているようには見えた。目《め》尻《じり》のしわが深い。

「君はこのブランチの副長であり、カッツが不在のときには治安を守る責任者となる存在だ。その立場を自覚しているのか？　徒にガサラの町に混乱を招くことを、カッツが望んでいるとは思えないが」

「所長の考えなら、あんたに説教されるまでもなく、俺はよく承知している」

　トローンの言葉に棘《とげ》が混じった。だらしない姿勢のままに、一瞬だけ目が鋭くなった。

「だいたい、なんで所長が連邦議会まで連行されなくちゃならないのか、俺には納得がいかないんだ。これは不当逮捕だよ」

　トローンの右側を固めていた若い騎士が、思わずカッとなったという感じで、平手でばしんと机を叩《たた》いた。トローンの前に並べられていた書類がぱっと舞いあがり、ペン立てが派手な音をたてて転がり落ちた。

「この逮捕状が見えないのか！」

　兜《かぶと》と顎《あご》あての隙間からのぞく目の周りが紅潮している。ロンメル隊長は、トローンの顔に視線を据えたまま、つと手をあげて若い部下を制した。若い騎士は、さらに赤くなって姿勢を戻した。

「それでなくたって、連邦政府の発令する逮捕状なんて、生まれて初めて見たし――」

　トローンは、本当に鼻をほじり始めた。毛むくじゃらの丸い指から爪をちょろりとのぞかせて、器用に鼻の穴に突っ込むのだ。

「反逆罪なんて、そもそもそんな法律があることさえ、俺は初耳だった。だからさ、この書類が本物かどうかも判別がつかん。ひょっとしたら偽物かもしれないだろ？」さすがに、ロンメル隊長の目つきが険悪になった。「ほう、面白い。我々が逮捕状を偽造したとでも言うつもりかね？」

「やりかねねえな、あんたらなら」トローンは片っ方の牙《きば》をちらりと見せて、せせら笑った。「議会のなかにいるあんたらの飼い主は、あんたらに、いい餌を食わしてるらしいからな。飼い慣らされて肝っ玉の抜けた犬は、ご主人さまの言いつけには何だって従う。拾ってこいと命じられれば、クソ溜《だ》めのなかにまで追いかけて行くんだろ」ご苦労なこった——と言い終えないうちに、さっきの若い騎士がトローンに殴りかかった。みだりに剣を抜かないことは騎士のたしなみか。あるいは素手で飛びかかるのは見苦しいのか。ロンメル隊長ともう一人の部下が止めに入り、出入口の戸が開いてさらにもう一人が飛び込んできた。ブランチを土台ごと揺さぶるようなどしんばたんに紛れて、ワタルはトローンの足元に滑り込み、机の下に身を潜めた。脚の周りに板を張り巡らせてある机なので、ひとまず隠れることができる。

結界を張るためにエネルギーを消費しているので、息があがっていた。ワタルは両手で口元を押さえ、声を漏らさないように気をつけながら、両肩でぜいぜいと呼吸した。

怒鳴ったり喚《わめ》いたりボコスカやったりが収まって、机の上にどすんと重いものが落ちかかってきた。トローンの両足が、床から持ちあがっているのが見える。どうやら、机に押し伏せられてしまったようだ。

「下品な妄想をたくましくするのは君の勝手だが――」

ロンメル隊長の声が聞こえた。何事もなかったみたいに平静だ。

「我々は連邦議会に忠誠を誓い、その総意を受けて行動を起こしている」

トローンは、机に顔をおっぺされていても意気軒昂《けんこう》だった。「そりゃどうかねえ」

「ブランチの四首長が連邦議会の制止を聞かず、勝手にハイランダーを動かしただけでなく、北の統一帝国に対してテロ行為を企てていたことを、我々は知っているのだ。すでにギル首長の身柄は拘束した。首長に同行していたハイランダーたちから、ガマ・アグリアスⅦ世暗殺計画についての詳細も聞き出してある。つまり、もう尻は割れているということだ、トローン」

ロンメル隊長は、初めて砕けた口調になった。ワタルは机の下で身を縮めた。ギル首長は逮捕されてしまったのか。一緒に北へ渡るはずだったメンバーも……。

手詰まりだ。何としてもカッツだけは無傷で助け出さなくては。

「君はカッツとの付き合いが長い」と、ロンメル隊長は言った。「だから彼女の過去も知っているだろう。私もかつてはハイランダーの一員であり、カッツとは信頼しあう同胞だった。ある事件がきっかけで、カッツとは袂《たもと》を分かつことになったが、彼女の仕事ぶりには常に敬意を抱いてきたし、彼女が不当に扱われることは望んでいない。またそれ以上に、何よりも、彼女が国家に背くような行為をしようと企《たくら》んでいるのならば、それを止めさせたいのだ」

トローンは黙っている。荒い息が聞こえる。

「教えてほしい。カッツはどこにいる？　私は彼女を助けたいのだ。今ここで投降しなければ、本当に反逆者の烙印《らくいん》を押され、自身の意見を述べる機会もないままに、幻《ヴィ》界《ジョン》じゅうを追われる身になるんだぞ。君はカッツをそんな立場に追い込みたいのか？」

カッツとロンメル隊長。どこまでもすれ違う恋人たちだ。ワタルはようやく鼓動のおさまってきた胸が、ちくりと痛むのを感じた。

ややあって、トローンが低く言った。「カッツは、今さらあんたなんかに助けてもらいたいなんて思っちゃいねえよ」

ロンメル隊長の武具が、かちりと鳴った。

「昔はどうあれ、今のあんたとカッツは、立場も意見もまったく違う。希望も、主義も、何を大切にするかということも、全然違っちまってるんだ。カッツはそれをわかってる。あんたは——まるでわかっちゃいねえようだな」

男はそんなもんかと、独り言のおまけがくっついた。そして続けた。「連邦議会の腰抜けどもは、動力船とやらの設計図が北に渡ってしまったことで、すっかりビビっちまってるそうじゃねえか。何とか事を丸く収めて、北の統一帝国に攻められる前に、ほどほどのところで友好和平条約とやらを結ぼうとしてる。議会にはもともと、北の統一帝国のシンパが巣くっていやがるんだから、連中の考えそうなことぐらい、こっちはお見通しだよ。で、そのほどほどのために、見返りとして、北の奴らに何を差し出そうっていうんだ？　北の皇帝がやってることを、知らないとは言わせねえぞ。非アンカ族に対する差別と虐殺だ。奴隷のような労働を強いて、搾取を重ねる非道なやり方を、あんたらだって承知してるはずだろう？」

「我々は——」

ロンメル隊長を遮って、トローンは声を張りあげた。「北の帝国と手を結び、とりあえずの平穏を取り戻す代償に、南大陸の非アンカ族がどんな目に遭わされようと、シュテンゲル騎士団にゃ、痛くも痒《かゆ》くもねえだろうよ。あんたらはもともと、南大陸のための騎士団じゃねえ。多数民族のアンカ族のために剣をとってきただけの存在だ」

「それは誤解だ！」

「誤解なもんか！　現にリリスを見てみろ！　あんたのお仲間のサイゼク隊長が、まさしく連邦議会の治安維持命令とやらを旗印に、リリスでやらかしたことを思い出してみろよ！」

　ぐっと息を呑《の》むような短い沈黙のあと、思いのほか落ち着きを取り戻した口調で、ロンメル隊長はこう言った。「私はサイゼクとは違う」

「違うもんか。犬はみんな犬だ」

「いや違う。私は北の統一帝国のシンパではないからな。彼らの意向を実現するために剣をふるう気は毛頭ない。もしも議会が、和平友好の美名のもとに、北の統一帝国の思想がこの南大陸に入り込むことを黙認するつもりなのだとしたら、私はそれを許さない。そんな動きには、断固身体を張って対抗する」

　机の上で、またどたんと音がした。今度は騎士がトローンをどうにかしたのではなく、トローン自身が机に身体をぶつけたらしい。

「犬にそれができるかよ？」

　隊長は冷静に切り返した。

「時には、主人に逆らう犬もいるだろう。犬にも犬の意思があるのだから」

　トローンは黙った。ロンメル隊長は、トローンの反応を見守っている様子だった。張りつめた空気が、ワタルの隠れている机の下にまで流れ込んできた。

　少しかすれたような声で、トローンは言い出した。「たとえそうでも、見返りに何も差し出さずに済んだとしても、俺は北の統一帝国と握手するなんて、御免だね。俺たちの同胞を奴隷扱いし、ゴミのように使い捨ててきた国を許すことはできねえ。それくらいなら、戦争になった方がましだ。戦って戦って、どこまでも戦い抜いてやる。命より大事な、譲れないものが俺にはあるんだ。俺たちハイランダーには、確かにあるんだ。あんたら騎士団に、果たしてそれがあるのかね？」

「では君たちは、その命よりも大事な大義とやらのために、皇帝暗殺というテロ行為をしようというのか？　目的は、本当にそこにあるのか？　私には、君たちがやろうとしていることは、単なる報復行為にしか見えない」

　トローンは唸《うな》る。返事はなかった。

「……この男を拘留しろ」と、ロンメル隊長が命令した。「ここの拘置室に放り込んでおけ。頭を冷やしてもらおう」

「カッツはどうしますか」と、部下の騎士が訊《き》いた。

「三手に分かれて町の捜索を始める。捜索を邪魔する住民がいたら、公務執行妨害で拘束していい。そろそろ増援部隊が到着するころだ。このブランチを臨時の司令本部とする。日暮れまでにはカッツを発見、首都へ連行する手はずを整える」

　部下たちがきびきびと応じ、執務室からトローンが連れ去られてゆく。

　忍び込んだはいいが、結局カッツの居所をつかむことはできないままだった。机の下に雪隠詰《せっちんづ》めのワタルは、しかし、今までおぼろげにしか知らされていなかった真実の一端に触れて、結界を張っているわけでもないのに、息が詰まるような思いをしていた。

連邦議会のなかにいる、北の統一帝国のシンパ。圧倒的多数民族のアンカ族と、少数民族である他種族のヒトびと。アンカ族中心で構成された〝連邦国家の盾〟シュテンゲル騎士団と、南大陸の長い歴史のなかで自然発生してきた自警団組織であるハイランダーとの相克の根っこにあるもの――

ワタルのなかに迷いが生まれ、それ故にまた、駆り立てられるような思いに、身体が震えた。

カッツを逮捕させるわけにはいかない。一緒に北へ行くのだ。カッツが正しいのか、ロンメル隊長の言葉に理があるのか、今のワタルにはどちらとも決められない。その判断の結果から生じるものが、あまりにも重すぎて。でも、だからこそ、事実を確かめ、この目で見なければならないのだ。

執務室に騎士たちがせわしく出入りを始めた。ワタルは結界を張り、机の下から忍び出ると、壁を伝ってじわじわとカニ歩きをしながら、出入口の扉へと近づいていった。

ロンメル隊長は、机のすぐ脇に立っている。町の地図を広げ、部下たちに指図を飛ばしている。視線は地図の上に落ちている。彫りの深い横顔が見える。

扉まで、あと一メートル足らず。誰にも気づかれていない。駆け込んできた一人の騎士と危うく袖《そで》が触れそうになったけれど、大丈夫、大丈夫。

「隊長、増援部隊からの伝令が着きました！」

騎士が隊長に通信筒を差し出す。ロンメル隊長は受け取ろうと顔をあげ——

そして一対の蒼《あお》い目が、出し抜けにワタルをとらえた。目と目が合った。

どうして？　見えないはずなのに？　そう思った次の瞬間には、隊長はほんの数歩で部屋を横切り、抜き放った剣の先端をワタルの喉元《のどもと》に突きつけていた。疾風がワタルの頬をかすめただけで、今度は武具が鳴る音さえしなかった。まるで手品だ。

「さっきからおかしな気配がすると思っていたら、なるほどな」

ニコリともしていない。

ワタルは自分の身体を見おろした。驚いた拍子に集中が切れ、結界は解けていた。

「た、隊長さん」

「消影の魔法など、いつ身につけたんだね？　それも〝旅人〟の力か」

「これ、消影の魔法っていうんですか。知らなかった」

すごくバツが悪い感じがして、ワタルはしおしおと笑った。

「隊長さんには僕が見えたんですか？　それとも、姿は見えなくても、感じられたんですか？　凄《すご》いな」

隊長は笑わない。剣の切っ先も、ぴたりとワタルを狙ったまま動かない。

「君もカッツの部下だったな。彼女は今どこにいる？」

「知りません。僕はこの騒動が起こっていることさえ気づかなかったんです」

「間抜けな話だ」

「……はい」

ロンメル隊長は、首をよじって肩ごしに部下に命じた。「この少年もハイランダーだ。事情聴取をするから、トローンの隣にでも放り込んでおけ」

「わかりました」

部下の騎士が、鋼のブーツをがちゃがちゃいわせながら近づいてくる。ああ、捕まっちゃう。万事休すだ。

そのとき、心のなかに呼びかけてくる声が聞こえた。

――ワタル。

――宝玉は三つ揃いました。あなたはさらに新たな力を手に入れた。

――さあ、唱えなさい。アズロ・ロム・ロム、大気を統べる風の精霊よ、時を追い抜き、光より速く我を運べと。

「時を追い抜き、光より速く我を運べ――」ワタルは唱和した。

「何だ？」と、騎士が足を止めた。

「光より速く我を運べ」

ワタルから離れかけていたロンメル隊長が、こちらを見る。

――さあ、構えて！

「バニッシュ！」

朗々と唱えると同時に、ワタルは自分の体重が消えるのを感じた。視界いっぱいに、まばゆい光が溢《あふ》れる。

飛んでゆく。舞いあがる。騎士たちの驚きの声を足元に残し、ワタルは光のなかを上昇する。勇者の剣の柄《つか》をしっかりと握りしめて。昇る、昇る、空までも！

と、次の瞬間、まるで砲弾になって空に発射されたかのように、青空のなかへと飛び出していた。

「うわぁ！」

身体がふわりと浮き、瞬間静止した。それで周りの景色が見えた。ガサラの上空だ。飛んでる。いや浮いてる。いや落下が始まって――

「落ちるぅ！」

そんなに高いところにいたわけじゃなかった。どすんとお尻《しり》から落っこちて、目から火が出た。

「こ、ここは？」

ガサラの町の東端、何度か訪れたことのある小間物屋さんの屋根の上だ。赤い屋根瓦《がわら》の上にへたりこんでいる。ワタルのせいなのか、瓦が一枚、ひび割れてしまっている。

道を歩いているヒトたちが、てんでに口を開けっぱなしに、目を瞠《みは》ってワタルを仰いでいる。指さしているヒトもいる。小間物屋のご主人が、お店のなかから飛び出してきた。

「今のは何だぁ？」

三つめの力は、ワープの力なのだ。瞬間移動。だけどたいした距離じゃないし、これじゃ危なくってしょうがないんじゃない？

——ごめんなさいね、ワタル。

宝玉たちの声が聞こえる。

——今のあなたの力では、まだコントロールがきかないようです。

「うん、でもいいよ、助かった！」

ワタルは屋根の上で立ちあがった。町中の捜索を始めていたのだろう、数人のシュテンゲル騎士たちが、ワタルの出現に気づき、こちらに向かって走ってくる。どうしよう？

「おい、ワタル！　おーい、おーい！」

キ・キーマだ。騎士たちの後ろから、やっぱりこっちに駆け出してくる。

「そんなところで何やってんだぁ？　タイヘンなんだぞ！」

「知ってるよ！」ワタルは両手を筒にして口元にあて、声を限りに叫んだ。

「キ・キーマ、気をつけて！　騎士に捕まっちゃいけないよ！」

「え？　何だこいつらか」

キ・キーマは走りながら騎士たちにタックルした。弾《はじ》き飛ばされた騎士たちが道に転がり、壁にぶつかる。「き、貴様！　公務執行妨害だぞ！」

「何だよ、俺はハイランダーだぞ！」

「だったらなおさらだ！　貴様も逮捕する」

「キ・キーマ、逃げるんだ！」

ワタルはポケットから龍《りゅう》の笛を取り出した。青空に向かって吹き鳴らす。ジョゾ、ジョゾ、早く飛んできて！

空の彼方《かなた》に、輝く赤い光点が現れた。ワタルはそれに向かって両手を振り、それから屋根の上でぴょんぴょん跳ねながら、やたらめったらに吠《ほ》えて叫んだ。「カッツさん！　カッツさん！　出てきて！　逃げるんだ！　ドラゴンに乗って逃げるんだよ！　どこにいるの？」

キ・キーマが屋根に登ってきた。町の辻《つじ》を、何組もの騎士たちが駆けてくる。あっちの角を曲がってくる集団の、先頭にはロンメル隊長がいる。

「その少年を捕らえろ！」

突然、ワタルの頭上が暗くなった。ジョゾが近づき、舞い降りてきたのだ。

「ワタル、呼んだ？」

「呼んだよ！　早く乗せて！」

ジョゾの翼が巻き起こす風に、屋根の上から飛ばされそうだ。キ・キーマに抱き留められて姿勢を立て直し、ワタルはジョゾの背中によじ登った。キ・キーマも続く。

町の辻を吹き抜ける、時ならぬ竜巻のような旋風に、騎士たちもひるんでいる。住人たちは身をかがめ、頭を抱えてきゃあきゃあわあわあ、大狂乱だ。

「カッツさーん！」

ワタルは町の四方に呼びかけた。

「ジョゾ、町の上を低空で飛んで！　カッツさんを探すんだ！」

「わかったよ。だけど凄《すご》いね、このヒト出。お祭りかい？」

「そうだよ、お祭りだよ！」

ジョゾは翼をすぼめると、ガサラの町の家々の屋根をかすめて滑空した。また住人たちの悲鳴があがるけれど、何だかみんな喜んでるみたいにも聞こえる。

「わーい、ドラゴンだ！」

小さな子供が窓から身を乗り出し、手を振っている。

「お母さん、見て見て！　ドラゴンだよ、ホントにドラゴンだよ、絵本で見たのとおんなじだよ！」

やあやあコンニチハとジョゾが翼を振り、必死で追いかけてきていた騎士たちが、その突風でなぎ倒された。道ばたに積みあげられていた樽《たる》が崩れ、騎士たちといっしょくたになって転がってゆく。

「カッツさぁぁぁーん！」

驚きで大きな優しい目をしばしばさせているダルババの前を飛び過ぎる。御者が座席から転がり落ちる。

「ワタル！」

町の反対側の民家の二階の窓から、カッツが身を乗り出して両手を振っていた。ワタルがそちらを見ると、彼女はうなずき、窓から壁づたいに屋根の上へとよじ登り始めた。

「カッツだ！　あそこにいるぞ！」

騎士たちが押し寄せる。いちばん近くにいた一団は、民家のなかへと躍り込み、ああ、今もう窓から首を出している。カッツの後を追いかける。

「ああ、もう、邪魔くさいね！」

カッツは片手を屋根にかけ、優雅に宙にぶらさがったまま、もう片手で鞭《むち》を抜いた。黒い閃光《せんこう》がひゅっと唸《うな》って、騎士が悲鳴をあげ、窓から落ちる。

「ジョゾ、カッツさんを乗せるぞ！」

翼のひと振りで、ジョゾは民家の上へと飛んでいった。カッツが屋根を走って駆け寄ってくる。何人かの騎士が身軽に屋根に登り、風に逆らいながら、わらわらと追いついてきた。カッツは鞭を振ろうとするが、翼の風に流されて、鞭が思うように動かない。

「ジョゾ、火を噴いて！」

「いいのぉ？」

「いいよ、特別に許可する！」

ジョゾは胸をふくらませると、喉《のど》を鳴らしてごおっと炎を吐き出した。熱風に煽《あお》られて、騎士たちがあちあちあちと逃げ出してゆく。その隙に、カッツはひらりとジョゾに飛び乗った。

「あたしの髪まで焦げちまったよ！」

それでもカッツは大笑いしている。

「さあ、行こう！」

ジョゾは滞空しながら翼を返し、上空へと顔を向けた。ワタルはジョゾの首にしっかりとしがみつく。

「ワタル、待って！　わたしも連れてって」

ミーナの声だ。あわてて見回すと、信じられない、ミーナは家から家へ、屋根を飛び移ってこっちへ近づいてくる。

「ミーナ！」

「おいてけぼりなんて、ひどいわよ！」

ミーナは二軒先の家の屋根から、えいっとばかりに大ジャンプをした。しなやかに反った足が、弧を描いてこちらの屋根の縁にひっかかる。と、その足を、下からのびてきた騎士の腕がむんずとつかんだ。

「きゃ！　何よこのスケベ騎士！」

レディの足をつかむなんて失礼よと言うなり、ミーナは腰のポシェットから何かを取り出し、ぱっとばらまいた。

パンパンパンと派手な音がして、火薬の臭いが広がった。色とりどりの火花が散って、宙にきれいな花の形を描く。まったく、いつの間にこんなものをこしらえていたんだろう？　騎士は花火の直撃をくらい、思わずミーナの足を離し、手で顔を覆った。

「お待たせ！」

ミーナはワタルの隣に飛び移った。

「ジョゾ、飛んで飛んで！　うんと高く飛んでよ！」

　ジョゾは舞いあがった。ガサラの町が、欣喜雀躍《きんきじやくやく》している町のヒトたちが、呆然《ぼうぜん》と立ちすくんでいる騎士たちが、どんどん小さくなってゆく。それでもワタルが、追いかけてくるロンメル隊長の視線を感じるのは、気のせいだろうか。

「言ったでしょ？　わたし、どこまでだって、ワタルと一緒に行くんだから」

　頬を火照らせ、火薬の刺激的な臭いに鼻をぴくぴくさせながら、ミーナは大きな笑顔を浮かべた。

「ワタルは自分勝手よ。わかってる？」

「ぼ、僕は」

「ワタルがわたしたちのことを心配するのと同じように、わたしたちもワタルのこと心配なの。わたしたちが一緒にいなかったせいで、わたしたちが全然知らない場所で、ワタルが命を落としてしまうかもしれないと思うと、たまらないの。怖いの。いてもたってもいられないの。だから、どんなに危険でも、一緒にいたいのよ。ついてゆきたいのよ」

　ワタルは言葉もなくミーナを見つめ、それからキ・キーマの大きな顔を仰いだ。水人族はうなずいていた。

「何だか知らんけど、俺もミーナの意見に賛成だな」

「喧嘩《けんか》は終わりかい？」と、カッツが言った。「それじゃ行こうかね。まったく、あの家の地下室に匿《かくま》ってもらってたんだけど、逃げ隠れするなんて性にあわないからね。いい加減腹が立ってたところだったんだ。ボリスの奴の間抜け面、見たかい？　いい気味だったね！」

たくましく、手《て》強《ごわ》い女たち。上空の風に、くらくらしそうな頭を冷やしながら、ワタルはジョゾの翼に乗っていった。

45　皇都ソレブリア

ミツルは空を見ていた。

北の統一帝国皇帝の居城「水晶大宮殿《クリスタル・パレス》」は、皇都ソレブリアの中央に位置している。城を芯《しん》にして放射状に延びる十数本の街路に沿って、百万人の人口を擁する大都市が今日の姿を成すまで、二百年以上の歳月がかかっていた。

大理石に似た乳白色の石で造られたこの威容、クリスタル・パレスの本丸、皇帝の居室にもほど近い最上階の客室のテラスに立てば、ミツルは、眼下に広がる都の景観と同時に、北の統一帝国の歴史そのものを俯瞰《ふかん》することができた。ソレブリアの町の構成は、今現在の北の統一帝国を形成している国民の階層と生活ぶりをも、そのまま映しているからである。城を中心とする官庁街の荘厳な町並み。その外側の商業地区の華やぎ。さらにそれを取り巻く市民たちの住宅街は、規制の範囲内におとなしく収まりつつも、それぞれの富と個性を主張する豊かな活気に満ちている。しかし、それらの中心地区から離れるにつれて、町は徐々に色彩を失ってゆく。中心街とその外側を隔てている、深く掘りさげられた堀が境界線となり、高処《たかみ》から見おろす者は、内と外との歴然たる差を目の当たりにすることができるのだった。

　ソレブリアはそれ自体が城塞《じょうさい》都市である。初代皇帝がここに皇都を定めたときから、営々と築き上げられ、増築と補強を繰り返してきた都の外縁を巡る長城壁は、いつも、南大陸から北を訪れる風船《かざぶね》商人たちの目を驚かせてきた。しかし、この長城壁にたった一ヵ所だけ設けられている関所を通過し、通称〝商人隧道《ずいどう》〟とも呼ばれる賑《にぎ》やかな一本道を通って商業地区へと向かい、そこに滞在するだけで、皇都の他の場所へは足を踏み入れることを許されない彼らの目には、長城壁の内側でさらに二重構造となっている皇都の真の姿を知る術《すべ》はない。富める者と貧しい者。君臨する者と服従する者。奉仕される者と隷属する者。その位置関係を、これほど正直に露呈している都の形など、南大陸では想像もつかないものだ。

　クリスタル・パレスからもっとも遠く、また北大陸の過酷な気候が生み出した独特の暦法により、もっとも忌むべき方向とされている町の北北東には、皇都の治安を乱そうと試みた者たちが収容される刑務所が威容を誇っている。この煉瓦《れんが》造りの建物の裏手には、長城壁から外部に通じるもうひとつの関所があった。そこを通る者が何者であれ、これは常に、帰還なき道へと通じる関所であった。関所からさらに北北東の彼方《かなた》へと延びる道は〝囚人街道〟と呼ばれ、その終着点である強制収容所の位置は、皇立国家地理院発行の地図には記載されていない。その規模も知られてはいなかった。

　かつてそこにもっとも大勢収容され、そこで命を落としていった〝囚人〟たちが、単に非アンカ族であるという以外には何の罪科《つみとが》もないヒトびとだったという歴史を、残されたヒトびとは知っていた。知ってはいたが、それを口にすることは許されず、またそれに刃向かうこともできなかった。すでに通り過ぎてしまった恐怖には、忘却という手段で対抗するしかない。地図上の空白も、その手段のうちのひとつだった。あったことを忘れれば、なかったことと同じになる。

　それでも、真実はいずこからか漏れ出る。ヒトは語れずとも、建物は語る。自然が語る。そうして語られたものを、ヒトが密《ひそ》かに書き残す。皇都に滞在して今日で十日。ミツルは北の統一帝国の歴史と実状を、かなり正確に把握していた。その大部分は、クリスタル・パレス内に設けられた歴史研究所のなかの書物から得た知識だった。

　皇帝からじきじきに賓客として迎えられたミツルは、宮殿内を、かなり自由に歩き回ることを許されていた。彼はもっぱら歴史研究所に入り浸り、研究員たちも、探求心豊かで知力の高いこの〝旅人〟を歓迎して、さまざまな知識を授けてくれた。ミツルは、彼らの差し出す歴史的知識が、彼らに都合よく粉飾されたものであることを承知の上で、快く受け取った。なぜなら、愛想の良い対応を心がけておれば、それが盾となり、ミツルが本当に知りたいことを書き記した書物に近づくことが容易になるからだ。実際、それは呆《あき》れるほど簡単だった。歴史書のいくつかは、魔法による封印錠がかけられていたが、その程度のものならば、造作なく解いて、解いたことを悟られないようにまたかけ直しておくことなど、今のミツルには易しいことだった。

　こうしてミツルは、南から潜り込んでいる工作員たちが、五年がかりでもまだつかむことができていないであろう情報まで、しっかりと手の内に収めてしまった。しかし、本当に求める情報は、まだ得られていない。そこに近づく方法が、ぼんやりと推察できるようになっただけ――

　だから、ともすると空ばかりを仰ぐことになる。心の内の物思いを、空に映して。

　北大陸で仰ぎ見る空は、南大陸の空よりも色が薄かった。凍りつき、褪《あ》せている。この季節、北ではそれでも寒気の緩む時期だというけれど、テラスに立つと、袖口《そでぐち》や襟首から冷気が忍び込んでくる。空を横切る鳥の群も、南大陸よりは数が少ない。

　生きにくい気候が、生きにくい社会をこしらえた。意地悪な循環だ――ミツルの頬に、子供らしくない苦笑が浮かんだ。しかし、それ以上の表情も感慨もない。

　非アンカ族を根絶やしにし、この北大陸で覇権を勝ち得たアンカ族。同じ者ばかりが寄り集まって、ではようやく平和に暮らせるようになったのか。とんでもない。今度はアンカ族同士で同じことをやり始めた。その証拠がこの皇都の二重構造だ。非アンカ族を迫害した歴史を地に染みこませた北大陸のアンカ族たちは、いつも誰かを迫害し、その生を搾り取っていなければ、生きている実感が湧かないようになってしまったらしい。結局、同じことを繰り返しているというのに、誰も気づいていない。

　ばかばかしい。救いがたい狂妄と痴愚。

　何ひとつ共感するところもなければ、憐《あわ》れみ愛《いと》おしむ気持ちを呼びもしない。怒りもなければ、諌《いさ》める気にもなれない。だが、それで当然なのだ。たとえ北大陸の人民がこれほどまでに愚かではなかったとしても、ミツルにとっては同じだったろう。

〝幻界《ヴィジョン》〟での出来事など、すべては幻だ。現世《うつしよ》に戻れば消えて失くなってしまう、一時の夢に過ぎない。

〝旅人〟の資格を得た瞬間に、ミツルは少年という現身《うつそみ》を捨てた。いや、捨てることを許されたのだ。現世でミツルを閉じこめていた器も、幻界ではミツルを捕らえることはできない。

　今ではもう、ミツルはたぶん、人間でさえないのかもしれない。たったひとつの属性は、〝旅人〟であるということ。そして〝旅人〟にあるのは、ただ目的のみ。同情も愛慕も、友情も義憤も、余計なものは、何もない。

　さて、この空の下に広がる皇都ソレブリアを、どう料理したものだろう?

　具体的な手段を講じなければならない。冷たい風に目を細め、ミツルは思案した。

　もうこれ以上、無駄に待たされるわけにはいかないのだ——

ここに至るミツルの道中に、困難と言えるほどのものはなかった。南北の大陸を隔てている大海の上には、たった三日間いただけだった。風船の船長は、海図を奪い取り、航路を聞き出してしまうと、ほとんど用なしになってしまった。大海原に出て、距離感をつかみ、方向さえわかってしまえば、風船などという頼りない物理的移動手段よりも、魔法の方がずっと早くて確実だということが、わかってしまったからである。それ以来、風船の船体は、単なる足場として機能しただけに終わった。

そして北大陸に到着すると、風船は北の近海に沈めて、船長だけを連れてきた。あれはあれで役に立ちそうだと思ったからである。歳の割には丈夫な「素材」だ。

北大陸に降り立つと、手近な港町に潜んで疲労を癒《いや》し、ミツルはすぐに皇都を目指した。折良く、街道で、今年徴収した年貢を皇都へと運んでゆく徴税吏の一行に遭遇したので、道を尋ねる手間も省けた。ついでに「素材」もいくつか確保できた。殲滅《せんめつ》した徴税吏の残骸《ざんがい》は、風の魔法で塵《ちり》と散らしてしまったので、誰にも気づかれることはなかった。帝都の税務庁で、到着の遅れている徴税吏に首をひねっている役人がいるかもしれないが、そんなのはたいした問題じゃない。

皇都に着くと、消影の魔法を駆使してクリスタル・パレスに入り込み、内部の様子を探って、皇帝の居室を突きとめた。後は簡単。深夜を待って、いぎたなく眠りこけているガマ・アグリアスⅦ世の枕元へと現れ、用向きを告げるだけで事足りた。

皇帝は驚き、畏怖《いふ》を露《あら》わに、寝間着姿のままミツルの足元にひれ伏した。それは、ミツルが予想もしなかった以上の反応だった。

南大陸では、自身が〝旅人〟であることを知られる機会はなく、またそんな状況を招かなくても、ミツルは容易に旅を続けることができた。だから、〝旅人〟の存在が幻界のヒトびとに与える衝撃を、北の皇帝と対峙《たいじ》して、ミツルは初めて実感したのだった。

我らは現世への憧《あこが》れを抱いているのですと、皇帝は言った。

──我らにとって、そこは神聖なる地。神のおわしますところ。私はこの北大陸を、少しでも現世に近い国へと進歩させたいと願っておるのです。

その言葉を聞いたとき、ミツルは思わず笑ってしまった。現世の歴史が繰り返してきた紛争と殺戮《さつりく》とを顧みれば、皇帝の言っていることも、あながち間違いとは言えまい──と思ったからだ。

しかし、一方では強い違和感もおぼえた。聞きかじりではあるけれど、統一帝国では、創世の女神を否定し、女神を倒して老神の統べる世をうち立てることを希《こいねが》う、老神教が国教になっているはずである。また老神教では、現世からの〝旅人〟は女神の眷属《けんぞく》であり、〝ザザ・アク〟すなわち神を騙《かた》る者として、忌み嫌われているらしいのに、皇帝にはまったくその様子がない。

訊《たず》ねると、皇帝は少しばかりたじろいだ。

——さすがに〝旅人〟の耳は早い。我が国教についての知識も得ておられましたか。

皇帝は語った。「確かに我が帝国では、表向き、老神教を国教と定めております。しかし、それはただの方便。民草《たみくさ》をとりまとめ、創世の女神を崇《あが》める南の連合国家に対峙するための、政策のひとつでしかありません」

「では皇帝陛下も、実は創世の女神を崇めているというのですか？」

ミツルの問いに、皇帝は笑った。「そうではありません。確かに運命の塔はこの幻界の何処かに存在し、そこには、現世のヒトびとの運命を司《つかさど》る女神さまが住まっているのでしょう。しかし、それは幻界の〝神〟ではない。運命の塔と女神さまは、現世のヒトにとってのみ、神としての機能を持っている。我ら幻界の住人には、いっさい関わりはありません」

なぜならば、幻界の神は、「現世」そのものであるはずなのだから。

「幻界の成り立ちを、ミツル殿はご存じでしょう？　幻界は、現世のヒトびとの想像力のエネルギーが創りあげている世界。ならば、幻界の創世の〝神〟は現世のヒトびとだ。違いますかな？」

理屈としては、そのとおりだ。

「しかし、それならばなぜ、その現世からやってくる〝旅人〟を迫害するような教義を含んでいる老神教を、看板に掲げるのです？　政策だとしても、矛盾している」

ミツルの反論は、軽くいなされた。「ミツル殿。十年に一度の割合で、要御扉《かなめのみとびら》は開きます。そのたびごとに、現世からどんな〝旅人〟が来《きた》るのか、我々にはわかりません。優れた人ならばよろしいが、時には邪悪な者も、虚弱な者も来るかもしれぬ。我らが真に仰ぐべき現世からの〝旅人〟、現世という聖地よりの使者を見分けるためには、厳しい環境をこしらえておかねばなりません」

愕然《がくぜん》としながらも、ミツルは思い出していた。番人のラウ導師は言っていた——旅の厳しさに、挫折《ざせつ》する〝旅人〟は数多いと。旅を打ち切る。幻界の何処かで命を落とし、現世に帰還できぬまま消息を絶つ。

「しかし、ミツル殿はここにたどり着いた。たった一人で、この私の居室へと」

皇帝はもう一度、恭しく礼をした。

「お力のほどは、それだけでも充分に推察されます。ようこそおいでくださった。私はあなたを神の使者として遇し、我が盟友としてこの城に迎えましょう。まずは旅の疲れをとるのが肝心」

こうして、ミツルはクリスタル・パレスの賓客となった。

ミツルは訊ねた。これまで、僕と同じようにこの地を訪ねてきた〝旅人〟は、何人ぐらいいたのですかと。

我が国の歴史上では、統一戦争の激しかった最中《さなか》に、たった一人訪れたきりですと、皇帝は答えた。

「その〝旅人〟もまた、力の強い真の使者であったそうです。彼は我が国に、種族統一という思想をもたらされた。平和と繁栄、富と力は、ひとつの血のもとにこそ訪れるもの。その思想が我が国の土台となり、統一戦争の勝利を呼び、やがては統一帝国そのものの基盤ともなりました――」

何ということだろう。北大陸における非アンカ族迫害と虐殺の原因は、現世からの〝旅人〟にあったのだ。しかも目の前の皇帝は、その〝旅人〟は、強かったが故に真の使者であり、邪悪ではなかったと言っているのだ。

ミツルは、自分が衝撃を受けていることに驚いた。現世での過酷な運命に揉《も》まれて、もう何があろうと、何を見聞きしようと、けっして驚きはしないと心に決めていたのに。

しかし次の瞬間には、その心に鞭《むち》をくれていた。こんなことで動揺しているわけにはいかない。幻界での出来事など、自分には何の関わりもないのだ。運命の塔にたどり着き、目的を達して現世に還《かえ》る。目指すべきはそれだけなのだから。

そのためになら、どんな手段をとることも厭《いと》わない。

翌日、豪奢《ごうしゃ》な貴賓室の寝台で目を覚ますと、ミツルの賓客としての生活は、すでに始まっていた。上機嫌の皇帝に、皇帝一族の者たちや、クリスタル・パレスの臣下たちに引きあわされ、大々的な歓迎の儀式の準備が始められていることを告げられた。宮殿内を案内され、城の謂《い》われを聞かされ、統一帝国の歴史を説かれ——

だがミツルが求めているのは、もちろん、そんなものではない。珍しく焦りをおぼえて、ミツルはもう一度、皇帝との内密な話し合いを求めた。

そしてうち明けた。自分が北へ渡ってきた理由を。皇帝一族の保持する宝冠に飾られた宝玉が、自分の求める最後の宝玉であることを。それさえ手に入れることができれば、運命の塔への道が開ける。一刻も早く、ミツルは宝玉を手にしたいのだ。

さらに、南大陸を出る直前になって、旅を急がねばならない理由が、他にも存在すると知ったことをも説明した。言うまでもなく、〝ハルネラ〟である。

運命の塔への競争で、ワタルに負ける気はしなかった。そんな心配は、一切していない。しかし、二人に一人がヒト柱に選ばれるという確率の高い危険が迫っているのならば、少しでも早く幻界《ヴィジョン》を立ち去るにこしたことはないはずだ。

しかし、ミツルのその訴えを、あろうことか、皇帝は大らかに笑い飛ばしたのだった。

「〝ハルネラ〟などという事象は、我が統一帝国ではまったく知られておりません。歴史学者の誰も、そのようなものの存在を認めていないのですよ。あるいはそれは、南大陸の連邦政府による、悪質なデマであるかもしれぬ。ミツル殿は騙《だま》されているのです」

そうかもしれない。だが、そうでないかもしれない。あんたらがただ無知なだけなのかもしれないじゃないか。ミツルは内心で歯《は》嚙《が》みしつつ、それを表情に出さないようにするために、大変な労力を費やした。

「では皇帝陛下は、〝ハルネラ〟など心配するに足らずとおっしゃるのですか？」

「そのとおりですよ、ミツル殿」

「しかし、たとえそうであっても、僕は運命の塔への旅を急ぎたいのです」

すると皇帝は、ひどく困ったような顔をした。装飾の多い衣装に埋もれそうな身体を起こし、軽く額に手をあてると、

「お気持ちはわかりますが、しかし、しばらくはお待ちいただくほかに術《すべ》がないのです」

　と、厳かに宣言した。

「何故にです？」

「ミツル殿のお求めになっている宝玉を飾りつけた宝冠――それはまず間違いなく、我が一族代々の宝である〝封印の冠〟のことでしょう」

「〝封印の冠〟――」

「左様です。それをお渡しすることが、今は難しい。なぜならば、〝封印の冠〟をその保管場所から動かせば、必ず、我が統一帝国に——いえ幻界全体に、恐ろしい災厄が降りかかると、我々は知っているのです。ミツル殿のお探しの宝玉が、幻界をその災厄から守っている。だからこそ、その宝玉を飾った冠が、〝封印の冠〟と呼ばれているのですよ」

さすがのミツルも言葉に詰まった。

「では、どうしろとおっしゃるのです？　幻界を災厄から守っている宝玉ならば、永遠に僕の手には入らない」

「いや、それは違います。だからこそ、今は難しい、と申しあげました。実は、その災厄を封印する手だては、他にもあります。もうひとつの方法が。しかしその方法を実行するためには、残念ながら、我が統一帝国の力だけでは足りません。南大陸からも、そのための材料を集める必要があるのです」

いったい、どういうことなのだ。

「少し以前であるならば——」皇帝は玉座にもたれ、物憂い声で続けた。「我が統一帝国と南大陸の関係が拮抗《きっこう》し、膠着《こうちゃく》状態にあったころならば、その材料集めはほとんど不可能に近いことでした。それなりに手を尽くしてはみたのですが、はかばかしい進展が望めなかったのです。しかし現在は、事情が違う。詳しいことはまだわかりませぬが、南大陸に潜入させている我が国の工作員たちの報告によれば、かの国から我が国へと、両国の力関係を激変させるほどの力を持った何かが、ひそかに持ち込まれた形跡があるとか。その〝何か〟を見つけ出すことさえできれば、我らはすかさず南大陸へと攻め込み、即座に平らげることまでは難しくとも、こちらの意向を通しやすい状況を作りあげることもできるでしょう」

その〝何か〟について、ミツル殿はご存じか——

問われて、ミツルは顔をあげた。このタヌキ親父め、本当は知ってるんじゃないのか？

わざと知らん顔をして、探りを入れてるんじゃないのか？

ミツルは、現世《うつしよ》から持ち込まれた動力船の設計図を取り出した。

「たぶん、これのことでしょう」

こんなふうに取引するつもりではなかったのに。

設計図は皇帝の手に渡った。その喜びようときたら、浅ましいほどだった。

「聖地よりの使者よ、神の遣いよ。この設計図さえあれば、すでにして勝利は我が統一帝国のものだ。来たるべき勝利を、我々と一緒に分かち合っていただきたい。どうぞそれまで、我が帝国、我が居城での滞在を、心ゆくまで楽しまれますように！」

そしてミツルは待たされることになったのだ。皇帝が南の連合国家を圧倒し、封印の冠を動かしても安全な方策を講じることができるその時まで。失策だ。ミツルはほぞを噛んだ。今の事態は自分の失策が招いたことだ。だが、これからは違う。皇帝よ、あんたが南の連合国家を攻め落とすまで、僕をのんびり待たせておけると思ったら大間違いだ。ミツルはテラスの手すりの上で、ぎゅっと拳《こぶし》を握りしめた。

すぐにも宝冠を寄越さなければ、その災厄とやらが降りかかってくる以前に、皇都が丸ごと滅びるぞ。そう言って、それができることを見せつけて、皇帝を震えあがらせてやるのだ。封印の冠が何を封じているにしろ、そんなのは、ミツルには関係のないことなのだ。その対策なら、勝手に考えろ。

ただ、それにはまだ——

「ミツル殿」

呼ぶ声に、ミツルは、テラスの手すりにもたれたまま、首をよじって振り返った。

賓客室の両開きの扉を開けて、アジュ・ルパが姿勢を正し、礼をしている。クリスタル・パレスの執務《しつむ》官の一人で、皇帝の勅命を受け、ミツルの世話係を務めている男だ。歳は四十代も後半と見える。その年齢と、学者的で穏和な風貌《ふうぼう》に騙《だま》されてはいけない。ミツルは彼を、ただの政務官ではないと睨《にら》んでいた。

〝シグドラ〟と呼ばれる皇帝直属の特殊部隊のことは、南大陸にいるときから聞き知っていた。旅の途中で立ち寄った小さな村の宿屋で、昔この村に〝シグドラ〟が襲撃をかけ、ある村人の家を焼き払い、家人を惨殺したことがあるという話を聞かされたのだ。

その当時は、まだ〝封印の冠〟にまつわる話など知らなかったから、ミツルは、戦争でもないのに、北の統一帝国の特殊部隊が、なぜ南でそんな事件を起こすのかと、不審に思った。だが、今ならわかる。それが皇帝の言っていた〝材料集め〟とやらで、はかばかしく進まなかったやり方なのだろう。

その昔話をしてくれた宿屋の主人は、声を潜めて言っていた。「北の帝国では、北から南へ逃げてきた難民を、〝シグドラ〟を使って連れ戻したり、殺させたりしているんだよ。目的はわからねえ。何かを取り返そうとしてるんだとか、その難民の口をふさぐためとか、いろいろあるようだけども」

それを聞いて、ミツルは、北へ渡るときには、シグドラの動きによく注意しようと思ったのだった。

アジュ・ルパは、おそらくシグドラの一員である。しかも下っ端ではなく、リーダー格の存在なのだろう。皇帝はミツルを歓迎しているし、それは偽りではないのだろうが、だからといってまったく警戒していないわけはない。皇帝の都合でミツルに待ちぼうけをくわせていることがわかっている以上、なおさらだ。腕の立つシグドラのメンバーを、ミツルの身辺に張りつけておこうとするのは当然の処置と言える。

「ゾフィ様が、よろしければまた、〝戦勝の庭園〟の四阿《あずまや》にて、午後のお茶をご一緒にどうかと申されております」

　アジュ・ルパは丁重にそう申し述べた。

　皇女ゾフィは、皇帝の一人娘である。順当に行くならば、現皇帝亡き後は、彼女がガマ・アグリアスⅧ世として戴冠《たいかん》し、統一帝国初の女帝となることだろう。

　もっとも、そこまでの道のりが、あまり平らかではなさそうな様子であることを、ミツルはすでに知っていた。クリスタル・パレスの住人たちは、皆おしゃべりだ。噂、陰口、ひそひそ話、自身の口が軽いことを意識しておらず、その軽い口が、大切な事柄を漏らしてしまうことがあるという危険にも気づいていない、実に操縦しやすいおしゃべりの集団である。

「少しばかり退屈していたところに、有り難いお誘いです。すぐ参りましょう」

　ミツルはそう応じると、クリスタル・パレスの敷地内を縦断し、〝戦勝の庭園〟へ着くまでのあいだに凍えてしまうことがないように、踵《かかと》まで届く長い毛織物のローブを身に纏《まと》った。

　クリスタル・パレスは、緑溢《あふ》れる幾多の庭園に取り囲まれている。それぞれの庭園は個々に趣向を異にし、個別の名称を与えられている。いちばん多いのは、歴代の皇帝と皇帝一族の重要人物の誕生日を記念して造園されたものだが、〝起源の庭園〟や〝服《まつ》ろう者の泉の庭園〟など、外部の者にはすぐに名前の由来がわからないものもあった。

〝戦勝の庭園〟は、三百年前、北大陸じゅうに分裂散在していた小国家群との長く苛《か》烈《れつ》な内戦を勝ち抜き、ガマ・アグリアスI世が統一帝国を立国したとき、この地にあった砦《とりで》の砲台の土台石を、そのまま活《い》かして造られたものである。四阿の柱と屋根にも、砦の素材であった材木や煉瓦《れんが》を再利用しており、初めて訪れたとき、ミツルは、野趣という以上に、いささか殺伐としたものを感じた。

しかし、皇女ゾフィはこの庭園を気に入っているようである。お茶の招待を受けるのはこれで四度目だが、場所はいつもここだ。北大陸の烈風と寒気に強い灌木《かんぼく》が主体の造園で、もともと、クリスタル・パレスの庭園は華やぎに乏しい。それでも、歴代皇妃の庭園や、〝光臨の庭園〟と呼ばれるバラ園など、花と色彩に溢れた造りの庭も、ないわけではないのだ。なのに、とりわけ殺風景なこの庭園を、皇女ゾフィがなぜ愛《め》でるのか。ミツルにはわからなかった。

また、〝戦勝の庭園〟は、クリスタル・パレスの敷地内では、城からもっとも離れた場所に位置している。ミツルは〝パホ〟と呼ばれている現世の子馬に以た家畜の背に乗って行くが、皇女は従者が操る人力車に似た乗り物を利用しているようだ。ひょっとしたら、ゾフィはこの乗り物の方をこそ好んでいて、これに乗る機会をつくるために、〝戦勝の庭園〟を使っているのかもしれなかった。

（あるいは、乗り物を操る従者を好んでいるのかもしれない）

この従者は紅顔の若者で、近衛《このえ》騎士どころか兵士でさえない卑《ひ》賤《せん》の者である。武具の類《たぐい》は一切身につけることを許されず、統一帝国の象徴である太陽を模した文様の入った簡素な胴着《チュニック》を着ているだけだ。彼は〝戦勝の庭園〟まで皇女を乗せてくると、彼女のお茶と散策が終わってまた城へ戻るまで、盾の形に刈り込まれた植え込みの陰に下がって、静かに控えている。ミツルの知っている限り、皇女が彼の名を呼んだことはないし、彼も言葉を発したことはない。

しかし皇女が彼に向ける視線に、何がしかの意味を感じたことは、一度ならずあった。

初めてお茶に招かれ、植え込みの陰で片膝《かたひざ》と片手を地面について礼をしている従者の存在に気づいたとき、ミツルは彼もシグドラの一員だろうと考えた。クリスタル・パレスの敷地内であっても、万が一のことを思えば、皇女には身辺警護が必要であろうし、それには、これみよがしに敷地内を巡回している警備兵たちや近衛兵たちだけでは心もとない。皇女の身近に、従者に身をやつしたシグドラが付き添っていたとしても不思議はない。

　だが、今ではそれに確信が持てない。ミツルの持っている魔導士の杖《つえ》は、その頭部を飾っている魔石がすでに四つの宝玉の力を吸収しているので、様々な威力を秘めている。そのなかには、軽くかざしてみるだけで、対象物を透視することのできる便利な機能もあった。たとえばアジュ・ルパに杖を近づけてみると、彼がひそかに身に帯びている武器がすべて見えるし、それを使う腕前のほどをも推察することができた。剣士の能力が、闘気のオーラとなってその身体を包み込んでいるのを、杖が見せてくれるのだ。そしてそのオーラの色合いや輝きの強さで、どの程度の使い手であるのかを知る。

　しかし皇女の従者に限っては、何度杖を向けてみても、隠し武器も見つからなければ、闘気を感じ取ることもできないのだ。よほど自身の正体を隠すことに長《た》けているのか。それとも、やはりただの無害な車引きに過ぎないのか。

　問題の従者は、今日も植え込みの陰に慎ましく控えていた。ミツルの姿を見つけると、素早く立ってパホの手綱を取り、ミツルが鞍《くら》から降りるのに手を貸してくれた。

　皇女ゾフィは、四阿に設置された背もたれのある椅子に腰かけ、頬笑んでいた。この椅子も、元は砦の壁の素材だったという日干し煉瓦を積みあげて造られたもので、そのままではいたく座り心地が悪いので、ふっくらとしたクッションが敷かれている。

同じ煉瓦製の丸テーブルの上には、四隅に凝った刺繍《ししゅう》のほどこされたクロスがかけられ、銀器が陽光に輝いていた。

皇女がここにお茶に来るたびに、茶器や菓子はもちろん、湯を沸かす道具など、必要なものをすべて運び込むために、ざっと十人ばかりの女官たちがぞろぞろとくっついてくる。彼女たちは、お茶の時間のあいだじゅう、こまめに給仕として働き、手の空いている者も、皇女とその客のどんな些細《ささい》な要求にでも即座に応《こた》えられるようにと、ぐるりを取り巻き固唾《かたず》を呑《の》んで待機している。最初のうちは、この大げさな歓待のなかでお茶を楽しむのは、なかなか難しいことだった。皇女の自然なふるまいが、奇異に見えた。もっとも、それが王族というものなのだろう。生まれつき、大勢の他人にかしずかれることを当然として育っていれば、誰でもそのようになるのだ。

くだらない——と、腹の底では思っている。一人に対して十数人が奉仕する、特権的な仕組み。それによって、もっと有意義に使うことができるはずの人材のエネルギーを無駄に費やしていることに、まったく無自覚なのだ。しかしそれは、かつての現《うつし》世《よ》の歴史でもある。幻界《ヴィジョン》を訪れることは、その意味では、タイムマシンに乗って過去を訪れることに等しいと、ミツルは考えていた。

「今日はことのほか冷えるようです。庭園でのお茶には、あまりふさわしくない陽気でしたね」

皇女が椅子から立ちあがり、ミツルを出迎えた。従者と同じ恰好《かっこう》で、すっと地に膝頭と拳《こぶし》をつけて挨拶《あいさつ》すると、ミツルは勧められた椅子に近寄った。

「しかしこの空の蒼《あお》さは格別です。魂まで洗い浄《きよ》められるような美しさですね」

「それは嬉《うれ》しいお言葉ですわ。ご存じでしょうか。わたくしのゾフィという名前は、古語では青色を示す意味を持っているのです」

　皇女は楽しげに女官たちに指図を与え、薫り高いお茶や色とりどりの茶菓を、テーブルいっぱいに広げさせた。そのあいだにも、さえずるような声で話し続ける。朝起きたときの気分が好《よ》かったことに始まり、いつもの歴史学者による御前講義が難しかったこと、新しい舞踏着の仮縫いに時間をとられてしまったこと、皇都で評判になっている新作歌劇について、女官たちから聞いたこと――

　ゾフィは十五歳である。皇女であっても年頃の小娘だ。浮ついて軽薄で、おしゃべりであることは、そこらの町娘と変わりない。ミツルは寡黙に、時折ふさわしい相槌《あいづち》のみを入れながら、皇女のおしゃべりの受け皿となりきった。

　頬笑んだりうなずいたり、驚いたり感心してみせたり。ミツルの反応を、皇女は心から楽しみ、年少ながら利発な話し相手を得たことを喜んでいるようだ。ミツルもまた、彼女にはけっして悟られることのない秘密の理由で、このひとときを楽しんでいた。

初めて皇女に引き合わされたとき、息が停まりそうになるほど驚いた。彼女の面差しが、ミツルのよく知っている人物に、あまりにもよく似ていたからだ。

現世に残してきた叔母《おば》——ミツルの父の末妹にあたる女性である。

ミツルの父は、ミツルの母の浮気を怒り、子供たちを道連れに無理心中を企てた。結果として母と小さな妹は父の手にかかり、父は自宅から逃げ出して、二人を追いかけて自殺した。そしてミツルだけが生き残った。殺され損ね、死に損なったのである。

ミツルは親戚《しんせき》の家を転々とした後、叔母のもとへと引き取られた。いや、ミツルに言わせれば、叔母はババ抜きのババを押しつけられたのだ。大学を出て社会人となったばかりの歳若い彼女は、ミツルの身の上に同情しつつも、きっと途方に暮れていたに違いない。ミツルに優しくしようとしては失敗し、ミツルをコントロールしようとしては、自身のコントロールを失って、泣いたり怒ったりを繰り返していた。

不幸な人だった。いつも悲しげな、戸惑ったような目をしていた。

他でもないこの自分という存在が、叔母を不幸にしているのだと、ミツルは知っていた。そしてミツルをその立場に追い込んだ亡き父を、もう一度この手で殺してやりたいと思うほどに恨み、憎んだ。その思いが幻界への道を開き、あの建築途中で放置されたビルの階段の上に、要御扉《かなめのみとびら》を出現させたのだ。

ちょっとした仕草。表情の変化。声の調子。皇女ゾフィのすべてが叔母を思い出させる。叔母が、前途に何の不安もない女子高生だったころには、きっとこんな美少女だったのだろうと、ミツルは思うのだった。

扉の番人のラウ導師は言っていた。ミツルが幻界を旅するうちに、あるいは現世で親しい誰かを彷彿《ほうふつ》とさせるようなヒトに出会うこともあるかもしれないが、そんなときも徒《いたずら》に騒いではいけないと。

――どれほどよく似ていようとも、そのヒトは現世の人間とは異なっている。何ひとつ、共有している要素はない。なぜなら、おまえの心のエネルギーが、そのヒトの姿をそのように作りあげているだけなのだから。

ミツルはその戒めを、導師の他の戒め同様、しっかりと心に刻み込んでいたが、幸か不幸か北大陸に来るまでは、現世の誰かと似ているヒトに出会うことはなかった。皇女ゾフィが初めてである。

そして今――こうしてゾフィの顔を間近に眺めながら、心の底で思うのだった。実は幻界は、現世の人間の想像力のエネルギーの余剰によってできた世界であるという以上のものなのではあるまいか。現世と幻界は盾の裏表、相互に補完しあう関係にあるのではないか。

現世で切り捨てられたもの。現世で実体化しなかった事象や、かなえられなかった夢や幻が、幻界を形づくっている。きっとそうに違いない。それだからこそ〝ハルネラ〟にも、現世と幻界から一人ずつ、ヒト柱が必要なのだ。

そうであるならば、ゾフィの屈託のない笑顔や、何不自由のない幸せは、実は本来、現世のミツルの叔母にこそ与えられるべきものなのではないだろうか。ミツルが運命の塔へ達し、不当にねじ曲げられた運命を修正し、現世に帰還した暁には、今ここでゾフィが享受している幸福のすべてが、叔母のものとなるのだ。

それはミツルにとって、きわめてわかりやすい道標だ。叔母とゾフィの関係は、いわば見本である。その法則は、母にも、妹にも、ミツル自身にも適用されるのだから。残るひとつの宝玉を前に、知力を振り絞らねばならない局面で、ミツルが、現世の人間に似たヒトに出くわした意味も、そこにあるのではないか。運命の塔はミツルを差し招き、大詰めのひと頑張りにミツルを奮い立たせるためにこそ、皇女ゾフィと巡り合わせたのだろう。

だからミツルは、ゾフィの他愛ないおしゃべりに付き合うたびに自身の果たさねばならない目的の重さを再認識し、それをし遂げたときに得られるものの大きさに、思いを馳《は》せることになる――

「ミツル様？」

呼びかけられて、ミツルはつと瞳《ひとみ》の焦点を絞った。ゾフィがこちらをのぞきこんでいる。心のなかの思いに気をとられて、会話への集中が切れていたのかもしれない。

「これは失礼いたしました。あまりに心地よいので、心が空に漂い出そうになってしまったようです」

　ゾフィはにっこりと笑った。多彩な色石を銀の鎖でつないで作られた髪飾りが、優雅に揺れた。

「お気になさらないでください。ミツル様が心配事を抱えておられることを、わたくしはよく存じております。いえ、その心配事の原因が、わたくしの父にあることも……」

　ミツルは表情を引き締めた。

　ゾフィはずらりと居並ぶ女官たちの方に顔を向けると、命じた。「わたくしはこれから、ミツル様と大事なお話があります。こちらから呼ぶまで、下がっておいで」

　女官たちはしずしずと立ち去った。〝戦勝の庭園〟から出てゆく。

「おヒトばらいを？」と、ミツルは訊《たず》ねた。「よろしいのですか」

「はい。女官たちを去らせたところで、いずれどこかで、アジュ・ルパの手の者が聞き耳を立てていることでしょうけれども、かまいません。それというのも、ミツル様とこのお話をするように、わたくしに勧めたのが、他ならぬアジュ・ルパだからです」

　前者については驚くようなことではなかった。〝シグドラ〟の目は、どこにでも光っている。しかし後者は意外な展開だ。

「ルパ殿は、何とおっしゃったのですか」

ゾフィは軽くくちびるを噛《か》むと、ミツルの頭ごしに、例の従者が控えている植え込みの方へと視線を向けた。

「それをお話しする前に——ミツル様は、わたくしの車を引く従者の正体に、お気づきになりましたか」

46
常闇《とこやみ》の鏡

話が唐突にそれたので、ミツルは口をつぐんだまま皇女の顔を見つめていた。

「アジュ・ルパが申していました」

ミツルの凝視を受け止めて、少しはにかんだように微笑を浮かべると、ゾフィは続けた。

「ミツル様は〝旅人〟の持つ不思議な力で、ヒトの正体をよく見抜くお方だと。きっとその杖《つえ》をお使いになるのでしょうね」

そう言って、ミツルの椅子の肘《ひじ》に立てかけてある杖の方に目をやった。

「わたくしの従者にも、一度ならず、その杖の力を働かせておられたのではありませんか。そしてミツル様が怪《け》訝《げん》そうなお顔をされるのを、わたくしは見たことがあります」

意外に鋭い。ミツルは皇女に倣って微笑をつくった。

「おっしゃるとおりです。やはり、皇女様はたいへん聡明でいらっしゃる。感服するばかりです」

ゾフィは喜ばなかった。「それで、何が見えましたの？　いえ、はっきり申しましょう。何も見えなかったのですわね。だからミツル様は訝《いぶか》られたのです。そうでしょう？」

ミツルは素直にうなずいた。皇女はいったい何を話そうとしているのか。

「見えなくて当然です。あれは――ヒトの姿をしてはおりますが、ヒトではないのですから」

あの従者は〝虚《ウロ》〟というものなのですと、ゾフィは言った。

「魂なき存在です。主人の命令には忠実に従いますが、己の意思を持つことはありません。感情もなく、痛みをおぼえることもない。病を得ることはあり、殺せば死にますから、命はあるのでしょう。でも命があるだけで、果たして生きていると言えるものでしょうか」

哀れです――と呟《つぶや》く。ゾフィがあの従者に向ける視線の意味は、そういうことだったのだ。ほのかな恋愛感情などではなかった。

「ウロというもの、初耳です」と、ミツルは言った。「南大陸では聞いたことがありませんでした」

「ええ、当然です。あれはこの北大陸だけのものなのです」

「病が原因ですか？」

ゾフィは、髪飾りが落ちそうになるほど強くかぶりを振った。「いいえ！」

ミツルは目を細くした。「では、薬や魔術？　それとも何らかの外科的な措置をほどこすのでしょうか」

ゾフィのミツルに向ける視線に、初めて怯《おび》えの色が混じった。「恐ろしいことをおっしゃいますのね」

「思いつきです」

椅子に座り直し、髪飾りを直すと、皇女は持ち前の甘やかな響きの声を少し抑えた。

「ヒトは、〝常闇の鏡〟をのぞきこんでしまうと、ウロになるのです。理由は、常闇の鏡に魂を吸い取られてしまうからだとも、そこに映る光景があまりに恐ろしい故に、魂がそのヒトの身体から逃げ出してしまうからだとも言われていますが、はっきりわかってはおりません。ただ、どんな強いヒトでも、賢いヒトでも、常闇の鏡をひと目見れば、みんなウロになってしまいます」

ミツルの頭は忙しく活動を始めた。どうやらゾフィは今、皇帝である父親がミツルから隠しているものについて、密《ひそ》かにうち明けようとしているらしい。ミツルが図書室の資料を読み尽くしても知ることができなかった、皇帝一族だけの秘密。

しかも、それはアジュ・ルパの差し金だという。ミツルは心の隅で、思案の秤《はかり》を動かした。ゾフィはそのことの意味を理解しているのだろうか？　アジュ・ルパは何を企《たくら》んでいる？

「その〝常闇の鏡〟というもののことは、今初めて教えていただきました。へえ……」

　と、ミツルは首を振ってみせた。

「恐ろしい鏡ですね。それは、この北大陸のどこかに存在するのですか？」

　好奇心を表しながらも、あくまでもこれまでの会話の続きで、のんびりと質問した。ゾフィは、捕食動物の足音を聞きつけた野ウサギのように緊張している。少しでも驚かされれば、巣穴のなかに逃げ帰ってしまい、二度と首を出してはくれないだろう。慎重にしなくては。

　案の定、ゾフィはそろそろと目をあげて、ミツルの顔色を窺《うかが》っている。

「父は――ミツル様に、常闇の鏡のことをお話ししてはおりませんか。差し渡しがわたくしの身の丈ほどある、銀色の鏡。形は、たいそう美しい鏡です」

「ほう。伺ったことはありません」

「本当に？」

　ミツルは笑ってみせた。「本当です。そんなに張りつめたお顔をされるほどに、それは大切な秘密の事柄なのですか？」

　小さなため息を漏らすと、ゾフィは片手を喉元にあてた。芝居がかった仕草ではあるけれども、その懊悩《おうのう》は嘘ではなさそうだ。

「ミツル様は、創世の女神がそこにいるという、運命の塔を目指しておられるのですね」

「それが〝旅人〟の使命であり、目標ですから」

「それにはあとひとつ、宝玉が要る。その宝玉は、我が皇帝一族が持っている宝冠に飾られている」

「ええ、封印の冠ですね」

「それはご存じでしたか。そうですか」

ゾフィは長い睫毛《まつげ》を伏せる。

「大切な冠で、みだりに動かすことはできないというお話でした」

「おっしゃるとおりです。だから父は——こうしてミツル様をお待たせしております」

お待たせする理由について、父からは何と説明を受けたでしょうかと、ゾフィは訊ねた。

ミツルは姿勢を正して、皇帝とのやりとりの詳細を、丁寧に説明した。

そんなことをすると、またぞろ腹が立ってくる。怒りは、ミツルの顔の皮一枚下にまで充満していた。今ここで、ゾフィの可愛らしい顔に面と向かって、僕はあなたの父上の勝手な言い分に振り回され、待ちぼうけをくっていることに、もう我慢がならないのです。だからここに来る前も、居室のテラスから城下を見おろして、この皇都を滅ぼしてやろうと考えていましたと言ってやることができたなら、どんなに爽快《そうかい》なことだろう。

　しかしミツルの賢さと、その怒りの強さ故に、かえって仮面は剝《は》がれない。語るミツルの柔和な表情を、ゾフィは一心に見つめている。そしてミツルが言葉を切り、冷めかけたお茶を一口飲もうとすると、小声で訊ねた。

「何だか歯がゆいようだと、お思いにはなりませんでしたか」

「どういうことです？」

「封印の冠がどれほど大切なのか、それを動かすとどんな災厄が降りかかるというのか、父は具体的にお話ししておりませんもの」

「そうですね」ミツルはゆっくりと言葉を選んだ。「僕もお訊ねしてみたのですが、それ以上立ち入ったことは教えていただけませんでした」

　皇女は急に身を乗り出すと、つと手をのばしてミツルの手の上に重ねた。

「お許しください。言い訳をするのではありませんが、父は父なりにミツル様のためを思い、細かなお話は避けたのです。なぜならば、封印の冠にまつわる事柄は、忌事《いみごと》であるからです。穢《けが》れであるからです。現世《うつしょ》という聖地からの神の使者であるミツル様のお耳に入れてはいけないと、父は考えたのでしょう」

ミツルは、重ねられた手をそのままに、さらに優しい口調で問いかけた。

「わかりました。しかし今、皇女様は、僕にその忌事について教えてくださろうとしている。そうですね？」

ゾフィは思い詰めたまなざしのままうなずいた。そして、急にはっとしたようにミツルの手から手を離し、テーブルから身を起こす。

「お気持ちは有り難く思います」ミツルは頭をさげた。「でも、心配ですね。そんなことをなさっては、皇帝陛下に叱られませんか」

「それは……」

先回りをして、ミツルはさらに微笑を広げる。「教えていただいたことを、僕がこの胸ひとつに収めておけば大丈夫だと。そういうことですね？」

ゾフィは、他愛ない秘密を共有する親しい友達同士のように、笑みを浮かべた。そわそわと、慣れない手つきでお茶のポットを取りあげ、カップに注ぎ足そうとして、こぼしてしまった。ミツルがナプキンでそれを拭《ぬぐ》っていると、ゾフィは小声で言った。

「アジュ・ルパが申していたのです。ミツル様はお一人でいるとき、とても悲しげなお顔をなさっていることがあると」

スパイめ。ミツルは内心で毒づいた。

「それはきっと、現世のことを思い出しておられるときなのですね。現世に残してこられたお身内の方たちや、お友達——懐かしい方々のお顔を思い浮かべて、心が沈んでしまうのでしょう」

ミツルは口をつぐんでいることで、ゾフィの言うとおりだと認めてみせた。

「一日でも早く運命の塔へ至り、目的を果たして現世にお帰りになりたい。ミツル様はそう思っていらっしゃるのだと、ルパは申しました。わたくしもそう思います。それが当然だと思いますもの」

でも、それでもと声を励まし、

「父がミツル様をお待たせしていることにも、本当にそれだけの理由があるのです。ルパは、皇帝陛下のご説明では、ミツル様にご納得いただくには足りないと考えています。それで——わたくしからお話ししてはどうかと勧めてくれたのでした」

すべては、常闇の鏡のせいなのですと、ゾフィは言った。

「封印の冠が封じているのは、常闇の鏡です。あの恐ろしい鏡の力を抑え込むことができるのは、封印の冠に取りつけられた、あの尊い宝玉だけなのです。ミツル様がお求めのその宝玉を、わたくしたちは〝闇の宝玉〟と呼んでいるのですが」

闇の宝玉。ミツルの胸がざわついた。

「そも闇の宝玉は、〝魔界〟から〝幻界《ヴィジョン》〟へと持ち込まれたものです。だからこそ、常闇の鏡を封じることができるのです」

ミツルは端的な質問を放った。「常闇の鏡とは、いったい何なのです？　それに魔界とは？　現世と幻界の他に、まだそういう世界があるのですか？」

ゾフィの活《い》き活きとした顔色が翳《かげ》り、口調も遠慮がちになった。

「今さらミツル様に、わたくしがこんなことをご説明するのもおかしいのですけれども、少しご辛抱くださいませ。現世と幻界という、対になる世界。しかし幻界は、現世あってこそ存在できる世界です。現世の想像力のエネルギーが、幻界を創るのですから。そして、両者のあいだを隔てているのは、〝大いなる光の境界〟。さらに現世と幻界は、等しく〝混沌《こんとん》の深き淵《ふち》〟に取り巻かれてもいる――」

ミツルはうなずいた。ゾフィは続ける。

「より正確には、現世も幻界も、〝混沌の深き淵〟のなかに浮かんでいると言った方がいいのです。無限の淵の表面に浮かぶ、儚《はかな》き泡のようなもの。でも、これほど美しい泡はありません。

さて、わたくしは先ほど、現世と幻界を、対になる世界だと申しました。それは間違いではありませんけれども、対になるといっても、一対一ではありません。なぜなら、現世はたったひとつだけですが、幻界は複数が同時に存在しているからです。わたくしたちがこうして暮らしている幻界の他にも、わたくしたちの与《あずか》り知らぬところで、時を刻んでいる幻界がいくつもあるのです」

ラウ導師でさえそんなことは言っていなかったけれども、ミツルはさして驚かなかった。想像力が形成する世界なら、それもおかしくはない。現世には無数の人が存在する。それはつまり、それだけの数の人に見合うだけの想像力――思想や夢や心情があるということでもある。幻界が複数存在するというのは、むしろ自然なことなのかもしれない。

「〝並行世界〟ですね」と、ミツルは言った。SF小説で読んだことがある。

「へいこう――？」

「いえ、何でもありません。それで？」

ゾフィは集中が乱れたのか、ちょっと瞳《ひとみ》を泳がせた。話の腰を折られることに、まったく慣れていないのだ。

「多くの場合、幻界は平和な世界です」と、考え考え言葉を継いだ。「わたくしたちが今こうして暮らしているような。そうですわね？」

「はい、まったく」

「でもなかには、暗黒に満たされ、恐怖に満ちた幻界もあります。敵意と害意に溢《あふ》れた闇の世界――」

「それが〝魔界〟なのですね？」

うなずいて、ゾフィは言った。「そうです。わたくしは、歴史学者たちからこう教わりました。魔界とは、いわば幻界になり損なった世界なのだと。だからこそ、幻界を憎み、それを滅ぼすことを望んでいる。そこに立ちこめている闇は、常に幻界を侵略することを切望し、機会を狙っているのです」

混沌の深き淵の底には、いずれ幻界へと形をなす未分化の種が、たくさん沈んでいる。それらが健やかに幻界へと育ち上がれば幸いだが、どこかで何かが間違い、歪《ゆが》み、曲がると、魔界へと堕してしまう――

ゾフィは語りながらも震えるほどに怯《おび》えているが、ミツルは少しも怖くなかった。現世の人間の想像力が創り出す世界なら、すべて魔界になったっておかしくないと思うからだ。むしろこののんびりした幻界の方が、現世の人間が生み出す仮想の世界としては〝異種〟なのではないか。そう冷静に判断できるほどに、ミツルは、人間の悪意や我欲について、よく知っているのである。

「でも、幻界も魔界も、元を質《ただ》せば同じものです。だからどんな幻界のなかにも、少しばかりは魔界に似た要素が含まれています。魔界との接点と申しましょうか。それがあるのです。敵意や害意や愚かさが存在しない世界はあり得ないのですもの」

「なるほど。正しい洞察です」ミツルは言って、会話の舵《かじ》をゾフィから取りあげることにした。「そして、我々が暮らすこの幻界の場合は、その接点となるものが〝常闇の鏡〟なのですね？」

「はい」

「だから、魔界よりの侵攻を防ぐために、〝封印の冠〟で封じておかねばならない。そうであれば、〝封印の冠〟をみだりに動かすことができないのは、当然至極のことです」

ほっと安堵《あんど》して、ゾフィはしばらくぶりに頬笑んだ。

「これは僕の勝手な推察ですが、もしかすると皇帝陛下の御一族は、この幻界の始源の時より、〝常闇の鏡〟を奉じ、それによって魔界との通路を塞《ふさ》ぐ、尊いお役目を果たしてこられたのではありませんか？」

驚きと喜びで、ゾフィの顔が輝いた。

「ええ、そうです！　おっしゃるとおりなのです！　ですからこの北大陸ばかりか、幻界全体を統一し、平和に治めることが、我が一族の悲願なのです。いえ、使命なのです。わたくしたち一族の遠い祖先は、幻界の始まりの時に、創世の女神から〝常闇の鏡〟の管理をゆだねられた——選ばれた一族なのですもの」

「たいへんな使命です」ミツルは厳かに言ってのけた。「このお話を伺えば、僕のもうひとつの、ごくささやかな疑問も解決します」

「どんな疑問です？」

「南大陸では、北の統一帝国の国教である老神教は、創世の女神さまを否定していると聞かされてきました。ですから僕は、皇帝陛下にお目にかかるとすぐに、その真偽をお訊《たず》ねしたのです。なぜなら老神教では、僕のような〝旅人〟は神を騙《かた》る卑しい存在とされているのですからね」

「ごめんなさい」と、ゾフィは小さくなった。

「いえ、いいのですよ。皇帝陛下はすぐにお答えくださいました。老神教を国教としているのは、あくまでも創世の女神を絶対と仰ぐ南大陸に対抗するための政策だと。真に仰ぐは、幻界の源である現世《うつしよ》だと」

「ええ、そうですわ！」

「それはでも、創世の女神を否定するということではない。女神は確かにおわしまし、運命の塔に住んでいる。但し、女神は現世の人びとにとっての運命の神であり、幻界のヒトびとの神ではないのだともおっしゃっていました。僕にはそれが、少しわかりにくかった。でも、今のお話を聞けばスッキリします。皇帝陛下の御一族は、創世の女神から幻界の管理を任された、聖なる管理者なのですね。女神は幻界を統べているわけではなく、その役割を皇帝陛下の御一族に託されて、安堵して運命の塔に籠《こ》もっておられる。そういうことなのですね」

　両手を胸の前であわせると、ゾフィは満面に笑みを浮かべた。「ミツル様は、今のわたくしの拙《つたな》い話だけで、それらのことを理解してしまわれるのですね！　素晴らしいわ」

「いえ、皇女様のお話のおかげですよ」

ゾフィは、この年頃の小娘にしかできない角度で首をすくめて、少しばかりスネたような顔をした。「もしも、南の愚かなヒトたちが信じているように、本当に創世の女神が幻界のすべてを統治しておられるのならば、常闇の鏡なんて、そのお力ですぐに封じてしまえるはずでしょう？　でも、女神さまはそれをなさらない。それは真の神のあるべき姿ではないと思いますの」

「まったくです」

「でも、そういう真実を、南大陸のヒトたちは何ひとつ知らないのです」

皇女ゾフィの表情のパターンのなかに、軽蔑《けいべつ》と嫌悪と呼べる種類のものも存在していることを、ミツルは知った。

「しかし、困りました」と、ミツルは片手を額にあててみせた。「封印の冠がそれほど大切なものであるのなら、どうして一介の〝旅人〟風情である僕などが、それを手にすることができましょう」

「ですから、それが――」ゾフィはまた身を乗り出した。「肝心なことなのです。常闇の鏡を封じる方法は、もうひとつあるのです。ミツル様は、〝真実の鏡〟のことはご存じですか？」

もちろん知っている。出発の時にラウ導師に教えられた。旅のはじめに、ミツルは真実の鏡を持つヒトと巡り合うだろう。真実の鏡は〝旅人〟の道標《しるべ》となる大切なものだ。また、それを持って現れるヒトは旅の仲間であり、ミツルの助力者となる。真実の鏡と、ミツルが順番に見出《みいだ》しては手に入れてゆく宝玉の力を組み合わせれば、一時的に現世に戻ることもできる、と。

確かにラウ導師の言うとおりだった。番人たちの村を出るとすぐに、ミツルはある場所で、真実の鏡を持つ南大陸のヒトに出会った。

そのヒトは、ミツルが〝旅人〟であることを知り、真実の鏡を必要としていることを知ると、自分を雇わないかと持ちかけてきた。どうやらその種の用心棒のようなことを生業《なりわい》にしているらしい、獣人族の男だった。

ミツルは、そんな男を旅の仲間にするなど、まっぴら御免だった。そもそも仲間など必要ない。しかも自分を雇えと――つまりは対価を要求してくるような相手に、どうして信を置くことができようか。

だからミツルは、その獣人族の男を殺してしまった。そして真実の鏡を奪ったのだ。今も、身につけて持っている。

「ええ、存じています。しかし真実の鏡は、常闇の鏡とは違い、完全な形をしてはいないようですよ。細かな断片となっている――」

「そうなのです。真実の鏡は、幻界《ヴィジョン》のはじめのころに創世の女神の手で打ち砕かれて、幻界じゅうに鏤《ちりば》められてしまいました。その結果、その価値を知らぬヒトたちの手に、広く渡ることになってしまっているのです」

「しかし、それらを集め、また完全な形の真実の鏡を再生させることができるならば？」と、ミツルは問いかけた。

「はい。その力で、常闇の鏡を封じることができます！」ゾフィは声を強めた。「常闇の鏡は魔界に通じ、真実の鏡は現世へと通じる道を開くもの。ですから、そのふたつを合わせ鏡にすれば、相殺することができるのです」

だからこそ、代々の皇帝は、手を尽くして真実の鏡を集めようとしてきたのだという。

「時にはかなり乱暴な手段も講じてきました。でも幻界は広く、北から南へ海を渡り、捜索の手を伸ばすのは難しいことでした」

しかし、今は状況が違う。動力船という新たな力を得て、今度こそ、この統一帝国は真の統一国家をうち立てることができるだろう。そうなれば、真実の鏡の捜索と再生も容易《たやす》いことになる。

「真実の鏡の力で常闇の鏡を封じてしまえば、封印の宝冠は必要ではなくなります。ミツル様のお望みのままに、いつでも宝玉を取り外していただくことができるのです。

だからこそ父は、こうしてミツル様をお待たせしている——お待ちいただかなければならぬ深い理由を、ご理解いただけましたでしょうか」

ミツルは席から立ちあがり、恭しく腰を折った。「よくわかりました。これほど大切なことを僕にお話しくださった皇女様の寛大なお心と深い思いやりに、心から感謝申しあげます」

ひとしきり、ゾフィは喜んだり照れたり、ミツルの手を取ったり我が胸を抱いて安堵したり、忙しく感情を迸《ほとばし》らせていた。そのあいだ、ミツルは腹の底で冷たく思考していた。

この小娘は——いや、皇帝自身も、真実の鏡を再生させ、常闇の鏡を封じてしまえば、それを守り管理しろと女神から命ぜられたという皇帝一族の特権の根拠も失《う》せてしまうということに、気づいているのだろうか。幻界を平定してしまえば、誰もそんなことなど気にしないからかまわないということか。

あるいは、常闇の鏡を封じるという役割に、疲れたか、倦《う》んだか、それが面倒になってきているのかもしれない。世界の管理者といえば聞こえはいいが、案外辛《つら》い役割なのかもしれない。

だが、そんなこともミツルにはどうでもいい。

「もう少々——そう、これは現世からの〝旅人〟である僕の純粋な好奇心を満たすために、お訊ねしてもいいでしょうか？」

ゾフィは危なっかしく茶をいれ替えながら、明るい目でうなずいた。ミツルは彼女をやんわりと遮った。

「お茶は僕がいれましょう。さあ、もう難しいお話は済んだのですから、皇女さまはおくつろぎになってください」

「はい、ではお任せします」

「実際、魔界の力というのは、どれほど恐ろしいものなのですか？　それについて、この栄えある統一帝国の学者たちも、知識を持っているのでしょうか」

ゾフィの口元が引き締まった。「かつて一度だけ……統一戦争の終盤に、ごく短いあいだのことですが、封印を解いて魔界の力を招き寄せたことがあるそうです」

「それはまた、何故に？」

「我が帝国に反抗する、手強《てごわ》い敵を平らげるためだったそうですわ。原野をさまよい暮らす部族集団で、野蛮で、国の体を成していないが故に、しつこく帝国の軍勢の足元に喰《く》らいついてきて……。そんな蛮族のために、徒《いたずら》に帝国軍の軍勢を疲労させるわけにはいかないと、魔界の力を借りることにしたのです」

常闇の鏡を通って飛来した魔界よりの魔族の軍勢は、またたくまに蛮族を皆殺しにしてしまった。

「恐ろしい……。しかしそれでは、帝国軍にも被害が出たのではありませんか？」

「蛮族たちを原野に招き寄せ、その近くに常闇の鏡を移動させ、慎重に作戦を立てていたので、幸いなことに、被害は最小限で済んだそうです。それに、蛮族を平らげると、すぐに封印は戻されました。その間――せいぜい一時間ほどだったと聞いています」

封印を戻すと、幻界に舞い降りた魔族たちは、瞬時にして黒い塵《ちり》となって消え失せたという。

「魔族はどんな姿形をしていたのでしょう」

「わかりません。図書室の古い戦史をひもとけば、図版のひとつぐらいはあるかもしれませんが……」

ミツルが知っている限りでは、そんな図版などない。記録に残すことさえ憚《はばか》られるほどの恐怖だったということか。

「魔族が蛮族に襲いかかった原野は、今でも草木一本はえない枯れ野のままです。ここから遠く離れたところですから、わたくしは存じませんけれど」

そこでゾフィは、また話が逸《そ》れるような質問を投げてきた。「ミツル様は、石造りのこの城が、なぜ〝水晶大宮殿《クリスタル・パレス》〟と呼ばれているのか、その謂《い》われをご存じですか？」

ミツルは、彼方のクリスタル・パレスの威容を仰ぎながらかぶりを振った。

「いえ、何も。確かに、ご指摘を受ければ不思議なことですね」

「統一戦争が終了したのは三百年前のことですが、ここが帝都と定められたのは、それからさらに百年ほど後のことです。城を築き、常闇の鏡を安置すると、その一瞬、この城が、あたかも全体が水晶でできているかのように、透明でまばゆい光を放ったのだそうです。その美しさを記念するために、クリスタル・パレスと名づけられたのですよ。蛮族を平らげた戦いの折も、封印を解いたときとかけ直した時に、同じような光が溢《あふ》れたという話を聞いたこともあります。それはきっと、常闇の鏡の意志の発露なのでしょうね」

解放の喜び？　畏《おそ》れられ敬われることへの満足？　鏡の意志か。

しかし、期せずして話は、ミツルの都合のいい方向へ流れてきた。

「そうすると、常闇の鏡はクリスタル・パレスのなかにあるのですね？」

「はい」ゾフィは気軽にうなずいたが、こればかりは隠しきれないミツルの真剣な眼《まな》差《ざ》しにひるんだのか、あわてて、華奢《きゃしゃ》な手をひらひらと振りながら続けた。

「でも、何処にあるのか、わたくしは存じませんの。知っているのは父と、神官長だけです」

「しかし、鏡を安置する部屋や、聖堂のような場所があるはずでしょう？　城の設計図を見れば――」

「結界で隠されているのです。ですからそのお部屋が何処にあろうと、結界に阻まれて、誰もたどり着くことはできません。そもそも、見えないのですもの」

　ゾフィはあっさりと答えたが、ミツルには重い返答だった。思わず、どさりと椅子の背にもたれてしまうほどの。

　結界か――なるほど。だから今まで、宝冠つまり最後の宝玉のある場所を、探り出すことができなかったのだ。

　これまでの旅では、宝玉を探すことにも、ほとんど苦労をしなかった。最初はこの魔導の杖《つえ》が、第一の宝玉の眠る場所を示唆してくれた。そうして最初の宝玉を見つけると、その宝玉が二番目の宝玉の在処《ありか》を、二番目を見つければ、それが三番目の宝玉の在処を、次から次へと指し示してくれたのだ。ミツルはただ、宝玉の声に耳を澄ましてさえいればよかった。最後の宝玉が北大陸にあることだって、宝玉たちが教えてくれたのだ。北へ渡り、皇帝に会え。皇帝がすべてを知っている、と。

　それなのに、いざ北へ来てみると、魔導の杖は沈黙してしまった。最後の宝玉がどこにあるのか、皇都なのか他の場所なのか、それさえも教えてくれない。場所がわかりさえすれば、ミツルだってどうにでも行動を起こすことができたのに。

　その理由が、やっとわかった。胸のつかえが消えてゆく。

　皇帝一族が代々守ってきた常闇の鏡だ。その安置場所を隠す結界ならば、さぞかし強力な魔法の力を集めてつくられていることだろう。四つの宝玉の力を吸収している魔導の杖でも、太刀打ちできなかったとしても不思議はない。

「その結界は、帝都のあちこちに、魔法石を据えることによって形成されているということです」

優雅にお茶のカップを傾けながら、ゾフィは言った。

「というより、そもそもこの帝都そのものが、常闇の鏡を守り隠す結界を構成するために、設計されているそうですわ。ですから、帝都の主要な建物の礎に、その魔法石が使われているのでしょうね、きっと」

ミツルは、笑いだしそうになるのを必死でこらえた。こちらが何も訊《き》かないうちに、こんな大切なことを教えてくれるとは。おしゃべりで頭の軽い皇女様。何という有り難い存在だろう。

皇女ゾフィこそ、ミツルの旅の真の助力者であるのかもしれない。

——皇都そのものが結界であるのなら。

ミツルは逸《はや》る気持ちを抑え、深く静かに息をついた。

——皇都を壊してしまえば結界も消える。

皇帝を脅すための材料としてではなく、皇都を破壊するという行為そのものに、意味が生まれた！

邪気のない瞳《ひとみ》でミツルを見つめている皇女に、胸の内で語りかける。あなたは何と気持ちが優しく、お人好《ひとよ》しであることだろう。あなたは、あなたが対面しているこの僕が、本当は何を考えているのか、一瞬でさえ疑ってみることをしない。あなたに、この話をうち明けろと唆《そそのか》したアジュ・ルパの真意がどこにあるのか、探ってみようなどとは思いもしない。

三百年このかた北大陸の富を独り占めにし、繁栄してきた皇帝一族には、当然のことながら縁戚《えんせき》も数多い。そのなかには、傍系の家系で、皇帝の座など望むべくもない身分ながら、現皇帝に叛意《はんい》を抱き、その座を狙おうとしている者たちもいる。ゾフィの女帝への道のりが平らかではなさそうなのも、もちろんそのような伏兵が潜んでいるからである。

〝シグドラ〟は皇帝の飼い犬だが、しかし飼い犬にもその意思はある。より強く、より好い餌をくれる側に寝返る準備は、いつでもできているものだ。アジュ・ルパもその一人だ。彼が皇女を唆し、うち明け話をさせたのは、そうすることによってミツルを動かし、何らかの事を起こさせて、それを皇帝の失策とすることができるかもしれないと、企《たくら》んだからだろう。もちろん彼の背後には、さらに彼を唆し、旨《うま》い餌で釣っている誰かの存在があるはずだが――

そんなのは、どうでもいい。

――あんたの腹は読めているよ。ルパ。でも、それでもあんたに礼を言おう。

何も知らないのは皇女だけではない。アジュ・ルパも同じだ。ミツルが本当に立ちあがれば、それは、ガマ・アグリアスⅦ世の失策などというレベルには留《とど》まらない大事へとつながるなどとは、想像もしていない。結局、ミツルを舐《な》めているのだ。

しかし、それは計算違いというものだ。

「そろそろ女官たちを呼び戻しましょう。風が出てきました」と、ミツルはにこやかに言った。「皇女様がお風邪を召されては、僕は安らかに眠れません」

ゾフィは嬉《うれ》しそうに頬を染めた。女官を呼ぶ銀の鈴に手をのばした彼女を、ミツルはちょっと止めた。

「最後に、もうひとつ教えてください。常闇の鏡が、それほどまでに厳重に封じられ隠されているのならば、なぜヒトがそれをのぞきこんで、ウロになってしまうなどという事故が起こるのですか？」

とたんに、ゾフィは、今までいちばん後ろめたそうな顔になった。頬の紅潮が、一気に冷める。

「それは……あの……」

「一種の刑罰であるとか？」

ミツルの問いかけに、差し出された手にすがるように飛びついてきた。

「ええ、そうですわ。そういう場合が多いのです。凶悪な犯罪者や政治犯を、どうしても矯正することができない時に」

「一時的に結界を解いて、その者に、わざと常闇の鏡を見せるのですね？」

「そうです」皇女は目に見えて萎《しお》れた。「残酷なことですわ。でも、仕方がないのです」

「わかりますよ、ええ」

「それに、わたくしたち一族の身の回りの世話をする者などの場合、いっそウロである方が、安全で便利なのです。城の下働きの者たちなど、どのみち……その……武人や学者とは違いますものね。卑賤《ひせん》の者たちです」

一方でそんなことを言いつつ、「哀れだ」と睫毛《まつげ》を伏せてみせる。勝手だ。

「でも、そんなことが、しばしば行われているわけではありません。それに結界を解いて常闇の鏡に近づくには、父と神官長の二人が揃い、儀式を行わねばなりませんの。たいそうな手間がかかります。神官長は、布教と教会監督のために、皇都を留守にしていることも多いですし。ミツル様も、まだ神官長には会っておられませんでしょう？　あのヒトは、父よりも忙しい立場にあるのです」

うなずきつつ、ミツルは想像した。手《て》枷《かせ》足枷をされた囚人の列が、近衛《このえ》兵たちに連行されて、数珠《じゅず》つなぎになり、常闇の鏡の前へと、順番に押しやられてゆく光景を。

これもまた、救いがたい狂妄と痴愚。

「そうするとクリスタル・パレスの軽輩の者たちのなかには、これまで僕が気づいていなかっただけで、相当な数のウロがいるのですか」

「はい……。でも、わざわざお探しになるには及びませんわ」

「もちろん、そんなつもりはありません」ミツルはにっこりした。「申しあげたでしょう。〝旅人〟の好奇心からお訊《たず》ねしたまでです」

皇女は女官たちを呼び寄せ、お茶の席を片づけさせ始めた。ミツルは、新たに得た知識を元に、注意深く女官たちを観察した。クリスタル・パレスで、ヒトびとに混じって働いているウロを見分けることができれば――

皇都を出て、わざわざ「素材」探しをする手間が省ける。

城に戻る皇女を見送った後も、強まってきた風に髪とローブの裾《すそ》をなびかせながら、しばらくのあいだ、ミツルは〝戦勝の庭園〟に佇《たたず》んでいた。両手は身体の脇で、固く握りしめられていた。

その手のなかにあるのは決意。

皇都ソレブリアの命運は決まった。

47　ドラゴンたちの島

前方に南大陸の海岸線が見え始めると、上空の風が一段と冷たくなった。潮の匂いも強くなる。

「あれは——ボグの漁港、バチスタだわ」

ミーナがワタルの肩ごしに手を差しのばし、右手の彼方《かなた》に見えるひとかたまりの人家を指さしてみせた。

港といっても、ソノとはずいぶん感じが違っていた。平らに長い海岸線に沿って、白い砂浜がうねうねと延びている。小さな漁船があちこちに浮かんでいるが、どれも海岸線からさほど遠く離れてはいない。砂浜には女性や子供たちが散らばり、何か作業をしている。魚を干したり、貝を採ったりしているようだ。

ジョゾは、デラ・ルベシに向かったときのように、高いところを飛んではいなかった。地上までは、ちょうど現世《うつしよ》のニュース番組で、ヘリコプターからの中継画面を映しているときみたいな距離感だ。頭上を飛ぶドラゴンの姿に、砂浜のヒトたちが驚いて見あげる。手を振る子供たちもいる。突如現れたこのドラゴンが、けっして危険なものではないことを示すためにも、ワタルたちは手を振り返した。

「ファイアドラゴンは凄《すご》い人気だな」

　キ・キーマが感心している。

「伝説の存在だもの！」と、ミーナが顔を輝かせる。

「でも俺は、やっぱ凍えそうだ」

「もう少し高度をさげようか」

　ジョゾが申し出た。ワタルの拳骨《げんこつ》ほどもある大きくて真っ黒な瞳《ひとみ》が、ぱちりとまばたく。

「ねえ、ワタル」

「何だい、ジョゾ」ワタルはジョゾの首にまたがり、彼の顔をのぞきこんだ。

「いよいよ海に出るけど……でも、さっきの話は本当かい？　本気で北大陸へ渡るつもりなの？」

　言いにくそうな口振りである。

「本気だよ。ジョゾ、何かまずいことがあるの？」

　いちばん後ろに座っているカッツが、耳ざとくワタルの質問を聞きつけて、身を起こした。ワタルはちらりとカッツを振り返り、声を潜めた。

「まずいことがあるのなら、遠慮しないで話してほしいな」

「うん……」ジョゾはまたしばしばとまばたきをした。「何処へでも乗せて行ってあげるよって約束したのに、悪いんだけど」

「北へは行かれないとか？　ジョゾの翼でも遠すぎるとか」

「そんなことはないよ。まっしぐらに飛べば、ふた晩くらいで連れて行ってあげられる」

ただね——と、はえそろった鋭い牙《きば》のあいだから、ちらりと舌をのぞかせた。

「この前、一緒にデラ・ルベシまで行ったろ？　あの後、僕はいっぺん僕らの島に帰ったの。そしてね、竜王様に、デラ・ルベシで女神さまの懲罰の風を見ましたって、報告したんだ」

すると竜王はたいへん険しい顔になり、島のドラゴンたちを集めて、当分のあいだ、勝手に遠出をしてはいけないと、厳しく言い渡したのだという。いつでも集合できるように、島の近くにいなさいと。

「普段はそんなこと、ないんだよ。僕ら子供ドラゴンにとっては、いろんなところに飛んで行って、いろんなものを見て来るのはいいことだっておっしゃってる。もちろん、うっかり地上のヒトと仲良くなっちゃいけないっていう掟《おきて》はあるけどね。僕らはホラ、ミーナが言ったみたいに、長いこと忘れられてる伝説の存在だし、その気になれば強いから、地上のヒトたちの争いに巻き込まれると面倒だものね」

ワタルは反省した。龍《りゅう》の笛を使えるからと言って、何も考えずに、頭からジョゾの翼をあてにしていた——

「ごめんよ。そんな事情があったなら、もしかしたら、僕の笛に応《こた》えてガサラに来るのもまずかったんじゃない？」

「い、いいんだよ」

ジョゾは急いで首を振った。そのせいで、ちょっと揺れた。キ・キーマが転びそうになって、翼の付け根にしがみつく。ミーナは噴き出したが、カッツは依然、こちらに注目したままだ。

「だってワタルは僕の命の恩人だもの。竜王様も、地上のヒトに恩を受けたら、必ずそれに御礼をしなさいっておっしゃってる。だから、ワタルは特別さ」

「ありがとう。でも、竜王様がそんなことをおっしゃったというのは、気になるね」

「うん。だから僕ね、北へ渡る前に、僕たちの島へ寄りたいんだ。たいして時間はかかりゃしないよ。通り道だしね。それで竜王様に、きちんとお願いをしてから出かけたいんだ。駄目かしら」

ワタルには、即答できない。思わずもう一度カッツを振り返ると、彼女はそろりと立ちあがり、中腰になったままワタルに近づいてきた。

「どうかしたかい？」

ワタルは説明した。カッツはちょっと眉《まゆ》をひそめていたが、やがてジョゾの顔の方に身を乗り出し、彼の首をぽんぽんと叩《たた》きながら言った。「こんなことに巻き込んじまって、すまないね。だけどあたしたち、どうしても早く北へ渡りたいのさ」

「あなたがリーダーさんなんですよね？」と、ジョゾは訊《き》いた。「北へ行く目的は、何ですか？　どうも、危険なことがありそうな気がするんですけど」

カッツはどこまで話すつもりだろう。ワタルは彼女の顔を見た。しかしカッツが何か答える前に、ジョゾは言った。

「ワタル、龍の笛を出してみて」

ワタルはポケットを探った。取り出した龍の笛は、ぽっきりと二つに折れていた。

「ほら、もう使えないでしょ。音が出ないよ」

「そうだね……」

「ワタルたちが危険な仕事をしに北へ渡るのだとしたら、僕、心配だな。ワタルたちを降ろして、僕が飛び去ってしまったら、何か困ったことがあって僕を呼びたくても、もうどうしようもないよ。だからといって、僕が近くを飛び回って待機していたら、すっごく目立っちゃってワタルたちの邪魔になりそうだ。そうじゃないですか、リーダーさん」

カッツは苦笑している。翼の巻き起こす強い風に、漆黒の髪がなびいて頬に張りつく。

「ドラゴンさんは、頭がいいね」

「ジョゾです。よろしく」

「あたしはカッツ。そういえば、まだ名乗ってなかったね。ナハトのガサラの町のブランチ長だ。あんたたちのご先祖様を、とっても深く尊敬している」

「うん。その腕輪でわかります」

「ありがとうよ。あんたの話はよくわかった。ドラゴンの島へ寄っていこう。でも、あたしたち地上のヒトをあんたたちの住処《すみか》へ連れて行ったりしていいのかい？　後で怒られたりしないかね」

「それは大丈夫」ジョゾは請け合った。「あなたたちはハイランダーだから。それに、竜王様があんなことをおっしゃるには、きっと深い理由《わけ》があるはずなんだ。ハイランダーさんには、その理由を聞いてもらった方がいいのかもしれないし」

「そう……なの？」

「うん。僕のお父さんとお母さんも、そう言ってたもの。もしかしたら、島を出てヒトと力を合わせなくちゃならないようなことが、また起ころうとしてるのかもしれないって」

ワタルはカッツと顔を見合わせた。

「昔、そんなことがあったの？」

「僕が生まれる前の話だけどね。三百年ぐらい前に、北大陸である事件があって、そのときはドラゴンたちも島を出て、地上のヒトたちと一緒に戦ったんだってさ」

それはいったい、何事だったのだろう。

カッツが小声で呟《つぶや》いた。「三百年ぐらい前と言えば、北大陸では統一戦争が終わるころだね」

「その戦争に、ドラゴンも参加したってことでしょうか」

「そんなはずはないよ。ファイアドラゴンが、地上のヒト同士の戦争で、どっちかに味方するなんてことがあるわけない。ましてや北の統一戦争なんかにさ」

確かにそうだ。「ジョゾ、お父さんとお母さんは、そのとき何と戦ったって言ってたの？」

ジョゾはすぐに答えた。「魔族だよ」

魔族？　そんなの初耳だ。カッツもきょとんとしている。

「それ何？」

「僕もよく知らない。魔族のことは、あんまし口に出しちゃいけないんだ。忌事《いみごと》だから。けど、すっごく強くて恐ろしい敵らしいよ。放っておいたら〝幻界《ヴィジョン》〟が滅ぼされちゃうかもしれなかったんだ」

もっともそのときの事件は、規模としては大きなものじゃなかったらしいけど——と、ジョゾはあやふやに付け加えた。

「北大陸の歴史なら、あたしたちには知らないことの方が多い。竜王様とやらに訊いてみるしかなさそうだね」

「僕らに教えてくれるでしょうか」

「ま、それはこちらの話の持ってゆきようじゃないか」

カッツには、相手がドラゴンでもヒトでも、あまり関係ないようである。

「それじゃきまりだね。ワタル、僕のお父さんとお母さんに紹介するよ！　お父さんは凄《すご》いよ。僕の三倍くらい強いんだから」

ジョゾは自慢げに目を細める。そうだな、ジョゾはまだ子供で、お父さんお母さんが心配してるんだよなと、ワタルは胸の内で思った。それなのに僕らは、こっちの勝手な都合ばかり考えていた。

「さて、いよいよ外海に出たからね。そろそろ〝針の霧〟のなかに突入するよ。みんな、頭を低くして、僕の翼のあいだに隠れていてね。絶対に立ちあがったりしちゃいけないよ。霧がちくちく突き刺さっちゃうからね」

言葉と同時に、翼にいっそうの力がこもり、ジョゾはぐんとスピードを上げた。

その島はまるで、霧の漂う大海の片隅で静かに眠っているドラゴンのように見えた。島そのものが、本当にドラゴンの首の形をしているのだ。二本の角がある。大きな瞳《ひとみ》はまぶたを閉じている。丸い鼻の穴が、空を仰いで並んでふたつ。長く突き出した大きな顎《あご》と、鋭い牙。空気がこんなにも冷たくはなく、海がこんなにも凍えたように青白く見えないならば、「のんびりとお風呂《ふろ》につかるドラゴンの図」に喩《たと》えることもできるだろう。

「説明されなくても、ひと目でわかるな」

ジョゾの翼の陰から顔をのぞかせて、キ・キーマが呟いた。

「あれがドラゴンの島なんだろ？」

「うん、僕の故郷《ふるさと》だよ！」

濃い霧に阻まれて視界はよくない。それでも、ドラゴンの島の周囲には一面にだだっ広い海が広がっているばかりで、他の島影も、岩影さえも見あたらない。その様子は、幻界におけるドラゴン族の孤独な立場《ポジション》を、そっくりそのまま映していた。

「みんな、そんなにのび上がっちゃダメだってば」ジョゾがあわてた声を出す。「まだ針の霧のなかにいるんだから」

「ホントだ」と言いながら、ミーナが顔に手をあてた。「チクンとしたわ」

見ると、右目の下に、小さな血の雫《しずく》がぽつりと浮いている。カッツは「あたしもだ」と言いながら髪を押さえている。額に二筋、血が垂れている。ワタルはぞっとした。

ミツルもこの針の霧のなかを渡って行ったのだ。彼の魔法の力を以《もっ》てすれば、バリアを張るとか風の流れを作り出すとかして、身を守る術《すべ》はいくらでもあっただろうけれど……。

これだもの、南大陸から風船で海に乗り出すには、時期が限られていて当然だ。針の霧を回避しつつ、北へ向かう風向きを読む星読みたちの力がどれほど大切かということも、しみじみと実感することができる。

風に左右されず、帆を張る必要もなく、船室に閉じ籠《こ》もっていても操縦することのできる動力船が、この幻界にとって、いかに画期的な存在であるかということも。

それにしても、ジョゾのウロコは頑丈だ。

「ジョゾは目も痛くないの？　鼻がムズムズしたりしないの？」

「なんてことないよ。ちょっと寒いだけ。でも、島に着けば暖かいよ」

ドラゴンの島は火山島なのだという。いったいどこに火山があるのかと、ワタルは慎重に首を伸ばして視界を広げ、探してみた。と、ちょうどいいタイミングで、ドラゴンの島の鼻の穴の部分から、白い蒸気が噴き出すのが見えた。

距離が詰まってくると、今度は一同、ドラゴンの島の大きさに目を瞠《みは》ることになった。まあ、子供のジョゾでもこのサイズの身体を持っているのだから、成体のドラゴンはもっと大きいのだろう。小さな島ですし詰め状態になっていては、息が詰まってしまう。

　ごつごつした灰色の巨大な岩を、一刀彫りで龍の頭の形に彫り抜いた——そんな島だ。草木は一本も見えない。

　ジョゾはこの巨大なドラゴンの首の、二本の角のあいだを目指している。霧の流れに阻まれてよく見えないけれど、そこには円形の平らな広場のようなものがあるようだ。ドラゴンたちの発着所かもしれない。

　ゆっくりと螺旋《らせん》を描きながら、ジョゾは広場に向かって降下してゆく。ようやく針の霧も薄れてきて、ワタルは、広場の端に二頭のドラゴンが待っていて、こちらを仰いでいることに気がついた。紅宝石《ルビー》のように鮮やかな赤色のジョゾと比べると、その二頭のファイアドラゴンの色は、もっと沈んだ色調で、えんじ色や小豆《あずき》色に近いようだ。

「ただいま！」

　ジョゾが地上の二頭に向けて元気な声を出した。

「お父さん、お母さん、ワタルを乗せてきたよ！」

　では、あれがジョゾの両親なのだ。もしかしたら、ジョゾをアゴで使っていると叱られるかもしれないと、ワタルはちょっぴり心配になってきた。ジョゾに比べて、彼の両親の身体はさらにふた回りほども大きく、牙《きば》でさえワタルの手首ぐらいの太さがありそうなのだ。

しかし、それは取り越し苦労に終わった。

「お帰り、ジョゾ。ようこそいらっしゃいました、〝旅人〟さん。ジョゾはお役に立ちましたか？」

着地したジョゾの背中から、おっかなびっくり地上に降りたワタルたちを、ジョゾの両親は、熱風みたいな鼻息と、音量こそ大きいけれど、春の陽のように温かな言葉で迎えてくれたのだった。

まずは温泉に入り、凍えた身体をほぐしなさいと勧められて、驚いた。

「温泉が出るの？」

「そうだよ。火山があるんだから、不思議じゃないでしょ。ちょっとしょっぱい温泉だけどね」

冷気で動きが鈍っていたキ・キーマはもちろん、ミーナは「温泉なんて初めて！」と大喜びだ。が、カッツは焦《じ》れている。大事なミッションに向かう途中なのだから当然だ。

が、ジョゾのお母さんが言うのには、

「竜王様は今お休み中の時間だし、〝牙と翼の会合〟を開くには、準備も要るんです。皆さんが温泉から出てくるまでには用意ができると思いますから」

「〝牙と翼の会合〟って何ですか？」

　今度はジョゾのお父さんが答えた。「我々ドラゴン族の全体会議のことをそう呼ぶのです。この島の自治――というほど大げさなものではありませんが――は、日ごろは竜王様と、〝七本柱〟と呼ばれる各族の長《おさ》たちの集まりで司《つかさど》っているのですが、大きな決め事がある時には、島に棲《す》むドラゴンを一頭残らず集めて、皆で話し合いをします」

　この島のドラゴンたちは、もちろん皆ファイアドラゴンの末裔《まつえい》なのだけれど、それでも少しずつ翼の形とか牙の本数とかが違っている。それらの特色で分けると、七種類になるのだそうだ。その七種類を〝族〟と呼び、それぞれの族の長を〝柱〟と呼ぶ。だから七本柱なのである。

　また、幻界そのものよりもちょっと若いだけ――というほどの高齢である竜王様は、一日の半分以上をうとうと眠って過ごしており、起こすのにも、ちょっと手間が要るのだとか。それらの説明を聞き、カッツも納得して、温泉のご招待にあずかることになった。

ドラゴンの島は、その内側に、複雑に入り組んだ迷路のような洞窟《どうくつ》を隠していた。うねうねと続き、無数に枝分かれした通路に沿ってたくさんの横穴が空き、そこがドラゴンたちの巣になっている。大まかに、族ごとに分かれて住んではいるけれど、ドラゴンたちは仲良しなので、ひとつの大きな巣穴に三家族が共住まいしていたり、年老いたドラゴンを他のドラゴンたちが面倒をみたりと、行ったり来たりも賑《にぎ》やかなのだそうだ。

島の外側は岩ばかりだけれど、洞窟の内部には豊富に草木が茂っていた。そここに、ちょっとした森までできている。花木もあれば、美味《おい》しそうな実をつけた木もある。ドラゴンたちの主食は海の魚だというけれど、洞窟の奥でも、魚の匂いなどほとんど感じない。新鮮な緑の気が立ちこめて、そこにほんのちょっぴり潮の香《か》が混じっているだけだ。

温泉は露天風呂だった。洞窟の上部にあるので、天井がぽっかり空いているのだ。熱いお湯に、冷たい外気。露天風呂を囲むごつごつした岩の隙間に草木が根を張って、湯気の向こうで揺れていた。

「ああ、極楽、極楽」

ワタルが思わず、温泉につかったときのニッポンのおやじのきまり文句を呟《つぶや》くと、キ・キーマが笑った。

「何だそりゃ、ゴクラクってのは？」

「うーんとね、神様のいるところ、現世《うつしょ》ではそういうんだ」

「じゃ、運命の塔みたいなところか？」

聞き返して、とたんにバツの悪そうな顔になった。ワタルに、いろいろと思い出させてしまったと思ったのだろう。

ワタルは知らん顔をしていた。「ちょっと違うかな。死んだヒトの行く場所でもあるんだよ」

「死んだら、誰でもそこに行かれるのか？」

「ううん。悪いことをしたヒトは行かれない。地獄ってところに堕《お》ちるから」

そういえば、幻界《ヴィジョン》では死んだヒトはどこに行くことになってるんだろう。今まで、訊《たず》ねてみたことがない。

キ・キーマは顎《あご》までお湯につかり、気持ち良さそうに半目になりながら、「俺たちはみんな、死んだら光になるんだよ」と教えてくれた。

「光？」

「そう。陽の光になって、地上を照らす。そして順番にまた生まれ変わる。ただ、生きているうちに悪いことをすると、光にはなれずに、〝混沌《こんとん》の深き淵《ふち》〟の底に沈むんだ。そうなると、ちょっとやそっとじゃ生まれ変われない」

そういえば、デラ・ルベシの教王が、同じことを言っていたと、ワタルは思い出した。女神さまとの盟約を破ったまま、魂が浄化されずに死んでしまうと、我々は次の世界に生まれ変わることができない――と。

「幻界のヒトが、次に生まれ変わった時には、現世のヒトになるってことは、ないのかな」

独り言のつもりで呟いたのだけれど、しばらく経ってから、キ・キーマは答えた。

「そんなことがあればいいな。そンで、今度は現世で、またワタルと仲間になれたら面白いだろうな」

そうだねと答えて、ワタルはうふふと笑った。現世でもキ・キーマは、宅配便の配達員さんだったりしてね。身体が大きくて元気がよくて、力持ちで親切で、きっと人気者の配達員さんになることだろう。

同じころ、カッツとミーナは別の岩風呂《いわぶろ》でくつろいでいた。二人ともご満悦だけれど、温泉で身体の芯《しん》まで温まったせいか、針の霧でできた傷が開いて、また血が流れ出した。

「けっこう痛いね」カッツは顔をしかめた。

「さっき、ジョゾのお母さんがよく効く軟膏《なんこう》があるって言ってたから、後で分けてもらおうか。あんたの目の下の傷、腫《は》れてるし」

塩水の温泉が染みるのだ。

「ねえ、カッツさん」

「何だい」

「さっき聞いた話――ドラゴンたちの長の、七本柱のこと」

「うん」

「柱って呼び方、珍しいですよね。大いなる光の境界を張り直すためのヒト柱と、何か関係があるんでしょうか」

　カッツはちょっと黙り、やがて言った。

「ドラゴンは幻界の創世に関わる存在だから、あってもおかしくはないよね。だけど、あんまり深く考えない方がいいよ」

　そうですねと、ミーナは答えた。温泉で気が緩んだせいだろう、何だか急にやるせなくなり、涙が出てきそうになったので、ミーナはあわてて顔を洗った。

　一同が温泉からあがると、ジョゾが待っていた。

「準備ができたから、会合の洞窟へどうぞ」

　案内された場所は、これまで見てきたなかで、いちばん大きな洞窟だった。飛行場にある、ジェット機の格納庫ぐらいはあるだろう。あちこちで松明《たいまつ》が燃えているけれど、全体に薄暗い上に、あまりに天井が高いので、てっぺんまで目が届かない。ときどき冷たい空気の流れを感じるのは、壁に空気抜きの穴があるからだろう。

壁という壁、岩場という岩場を、何十頭ものドラゴンたちが埋め尽くしていた。色もサイズもとりどりで、よく見ると翼の形や尾の長さが微妙に違っている。

彼らの大きな黒い目が、一斉にワタルたちを注目した。鼻息がどっと漏れる。

「ちょ、ちょっと怖い」と、ミーナが囁《ささや》き、ワタルの手を探って握りしめた。

竜王様は、洞窟の一方の端の、高い岩場の上に座っていた。いや、もしかしたら寝そべっているのかもしれない。翼をたたみ、脚を身体の下に敷いて、しっぽはだらりと垂れている。ワタルたちが中央の開けた場所に通されると、大儀そうに首を持ちあげた。が、まぶたは半分ほど閉じたままである。

竜王様の身体のサイズは、ジョゾの両親と大差がない。身体は、赤色がほとんど退色してしまい、褪《さ》めた紫色に近くなっている。ウロコも痩《や》せて艶《つや》を失い、首や手足の付け根などに、何重にもしわが寄っている。二本の角のあいだに、キラキラ光る飾りのついた冠のようなものを載せている。

竜王様の座の左右には、七頭のドラゴンが座していた。七本柱と呼ばれる長たちだろう。黒みがかった濃い赤色の身体に、それぞれ色の違う首飾りをかけている。

「ようこそ、客人よ」

一頭のドラゴンが立って、ワタルたちを見据え、それから集まったドラゴンたちを見渡した。

「しきたりに則《のっと》り、これより竜王様の御前にて、〝牙《きば》と翼の会合〟を執り行う」

ドラゴンたちが揃って首《こうべ》を垂れ、平伏した。ジョゾより小さな子供ドラゴンたちも、行儀よく親たちに倣っている。

まず、両親に付き添われたジョゾが一歩前に進み出て、客人を案内してきたことを、集まったドラゴンたちに報告した。それを受けて、ワタルも前に出た。

「突然訪れたのにもかかわらず、僕たちを歓迎してくださって、とても感謝しています。竜王様、島のドラゴンの皆さん、ありがとうございます」

座は静まりかえっている。ワタルは心臓がドキドキしてきた。

「ジョゾから龍《りゅう》の笛をもらったことで、僕はこれまでに二度、危険な場所から救ってもらうことができました。そして今回、もう一度ジョゾの力を借りる必要ができて、彼の翼に乗せてもらうことになりました――」

竜王様が首を上げ、ワタルに呼びかけた。

「〝旅人〟よ」

「は、はい！」

「あなたが〝旅人〟であることの証《あかし》を、ここで示してはくださらぬか」

ワタルは勇者の剣を腰帯から外し、差し出した。七本柱のうち、ワタルにいちばん近いところにいたドラゴンがそれを受け取り、恭しく竜王様の前に運んでゆく。竜王様のまぶたは、依然として半分閉じている。それでも、剣の検《あらた》めはとどこおりなく済んで、勇者の剣はワタルの手に戻された。

「番人のラウ導師はお達者か？」

急にくだけた感じになって、竜王様はワタルに訊《き》いた。ドラゴンの表情を読むのは難しいけれど、口元がにっこり笑っているみたいだ。

「はい、お元気です！」

「幻界を訪れたとき、導師からペンダントを授けられなかったかの？」

ずっとつけっぱなしなので、かえって忘れていた。そっちの方こそが〝旅人〟の証であるはずなのだ。ワタルはあわててペンダントを引っ張り出した。が、首から外そうとすると、竜王様はのんびりと止めた。

「よい、よい、そのままで。あいわかった。確かにあなたは〝旅人〟である」

「はい」ワタルは姿勢を正した。緊張のあまり、ちょっとバランスを崩してしまい、それに気づいたドラゴンたちが、さわさわと笑ったようである。

「〝旅人〟よ、そしてハイランダーたちよ」

竜王様の声が、重々しく響く。カッツがきりりと顔を上げた。

「我らファイアドラゴンは、幻界《ヴィジョン》の創世のときより息づくもの。今はこの大海の片隅に、静寂と平和のなかに時を過ごしておる」

　ワタルたちに語りかけると同時に、集まったドラゴンたちにも話している。

「しかし、幻界の守護神としての我らの役割がなくなったわけではない。然《しか》るべき時、然るべき手段を以《もっ》て、女神さまの剣と盾となり、幻界を護《まも》るが我らの使命であることに、いささかの変化もない」

　ドラゴンたちが一斉にうなずく。七本柱たちの視線が、心なしか鋭くなった。

「〝旅人〟よ。何も言わずとも、わしは知っておるよ。北大陸へ渡ろうとする、あなた方の目的を。それがヒトの争いに根を持つものであることも」

　なぜわかるのだ？　ワタルがひるんでいるうちに、

「お言葉ではございますが」と、カッツがピンと張りつめた声を出した。「わたしが北へ渡るのは、ヒトの争いの根を絶つためでございます」

　竜王様の口元が、また緩んだ。「果敢なるハイランダーよ、その心意気や良し。しかしヒトの争いの根を絶つことなど、ヒトの身でなし得ることではない」

「いいえ、わたしは――」

　遮って、竜王様は静かに続けた。

「憎しみは憎しみを呼び、悲しみは悲しみに木霊し、死は次の死を差し招く。憎しみは大地深く根を張り、悲しみは大海よりも汲《く》めども尽きず、死が孤独を嫌うことは、空しく厳しい真実であるのだから」

カッツはくちびるを噛《か》みしめている。

「本来ならば、ヒトとヒトとの争いに、我らドラゴンが荷担することは許されぬ。しかし〝旅人〟よ、ハイランダーよ。あなた方がこの島を訪れることを、我々は知っていた。またあなた方が北へ渡ることに、我々が助力せねばならぬことをも」

ワタルは顔を上げた。「ジョゾに聞きました。竜王様は、しばらく前から幻界の異変を察知しておられたと。ドラゴンたちが島を出て、ヒトと力を合わせなくてはならないような事態が発生するかもしれないと、案じておられたと」

竜王様は、ゆっくりと二度うなずいた。

「それはどういう事態なのですか？　僕らに、それを止めることができるのですか？　だからこそ、竜王様は、僕らを助けてくださるとおっしゃるのですか？」

竜王様は、さらにもう一度、しわしわの首をうなずかせた。

「〝旅人〟よ。この幻界には、真実の鏡と対をなす、〝常闇の鏡〟が存在する。それは今、北大陸の皇帝の手の内にある。そしてその封印が解かれようとしているのを、わしは感じておるのだ。この予兆に間違いはない。なぜならば、これを感じ取り、防ぐことこそが我らの役目なのだから」

そしてワタルはようやく、常闇の鏡と魔界、そして、常闇の鏡を封じてきた封印の冠——最後の宝玉について知ることになったのだった。

話を聞き終えた時には、温泉で温まっていたはずのワタルの手足は、すっかり冷えてしまっていた。洞窟《どうくつ》が寒かったのではない。恐ろしかったのだ。

ミツルだ。ミツルは常闇の鏡の封印を解こうとしているのだ。宝玉を手に入れるために。ただそのためにだけ。

拳《こぶし》を握りしめるワタルを、カッツが見つめている。カッツの懸念はあたっていたのだ。ミツルは本当に、幻界のことなんかどうなってもいいと思っているのだ。

「北大陸の皇帝は、三百年前にも一度、己に加勢させるため、敢《あ》えて封印を解き、魔界の軍勢を呼び寄せたことがあった」

嘆かわしいと、竜王様は続けた。「その折にも、我らドラゴンは北へ飛び、魔界の軍勢を退けるために、ヒトに混じって戦った。あの当時、北の皇帝は魔族の力をあてにしつつも、その本当の恐ろしさについては無知であった。封印を解き、魔族に敵軍を殲滅《せんめつ》させた後、また封印を戻せばそれで済むと考えていたのだ。その愚かさよ。大海を傾けても洗い流すことのできぬ愚行じゃ」

もしもあの時、封印が解かれたことをいち早く察知したドラゴンたちが動き出さなければ、今ごろ幻界は跡形もなくなっていただろうと、竜王様は言った。七本柱たちもうなずいている。

「それでも、三百年前のその折には、常闇の鏡の封印が解かれていたのは、ほんのわずかの間のことであった。しかし今回は、それでは済まぬであろう。封印は完全に解かれ、もはや戻す術《すべ》を失うことだろう。幻界じゅうの軍勢を集めても、魔族を遮ることはできはしない」

止めなきゃ——と、ミーナが震える声で言った。ワタルは立ち上がった。

「そんなことはさせません。必ず止めてみせます。封印を解こうとしているのは、僕の友達なんです。もう一人の〝旅人〟なんです。あいつにそんなことをさせちゃいけないんだ！」

竜王様は首を巡らせると、脇に控える七本柱のドラゴンたちを見回した。彼らもまた起きあがった。

「〝旅人〟よ。七本柱と共に行きなさい。彼らはきっと、あなたの力となるだろう。ヒトの世に限りはあっても、幻界に限りはない。限りあるヒトの力で、幻界の命を絶ってはならぬ」

「お約束します！」

ワタルがきっぱりと言い切ったとき、ジョゾが幼い声をあげた。

「僕は？　竜王様、僕も一緒に行っていいでしょう？」

ワタルはあわててジョゾの首を押さえた。

「ダメだよ、ジョゾ！　君はダメだ」

「どうして？　ワタルが行くなら、僕も行くよ」

「お父さんとお母さんが心配するよ」

ジョゾの両親は、悲しそうに目をしばたたかせている。ジョゾはそれを見て、みるみるつぶらな目を潤ませた。それでもしっぽを振って、頑《かたく》なに言い張る。

「だけど行くよ。ワタルを乗せて行くよ。いいでしょ、お父さん、お母さん」

ジョゾのお母さんはうなだれてしまった。お父さんが言った。「竜王様のお許しがあるのなら」

「そんな！」

ワタルは竜王様を振り仰いだ。ずっと垂れ下がっていた竜王様のまぶたが、ちょっとだけ持ちあがって、ジョゾを見た。

「ジョゾよ。易しい戦いではないぞ」

「はい、わかっています」

「こうしている間にも、封印が解かれる時が近づいているのを、わしは感じる。危機は迫っている。魔族は恐ろしく、手強《てごわ》いぞ。それでも〝旅人〟と共に行くか？」

ジョゾはぶるりと身震いして、答えた。

「ワタルに助けてもらった命だもの。僕はワタルと行きます！」

再びまぶたをおろしながら、

「いいだろう」と、竜王様は言った。

「ひとたび〝旅人〟と縁《えにし》を結んだ以上、それもまた守護神たるファイアドラゴンの末《まつ》裔《えい》の宿命じゃ」

眠ったような半眼がこちらを見る。そこから強い視線が放たれるのを、ワタルは感じた。

「〝旅人〟よ。このジョゾをあなたの助力とし、そして、かなうならば今一度、このドラゴンの島へと戻してやってくだされ」

必ず、必ずと、拳を固めてワタルは誓った。

「ご武運をお祈りする。あなたに運命の女神の加護のあらんことを」

すべてのドラゴンたちが竜王様の言葉に唱和し、その声はやがて、洞窟をどよもすような、力強い祈りの詠唱となっていった。

48　皇都壊滅

ドラゴンの七本柱たちは渡り鳥のように編隊を組み、海上の気流にその力強い翼を乗せて飛行していた。先頭のドラゴンの首にはカッツがまたがり、ワタルたちを乗せたジョゾは最後尾につきながらも、彼らに後れをとらぬよう、懸命に羽ばたいていた。

目指すは、北の統一帝国の皇都ソレブリア。常闇の鏡はその中心、皇帝の居城にあると、竜王様は教えてくれた。

「統一帝国の皇帝は、常闇の鏡を護《まも》るため、ただ封印の冠を用いるだけでなく、おそらくは魔術的な措置をほどこし、その安置されている場所がわからぬように、厳重に隠しているはずじゃ。そのままでは、外部の者は手出しができぬ。しかし〝旅人〟よ、あなたの友であるというもう一人の〝旅人〟が優れた魔導士であるというのならば、必ずや、その魔法を解こうとするはず。彼が常闇の鏡の置かれた場所を突きとめ、それに近づこうとするその時こそが、彼を止める唯一の好機となりますぞ」

ドラゴンたちは、うっかりしていると振り落とされそうなほどのスピードで飛んでいる。しっかりとジョゾの背にしがみつき、ワタルは念じていた。速く、もっと速く！　ミツルのいる場所へ！

北大陸の地平が見え始めた。凪《な》いだ海も大地の色も、南大陸と同じようにのどかに広大に、しかし空の色合いだけが凍りついたように薄く見えるのは、身体に感じる強烈な寒さのせいだろうか。

「あれ……あれは何だろう？」

先頭を行くカッツが、遠く前方を指さして叫んだ。

幾筋もの黒い煙が、空に立ちのぼっている。

「皇都ソレブリアの方向だ」と、七本柱ドラゴンたちが口々に言った。

「火災だ！　火事が起きているぞ！」

ひときわスピードを増し、空を行くワタルたちの目に、やがて、信じがたい光景が見えてきた。巨大な城塞《じょうさい》都市——城壁に護られた百万都市ソレブリアに異変が起きている。城壁に設けられた城門が焼け落ち、そこから逃げ出してゆくヒトびとが、遠く小さく蟻の列のように見える。城壁の向こう、色とりどりの無数の屋根がひしめきあう町筋に、土埃《つちぼこり》と煙が舞いあがる。

「何てことだ！　何なんだよ、これは！」

カッツが毒づき、髪を乱して身を乗り出す。ドラゴンたちは翼を張りスピードをあげぐんぐんと下降を始めた。近づくにつれて、皇都ソレブリアがワタルの眼下いっぱいに広がってゆく。

そこらじゅうで建物が倒れ、その上を炎が走ってゆく。煙が流れ、ヒトびとの退路を断って襲いかかる。あちらでは城壁の一部が崩れた。こちらでは家々がなぎ倒されてゆく。耳を聾《ろう》するような響きと熱風には、ヒトびとの悲鳴が混じっている。

「いったい何が――」

ワタルはジョゾの翼の端から首をのばし、視界に収まりきらないほど広いソレブリアのなかで、何か大きなものが何体も――そう、ヒトの形をしている――でも、ヒトなんかよりも遥《はる》かに大きい、ドラゴンよりももっと大きな灰色のものが暴れ回っていることに気づいて声を失った。

あれは――何だろう？　まるで岩で造られたロボットみたいだ。

丸い頭、広い肩、太い胴。無骨な手足を振り回し、見ると、それがどすんと足を踏み出すたびに、人家が潰《つぶ》れたり、路上のヒトびとがどっと倒れ伏したりしている。倒壊した建物から、ひと呼吸遅れてまた新たな火の手があがる。火に追われ、方向もわからず必死で逃げるヒトびとの群を、またあの重い足が踏み潰す。叫び声や泣き声が幾重にも錯綜《さくそう》し、それらを呑《の》みこんで爆発音が轟《とどろ》く。

「こいつらはゴーレムだ！」

ワタルと同じように目を瞠《みは》って下を見おろしていたキ・キーマが、大きな身体を震わせながら怒鳴った。

「ゴーレム？」

「魔導士のこしらえる石の巨人だよ！　造った魔導士はその主人となって、自由自在に動かすことができるんだ」

「そんなの……お話だと思ってた」

色を失って震えながら、ミーナが呟《つぶや》いた。

「ホントにあるなんて、信じられない」

「俺だってそうさ。だけど、現にこいつら動き回ってるじゃねえか！」

のっぺりとした巨大な石人形たちの顔には、目鼻立ちらしいものは見あたらない。やみくもに破壊と前進を続けながら、ときどき機械的に首を左右に振る。不恰好《ぶかっこう》な両手は、ほとんど手の形を成していない。ただの岩石の塊だ。それがぶうんとうちおろされ、地響きと共に町並みを崩してゆく。

「ミツルだ」

煙で目がちかちかする。涙が出てくる。

「ミツルがゴーレムを造って、操っているんだ！」

ソレブリアを破壊しようとしている。どこだミツル、どこにいる？

　ジョゾのすぐそばで、どかんと火柱があがった。熱風の直撃をくらったジョゾはバランスを崩し、翼の右端が建物の残骸《ざんがい》をかすめそうになる。振り落とされかけたミーナが悲鳴をあげた。

「何体いるのだ？　数え切れんぞ！」

「あれを見ろ！　彼奴《きゃつ》らはまだまだ数を増しているぞ」

　ゴーレムたちは町じゅうにいた。東西南北、どの方向にも。暴れ回り、踏み潰し、狼藉《ろうぜき》の挙げ句に、互いの拳《こぶし》が触れ合って、殴り合ってしまうゴーレムたちもいる。それで腕が落ち、頭の一部が欠けても、彼らは何の痛痒《つうよう》も感じず、平然として動き続けている。そしてドラゴンたちが叫んでいるとおり、破壊と混乱の巷《ちまた》のなかから、そこでも、ここでも、また新たなゴーレムが轟音《ごうおん》と共にむっくりと起きあがり、両手を振りあげるのだ。次から次へと。

「やっつけなきゃ！　やっつけてよ！」ミーナは叫び、ジョゾの背中をぱんぱんと叩《たた》いた。

「だけど、どうすればいいの？」

　ジョゾは半泣きの声を出し、それでも口を開けて炎を吐こうとした。ワタルはあわててジョゾの首ッたまにかじりついた。

「ダメだよ！　火を吐いたら町のヒトまで巻き添えにしちゃう！」

高度をさげて、右往左往と旋回するドラゴンたちの翼が地上に影を落とすと、炎の色がくっきりと赤く浮かび上がる。頭のすぐ上を飛び交うドラゴンたちの姿に、ソレブリアのヒトびとは怯《おび》えながら逃げ出してゆく。しかしその先にはゴーレムたちが待ち受けている。

「助けて、助けて！」

「お母さん、どこにいるの？」

ぎりぎりの低空飛行で、ワタルの耳にも、個々の悲鳴が聞き分けられる。たった今ジョゾが飛び過ぎた三角屋根の家の煙突に、若い男が両腕で抱きついて助けを求めていた。反射的に、ジョゾ、戻ってとワタルは叫び、煙突に向かって手を差し出した。若い男は恐怖に目を泳がせながら、それでも片手を煙突から離し、ワタルの方に腕をのばした。手と手の先が近づき、あとちょっとでワタルの手が若い男の手首をつかめる——と思ったとき、近づいてきたゴーレムの一撃で、三角屋根がぐしゃりと潰れ、煙突がゆらりと傾いた。呆気《あっけ》にとられたようにぽかんとして、空に半円を描きながら倒れてゆく煙突にしがみついたまま、次の瞬間には、若い男は地上の瓦礫《がれき》のなかに姿を消していた。

もうもうと舞いあがる土埃のなかで、ワタルは自分でもわけのわからないままに叫んだ。どうして、どうして、どうして？

「〝旅人〟よ、落ち着け。どうやら、彼奴らは宮殿を目指しているぞ」

傍らに飛んできた七本柱のドラゴンの一頭が、ワタルに呼びかけてきた。カッツを乗せている。彼女は得物の黒い鞭《むち》を構え、ドラゴンの首の付け根に足をかけて仁王立ちしていた。

「よくごらん、ワタル！」

ゴーレムたちは輪になって、ソレブリアを取り囲みながら破壊の進軍を続けていた。進むにつれて、彼らの輪も小さくなってゆく。その輪の中心には、皇都ソレブリアの核、乳白色の大宮殿があった。

「あれが皇帝の居城だ。クリスタル・パレスだよ！」

カッツは片手を口の横にかざし、火災の巻き起こす強い上昇気流に負けじと声を張りあげた。

「あんたのお友達のミツルは、皇都をめちゃめちゃにしながら、クリスタル・パレスに向かってるんだ！」

「さしものゴーレム使いでも、ゴーレムから遠く離れては、彼奴らを操縦することはできぬはずだ。必ず、彼奴らのそばにいる」と、七本柱のドラゴンが言った。「我々は何とかして、少しでも彼奴らを足止めしてみよう。そのあいだに、あなたはミツルという〝旅人〟を探すのだ。ゴーレムを倒せば、ゴーレムどもは土に還《かえ》る！」

「わ、わかった！」

ワタルはカッツに倣い、ジョゾの背中で立ちあがった。たちまち、強い風に押されて身体がよろめき、煙で咳《せ》き込んでしまう。キ・キーマがワタルの盾となり、ミーナがワタルの腰を抱えてしっかりとつかまえた。

「ミツル！　ミツル、どこにいるんだ！」

瓦礫の山をかすめんばかりに、ジョゾは飛び回る。振りおろされたゴーレムの拳をすれすれに回避しながら、ジョゾは歯を食いしばって翼を操る。ワタルはミツルを呼び続けた。

「ミツル！」

そのとき、煙と埃《ほこり》の幕の向こう、じりじりとクリスタル・パレスに迫るゴーレムたちの円陣の一角に、ワタルは見つけた。一体のゴーレムの肩の上に佇《たたず》むミツルを。片手でゴーレムの頭に触れ、片手にあの魔導の杖《つえ》を携え、漆黒のローブは風を受けてひるがえる。

「あそこだ！」

指さすワタルに応《こた》えて、ジョゾは飛んだ。ミツルの姿がぐんぐん近づいてくる。目と鼻の距離まで迫ると、ワタルはためらいもなくジョゾの背中からジャンプして、ミツルの立つゴーレムの肩の上へと飛び移った。

「ワタル、気をつけて！」

勢い余ってゴーレムの肩の上から転がり落ちそうになったワタルを、ミーナの声が追いかけてくる。

ようやく立ちあがったワタルを、ミツルは、学校の廊下でばったり会ったというくらいの、ほとんど無関心に近い冷静な目で見つめていた。こうして見れば岩石の塊以外の何物でもないゴーレムの頭を挟んで、左右の肩の上に立つ二人の〝旅人〟は、視線を合わせた。

「こんなところで何してるんだ？」

ゆっくりと、ミツルは問いかけてきた。ほんの少しだけれど、面白がっている。でも同時に、ほんの少しだけれど驚いている。ワタルが追いついてきたことに。

「おまえこそ何やってんだ」

「見てのとおりさ」ミツルはつと手を広げてみせた。「なかなか面白いだろ？」

今さらのように、ワタルは膝《ひざ》ががくがくするのを感じた。怖いんじゃない。腹が立つんだ。

「面白い？　これが？この有様が？」

「皇帝のお膝元、聖なる皇都ソレブリア」ミツルは謳《うた》うように言った。「盤石のはずの都も、呆気ないもんだな」

すぐそばで別のゴーレムが大きな屋敷をぶち壊した。倒壊してゆく建物のなかから、その衝撃に、手品のように何かがぽんと飛び出して、空をよぎって落ちてゆく。ワタルの目に映ったものが間違いでないならば、それは大きな竈《かまど》だった。ひと抱えもあるお鍋《なべ》を載せたまんま飛んでいった。

ゴーレムたちの引き起こす破壊と、彼らの巨体が移動するときの振動で、まともに立っていられないほどだ。それなのに、ミツルはケロリとして、魔導の杖を抱くようにして腕組みをした。

「こんな破壊と虐殺に、何の意味がある？　今すぐやめるんだ。やめてくれよ、お願いだ！」

「意味？　意味ならあるさ。うんと大きな意味が」

ミツルは言った。彼の髪にも、瓦礫から舞いあがった埃や石の欠片《かけら》がくっついている。

「どうしてもこうしなきゃ用が足りないから、やってるんだ」

「宝玉を手にするために？　常闇の鏡の封印を解こうとしてるんだろ？」

初めて、ミツルの表情が動いた。「そこまで知ってるのか」

「常闇の鏡の封印を解き、魔族が侵攻してきたら、どれほど大変なことになるのかわかってるのか？　現に三百年前にこの北大陸で――」

「知ってるよ」と、ミツルは遮った。ワタルは口を開いたまま固まってしまった。

「知ってる？」

「ああ。初代皇帝が、目障りな蛮族を片づけるために、魔族の力を借りようとしたんだ。実際、効果てきめんだったらしい」

ワタルの頭に血がのぼった。「効果てきめんだって！　ドラゴンたちが駆けつけてきてくれなかったら、〝幻界《ヴイジヨン》〟が滅びるかもしれなかったんだぞ！」

ミツルは煙たそうに目を細めながら、ゴーレムたちのあいだを飛び交う七本柱のドラゴンたちを見やった。

「あいつらか。おまえ、いつドラゴンなんかにわたりをつけたんだ？」

「そんなことはどうでもいいだろ。僕は彼らに教えてもらったんだ。三百年前は、封印が解かれていたのはほんの短いあいだだった。それでも、ホントに危なかったんだ。今おまえがやろうとしていることは、それ以上のことなんだぞ！」

「そうなんだろうな」

「だったらなぜ？」

ミツルの乗るこのゴーレムは、いわば司令塔なのだろう。それ自体はまったく動かず、周囲の阿鼻叫喚《あびきようかん》をよそに、じっと佇んでいる。それでも地面がぐらぐらと揺れ、熱風にさらされているので、その大きな頭を越えてミツルに近づくことができなかった。

操り手の魔導士を倒せば、ゴーレムは土に還る。ミツルを倒せば、この惨事を終わらせることができる。だけれど、勇者の剣を抜くことができない。柄《つか》にかけた右手がどうしようもなく震えてしまう。

ミツルは、そんなワタルをじっと見つめている。彼の後方、さほど離れていないところで、大きな建物がまたひとつ倒壊した。

「おまえ、まだ目が覚めてないようだな」

ミツルは言った。こんな簡単な計算問題を解くこともできないのかと、呆《あき》れているみたいな口調で。

「ソノの港で訊《き》いたよな？　おまえは幻界に、ここのヒトたちと仲良くなるために来たのか？　幻界の平和を守るために来たのか？」

心のなかに、ガサラでのカッツとのやりとりを思い浮かべようとしてみた。たとえ友達でも、間違っていることは間違っていると言わなくてはいけない。

「違うよ。僕は自分の運命を変えるために幻界にやって来たんだ。でも、そのためならどんな手を使ってもいいとは思わない。そうは思えないんだよ」

ミツルは、現世《うつしょ》の学校で、神社の境内で、ワタルが彼に会うとき、いつも見せていたあの仕草をした。ちょっと肩をすくめ、顎《あご》の先をつと持ちあげて、目をそらす。

「俺はそう思える。だからやる」

それ以上、話すことなんかない――

「間違ってるよ」

自分でも情けないくらい小さな声しか出てこなかった。騒音に負けて、ミツルの耳には届かないかもしれない。

「ミツルは間違ってる。こんなことをしちゃいけない。皇都ソレブリアのヒトたちだって、生きてるんだ。僕らの勝手で命を奪ったりしちゃいけないんだよ」

ミツルは素早く振り返った。「それは、ハイランダーとしての意見か？」

ワタルが答える前に、ミツルはゴーレムの肩の上で、ぽんと軽く足踏みをした。

「こいつが何でできてるか、知ってるか？」

唐突に、何を訊くのだ。

「い、岩だろ。魔法で造られたゴーレムなんだろ」

「そうだ。俺が土と岩をこねあげてこしらえた、疑似生命さ。だけど材料は、土と岩だけじゃない」

「素材」としてのヒトが必要なんだと、ミツルは言った。

「ゴーレム一体につき、ヒトが一人要る。いくら魔法に長《た》けていても、こればっかりはどうしようもない。俺がそれを、どうやって調達したと思う？　この数だからな」

ワタルはミツルの顔から目を離すことができなかった。何てことを言うんだ。まるっきり普通の口調で。退屈な授業を聞いているときみたいな顔をして。

強いて視線を動かし、今や煙と炎の海になっている皇都を見渡せば、ゴーレムたちの数は数え切れないほどだ。これがみんな、元はヒトだったと？　それをゴーレムに変えてしまったというのか？

「常闇の鏡をのぞきこむと、ヒトは〝虚《ウロ》〟になってしまう。魂のない抜け殻だ。皇帝一族は、自分たちの勝手な都合で、しばしばヒトをウロにしてきた。強制的に常闇の鏡を見せてウロに仕立て上げ、下僕として使ったり、辺地で働かせたりしてきたんだ。政治犯や犯罪者にも、同じようなことをしてきた。刑務所に収容して更生させるより、その方が手っ取り早いからさ」

「……本当に？」

「皇女から直《じか》に聞いたんだから、嘘じゃないだろうさ。現に、こいつらは優秀なゴーレムになってくれたしな」

クリスタル・パレスのなかにも、大勢のウロがいたんだと、ミツルは続けた。

「ゴーレムを造る素材として、ヒトは不可欠なものだ。だけど、ヒトには魂がある。どんなくだらない奴でも、魂を持っている。だから、そのままではなかなか素直に言うなりになるゴーレムを造ることができないんだ。うんと面倒くさくなるんだよ。だけど、ここじゃ簡単だった。そこらをうろうろしているウロは、最初から魂を持っていない。素材として最適だったんだ」

言葉もなく青ざめるワタルを見据えて、ミツルは言った。「おまえは、俺が残酷なことをしているという。でも、ウロをつくったのは俺じゃないぜ。皇帝だ。ハイランダーとしてのおまえは、それをどう思う？　許し難いと思うか？　だったら、そんな皇帝の統べる皇都なんか、滅びたっていいじゃないか。一族もろとも、滅ぼしたっていいじゃないか。ソレブリアの市民たちも——いいや、北の統一帝国の国民全員が同罪だ。代々の皇帝の所行を黙認してきた。時には進んで支持さえしてきた。自分たちの利益になるから。あるいは、自分たちの身が可愛いから。こんな連中は、罰せられて然《しか》るべきだ。ハイランダーとしてのおまえは、それをどう思う？」

目が霞《かす》むのは、煙のせいだ。頭がふらふらするのは、絶え間ない振動のせいだ。耳が聞こえなくなりそうなのは、壊されゆくソレブリアの、このもの凄《すご》い悲鳴のような音のせいだ。

どちらが正しい。何が正義だ。

「おまえは幻界が大切だという。だけどこの帝国は、南大陸の連邦国家ほど甘くないぜ。俺はむしろ、南大陸には感謝されてもいいんじゃないかな。北の侵攻の危険を削《そ》いでやったんだから」

ミツルはちょっと首をすくめて笑った。

「皇都がこの有様になっちゃ、いくら動力船を造ったところで、南へ戦争を仕掛けるどころじゃないだろうからな」

どんな感情よりも先に身体が動いて、ワタルはミツルに飛びかかろうとした。

そのとき――

唐突に、まばゆいばかりの白光が迸《ほとばし》り、地上を、空を、包み込んだ。飛び交うドラゴンたちと、ゴーレムたちの巨体がくっきりと黒い影に変じる。

反射的に手で目を守り、ワタルは身をかがめた。迸る光は、生まれたときと同じように、一瞬のうちに消えた。

「よし」と、ミツルがうなずいた。

ワタルは顔を上げてみた。あの白光は消えたものの、周囲の光景の、何かが違っていた。明るい。太陽とは別の光源が――

皇帝の居城、クリスタル・パレスだ。あの雄大な城全体が、中央の尖塔《せんとう》のてっぺんから、足元を固める土台石まで、張り出した装飾翼廊の端々までもが、本当に水晶でできているみたいに、内側からさしかける光に輝いているのだった。

「皇都の崩壊」

燦然《さんぜん》と輝くクリスタル・パレスを仰いで、ミツルは言った。

「それすなわち結界の消滅だ」

それじゃな――と短く言うと、魔導の杖《つえ》をさっと振った。ワタルの目の前から、ミツルの姿がかき消えた。

瞬間移動《ワープ》の魔法だ。ミツルはクリスタル・パレスに向かった！

49　鏡の広間

「ワタル、こっちよ！」

立ちすくむワタルのすぐそばへ、風を切ってジョゾが飛んできた。ミーナが両腕を差しのべている。

ミツルの去った一瞬の空白の後、これまで司令塔の役割を果たしていたゴーレムが、戦列に加わって両腕を振りあげた。ワタルは横っ飛びに飛んでミーナの手につかまった。ゴーレムの拳《こぶし》が、ジョゾの翼すれすれのところで空を切った。ジョゾはバランスを崩しながらも、きわどく避《よ》けて舞いあがる。

「ミツルは？」

カッツを乗せたドラゴンがジョゾに追いついてきた。ドラゴンたちの身体は、ソレブリアを舐《な》め尽くしつつある炎に赤く照り映えている。カッツの顔は煤《すす》で真っ黒だ。

「ク、クリスタル・パレスへ――」

「追いかけるんだ！　ぐずぐずしてるんじゃないよ！」

カッツはドラゴンの角につかまり、身を低くした。人龍《じんりゅう》一体となって、ドラゴンが翼をたたみ、まっしぐらにクリスタル・パレス目指して滑空を始める。

「ジョゾ、大丈夫？」

「任しといて！」と、ジョゾは歯を食いしばって後に続く。でも傷だらけだ。火傷《やけど》のせいだろう、ウロコがあちこち剝《は》げている。

　ソレブリアを包囲しつつ、ゴーレムたちもまたクリスタル・パレスに向かって輪を縮めていた。振り返ってみると、もはや壮大な瓦礫《がれき》を焼く焚《た》き火と化しているソレブリアの、迷路のようになった狭い隙間に、何とか生き残ったヒトびとが火に追われつつも逃げ場を探し、あるいはうずくまり、あるいは方向を見失って呆然《ぼうぜん》としているのが一望できた。ワタルは周囲を飛ぶドラゴンたちに向かって声を張りあげた。

「皇都のヒトたちを、クリスタル・パレスから遠ざけてください！　城壁の外へ逃がすんだ！」

「わかった！」

先を行くカッツとドラゴンが、ワタルの拳ぐらいの大きさに見える。赤い隕石《いんせき》のように、クリスタル・パレスめがけて一直線に飛び落ちてゆく。

　そのとき、ワタルは〝気〟を感じた。魔法の気配としか言いようがない。トリアンカ魔病院で、ソノの港町で、ミツルが風の大魔法を行使してみせたときと同じ空気の流れ。

「カッツさん、気をつけて！」

叫んだ瞬間、クリスタル・パレスの輪郭が、かげろうに包まれたかのように歪《ゆが》んでにじんだ。次の瞬間、城の内部、深奥の一点を中心に、巨大な竜巻が立ちのぼった。急流のような風の流れは渦となり、螺旋《らせん》を描きながらまたたくまに膨張し、ワタルの目に、カッツを乗せたドラゴンがその直撃を受けて、あたかも悶絶《もんぜつ》するようにきりもみ状態になる様子が飛び込んできた。

「危な――」

ジョゾも竜巻の外縁の風に弾《はじ》き飛ばされた。ワタルの声も宙に消えた。上下左右もわからぬまま、洗濯槽のなかのハンカチみたいにぐるぐる回りながら、空の彼方《かなた》までも飛ばされてゆく。

キ・キーマとミーナの叫び声に、ジョゾの悲鳴も混じる。空と地上、モザイクのように入れ替わる視界。巨体のゴーレムたちでさえ、竜巻の強風に一歩二歩とよろめく。倒壊した建物の瓦礫が舞いあがり、倒壊しかかっていた建物が吹き飛ばされる。石造りの家がまるまる一棟、手品のように宙に浮き、少しずつ分解されながら飛んでゆく。燃える物見台だろうか、内部に柱の輪郭がうっすらと見える巨大な火の玉が、無力に飛ばされてゆくジョゾのすぐ上を通り過ぎ、城門脇の城壁にぶつかって火花と共に消えた。

「つかまっててぇ！」

ほとんど泣きながら、ジョゾが叫んだ。キ・キーマが片手でミーナをつかまえ、片手でジョゾの翼にぶらさがり、

「ワタル、頑張れ！」

ぐいと突き出された足に、ワタルは両手でしがみついた。腰から下は宙に泳いでいる。落下する。落ちてゆく。ぐんぐん地面が迫ってくる。落ちる、落ちる――

大きな手ですくいあげられたみたいに、ワタルの視界は地面すれすれをかすめて上昇した。ジョゾがコントロールを取り戻したのだ。空が広がる。あまりのきわどさに、恐怖のあまりか、ジョゾが吠《ほ》えるような泣き声と共にひとかたまりの火を吐き出した。

「大丈夫？　大丈夫？　みんないるね？」

「いるよ、ジョゾ！」

気がついたら、城壁の際のところまで吹き飛ばされてしまっていた。ドラゴンたちも、竜巻の外周で懸命に羽ばたいている。ワタルは七本柱の数を数えた。一頭、二頭――みんな揃っている。カッツは無事だった？　どこだ？

「カッツさーん！」

呼ぶ声も風にさらわれてゆく。

「こっちだ、こっちだよ！」

カッツのドラゴンは、片翼を傷めたのか不自由な飛び方で、ワタルたちよりもずっと低いところでふらついていた。ジョゾが降りてゆく。彼の首のところまで這《は》っていって、大きな頭の上に乗り出し、ジョゾの目にいっぱいの涙が溜《た》まっていることに気がついた。

「こ、怖いね」と、ジョゾは言った。「今のは何だろ？」

「風の大魔法だよ。ミツルが、僕たちを寄せつけないために、クリスタル・パレスを竜巻で包んじゃったんだ」

ワタルは一生懸命ジョゾの頭を撫《な》でた。気がつくと、自分も泣きそうになっていた。

何とかバランスを保ちながら並んでみると、カッツも怪我をしているのがわかった。焼け焦げだらけだし、右目のすぐ上が切れて血が流れているので、そこだけ煤《すす》が洗い流されている。

「ちくしょう、あれじゃ近づけやしない！」

鞭《むち》を握りしめる手にも血がついている。

「あの魔法を何とかできないのかい？」

「僕の力じゃ無理です」ワタルは必死に呼吸を整えた。「もう瞬間移動《ワープ》魔法を使うしかない。やってみます」

カッツは、傷を負った片目をも痛々しいほどに大きく見開いた。「そんなことができるなら、何でもっと早くやらないんだよ！」

「自信がないんだ。ミツルみたいに正確にコントロールできない！　何処へ飛ばされるか、僕にもわからないんだもの」

「それだって、やるっきゃないだろ！」

言うなり、カッツは軽々とジャンプし、ジョゾの上に飛び移ってきた。

「さ、行こう」と、ワタルの腕をむんずとつかむ。

「行こうって？」

「一緒に行くんだよ！　あんたにつかまってりゃ、あたしも移動できるだろ？」

ワタルはキ・キーマとミーナを振り返った。ミーナがもがくように立ちあがる。

「ワタル――」

「二人は、皇都のヒトたちを助けて」と、ワタルは言った。素早く、しかしミーナに反論の隙を与えず、決然と。

「ミツルのことは、僕とカッツさんで何とかする。だから頼むよ、ね？」

ミーナの青灰色《ブルー・グレイ》の瞳《ひとみ》に、今や皇都の空までを染めている炎の色が照り映えている。

「わ、わかったわ」

「気をつけろよ」キ・キーマが膝立《ひざだ》ちになった。「よし、ジョゾ！　ワタルたちが魔法で消えたら、僕たちは皇都を巡るんだ。逃げ場を失ってるヒトたちを、上から誘導するんだぞ！」

ジョゾが翼を大きく振った。「うん！」

ワタルは勇者の剣を抜いた。心を鎮め、集中するんだ。ガサラで瞬間移動《ワープ》したときのことを思い出せ。できるはずだ。きっとできる。クリスタル・パレス。クリスタル・パレスへ。

三つの宝玉の力を集めて。

目を閉じて呪文《じゅもん》を唱えると、突然身体が軽くなった。視界が光に満たされ、炎の熱さも風の強さも感じなくなった。魔法の砲弾だ。空へ打ち出される。上昇し、上昇し、弧を描いて空を飛び、ゴーレムたちの頭上、皇都ソレブリアの上空をよぎって、クリスタル・パレスへ——

ぱっと現実が戻ってきた。ワタルは宙に浮いていた。カッツが一緒だ。二人で空を飛んでいる。足元にはクリスタル・パレスの威容が迫っている。広いテラス。装飾のほどこされた見張り台。ぐるりを巡る石の手すり。中央尖塔《せんとう》に陽光がぴかりと反射する。

刹那《せつな》のそのとき、テラスのあちこちに、城の内部に続くアーチ型のゲートの陰に、騎士たちが倒れているのが見えた。血、血、血。そこらじゅうに血が飛び散っている。

どうしてあんなところに銀の兜《かぶと》だけが転がっている？　なぜあんな場所に鋼のブーツだけが落ちている？　バラバラだ。騎士たちが身体をバラバラにされて死んでいる。風の魔法の刃《やいば》にかかって――

「降りるよ！」

カッツが叫んだ。二人で石のように落ちてゆく。血《ち》糊《のり》の飛び散る石敷きのテラスに。

しかし、そのとき。

「邪魔するな！」

ミツルの声が轟《とどろ》いた。ワタルの目の奥で光が閃《ひらめ》いた。着地しようとしていた身体が、見えない壁にぶつかったみたいに弾き飛ばされる。魔法と魔法の激突に、ワタルを包む世界が歪んで爆発する。

カッツが怒りの悲鳴をあげて、ワタルの腕をつかんでいる――

どさっと音をたてて、二人は落下した。地面の上だ。腰から落ちた。頭がくらくらする。

「こ、ここは？」

へたりこんだまま、カッツが周囲を見回している。ワタルは両手で頭を抱え、回る視界を押さえようと、ぐっと目をつぶった。

そして顔を上げ、目を開いてみると、ようやくそこが緑地であるとわかった。どこだ？

さっきよりは、確かにクリスタル・パレスに近づいている。それでもまだ距離はあるが、輝く尖塔と城壁が、皇都にいたときよりはくっきりと見てとれる。城の窓のいくつかから、細い煙の筋が流れ出ているのもわかる。

「こりゃ……庭園だよ」カッツが気抜けしたような声を出した。

クリスタル・パレスを取り囲む幾多の美しい庭園。そのうちのひとつに、二人は移動してきたのだった。無骨な土台石に支えられた四阿《あずまや》と、砲台の跡。そこは戦勝の庭園だった。ミツルが皇女ゾフィと会見した、あの庭だ。もちろんワタルには知る由もない。

「やけに静かだね」カッツは立ちあがり、右目に流れ込む血をうっとうしそうに手で拭《ぬぐ》った。「騎士の一人もいやしない」

「風の大魔法の内側に入ったんですよ」

立とうとすると、膝が崩れそうになった。カッツが支えてくれた。

「じゃ、ここは何事も――」

なかったのかねと言おうとしたのだろうが、カッツは途中で口をつぐんだ。庭は荒れていた。強い風が通過した痕跡《こんせき》が、傾いだ樹木に、散り落ちた花弁に、傾いた柵《さく》に、乱れた地面に残っている。

植え込みの陰に、警備兵らしいヒトが二人、手足を投げ出すようにして倒れている。身体から流れ出る血が、砂地を黒々と染めている。

竜巻の外周の風が通り過ぎたとき、城の周りにいたヒトびとは、鎌のようなその刃に、命を刈り取られてしまったのだ。

「さっき、見ませんでしたか」と、ワタルはカッツに訊《たず》ねた。「一度は城のテラスまで移動したんです。一瞬だけど、城内の様子が見えました。騎士の首が落ちていた。そこらじゅうに血が飛び散っていた。城の内側でも、風が通過した瞬間には、ここと同じことが起こったんです」

封印の冠を目指して突き進むミツルは、進路を阻む者すべてを、騎士であれ城の文官たちであれ、情け容赦なしに風の大魔法の刃で斬り捨てていったのだ。

ワタルは城に背を向け、皇都の方向をぐるりと見渡してみた。大魔法でつくりあげられた巨大な風の輪が、広大なクリスタル・パレスの敷地をすっぽりと包み込んでいる。ソレブリアを焼き尽くす炎が、風のバリアを隔てた向こう側で、真紅のオーロラのように揺らめいている。

「どうしてあのままテラスに降りられなかったんだろう？」

「ミツルに追い返されちゃったんです。あいつ、僕が瞬間移動《ワープ》してくることを知って、魔法で弾《はじ》き飛ばしたんだ」

しゃべると、口元がわなないた。カッツの足元に、血が一滴、二滴と落ちている。

「カッツさん、手当しないと。ひどい血だ」

「これぐらい、何てことないよ」

気丈に言うけれど、右目はほとんど塞《ふさ》がってしまっている状態だ。

「もう一度やってみます。大丈夫ですか」

「誰に訊《き》いてるんだい？」

カッツは鞭《むち》を束ね直し、腰にしっかりとくくりつけると、ワタルの腕をつかんだ。

ワタルは目を閉じた。やみくもに念じても駄目だ。僕の持っている三つの宝玉の力で、封印の冠——闇の宝玉のある場所まで飛ばしてもらうんだ。僕の意志じゃなく、宝玉の意志に従って誘導してもらうんだ。

「お願いだよ、連れて行って」

ワタルは小さく呟《つぶや》いた。

「今度こそ！」

ワタルとカッツの姿が、戦勝の庭園からかき消えた。

無になり、光と化し、時を停め、空をよぎる——

今度の落下は長かった。頭から落ちているのか、足から落ちているのか。無意識のうちに両手が空をかく。

　ワタルとカッツは、こんがらがって着地した。落下の衝撃に一拍遅れて、カッツの足がワタルの背中にどすんとぶつかった。

二、三秒のあいだ、気絶していたらしい。気がつくと、ワタルはつるつると平らな床の上に俯《うつぶ》せに倒れていた。何だろう、この蒼《あお》く透明な床は。デラ・ルベシ？　あの凍れる都にそっくりじゃないか——

　はっとして、しゃにむに両腕を突っ張って身体を起こすと、一挙に視界が開けた。ぐるりを円柱に囲まれた、そこは広間だった。ひとつひとつの円柱に、宝冠を戴《いただ》き重たげなローブを身に纏《まと》ったヒトの像が浮き彫りにされている。これは歴代の皇帝の像じゃないか——と思ったとき、ミツルが見えた。

　広間の中央に、ぽつりと佇《たたず》んでいる。

　すべてが蒼く透き通っている広間。ミツルの魔導士の黒いローブが、足元の床に、高い天井に、円柱のあいだをつないでいる滑らかな壁面にも映っている。鏡——清浄な蒼い光を放つ、これは鏡だ。

　鏡の広間だ。

「ワ、ワタル」

　カッツがワタルの肩に手をかけ、一瞬だけがくりとよりかかってから、懸命に姿勢を立て直した。

二人の視線は、ミツルに吸い寄せられている。ミツルと、彼が整った横顔を見せて仰いでいるあるものに。

常闇の鏡。

それは広間の北の端に、左右に円柱を従えて安置されていた。差し渡しはワタルの身の丈を超えている。間然するところのない、完璧《かんぺき》な円形。斜め上方を向けて立てかけられた姿勢になっているその鏡には、

――闇だ。

闇が満ちている。銀色の円周の縁ぎりぎりのところまで、闇が漲《みなぎ》っている。ふつふつと音もなくたぎっている。

ゆらりと、ミツルが一歩踏み出して、常闇の鏡に近づいた。そのとき、ワタルは気づいた。常闇の鏡の脚元に、小さな星形の文様が描かれている。その中央に、シンプルな輪に波形の模様を象《かたど》り、額の部分に宝玉をはめこまれた宝冠が据えられていることに。

封印の冠と、闇の宝玉だ。

闇の宝玉もまた、常闇の鏡の内に満ちている闇と同じ、漆黒の色にまたたいていた。

ミツルは目をさげて、封印の冠を見た。また一歩、大きく踏み出す。と、それまで

彼の身体の陰に隠されていたヒトの姿が、ワタルの目に飛び込んできた。

女の子だ。優雅な白いドレスに、飾りをつけて編み上げた髪。横座りになって、床に倒れた誰かの頭を膝《ひざ》の上に抱き上げている。

あれは――皇帝ガマ・アグリアスⅦ世そのヒトではないのか。刺繍《ししゅう》をほどこした豪《ごう》奢《しゃ》なローブが、破れてぼろぼろになっている。手足からは完全に力が抜けて、だらりと床に垂れている。

少女の顔は泣き濡《ぬ》れている。よく見ると、彼女のドレスには血がいっぱいにじんでいる。彼女の血か、それとも皇帝の血か。

「ミ、ミツル様」

女の子が震える声でミツルに呼びかけた。しかしミツルはまばたきさえしない。封印の冠と、闇の宝玉に魅入られたかのように。

あの少女の顔――どこかで見た覚えがある。ワタルは、瞬間移動《ワープ》の負荷に、酔っぱらったように曇った頭で考えた。誰かに似ている。誰だろう――

「しつこいな」と、ミツルが言った。正面を向いたままだけれど、声の切っ先はワタルに向いていた。

「これが常闇の鏡だよ」

ミツルの言葉に応じるように、鏡の縁まで押し寄せている闇がさざめいた。

「そしてこれこそが最後の宝玉、僕の求める闇の宝玉だ」

ミツルはゆっくりとかがみ込むと、片膝をついて宝冠に手をのばした。

「お願い、やめてください。やめて」

泣き崩れながら、白いドレスの少女が懇願した。

「常闇の鏡の封印を解かないで。どうぞお願いです」

少女の身体が揺れ、膝の上から皇帝の頭が滑り落ちた。無様な、ごつんという音がする。ただの物体になってしまっている。完全に死んでいるのだ。

ワタルが何をするよりも早く、カッツが鞭を抜いてミツルに躍りかかった。彼女のブーツの踵《かかと》が床を蹴《け》り、力強い跳躍に両肩が反り、黒い髪がなびく。

ミツルはやはりこちらを見もせずに、魔導の杖《つえ》を握った腕を、無造作にカッツに向けて突き出した。ただそれだけで、カッツは鞠《まり》のように宙で跳ね返され、ワタルの頭を越えて吹っ飛ばされた。

「悪あがきはよせというんだ」

カッツが呻《うめ》いている。ワタルは勇者の剣を構え、素早く魔法弾を撃った。ミツルは魔導の杖を振った。魔法弾は火花になって、その残光が周囲の壁面に散った。

「やめろ！」

ワタルは剣を構えて突進した。滑る床に、足が走る。と、次の瞬間にはまたぞろ呆《あっ》気《け》なく飛ばされていた。前のめりに弧を描いて広間を横切り、白いドレスの少女のすぐ傍らへと、頭から転がり落ちた。

「常闇の鏡の封印を解けば何が起こるかなんて、今さら教えられなくても知ってるよ」

ようやく、ミツルの視線がワタルを捉《とら》えた。その目が笑っていた。口元が、今まで見たこともないような恰好《かっこう》に歪《ゆが》んでいた。

「どうしてです？」少女はすすり泣いている。「なぜこんなことを？」

「僕は〝旅人〟なのですよ、皇女」

ミツルは少女を見おろして答えた。

「最後のひとつ、この闇の宝玉を手に入れさえすれば、運命の塔への道が開けるのです。僕はそのために〝幻界《ヴィジョン》〟を旅してきた。何度同じことを言わせれば気が済むのです？」

カッツが半身を起こし、懸命に鞭を構えようとしている。その様子がおぼろに見える。焦点があったり、ぼけたりを繰り返す。床に激突したときの衝撃で、手も足もバラバラになったみたいだ。勇者の剣をしっかりと支えているだけで精一杯だ。カッツも同じなのだろう、焦るあまりに鞭を取り落としかける。出血がひどくなって、顔が真っ赤に見える。

「運命を変えるために？」

顎《あご》の縁から涙の雫《しずく》を落としながら、少女がミツルに問いかけた。

「そのとおりです」

ミツルの声音は穏やかだった。その刹那《せつな》、彼の瞳《ひとみ》のなかに、少女に対する親しみのようなものがよぎった。

「皇女ゾフィ、貴女の側に、不当なほど大きく傾いていた幸福の秤《はかり》を、正しい位置まで戻させていただく」

謎のような言葉だった。泣き乱れた少女の表情に、さらに当惑が加わった。

やっぱりこの顔――誰かに似ている。僕はこの少女を知っている。

記憶の断片が、動揺するワタルの手の届くところに舞い降りてきた。

「叔母《おば》さんだ」と、思わず言った。「ミツルの叔母さんだ。叔母さんによく似てるんだ」

わたしもまだ二十三歳なの。背負いきれないわ、こんなこと。涙を浮かべて呟《つぶや》いた――

ミツルが鋭くワタルを振り返った。

あまりにも不当な運命。強いられた不幸。それを変えるためにこそ、続けられてきた幻界の旅。

どうしてそれを止められよう？　誰に止める権利がある？　ワタルのなかに、一瞬だけ、しかし取り返しのつかない一瞬の、大きすぎるためらいが生まれた。

封印の冠に手を触れると、ミツルは、そっとそれを持ちあげた。誰に対するときの、どんな手つきよりも優しく。おそらくは、自分自身の魂に触れるときよりも厳かに。

「やめろ！」

ワタルの叫びが空しく広間に木霊する。片手に宝冠を、片手に魔導の杖を。遂に完成された〝旅人〟ミツルは、猛々《たけだけ》しく魔導の杖を宙に突きあげ、呪文《じゅもん》を唱えた。

「最後にもう一度だけ、友達のよしみだ。さあ、逃げろ！」

轟然《ごうぜん》と巻き起こった風が、ワタルたちを包み込んだ。足が床を離れ、身体が浮きあがる。ワタルは夢中で両手を振り回し、すぐ傍らにいたあの少女の白いドレスをしっかりとつかんだ。

「つかまって！」

広間の光景が、瞬時に消えた。

50 別れ

崩壊し、焼け落ち、死者の群を呑《の》みこみ、命びろいした数少ないヒトびとの列を、破れた城壁のそこここから、傷口からの出血のように垂れ流している皇都ソレブリア。

その中央で、静まりかえるクリスタル・パレス。

今、その尖塔《せんとう》の頂上から、一本の光の筒が立ちあがり、蒼穹《そうきゅう》の高処《たかみ》に向かって延びてゆく。汚濁の地を離れ、天上へ、天空へ。

それこそは、五つの宝玉を揃えた〝旅人〟のみがたどることのできる、運命の塔へと至る道。

黒いローブに身を包んだミツルが、光の筒のなかを駆け登ってゆく。もう誰も彼を遮ることはできない。何者も、彼の行く手を阻むことはできない。

生き残ったヒトびとは、天を仰ぎ、光の筒を見あげ、やがてそのなかを駆け登る小さな黒い影が、蒼《あお》い空に吸い込まれるようにして消えてゆくのを見届けた。

それと同時に、風もやんだ。竜巻は去った。ソレブリアの内にひしめいていたゴーレムたちが、ぴたりとその動きを止めた。

ごく小さな振動が、ゴーレムたちを内側から揺るがせた。彼らを動かしていた、ミツルの魔力のスイッチが切られた。自らの掻《か》きたてていた土埃《つちぼこり》が立ちこめるなかで、ゴーレムたちは沈黙した。

あるものは頭の端から、あるものは肩の先から、またあるものは胴のなかほどから、見えない波に洗われ、崩れてゆく砂の城のように、ゴーレムたちは土に還《かえ》り始めた。さらさらとした土の流れは、みるみるうちに勢いを増し、彼らを食い破ってゆく。

地に片膝《かたひざ》をつく。頭が砕けて肩の上に崩れ落ちる。拳《こぶし》が消える。声もなく壊れてゆく。瓦礫《がれき》にまじり、跡形もなく。

ゴーレムたちが消失し、彼らのいた場所に土と岩の欠片《かけら》の山だけが残ると、執念深く皇都の瓦礫を舐《な》めている炎の他に、動くものはなくなった。紅蓮《ぐれん》の如く燃えあがっていた炎も、次第次第に力を失い、切れっ端のような赤い舌が、飢えを残してちらちらと這《は》い回りながら、まだ喰《く》らうものはないかと探している。

破壊という宴《うたげ》の後の空虚――

しかしヒトびとは、やがて足元が震え始めるのを感じた。地の底から、猛々《たけだけ》しく押し寄せてくるものの足音の轟《とどろ》きにも似て、それは波のように近づいてきた。

クリスタル・パレスがその名の如く、今一度、水晶のように硬質な輝きを放った。

その光が消えると、城は形を変え始めた。四角く張り出した棟が崩れる。正門のアーチが歪む。尖塔が傾く。テラスが歪む。

ヒトびとは我と我が目を疑った。これ以上どんな不吉な光景を見せられても驚かないつもりだった。衝撃は許容限度を超えていた。身近で失われた命の痛みさえまだ現実味を伴わぬほどに、誰もが啞然《あぜん》としていたのに、その麻痺《まひ》した心さえもさらに揺さぶるような光景が、今、眼前に広がってゆく。

クリスタル・パレスは崩壊してゆく。ただ崩れ行くだけではない。内側に、城の深部、知っている者ならば、そこが皇帝の玉座の間のある場所だとわかる――その一点を中心に、収縮してゆくのだった。乳白色に輝く巨大な石の城が、折りたたまれてゆく。吸い込まれてゆく。無数の窓は、声のない悲鳴をあげる口だ。呑みこまれてゆく。ものの数十秒で、クリスタル・パレスは地上から姿を消してしまった。と、それと入れ替わりに、たった今城を吸い込んでいった一点から、真っ黒な霧が立ちのぼり始めた。微小な黒い鳥の群のようにうごめき広がりながら、たちまちのうちに、今しがたまでクリスタル・パレスが占めていた空間を覆い尽くす。黒い霧は天空に、一対の漆黒の翼を描き出した。翼はゆっくりと羽ばたき、浮上する。地に眠っていた何かを、上空へと持ちあげてゆく――常闇の鏡を。

空に現れ出た常闇の鏡は、さながらそこにあるもうひとつの太陽のように見えた。地上の廃墟《はいきょ》に、傾きかけたとは言えまだ明るい光を注いでいる太陽とは裏腹の、闇に満ちた異種の太陽。そこに孕《はら》まれるは無限の暗黒。

常闇の鏡の面《おもて》が、永き封印から解放された喜びに身震いをするかのようにさざめいた。そしてその内から、黒い奔流《ほんりゅう》を吐き出し始めた。

そのとき、ルルド国営天文台の研究室で、バクサン博士は鼻眼鏡をかけ、分厚い書物の上に目を落としていた。お馴染《なじ》みの木でできたブーツの上にちょこんと乗っかり、周りで作業に励む弟子たちの話し声に包まれて、小さな手に握りしめた小さな羽根ペンを忙《せわ》しく動かしながら、興味深い一節を解読しようと——

唐突に、誰かにどやしつけられたみたいに、博士は目をあげた。顔からすうっと血の気が引いてゆく。

「どうしたんですか、博士？」

気づいたロミが声をかけた。

バクサン博士は小さな口をぽかんと開けていた。その目が泳いで、窓の外へ向いた。

「い、いかん」と、博士は呟いた。そしてロミが抱き留める間もなく、ブーツの上から転がり落ちた。

シュテンゲル騎士団による戒厳令下のガサラに到着し、滞在中のスペクタクルマシン団は、夕べの公演前の準備に追われていた。ギル首長が逮捕され、ブランチが力を失ったガサラでは、町に出入りするときばかりか、町内の移動にも制限がかけられていた。皆、気落ちして不安に怯《おび》えている。ブブホ団長は、限られた時間と機材で、できるだけ陽気な出し物を演じ、ガサラのヒトびとを元気づけようと考えていた。

パックたちの軽業に稽古《けいこ》をつけていた団長を、団員の一人があわてた様子で呼びにきた。

「ババさまが、すぐ団長に来ていただきたいと言ってるんです」

団長は訝《いぶか》りながらも、ババのテントに急いだ。入口の垂れ幕をあげて顔をのぞかせると、ババは占いに使う水晶玉を前に、両目をわずかに細めて座り込んでいた。

「ババ、どうしたね」

団長の問いかけに、ババは目をあげた。

「封印が解かれてしもうた」

ババの瞳《ひとみ》に、水晶玉の放つかすかな光が映っていた。その声は震えていた。

「常闇の鏡じゃ。おお、魔族が来よる！」

同じ時、ドラゴンの島では、竜王が洞窟《どうくつ》の割れ目から、針の霧に閉ざされた空を仰いでいた。他の誰にも見えない印を、竜王ははっきりと見てとった。

恐怖と共に、決意の胴震いが、竜王の老いた身体を駆け抜ける。

「皆の衆よ」

竜王はゆっくりと身を起こした。

「封印は解かれた。常闇の鏡が地上に現れた。戦いの時じゃ。今一度、〝幻界《ヴィジョン》〟の守護として、我らが鋼の翼に女神の加護を祈ろう」

ドラゴンたちの怒りと嘆き、誓いと決意の咆哮《ほうこう》が、島の内からどうどうと迸《ほとばし》り、海を渡り針の霧さえも震わせる。

ここは――どこだ？

ほっぺたが地面にくっついている。埃《ほこり》の匂いがする。

ワタルはまぶたを開けた。平べったい地面。目の前に投げ出された、土埃にまみれた両手。でも右手には、しっかりと勇者の剣を握ったままだ。

肘《ひじ》をついて顔を起こす。すぐ傍らに、あの白いドレスの少女が倒れていた。壊れた人形のように俯《うつぶ》して、片方の靴が脱げてしまっている。ドレスは見るかげもなく汚れて、ワタルと同じように土埃にまみれている。

クリスタル・パレスの鏡の広間から、ミツルに飛ばされたんだ。ワタルは膝立ちになってみた。視界がぐるりと回り、腰が抜けたように座り込んでしまう。頭を振って、もう一度立ちあがる。

ソレブリアの城壁が遠くかすんで見える。こんなところまですっ飛ばされたなんて、信じられない。見回せば、周囲には点在する森。枯れて地面が剝《む》き出しになった草原に、ところどころ岩が飛び出している。

寒い。北の大陸の風がまともに吹きつけてくる。しかしこれは自然の風だ。

クリスタル・パレスはどうなった？　ミツルはどうなった？　僕が気絶しているあいだに、何が起こった？

カッツの姿が見えない。どこへ飛ばされてしまったんだ？

白いドレスの少女が痛そうに呻《うめ》いて、手足を動かした。ワタルはぎくしゃくと駆け寄り、彼女を助け起こした。

「しっかりして。大丈夫ですか？」

少女の目がぼんやりと開き、かなり手間取ってから、ようやくワタルの顔に焦点を結んだ。

「こ、ここは？」

「ソレブリアの近くです。でも、道もない森と草っぱらの真ん中だ」

最後の一瞬、ミツルは言った。「逃げろ！」と。あれはどういうことだったんだ。

「常闇の鏡は――」

皇都ソレブリアの方向に目をやって、ワタルは息を呑《の》んだ。何だ、あの黒い霧は？わさわさとうごめきながら、ソレブリアの上空に群れている。

ドラゴンたちはまだソレブリアの上を飛び交っている。あの霧と戦っている――霧に纏《まと》いつかれ、今、一頭がたえかねたように地上に落ちていった。

ワタルは前後を忘れ、ソレブリアに向かって駆け出しながら、勇者の剣から空に向け、魔法弾を撃った。

「ジョゾ、ジョゾ、どこにいる！」

何発も立て続けて魔法弾を撃つうちに、空の低いところに真っ赤な点が見えてきた。ジョゾだ。こっちにやってくる。すごいスピードだ。そのすぐ後ろから、黒い霧の塊が追いかけてくる。

「ジョゾ！　僕はここだよ！」

走りながら両腕を振って大声で呼びかけ、しかし次の瞬間、ワタルは愕然《がくぜん》として立ち止まった。ジョゾが近づいてくるにつれ、彼を追っている霧の塊の様子が見えてきたのだ。

翼だ。真っ黒な翼がはえている。何という数だろう！　一体一体はヒトと同じくらいの大きさだが、鋭い鉤爪《かぎづめ》のはえた手足に、痩《や》せさらばえた胴。どこもかしこも真っ黒だ。

　こいつらが魔族なのか！

「ワタル！」

　ジョゾはまっしぐらに滑空してきた。地面すれすれにまで高度を落とす。

「乗って、乗って、早く乗って！」

　ワタルはジョゾの翼に激突する寸前、頭から飛び込むようにしてその上にジャンプした。着地と同時に、翼の付け根にしがみつく。反動でジョゾの身体が揺れて、足が地面に着きそうになった。

「あの子も、あの子も乗せるんだ！」

　白いドレスの少女は、さっきと同じ場所にまだへたりこんでいる。ワタルは身を乗り出し、ジョゾが彼女のそばをかすめて通過するときに、両腕で抱き上げた。

　少女の上半身がジョゾの上に乗った。そのとき、追いついてきた魔族の一匹が、嫌らしい腕をのばして少女の片足をつかんだ。前のめりになっていたワタルは、まともに魔族と顔を合わせた。

　骸骨《がいこつ》だ。芯《しん》まで黒い骸骨だ。ケタケタと笑う髑髏《どくろ》の、目があるべきところには空っぽの穴がふたつ並び、くちびるのあるべきところには、剥き出しの、そこばかりは異様に白い牙《きば》がずらりと並んでいる。指の一本一本も、骨張っているというより骨そのもの。翼をはためかせながら、金属をこすりあわせるような甲高い声をあげている。足をつかまれた少女が、ぐいとひっぱられて振り返り、初めて魔族に気づいて、けたたましい悲鳴をあげた。ワタルは彼女を片手でぶらさげたまま、身体をひねって勇者の剣を振りあげた。魔族の胴体には、汚れた皮膚一枚の下にごつごつとあばら骨が並んでいる。その隙間めがけて剣を突っ込んだ。

叫ぶというより、ダミ声を吐《と》瀉物《しゃぶつ》のように吐き散らしながら、魔族が少女の足を放した。ワタルは少女をジョゾの背中の上に引っ張りあげると、それでも追いすがってこようとする奴にもう一度斬りつけた。

「ジョゾ、上昇だ！　振り切れ！」

ジョゾはぐんと高度をあげた。嘆きの沼でワタルに先っぽを切られたきり、中途半端な長さになったジョゾのしっぽの先に、二匹の魔族が食らいついている。ワタルは勇者の剣をふるってそいつらを斬り落とすと、後方の群に向かって魔法弾を撃った。光の弾があたると、魔族たちはぎゃあぎゃあと騒いで群が崩れた。距離があいた。

「ジョゾ、火を吐いて！」

ジョゾは翼を張って、魔族の群の方に頭をねじ向けた。「ワタル、伏せてね！」

ワタルの顔のすぐ脇を、炎の奔流が飛びすぎた。直撃をくらった魔族たちが火に包まれ、煙の筋を引きながら落ちてゆく。群の大半がひるんで遠ざかり始める。

「ジョゾ、みんなはどこ？」

「ミーナとキ・キーマは、長《おさ》たちと一緒にいる」ジョゾはぜいぜいと息をしていた。「僕が疲れて落っこちそうになったから。ああ、どうしようワタル」

七本柱のドラゴンたちは、まだソレブリア上空にいるのだ。さっき一頭が落下したように見えたけれど、どうしたろう？

ジョゾは疲れ切って、身体のあちこちから血を流していた。目から涙が溢《あふ》れている。飛び方も不安定になり、あがったりさがったりしながら蛇行している。

白いドレスの少女は、恐怖のあまり全身をこわばらせ、ただ口元ががくがくするばかりで、声も出せないようだ。

「ジョゾ、この女の子を乗せて、あの森へ行くんだ」

ワタルは前方右手のこんもりとした木立の塊を指さした。

「森のなかに降りれば、魔族たちから隠れていられる。僕がみんなと一緒に合流するまで、そこでじっとしてるんだよ、いいね？」

ジョゾはぼろぼろと涙を流した。「う、うん。ごめんよワタル。ワタルはどうするの？」

「僕なら大丈夫。さあ、逃げて」

ワタルは再び勇者の剣に祈った。ミーナのいるところ。ミーナを乗せているドラゴンの背中まで、僕を飛ばしておくれ！

瞬間移動《ワープ》は成功した。気がつくと、ワタルは七本柱のドラゴンの一頭、頭のてっぺんにトサカに似た冠を戴《いただ》いた長の背中に飛び降りていた。ミーナはドラゴンの首ッ玉にかじりついていたが、ワタルに気づくと跳ね起きて、飛びついてきた。

「ミーナ、怪我は？」

「あ、あたしは大丈夫！」

真っ青になって泣いている。

「あ、あれを見てワタル。あれを！」

そしてワタルは見た。一対の巨大な翼で空に浮く常闇の鏡を。そこから湧き出る黒い魔族の軍団を。涸《か》れることのない悪意の泉だ。ソレブリアの上空を覆い尽くし、北へ南へ、東へ西へと飛び去ってゆく。

幻界《ヴィジョン》じゅうへと飛んでゆくのだ。

ワタルたちを乗せたドラゴンの長は、果敢にも常闇の鏡めがけて飛ぼうと試みていた。火を吐き、強大な翼を振り、近づく魔族たちを叩《たた》き落としてゆく。しかしこれでは多勢に無勢だ。

「これじゃ無理だよ、常闇の鏡には近づけない！」

「しかし――一撃でも――くらわせてやらねば！」

長い首を強靭《きょうじん》にしならせて、食らいついてきた魔族を振り落とす。

「いったん逃げよう。数には勝てない。下にいるヒトたちを魔族から守って、森に逃げ込むように呼びかけるんだ。そして僕らも森に隠れよう！」

「口惜《くちお》しいぞ！」

牙を剝《む》き出して唸《うな》りながら、大きな火球を続けざまに吐き出して魔族たちを退けると、ドラゴンの長は向きを変えた。ワタルは彼の背に立ちあがり、あらん限りの力で声を張りあげた。

「みんな、森へ向かえ！　退却だ！　このままじゃ全滅しちゃう！」

「ワタル！」

近づいてきたドラゴンの背で、キ・キーマが大きな斧《おの》をふるいながら、割れるような大声で応じた。ここに来て初めて耳にする、元気を失っていない声だ。キ・キーマは後ろに、怪我したソレブリアのヒトたちを何人か乗せている。怯《おび》えて縮こまっている彼らを大きな身体を張って守り、しつこい羽虫のようにたかってくる魔族を斬り払いながら、吠《ほ》えるような悪態を浴びせかける。

「何だこのデキソコナイは！　おまえらなんざ、こうしてくれる！　こうだ、こうだ、こうだ！」

ギャッというダミ声の悲鳴もろとも、一匹の魔族が頭からまっぷたつに斬り裂かれた。しかしよく見れば、キ・キーマの肩口や二の腕も傷だらけだ。

「森だ！　森へ行くんだよ！」

「わかった！」

視界を埋め尽くすほどの数の魔族が、空いっぱいに飛び交っている。ワタルはカッツの名を呼びながら飛び続けた。一体、また一体と退却してゆくドラゴンの背に、彼女の姿が見えないのだ。

恐怖と焦りに目が泳ぎ、見ているのに見えないのかもしれない。落ち着け、落ち着くんだ。ワタルは襲いかかる魔族を魔法弾で退け、ミーナがドラゴンに方向を指図する。

と、前方の瓦礫《がれき》の谷間で、カッツが鞭《むち》をふるっている姿が見えた。ソレブリアのヒトをかばっている。一人は倒れ、一人はうずくまっている。しかも、子供だ！

「カッツさん、こっちだ！」

滑空してカッツに近づきながら、ワタルは援護の魔法弾を撃った。カッツは瓦礫を駆けあがり、飛び降りながら、縦横無尽に鞭を動かしていた。四方八方から襲いかかってくる魔族たちが、カッツの鞭にかかって面白いように翼を切り裂かれ、首を落とされてゆく。

ドラゴンを低く滞空させておいて、ワタルはカッツのそばに飛び降りた。ミーナが素早くしっぽをドラゴンの翼に巻きつけ、身体を宙に投げ出して両腕で子供の一人をかき抱くと、くるりと反転してドラゴンの上に抱き上げた。続いてもう一人。

「子供たちは大丈夫よ、乗せたわ！」

ミーナの声に、ワタルはカッツを振り返った。「カッツさんも早く！」

「こいつを片づけてからね！」

びゅんと音をさせて水平に鞭を振り、前方の魔族を叩き落とす。カッツの右目はもう完全に潰《つぶ》れている。それに左腕の様子がおかしい。ほとんど動かせないようだ。ミツルの魔法で鏡の広間から飛ばされたとき、傷めたのかもしれない。

「僕に任せて！　早くドラゴンに乗るんだ」

カッツのベストの背中をつかみ、ワタルはぐいと引っ張った。

「何すんのよ！」

「早く乗って！」

牙を剥き出して飛びかかってくる魔族を、勇者の剣で切り伏せる。ドラゴンの長が火を吐いて、前方の群を追い払う。

ドラゴンの背に乗るために、カッツは鞭の柄を口にくわえた。左手は役に立たない。右手一本で身体を持ちあげる。ワタルは魔族たちを追い散らしながら、全身に冷汗をかいていた。

「しっかりして、カッツさん。つかまって」

ミーナがカッツの腕をひっぱる。そのとき、ミーナの背後で子供たちが悲鳴をあげた。死角から魔族が二匹、突然ドラゴンの身体をよじ登って顔を突き出したのだ。

「ミーナ、後ろ！」

とっさにカッツは叫び、口元から鞭が落ちた。拾う余裕もなしに、カッツはドラゴンの背中の上に躍りあがると、素手で魔族たちに飛びかかった。一体を足蹴《あしげ》にして突き落とし、もう一体に組みついてゆく。魔族はカッツに押し戻されながらも、牙《きば》をぎらぎらさせて、一瞬の隙に、彼女の首ねっこにかじりついた。驚くほど色鮮やかな血が、パッと噴いた。

「何すんだよ、このバカ！」

カッツは怒りに任せて魔族の首に右手をかけた。ミーナも魔族の胴を蹴り、爪で顔をかきむしる。バランスを崩してカッツがどっと倒れ、その上に魔族がさらにのしかかる。

「スケベ！」

大きく叫んで、カッツは右手だけで魔族の首をねじ切り、もぎ取ってしまった。首を失った身体だけが、ドラゴンの身体から滑り落ちる。ワタルはドラゴンの周りに迫る魔族の群に魔法弾を浴びせかけて、素早くその背中に飛び乗った。

「いいよ、飛んで！」

ドラゴンが舞いあがる。泣き叫ぶ子供たちを、ミーナがしっかりと抱きしめる。ワタルは仰向《あおむ》けに倒れたままのカッツのそばに這《は》い寄った。

カッツはまだ、ねじ切った魔族の首をつかんでいた。それを顔の前に持ってくると、

「男前にはほど遠いね」と、舌打ちしてポイと投げ捨てた。

「あたしの首にキスするなんて、身の程知らずにもほどがあるよ」

首筋の傷は深く、血がどくどくと流れていた。ワタルは上着を脱ぐと、それを丸めて傷にあてた。土埃《つちぼこり》と煤《すす》と汗で汚れた上着を、真っ赤な血が染め変えてゆく。それと入れ替わりに、カッツの頬からは色が失《う》せていく。

「大丈夫だよ。そんな顔しなさんな」

そう言ってにやりと笑い、その不敵な笑顔のまま、カッツはぷつりと気を失った。

七本柱のはずのドラゴンたちは、五柱になっていた。ジョゾは横倒しになり、苦しそうな寝息をたてて眠っている。

ワタルたちの逃げ込んだあの森のなかには、ソレブリアのヒトたちも隠れていた。何人ぐらい助かったのだろう——せいぜい二、三十人ぐらいまでしか数えることがで

きない。他の場所にも、逃げ延びているヒトたちがいるだろうか。

百万の人口を擁する城塞《じょうさい》都市が、半日でこの有様だ。

無傷のヒトは誰もいない。座っていることさえ辛《つら》そうなヒトもいれば、虚《うつ》ろな目を空に向けたまま、誰が何を話しかけても反応しないヒトもいる。泣いている子供を、別の子供が慰めている。

手当をしようにも、薬さえない。ドラゴンたちも満身創痍《そうい》だが、傷を舐《な》めて出血を止めるだけだ。ぐったりと首を落として翼を休め、目を閉じている。

夕暮れが過ぎ、すでに夜が近づいていた。糸のように細い三日月だけが光源だ。森のなかは、深海の底のような静けさと、身体の動きを鈍らせる、水圧にも似た重い悲しみに包まれていた。

北大陸の針葉樹の木々、深緑色の尖《とが》った葉をびっしりと身に纏《まと》い、寒気のなかで肩を寄せ合うように立ち並んでいる。上空からただ眺めるだけならば、南大陸の豊かな森林の景色に比べれば、彩りにも趣きにも欠けて、よそよそしく見えたことだろう。しかし今は、とげとげした枝を張りのばす木々たちが、精一杯に手を広げて、ワタルたちをかばおうとしてくれているように思われた。寒い国の無口な歩哨《ほしょう》たち。逃げ延びてきたヒトたちを懐に隠し、何事もなかったかのような静謐《せいひつ》な顔を空に向けて。

時折、森の上空を飛びすぎてゆく魔族の翼の音が聞こえる。しかしそれも散発的なものであり、彼らの侵攻はいったん終息しているようだ。あの異形の怪物たちも、夜の闇のなかでは動きにくいのだろうか。休む時間が必要なのだろうか。それとも、闇に溶けこんで身を潜め、機会を窺《うかが》っているだけなのだろうか。

「休息をとって力を回復したら、とにかく我らの島へと戻ろう」

　ドラゴンの長《おさ》たちは、ワタルに提案した。

「封印が解かれたとき、きっと竜王様がその気配を察知され、戦いの支度を整えているはずだ。すでにこちらへ向かっている仲間たちもいるやもしれぬ」

「いずれにしろ、この手勢では、どうすることもできぬよ」

　ミーナとキ・キーマは、怪我人たちのあいだを回って声をかけている。なかには地理に詳しいヒトもいるらしく、戻ってきたミーナは言った。

「近くに湧き水があるんですって。森を抜けて西に向かえば岩山があって、そこの洞《どう》窟《くつ》に隠れれば、ここよりもっと安全じゃないかって話しているの。何とか夜明け前までに、みんなをそこへ逃がすことはできないかしら」

　移動するならば、理由はともあれ魔族の動きが沈静化している今のうちがいい。ひょっとしたら、森のなかのヒトたちが生き延びる、唯一のチャンスかもしれない。

「そうだな。ここのヒトたちを洞窟まで無事に送り届けたら、俺たちもドラゴンの島へ戻ろう。そんで、南大陸へ帰らなきゃ。ちょっとでも早くこのことを報《しら》せて、魔族を迎え撃つ準備を整えなきゃいけないからな」

キ・キーマの言葉に、ワタルはうなずいた。でも心のなかには、それで間にあうだろうかという疑問があった。いいや、それどころじゃない。間にあったとしても、それでどうなるんだ？　南大陸じゅうのハイランダーたちを集めても、シュテンゲル騎士団が集まっても、魔族に太刀打ちすることなんかできるんだろうか。

もう、おしまいだ――その言葉が、くちびるのすぐ内側で震えている。常闇の鏡の封印を守ることはできなかった。失敗だった。

何もかも、終わりじゃないか。木立に背中をもたせかけると、絶望が身体の内側を満たしてゆくのを感じた。

何もかも放り出して、逃げ出して、地面に穴を掘って隠れてしまいたい。どのみち、もうワタルには時間がないのだ。

ミツルに負けた。今度こそ、決定的な敗北だ。

「もし――」

遠慮がちに呼びかけられた。顔をあげると、小柄な老人がこちらを見ている。着ているものはボロボロだし、髪が焦げている。

「何でしょう」

「あちらの、あなたのお連れだが」

と、向こうの草むらの方をそっと振り返る。下草のなかにカッツが寝ているのだ。

「あなたを呼んでほしいと言っている」

ワタルは木の幹に手をかけて、何とか立ちあがった。よろめいてしまうと、老人が支えてくれた。

「あ、ありがとう」

「何の何の。歩けるかね」

ワタル自身も、小さな傷なら数え切れないほどだ。捻挫《ねんざ》をしたのか、左足首がズキズキ痛む。

老人が声をひそめた。「私は医師ではないけれど、若いころに帝国軍で衛生兵をしていたことがある。怪我人の様子を見ることぐらいはできる」

ワタルは老人の顔を見た。

「あなたのお連れは、容態がよくないようだ。このままでは、たぶん――」

思わず老人の腕を引き、立ち止まってしまった。老人は無言のまま、慰めるように軽くワタルの腕を叩《たた》いた。

「何とかできないですか。助けてあげてほしいんです」

「ひどい傷で、出血が多すぎた。手のほどこしようがないよ。どうやら、本人もそれと察しているようだ」

だからワタルを呼んでいるのか。

できればその現実に直面したくない。知りたくない。それでなくても足を引きずっている。ワタルの歩みは鈍い。

それでも、進むうちに、草の陰に横たわっているカッツの姿が見えてきた。身体の上に誰かのシャツがかけられている。傷には衣類を裂いてつくった包帯が巻かれている。傍らに老婦人が一人付き添ってくれていた。

「私の家内だよ」と、老人が言った。「二人でここまで逃げ延びることができた。あなたたちのおかげだ」

カッツの顔色は月よりも青白かった。ワタルはそっと近づき、彼女の手を取った。その手は、森の露よりも冷たくなっていた。

カッツはちゃんと目を開いていた。瞳《ひとみ》が動いて、ワタルを見た。それだけで、ワタルは泣きだしたくなってきた。

「あんた、大丈夫かい？」

いつものカッツの言葉つきだった。でも力が抜けていた。

「うん。僕は何とか」

ワタルは言って、不器用な笑みを浮かべてみせた。

「カッツさんもね。ちょっとやられちゃったけど、でも大丈夫だよね」

うふふと、カッツはくすぐられたみたいに笑った。

「それがね……どうも今度ばかりは駄目みたいだよ。自分でわかる」

淡々とした口調だった。身体が弱っているせいじゃない。カッツはとても静かだった。いつもいつも、じっとしている時だって、ただブランチの椅子に腰かけているだけだって、身体の内では血が騒いでいる。そんなヒトだったはずなのに。今は鎮まってしまっている。

「弱気なことを言わないでくださいよ」

わざと突っ放すように、ワタルは言った。

「一晩休めば元気になりますって。ドラゴンの島へ戻って、手当してもらいましょう。ね？　ちょっとの辛抱ですよ」

カッツは、彼女の指を握っているワタルの指をほどくと、その手を持ちあげて、ワタルの頰にあてた。

「ごめんよ」と、優しく囁《ささや》いた。

「あんたに無理を言って、こんなところまで連れてきて。なのに、何ひとつちゃんとできなかった」

「カッツさんのせいじゃない」

どうしようもなく声が震え、目の奥が熱くなった。

「こんなことになって、先に逝《い》ってしまうあたしを……許しておくれと言う資格なんか、ないよね……」

「そんなことを言わないで！」

　カッツは頬笑み、ワタルに目を向けて、その頬をゆっくりと撫《な》でた。

　下草を踏む足音が聞こえた。ミーナかと思って、つと肩ごしに目をやると、それはあの白いドレスの少女だった。両手で身体を抱くようにして佇《たたず》んでいる。

「皇帝は、死んでたね」カッツの声がかすれる。

「うん」

　ミツルのそばで倒れていた。常闇の鏡の広間で。確かに死んでいた。

　背後で白いドレスの少女が俯《うつむ》いた。

「だけどあたしの計画は……成功したとは言えやしない。鞭《むち》も失くしちまったし」

　ワタルの頬に触れるカッツの指。その滑らかな感触。こんなに優しい、きれいな手をしているヒトだったなんて、ちっとも知らなかったよ。

「もしかしたら、あたしは、とんでもない間違いをしていたのかも……しれない。今度ばかりじゃない。ずっと、ずっと、何度も」

　違うよと言おうとして、ワタルは口を閉じた。カッツはワタルに言っているのではない。心に映る、別のヒトの面影に向かって話しかけているのだ。遠い目をしていた。

心はすでに、南大陸に帰っているのだ。その耳には、懐かしいガサラの町の喧噪《けんそう》が聞こえているのかもしれない。

「カッツさんは、僕のブランチ長だ」

ワタルは言って、カッツの手の上に自分の手をかぶせた。

「立派なハイランダーだ。いつだって任務に忠実で、幻界《ヴィジョン》の護法の防人《さきもり》にふさわしい行動をしてきたじゃないか」

カッツは頬笑んだ。

「ありがとう」

瞳のなかに、ワタルの顔が映っている。

「ワタル。何とかして……生き延びるんだよ。死んじゃいけない」

ワタルはうなずいた。涙が溢《あふ》れてぽとりと落ちた。

「あんたの旅は、終わったわけじゃ、ないんだもの」

諦《あきら》めちゃいけないよと、カッツは言った。言葉の最後の方は、もう浅い呼吸に紛れて、ほとんど聞き取ることができなかった。

さっきの老人が、カッツに付き添う老婦人に並んで、静かに膝《ひざ》を折ってかがみ込んだ。

「私ら夫婦は、あなたたちに助けていただいたソレブリアの者だ。聞こえますか」

カッツはほんの少しだけ首を動かして、彼らの顔に視線を向けた。

「あなたはこれから女神さまのもとに召される。再び生まれ変わるそのときまで、幻界を照らす光となるのですよ」

カッツは目を閉じ、深くひとつ呼吸をすると、かすれた声で囁いた。「ええ、覚悟はできています」

「地上を旅立つその前に、贖罪《しょくざい》の祈りを捧《ささ》げたいかね？　それならば、私らがお手伝いをしようと思うが」

カッツはうなずいた。くちびるが動き、お願いしますと言ったようだけれど、声になっていなかった。

老人がカッツの片手を取った。そして自分の片手を胸にあてた。老婦人も同じように片手を胸に、空いた片手をカッツの額に、労《いたわ》るようにそっと載せた。

「我ら、女神の申し子。地上の塵芥《じんかい》を離れ、今まさに御許《みもと》に昇らんとす」

穏やかな祈りの声が、老人の口元から流れ出る。

「我らの祖にして源なる浄《きよ》き光よ、導き給え。旅立つこの者の、不明の足元を照らし給え。穢《けが》れを祓《はら》い、浄き魂を天空の一座に迎え取り給え」

老婦人が、カッツの乱れた髪を撫でている。

「小さき子よ、地上の子よ。神のご意思に背いたことを悔いているか」

カッツは瞼《まぶた》を閉じたまま、かすかに顎《あご》を動かしてうなずいた。

「時に争い、時に諍《いさか》い、虚偽に躍り、愚蒙《ぐもう》に走り、ヒトの子の罪を重ねたことを悔いているか」

もう一度、カッツはうなずく。

「時に偽り、己の欲に従い、神の与え賜《たま》いしヒトの子の栄光に、顔を背けたことを悔いているか」

三度目に、カッツはうなずいた。老人もそれに応《こた》え、励ますように大きくうなずく。

「ここに深く悔い改め、地上のあなたの罪は赦《ゆる》された。安らぎなさい、ヒトの子よ。召されゆくあなたを、永遠《とこしえ》の光と平穏が包むだろう。ヴェスナ・エスタ・ホリシア。ヒトの子の生に限りはあれど、命は永遠なり」

カッツの目から、一筋の涙がこぼれた。目尻《めじり》を伝い、黒髪のなかへと流れ落ちる。

ワタルの手のなかで、ワタルの頰に触れていたカッツの手が、かくりと力を失った。うっすらと頰笑み、傷だらけになりながらも、眠っているような安らかな顔で、カッツは事切れた。

老人の目も潤んでいた。老婦人は泣きながら、いつまでもいつまでも、優しくカッツの額を撫でていた。彼らの唱和する声と一緒に、ワタルもまた呟《つぶや》いた。

おやすみ、ヒトの子よ。おやすみ。

51　〝旅人〟の道

誰の涙を見るのも嫌だったし、自分の涙を見られることも嫌だった。ワタルは森の出口まで独りで歩き、木立の陰に入って、三日月の細いまなざしから隠れながら、少しのあいだ声をあげて泣いた。

心はずぶぬれの洗濯物だ。両手で抱え、一所懸命に絞っているのに、あとからあとから涙が溢れる。重くて辛《つら》くて、支えていられないほどなのに、投げ出してしまうことはできない。

これほどの悲しみは、いったいどこから来るのだろう。

家を出ていった父さんと、公園で再会したとき、やっぱり悲しかった。母さんがあの理香子という女と言い合いになって、その光景から逃れたくてベッドの下に隠れたとき、すごく悲しかった。そのあと、ルウ伯父《おじ》さんが探しに来てくれて、ワタルを慰めようとしながら泣きだしてしまったのを見たときにも、こんな悲しいことは二度とないだろうと思うほどに悲しかった。

そうだ。もう悲しむのが嫌だったから、運命を変えるために、ワタルは〝幻界〟に来た。なのにその幻界で、今、心が破けそうになるほどの悲しみに、こうして手放しで泣いている。

こんなことなら、いっそ最初から、何もしなければよかったのか。現世《うつしょ》でじっと我慢していたって、結果は同じことだったのか。どこへ行っても悲しみはついてくる。いつまで経っても悲しみは失《な》くならない。心はひとつ、生まれたときに渡されたきりで、取り替えることもできなければ修理もきかない。どこからともなく補充されるのは悲しみばかりじゃないか。これ以上、心のどこに、それを蓄えろというのだ。

ひとしきり泣いて、息が苦しくなった。両腕を木の幹に回して抱きつくと、がさついた木肌に頬を押しつけて、呼吸が鎮まるまでじっとそうしていた。

――僕の運命。

変えようと試みて、また新しい悲しみにぶつかる。それをまた変えようとしたら、その先には何が待っているのだろう。

――変わるべきなのは、変えるべきなのは、僕の、僕の、

――いったい何だ？

このまま魔族に滅ぼされてしまうかもしれない幻界の片隅で、僕は何をすればいい？

下草を踏むかすかな足音が近づいてくる。ワタルは顔を起こし、あわてて手の甲で目の周りを拭《ぬぐ》った。

ミーナだった。やっぱり泣き濡《ぬ》れている。

「こんなとこにいたの」

声を出すと、それがきっかけになってまたしゃくりあげてしまいそうになるのだろう。ため息にほんの少し音を添えただけの、小さな小さな呼びかけだった。

「うん」

「わたしも……カッツさんにお別れしてきた」

ミーナの瞳《ひとみ》は、森の夜の色だ。今は僕の目も、きっと同じ色に見えるのだろうとワタルは思った。僕たちが、カッツを失った傷み、すべてが失敗に終わったことへの敗北感を、互いの目のなかに見つけなくても済むように、森が覆いをかけてくれているのだ。

「みんなは？」

「休んでるわ」

「それなら良かった」

ワタルはふと思いついた。ここから動き出す口実を。

「ソレブリアのヒトたちを洞窟《どうくつ》まで送ってゆく前に、僕はちょっと偵察に行ってくるよ。まだ生き残ってるヒトがいるかもしれない。取り残されていたら気の毒だ」

ミーナは首を振った。「誰もいやしないわ」

「でも、確かめてみなきゃ」

「偵察って、どこまで？　皇都に戻るのは危険すぎるわ」

「気をつけるから――」

言い終えないうちに、キ・キーマの大きな影が、のっそりとミーナの後ろに姿を現した。まだ凍えている顔だ。何もかもが寒くて冷たく、疲れ切っている。トカゲに似た水人族の肌に、あるはずのないしわが寄っているみたいに見える。

ワタルは思った。いつだって、カッツの熱気が僕たちに覇気を与えてくれていたのだ。そんなことのできるヒトは、めったにいない。もうカッツに代わるヒトはいない。

しかし、キ・キーマはそれでも言った。

「偵察だって？　なら、俺も行く」

耳がいい。ワタルはため息をついた。

「皇都の城門のあたりまで戻ってみようかと思うんだ。動けなくなってるヒトとかいるかもしれないだろ」

「そうだな」

キ・キーマは背中にしょっていた斧《おの》の柄に手をかけ、するりとおろした。ミーナに

目をやって、

「俺たちはハイランダーだ。北大陸にいたって、俺たちの役目に変わりはない」

　ミーナは俯《うつむ》いている。

キ・キーマは言った。「カッツなら、きっとそうする。逃げ遅れているヒトがいないか調べに行こうって。だから俺は――」

みるみるうちに、ミーナの目尻《めじり》に涙が溜《た》まってゆく。キ・キーマは大きな手を彼女の肩に置いた。

「おまえさんはどうする？　ここに残って張り番をしてくれるなら、それでもいいぞ」

「一緒に行く」ぐいと顎《あご》を持ちあげて、ミーナは答えた。その拍子に、涙が数滴頬を転がり落ちて、キラキラ光った。

「よし、用心深く行こうぜ。今のところは静かにしてるみたいだが、なにしろ魔族の奴らは翼を持ってるからな。どこから見てるかわかりゃしねえ。できるだけ暗がりを選んで歩くんだ。頭を低くしてな」

「キ・キーマがいちばん目立つんだからね。でっかいんだから」

「わかった、わかった」

　かそけき三日月の光。ワタルたちが周囲を見回すときにはあたりを照らし、草むらや灌木《かんぼく》の茂みに身を潜めるときには、雲を纏《まと》って光度を落としてくれるように思われた。こんな高いところにいて、何も手伝うことはできないけれど、少なくともあなたたちの味方だよ——というように。

皇都の崩れた城壁は、それ自体が大きな石の津波になったかのように、うねうねと曲線を描いている。崩壊が作り出した奇怪な再生。這《は》うような速度で少しずつ近づきながら眺めていると、皇帝の趣味で、最初からこんな形に造りあげられていたんじゃないかとさえ思えてくる。

「常闇の鏡が見えないわ」

ミーナが目を細めて呟《つぶや》いた。

「空のあのへん——クリスタル・パレスがあったところに浮かんでいるはずなのに」

確かにミーナの言うとおりだった。三日月も、あんな忌まわしいものを照らしたくないのかもしれない。

「闇に紛れてるんだろう」

焼け跡の臭いが漂ってくる。さすがに火は収まって、夜風のなかに熱気は感じられない。ただ冷え冷えとして、そのくせ吐き気をもよおすような悪臭を含んでいる。

悪臭の因《もと》のひとつは、死臭だろう。瓦礫《がれき》の山の下に、焼け跡に、どれほどの数の亡《なき》骸《がら》が存在しているのか。

ミツルは一人で、数え切れないほどのヒトの命を奪ってしまった。こうなることはわかりきっていたのに、針路を変えようとはしなかった。手段を選ぼうともしなかった。

　さわさわと、靴の下で枯れ草が騒ぐ。

「ミツルに飛ばされて気絶してたから、僕は見ていなかったんだ」

　唐突にワタルは言い出した。キ・キーマとミーナが足を止めた。

「何をだ？」

「さっきソレブリアのヒトが話してるのを聞いたんだ。常闇の鏡が姿を現すその前に、クリスタル・パレスの中央尖塔《せんとう》から、天に向かって真っ直ぐ光の筒が立ちあがるのを見たって。柱みたいにも見えたって。そしてそのなかを、小さな人影が駆け登っていった」

　ミーナは逃げるように背中を向け、森の方へと目をやった。もう、だいぶ離れた。草むらと灌木が、夜風に揺れる。

「それ――二人は見た？」

　歩き出し、ワタルの前に出て周囲を警戒してから、キ・キーマは答えた。

「見たよ」

「そう」

「確かに天に昇っていくみたいに見えた」

言ってから、何かを振り切るみたいに、キ・キーマはさっと斧を振った。

「だけども、だからってミツルが無事に運命の塔まで行けたかどうかはわからねえよな。俺が女神さまだったら、あんな奴、追い返すぜ。幻界《ヴィジョン》をこんな有様にしながら、自分の願い事だけかなえに来たのかって」

その言葉が、ワタルの記憶の欠片《かけら》を刺激した。サーカワの郷《さと》の長老が言っていた――

――速く走る者が、先に運命の塔にたどり着くとは限らない、と。

今さらここで思い出しても、何の足しにもならない慰めかもしれない。

ワタルは仰向《あおむ》いて、夜空を見た。網のように透けた薄い雲が、三日月の前をゆっくりと横切ってゆく。

そして、赤く輝く北の凶星《まがぼし》。まだそこにある。消えてはいない。〝ハルネラ〟は終わらず、ヒト柱が定まったわけではないのだ。

未《いま》だに。それはいっそ残酷な保留だ。

突然、ミーナが押し殺した声で叫んだ。

「誰？　そこにいるのは誰？」

ワタルもキ・キーマも、身構えながら振り返った。ワタルは勇者の剣を抜いた。

三人の後方、キ・キーマの足なら十歩ほど離れたところに、ねじ曲がった貧相な木がはえている。その陰から、白いドレスの裾《すそ》が寒そうにのぞいていた。

「あの子だ」ワタルはキ・キーマを手で制して、白いドレスに呼びかけた。

「何してるんです？」

少女はこわごわ顔をのぞかせると、両手で口元を押さえてしゃがみこんでしまった。

ワタルは彼女のところに駆け戻った。

「なぜ森を出てきたんですか？」

「こ、皇都へ行くのでしょう？」

少女はぶるぶる震えていた。このドレスでは寒気に耐えられまい。歯の根があわずにガチガチ鳴っている。

「わたしも連れて行ってください。誰か――城の誰かが残っているかもしれません」

ワタルは一瞬ためらってから、自分の上着を脱いで少女に渡した。着せかけてあげるには、彼女はワタルより背が高すぎる。

「とりあえず城壁の近くまで行ってみるだけです。中に入れそうになかったら、諦《あきら》めるしかない」

「それでもいいのです」

震えながら、少女はワタルの上着で自分の肩を覆った。紳士のたしなみとはいえど、シャツ一枚になったワタルの方が、今度は寒さに凍えそうになってきた。

「森で、皆さんの話を聞かなかったんですか？　クリスタル・パレスは失くなってしまったんです。常闇の鏡に吸い込まれてしまったらしい。城のヒトたちが生き残っているとは思えないけれど」

少女の青ざめた頬が、寒さと恐怖、そして孤独で鳥肌立っている。それでもワタルがキ・キーマたちの方へ引き返し始めると、一緒に歩き出した。

合流して四人になった。ミーナがいちばん後尾についた。じっと白いドレスの少女を見つめている。そして歩きながら後ろから呼びかけた。

「あなた、お城のヒト？」

少女はちょっとひるんだ。答えない。

「それ、高価なドレスだもの。貴族？」

やはり無言だ。ミーナの問いかけに混じっている棘《とげ》を感じているのだろう。

「身分の高いヒトなんでしょうね。教えてくれない？　皇都がめちゃくちゃにされてるときに、皇帝の軍隊はどうしてたの？　今もどこにいるの？　国民を助けようとしないの？」

ワタルがとりなす前に、キ・キーマが口を挟んだ。「ゴーレムたちが暴れてるとき、城から騎士団が何組か出てくるのが見えたぞ。もっとも、全然太刀打ちできなくて、すぐ踏み潰《つぶ》されちゃってたけどさ。残って城を守っていた部隊がいたとしても、常闇の鏡が出てきたとき、一緒に――」

ミーナはたたみかける。

「じゃあ、他の軍隊は？　北の皇帝直属の特殊部隊だとかいう、シグドラは？　どこで何してるの？　あなた知ってる？」

常闇の鏡の間で見た光景から、ワタルは少女の身元を察していた。たぶんこのヒトは、皇帝ガマ・アグリアスⅦ世の娘だ。皇女と呼ぶのが正解なのだろう。

そして、現世《うつしよ》にいるミツルの不幸な年若い叔母《おば》さんとそっくりな顔をしている。

ワタルが父さんや理香子にそっくりなヒトたちに遭遇してきたように、ミツルもまた現世の親しいヒトの分身に出会っていたのだ。去り際に、ミツルが皇女に投げかけた言葉の意味は、ワタルにもよくわからない。不当なほど大きく傾いていた幸福の秤《はかり》？　どういうことだろう。嘆きの沼でワタルが出会ったあの不倫の男女は、現世にいる父さんや理香子と、同じ理屈で同じことをやらかしていた。でも、どちらが幸福とか不幸とかいうことはなかった。ミツルはミツルの幻界で、どんなヒトたちに会い、何を見聞きして、どう考えてきたのだろうか。

「シグドラは、軍隊ではありません」

消え入りそうな声で、ようやく皇女はそう答えた。

「ですからこんなときには」

「役に立たないってわけ？　フン」

ミーナは早口に割り込んで、鼻先でバカにしたような声を出した。

皇女はキ・キーマの陰に隠れるようにして歩きながら、くちびるを震わせ、身を縮めた。

「城を守っていた近衛《このえ》騎士団は、この方のおっしゃるとおりならば、早々に全滅してしまったのでしょう。アジャ将軍率いる帝国軍の精鋭部隊は、折悪しくソレブリアを離れていました。今こちらに急行しているところかもしれませんが、途中で魔族に遭遇すれば、きっとそこで戦いになって――」

「国民を助けるために戦ってるはずだって言いたいの？」ミーナの口つきが、意地悪そうに尖《とが》った。「ソレブリアは滅びてしまったのに？　皇帝もいなくなったのに？　これから先、誰が統一帝国を束ねて、帝国軍に命令するの？」

血筋からいけば、この皇女こそがその立場のヒトだ。彼女もそれをわきまえているからこそ、城の生き残りを探そうとしているのかもしれない。

「やめなよ、ミーナ」

やんわりと、キ・キーマが諫《いさ》めた。

「おまえさんの気持ちはわかる。でも、今はやめときな」

「何をやめるの？　あたしはただ質問してるだけなのに」

「だから、それをやめろって言ってるんだ。大きな声を出すと、魔族に見つかるぞ」

城壁の残骸《ざんがい》が間近に見えてきた。前方に立ちはだかり、視界を遮っている。城門がある場所は、ここからもっと東寄りのはず——大きな街道が通っているから、すぐにわかるだろう。しかし、街道みたいな開けた場所に、不用意に出てゆくのは気が進まない。

「よじ登るわけにもいかないしな。ちょっとばかり壁沿いに進んで、なかに入れそうな場所を探してみようか」

今度はキ・キーマが最後尾に、ワタルが先頭になった。皇女はワタルの肘《ひじ》のすぐ後ろにくっついている。そのせいか、彼女に向けて、ミーナの身体から放散される敵意が、夜の冷気をものともせずはね除《の》けて、ワタルのところにまで伝わってきた。

「さっき……カッツさんのために祈ってくれたご夫婦ね」

ミーナが言い出した。キ・キーマとワタルは、瓦礫《がれき》の隙間をのぞきこんだり、耳を澄ましたりして、ヒトの気配を探しているのに、彼女はそんな自分の役割を忘れてしまっているようだ。思い詰めた小さな顔は、皇女の華奢《きゃしゃ》な背中を睨《にら》みつけている。

「十年くらい前に、子供さんたちがお孫さんを連れて、南へ亡命したんですって。あのご夫婦も、ずっと南へ逃げる機会を探していたんですって。それでわたし、わかったの。あのお祈りは、女神さまの祈りの一節よ。北の老神教の信者が唱えるようなものじゃないから、おかしいなって思っていたんだけど」

わたしの家族と同じだわと、うんと小さな声になった。

「統一帝国に暮らすヒトたちは、たとえ皇都ソレブリアに住むことを許されるような恵まれた立場にいても、やっぱり辛《つら》かったのよ。悦にいってたのは、皇帝の一族と、その取り巻きだけだったのよ。国民はみんな苦しめられていた。そのうえ何よ、今度は、常闇の鏡の封印まで解いてしまって、北大陸どころか幻界《ヴィジョン》そのものを危険にさらしてる。皇帝なんて、クソの役にも立たないじゃない！　今だって、自分はさっさと逃げ出しちゃって、どこかに隠れているんじゃないの？」

耐えかねたように、皇女はミーナを振り返った。「父は死にました！」

「父？」キ・キーマがぐりぐり目を瞠《みは》った。「じゃあ、あんたは――」

「ガマ・アグリアスⅦ世の娘、ゾフィです」

わなきながら、少女は毅然《きぜん》と姿勢を正し、キ・キーマとミーナの顔を見回した。

「わたくしが皇帝の位の継承者です。父の亡き今、国民を守り、軍を動かす責任が、わたくしにはあるのです」

さすがに虚をつかれたのか、ミーナはぽかんと口を開いた。が、すぐ体勢を立て直し、前にも増して戦闘的に目を光らせた。

「だったら、あんたこんなところで何やってんのよ！　さっさとやるべきことをやったらいいじゃない！」

ワタルは二人のあいだに割り込んだ。

「やめなよ」

「だって！」

「ミーナらしくないよ。そんな言い方」

水をかけられたみたいに、ミーナは表情をすぼめた。瞳《ひとみ》のなかの怒りが消えた。

「いくら皇女さまでも、この状態で一人ぼっちじゃ、何もすることができなくても仕方ない。そう思わない？」

キ・キーマが、うんと小声で応じた。ミーナはぷいと乱暴に背中を向け、その拍子にしっぽの先がワタルの脇腹をぶった。

キ・キーマは波打つ城壁の残骸を見あげる。

「それより、何処まで行く？　中に入るのはやっぱり危険だと思うがなぁ」

「ちょっとだけでも、城壁を登って中をのぞくことはできないかな？」

「この高さがあるところじゃ無理だ。もっと派手に崩れ落ちてる場所はないかな」

再び城壁沿いに歩き出すと、しばらくして、ひゅうひゅうと震えるような音が聞こえてきた。一瞬、ヒトの泣き声かと思ったが、注意深く耳を澄ませてみると、風の鳴る音のようである。

「だけど変な音だな。どこかに風洞でもできているのかもしれない」

あれか――と、キ・キーマが前方を指さした。城壁が崩れ落ちてできた瓦礫が、大きく手前に盛りあがっている。焼け焦げた柱の残骸が、残飯のなかの魚の骨みたいに、あちらへこちらへ突き出している。そのせいで隙間ができて、風が通り抜けているのかもしれない。

「あれを足場に、登れないかな？」

近づいて足をかけてみると、ガサリと崩れてしまった。砂山を登ろうとするみたいなものだ。

「おかしいね……」

家や建物の残骸ならば、もうちょっとしっかりしていそうなものだ。何だこの砂と土と岩の欠片《かけら》の集まりは――

ハッと気づいた。ゴーレムだ。この一山は、一体のゴーレムが、魔法を解かれて動きを止めた後の亡骸《なきがら》なのではないか。

ミツルの言葉が生々しく蘇《よみがえ》る。一体のゴーレムにつき、「素材」のヒトが一人要る。皇都を破壊した石の巨人も、元をたどればミツルに利用された犠牲者でしかない。

「ワタル」ミーナがワタルの袖《そで》をつかんだ。「あの奥で……何か光ってない？」

ミーナの示す方向をのぞきこむと、ゴーレムのなれの果てである砂と土の塊の隙間で、確かに小さな光がまたたいている。

もしかして？　いや、そんなことがあるわけない。迷いながらも、ワタルが勇者の剣の柄《つか》に手をかけたとき、その光が大きく、強くまたたいて顔を照らした。光はふわりと浮かび上がり、ワタルに近づいてくる。

間違いない。ワタルは今度こそ落ち着いて勇者の剣を抜き、目の高さに掲げた。

宝玉に宿る精霊の声が、心に語りかけてくる。

——永き時の牢獄《ろうごく》で、私は孤独に待ち続けていました。〝旅人〟よ。

ワタルの前に、浄《きよ》い光の帳《とばり》が広がってゆく。その帳を開いて、白銀《しろがね》色の袖の長いローブを纏《まと》い、同じ色合いのヴェールで髪を覆った、すらりと長身の男の姿が浮かび上がってくる。

第四の宝玉だ。こんなどんづまりの状況、底なしの絶望のなかで、しかし宝玉はまだワタルを見捨ててはいなかった。

——私はヒトの真を尊び、互恵と友愛とを司《つかさど》る信義の精霊です。この北の大地に、熱き血の通うヒトの命はありながら、それを尊び許し合う、正しき道は永らく忘れ去られておりました。凍れる土に埋もれ岩に抱かれて、私は眠りを強いられてきたのです。

ワタルは精霊に敬意を示し、片膝《かたひざ》をついて、しっかりと面を上げた。

——徒《いたずら》に命をかけることなかれ。徒に命を奪うことなかれ。信義あるところには、親愛と共に赦《ゆる》しがあり、赦しあるところにこそ得難き真の平等がある。我欲に迷い、安楽を求め、ヒトの道を踏み外すのは易きこと。ヒトは弱く、多くが知らずに道を違《たが》えます。なれど、万人の堕《お》ちるところが天上であると説くは大いなる偽りの慰め。〝旅人〟よ、あなたの進む道を阻む者を、信を以《もっ》て赦しなさい。しかし、その者の歩みが真を裏切るものならば、義を以て遮りなさい。

四つ目の宝玉が、光臨する如く舞い降りて、勇者の剣の鍔《つば》へと収まってゆく。勇者の剣が一瞬輝き、力強い波動をワタルの身体に送り込んだ。

「こ、これは――」

キ・キーマがあえぐように息を吸い込み、やおら地面に伏して、深々と頭をさげた。

「宝玉のお導きだ！」

そして跳ね起きると、両腕でワタルを抱き上げて、高々と持ちあげた。

「見たか？ 見たよな？ 女神さまはまだワタルを待っておられるぞ！ 旅は終わったわけじゃないんだ！」

あれだけの戦いの後で、どうしてこんな力が残っているんだろう。振り回されて、ワタルは目が回りそうだ。

「わ、わかったよ、キ・キーマ！ 降ろしてってば！」

カッツの死にもこらえていた涙が、キ・キーマの頬を濡《ぬ》らしている。大男の水人族の涙は、北大陸の夜風の冷たさを、魔族の気配の不吉さを、瞬時に退けるほどに温かかった。

「あなたも〝旅人〟だったのですね」

皇女ゾフィが、驚きのあまり焦点を失ったような瞳《ひとみ》で、ワタルを見つめている。

「そうです。ミツルと僕は――現世《うつしょ》の同じところから来ました。友達なんです」

「それじゃあなたも運命の塔を目指しているというのですか？　ミツル様の後を追ってゆくのですか？」

高揚していた気分が、いっぺんで冷めた。

それにはまだ、宝玉がひとつ足りない。勇者の剣は完成していないのだ。

ミツルの最後の宝玉は、闇の宝玉だった。クリスタル・パレスの鏡の間に隠されていた。ではワタルの最後の宝玉はどこにあるのか。それを探すだけの時間が残されているのか。

また、ひゅるるると風が鳴った――

ミーナがぴくりと耳を立てた。

「これ、何の音？」

ぴゅるるるるー

「今度は風じゃないわ！　何かの鳴き声よ」

それぞれに身構えて、不思議な鳴き声の聞こえてくる方向を定めようと、ワタルたちはあたりを見回した。城壁の上？ 瓦礫《がれき》の向こう？ 夜に沈む草原の彼方《かなた》？

そのとき、三日月を遮っていたひときれの雲が流れ、光が増した。さえざえとした月光を横切って、何か小さな素早いものが、まっしぐらに飛んでくる。

風が空を切る。

バサバサと、羽ばたく音が間近で聞こえた。あっと思う間もなく、一羽の真っ白な鳥が、ワタルの左肩にふわりと着地した。

「こらこら、そうあわてるでない」

赤い嘴《くちばし》を動かして、鳥がしゃべった。

「な、何これ？ 何よこの鳥？」

状況を忘れて、ミーナがすっとんきょうな声を出す。唖然《あぜん》として口を開いているキ・キーマの背中に、ゾフィが隠れる。

「わしじゃよ、わしじゃ」

鳥は応《こた》え、同時にぼわりと白い煙に包まれた。ワタルは思わず飛び退《の》いた。

目の前に、ラウ導師が立っている。

たっぷり数秒のあいだ、誰も何も言えなかった。ラウ導師も、誰かが先に何か言うことを期待しているのか、厳かな顔つきで黙っている。

しーんとした。

「何じゃ、この沈黙は」

ワタルは口をパクパクさせた。ラウ導師は、長い眉毛《まゆげ》を上げ下げすると、

「せっかくのわしの登場に、場を盛り上げようという配慮もないのかの？」

「も、も、盛り上げる？」

声が完全に裏返ってしまった。心がひっくり返っているからだ。

ワタルたちは一斉にしゃべった。

「ラウ導師さま！　どうしてここに？」

「ワタル、このおじいさんが導師さまなの？」

「〝旅人〟の導き手の導師さまって、このじいさんなのか？」

ゾフィには言葉もないようだ。

ラウ導師は杖《つえ》を持ちあげて、ワタルの頭をぽんと叩《たた》いた。

「どうしてここに来たかと、わしに訊《たず》ねるのか？　おまえが呼んだから、わしは来たのじゃ。用がないなら帰るがの」

「ぼ、僕が呼びましたか？」

「呼んだではないか。おぬしの最後の宝玉はどこにあるのか知りたいのだろう？」

そのひと言に、弛《し》緩《かん》していた場が、ラウ導師の期待していた盛りあがりとは別の、

痛いような緊張に包まれた。

「教えてくださるんですか」

ワタルの声はうわずっている。心はもう一度ひっくり返って元に戻ったが、まだ胸のなかに落ち着いてくれない。

「おぬしに、まだ旅を続ける意志があるのならば、教えよう」

ゆったりとした口調でそう言ってから、導師はちらと夜の闇の向こうに目をやった。

「急がんと、魔族がおまえたちの匂いを嗅《か》ぎつけたようじゃ。のんびりしてはおられんぞ」

急に現実感が戻ってきた。背中を冷気が駆け上る。

「教えてください！　お願いします！」

たった今急げと言ったくせに、ラウ導師はワタルの顔をじっと見つめた。ワタルは番人たちの村で、初めて導師に会ったときのことを思い出した。あのときも、こんなふうに導師は、ワタルを見えない秤《はかり》に載せて、目盛りを読むみたいなまなざしをしたじゃないか――

いや、あのときとは違う。今の導師の視線の方が、もっと厳しい。秤の種類が違っているのだ。ワタルが重くなったから？　以前の秤が使えなくなったから？

「おぬしは、まだミツルの後を追えるか？」

「え？」

「ミツルの後を追いかけて、彼と対峙《たいじ》する用意はあるかと訊《たず》ねたのじゃ」

ワタルはミーナの顔を振り返り、キ・キーマの目を仰いだ。それからやっと答えた。

「あります。今までだってそうしてきました」

「この先は、これまでとはわけが違う」

ラウ導師は言って、杖の先で地面をとんと突いた。

「なぜならば、おぬしにとっての第五の宝玉、勇者の剣を退魔の剣へと完成させるために必要な、最後の宝玉――それも、やはり〝闇の宝玉〟なのだから。〝旅人〟は二人おっても、最後の宝玉はひとつしかないのじゃ」

それじゃ、もう手に入らないじゃないか。ミツルは先に行ってしまったのだから。

こんな大事なこと、何でもっと早く教えてくれないんだよ。

とっさの反発を、ラウ導師はちゃんと読み取っていた。もう一度、杖がこつんとワタルを小突いた。〝おためしのどうくつ〟のときと同じだ。

「番人であるわしに対して、そんな不作法な顔をするものではない。さよう、最後のひとつは、今はミツルの手のなかにある。つまり、おまえがそれを求めるならば、今度こそ、ミツルから奪い取らねばならぬということだ。よいか？　奪い取るのじゃぞ」

今までは、ミツルと、時を競うことはあっても、宝玉を巡って争うことはなかった。奪い合いなんて、したことがなかった。

最後の最後に来て、最大の困難。

「僕はミツルと戦わなくちゃならない。戦って勝たなくちゃならないんだ」

半ばは問いかけ、半ばは自分に言い聞かせる言葉だった。しかし、ラウ導師は答えない。

勝てるよ——と、誰かが言った。最初は誰の声だかわからなかった。初めて耳にする、高ぶった声音だったから。

ミーナだった。か細い三日月の光を受けて、瞳《ひとみ》が輝いている。

「勝てるよ。ワタルなら勝てる。必ず勝てる。だから行かなくちゃ」

その確信はどこから来るの？　ワタルのなかで、気弱に心が縮んでいく。あのゴーレムの上で対決したとき、僕はミツルの前で、どうしても剣を抜くことができなかった。言い負かすことさえできなかったのに。

ミーナはそれを見ていないじゃないか。弱い僕を見ていないじゃないか。

「勝てずとも行く。行かねばならぬ。その決意がなければ、わしは道を開かぬ」

ラウ導師の声に、ワタルは目を上げた。導師の目。おじいさんの目だ。しょぼしょぼと潤んでいる。それなのに、心に突き刺さるこの視線は何だ？

導師は口を結んでいるのに、問いかけてくる声が聞こえる。

――おまえは運命の塔で何を願う？　今このとき、おまえがもっともかなえたい願いは何じゃ？

僕がもっともかなえたい願い。

カッツの言葉が、今でも彼女がすぐそばにいるみたいに、鮮やかに聞こえてきた。

あんたはハイランダーなんだ。幻界《ヴィジョン》の平和を守る誓いを立てた。その誓いを破るならば、あんたには、ファイアドラゴンの腕輪をつける資格はない。

ワタルは左手首の腕輪に目を落とした。そっと、指先でそれに触れてみた。

今、僕がもっともかなえたい願いは？

導師の問いかけの意味が見えた。自分が何を求めているのかわかった。

わからない方がどうかしてる。だって、間違えようのない一本道じゃないか。

でも、その道を選べば、もう変更はきかない。それでいいのか？　後悔はしないのか？

この旅の目的は果たされるのか？

慈悲と叡智《えいち》、勇気と信義をこの剣に集めて。

変えるべきなのは僕の運命じゃなくて、

――僕自身なんだ。

ワタルは正面から導師の瞳を捉《とら》えた。

「行きます。ミツルを追いかけて、必ず、闇の宝玉を手に入れます。僕は運命の塔に行かなくちゃいけない。導師さま、僕に道を開いてください」

52　ワタルひとり

夜空に立ちのぼる、一筋の光の柱。

三日月さえも驚いて、さらに目を細めたようだ。雲の流れもその足を緩めた。ただ北の凶星《まがぼし》だけが、冷淡なほどの落ち着きで、紅《あか》い輝きを湛《たた》えている。

ワタルのすぐ目の前に、浄《きよ》い光の輪があった。一歩踏み出せば、その内に入ることができる。ラウ導師の開いてくれた道へと。

導師は脇に退《ど》いて、地面に突き立てた杖《つえ》に身体を預け、静かにワタルを見守っている。

「では、行くかね？」

ワタルはうなずいた。そして、ミーナとキ・キーマを振り返る。

二人は種族を超え、年齢を超え、性別を超え、ただ「ワタルの仲間」という絆《きずな》だけに結ばれて、そっくり同じ表情を浮かべていた。

限りなくサヨナラに近いけれど、微小な一点で決定的にサヨナラとは違うもの。

「ひとりで行くんだよね」

　ミーナが問いかけた。思わず、ワタルはにっこりした。

「うん。今度ばかりは、ミーナがどんなに怒ってもすねても、一緒に連れて行ってあげることはできない」

「わたし、そんなに怒ったりすねたりしてた？」

「違うよ。ミーナは僕を叱ってくれたんだよね」

「俺もよく叱られた」と、キ・キーマが真顔で言った。「けど、ミーナはいつも正しかったような気がする」

「僕もそう思うよ」

　二人の顔を見比べて、ワタルは今さらのように気がついた。これは出発じゃない。別れなんだ。ここから先は僕ひとり。どんな結果が待っていようとも、仲間たちとはここで離れなければならないのだ。

　手を差しのべて、二人の手を握り、ありがとうと言おうと思った。でも、寸前で思いとどまった。まだ早い。二人に感謝し、別れを告げるのは、僕が自分の役目を果たしてからでなければならない。

　たとえ、その感謝と惜別を、もう言葉にして直《じか》に伝えることはできなくとも。

　ここで言うべきこと、言っていいことはただひとつ。

「行ってきます」

突然ミーナが飛び出して、しっかりとワタルを抱きしめた。全身が震えている。

「気をつけて、ね。気をつけるんだよ」

「うん」

ミーナの温かくしなやかな身体を、ワタルも固く抱きしめ返した。キ・キーマが近づいてくると、大きな胸に、二人をそっくり抱き取った。

何も言わない。泣いてる。大きな身体に小さな一滴の涙。

「手伝えなくて、ごめん」

「違うよ、それは違う」ワタルはキ・キーマの胸をぽんと叩《たた》いた。「僕が運命の塔にたどり着いて願いをかなえるまで、みんなには〝幻界〟を守って戦うっていう使命があるじゃないか。僕たちは、これからそれぞれ違う役割を果たすんだ。だけどそれは、やっぱりお互いを助け合うことなんだよ」

ミーナが涙に濡《ぬ》れた目を瞠《みは》った。「ワタル——あなた、女神さまに何を——」

ミーナにすべてを言わせないように、ワタルは頬笑んで遮《さえぎ》った。「それは内緒。あとでね、ミーナ」

二人の腕から離れると、ワタルは姿勢を正した。

「キ・キーマ！」

「お、おう！」

「僕はまだ、水人族にとっての〝幸運の印〟だよね？」

「ああ、もちろんさ！」

ワタルは笑顔を大きくした。「よし、それじゃ、僕はキ・キーマに幸運を授けます。どんな戦いにも、けっして負けないように」

キ・キーマは両の拳《こぶし》を握りしめた。「任せとけ！　俺の目に入るものすべて、この腕の届く限りのものすべてを、魔族から守り抜いてみせるからな！」

皇女ゾフィは、ワタルたちから独り離れて、寂しさと寒さに包まれている。しかし、ワタルが彼女に目を向けると、唐突に言った。

「許してください」

両指を組み合わせ、頭《こうべ》を垂れて。

「ミツル様に、闇の宝玉の在処《ありか》を教えたのはわたくしです。常闇の鏡を隠している封印を解けば、宝玉に近づけることを話してしまいました。その結果が――これです」

身内から湧きあがる苦悩と痛みに、声がかすれる。吐き出せば吐き出すほどに、言葉となった想いがゾフィを責めさいなむ。

「こんなことになるとは思ってもみませんでした。わたくしはただ――ミツル様の気持ちを慰めたいと思っただけでした。クリスタル・パレスに留め置かれていたあの方が、あまりにも悲しそうで、寂しそうで、見ていることが辛《つら》かったから」

ゆっくりと、ラウ導師が口を開いた。「ミツルはあなたを騙《だま》しましたかな。あなたを操って、利用したのですかな」

ゾフィは激しくかぶりを振った。「わたくしにはそうは思えません。でも、でも、結果は同じです。わたくしには、ミツル様が考えておられることがわからなかった。賢《さか》しらに、あの方の心を理解したつもりになっていただけで、その実、何もわかってはいなかったのです！」

慰めようとか、宥《なだ》めようとか、思ったわけではなかった。気がついたら、ワタルはこう言っていた。「あなたは、現世《うつしよ》にいるミツルの叔母《おば》さんに、よく似ているんです」

ラウ導師には、謎のようなこの言葉の意味がわかるはずだ。ワタルは導師の痩《や》せた顔を仰いだ。導師は静かにうなずいた。幻界《ヴィジョン》は、そこを行く〝旅人〟の心を映して姿を変える。

「ミツルに会ったら、あなたが傷ついていることを、ちゃんと伝えます。どんな経緯《いきさつ》があったのか、僕らにはわからない。でも、あなたが悲しんでいることは本当だ。お父上を失ったあなたの悲しみを、彼は知らなくちゃいけない。僕はそう思う」

ゾフィは両手で顔を覆った。

もう一度だけ、ミーナとキ・キーマの手に優しく触れて、ワタルは頬笑んだ。そしてもう何も言わず、光の輪のなかへと足を踏み入れた。

眩《まぶ》しい。

どこまでも高く、どこまでも遠く、光の柱が立ちのぼっている。最初は何も見えなかった。が、高鳴る動悸《どうき》を数えているうちに、天上へと続く階段が見えてきた。光から生まれ、光でつくられた階段だ。

のぼってゆく。一歩、また一歩。やがて駆け足になり、息をはずませ、ワタルはもう振り返らなかった。

ミツルの時と同じだ。光の柱のなかを、立ち止まることもためらうこともなく、ひたすらに駆けのぼってゆく。雲を足の下に、三日月を追い越し、冷淡な無関心を装う北の凶星《まがぼし》を後ろに、ワタルの後ろ姿がどんどん小さくなってゆく。

そして夜空の彼方《かなた》に消えた。

「行ってしまったわ」

ミーナの呟《つぶや》きが、風に乗る。

「もうお別れなのね」

「いや、違う」キ・キーマは首を振る。「ワタルが言ってたこと、忘れたのか？　俺たちは別々の使命を果たしに出発するんだ。別れ別れになったけど、サヨナラをしたわけじゃないんだぞ」

しかし、支えを失ったように、ミーナは取り乱し始めた。「そんなの嘘よ！　口では何とでも言える。だけどわたしたち、もうワタルには会えないんだよ。ワタルの身に何が起こっても、それを知ることさえできないんだよ！」

ラウ導師がミーナに歩み寄った。「ネ族の娘よ。本当にそう思うかね？」

光の輪の輪郭がぼけ始めた。裾《すそ》の部分から、ゆっくりと夜に溶けるように消えてゆく。

「ワタルが運命の塔にたどり着き、女神さまに願いをかけ、それがかなえられたなら、きっとおまえにもそれがわかるはずだ。ワタルはそう約束していったではないか」

「約束？」

あとでね、ミーナ。

それじゃやワタルはやっぱり——ミーナとキ・キーマは、上空に消え残る、光の柱の最後の光輪《オーラ》を仰ぎ見た。

「さあ、幻界の子らよ。行きなさい。おまえたちには、おまえたちの試練が待っている」

ラウ導師の声に、二人が我に返ったときには、もう導師の姿は消えていた。現れたときと同じように唐突に、鳥の羽ばたきだけをかすかに残して。

53　取り戻せるもの

こんなに走ってのぼっているのに、ちっとも疲れない。息は切れるけれど、それは心が昂《たか》ぶり、魂が武者震いしているせいだ。

光の柱のなかを、ただ上へ進むことだけを思って駆けのぼる。勢いよく踏み出す足の下を、輝くステップが、流れるように通過してゆく。

そしてとうとう、広々とした空間にたどり着いた。ワタルは両足を揃えて立ち止まり、はずむ呼吸を整えた。

天上に出たのだろうか。

明るさに変わりはなかった。ただ白光の輝きを放つ霧が、ワタルの周囲を流れている。手をあげてはらってみると、霧はふわりと乱れながらも纏《まと》いつき、指先や掌にやわらかな感触を残す。

頭上はすっぽりと、霧のドームに覆われている。足元も霧に満たされて、自分の爪先を見ることもできなかった。歩き出すと、霧の浅瀬を、しとやかなさざ波をたてながら渡ってゆくかのようだ。何も見えない。誰もいない。限りない広漠に、けれどこの身はほの温かな安心感に包まれて、動悸が治まってゆく。

不意に、どこか高いところから、鳥のさえずりが聞こえてきた。

――来たのは誰？

驚きに、ワタルは目を瞠《みは》った。

――来たのは勇者？

ラウ導師の番人たちの村を訪ねたとき、森のなかで聞いた鳥たちのさえずりと同じだ。

――来たのは誰？

今度は後ろの方から聞こえた。ワタルはさっと振り返ると、流れる霧の向こうに答えた。

「僕の名前はワタル。〝幻界〟を旅し、四つの宝玉を集め、ラウ導師のお導きでここまでたどり着きました」

姿の見えない鳥たちが、霧のなかで一斉にさえずりを交わす。

――ワタル、ワタル。

――ここまで来たワタル。

――勇者の剣を携えて。

――ようこそ、ワタル。

――よく来たね、ワタル。

鳥たちの声が合図になったように、霧が晴れ始めた。舞いあがるように立ちのぼり、空に吸い込まれて消えてゆく。それにつれて視界が大きく開けた。

ワタルは息を呑《の》んだ。

天上に在る、まったく新しい世界の入口に、ワタルは立っていた。

水晶《クリスタル》の都だ。すべてが透き通り、蒼《あお》く輝いている。何という広さ。何という大きさ。

そして都を埋め尽くす建物の数、数、数。びっしりと軒を連ね、屋根を傾け、窓を開いて立ち並んでいる。それはまるで、最上にして最大の水晶の鉱脈を彫り抜いてつくられた、巨大な都のオブジェだ。

そしてワタルの正面、前方の遥《はる》かな彼方に、蒼々とした静謐《せいひつ》を映す空を背景に、姿勢正しく佇《たたず》む貴婦人を思わせる美しい塔が立っていた。水晶の都を長い裾野《すその》に、水晶のなかから生まれ出た、優美な高層の塔。その頂上はヒトの祈りの形、左右の掌をぴたりと合わせた形をして、天上のこの地の、さらなる天の高みを向いている。

あれこそが運命の塔だ。

あの頂き、合掌する指の先端に、運命の女神が待っている。

しばらくのあいだ、ワタルは、まばたきをすることさえ忘れて塔を仰いでいた。近づき難いほどに美しく、しかし優しい造形がワタルを招いている。さあ、ここまで来なさい。ここがあなたの目指す場所である。

足を踏み出し、ゆっくりと歩き始める。ワタルの姿が、水晶でできたあちらの家に、こちらの壁に、足元の道に、ちらちらと映っては無数の分身《ダブル》をつくる。分身もワタルと一緒に歩んでゆく。

都のなかをいくらも歩かないうちに、ワタルは気がついた。思い出したのだ。この家の屋根の形には見覚えがある。この街角を、僕は知っている。

ああ、ここは懐かしいガサラの町だ。そしてあっちのあの平らな屋根の連なりは、ティアズヘヴンの町並みじゃないか？　いったん気がつくと、もう夢中になってしまって、ワタルは駆け出した。あれは？　すぐ右手の先には、番人たちの村のラウ導師の住まいにそっくりな、こぢんまりとした小屋が立ち並んでいる。折れた雨樋《あまどい》をぶら下げたあの倉庫はソノの港町だ。マキーバの廐舎《きゅうしゃ》がある。あの遠いところ、ルルドの国営天文台そっくりな建物を、星読みたちの学舎《まなびや》が囲んでいる。あの不気味なトリアンカ魔病院も、透き通った水晶に姿を変えると、見惚《みと》れるほどに美しい。

天上のこの都は、ワタルが今まで旅してきた町や村の姿を寄せ集め、再構成し、再現しているのだ。違っているのはすべてが水晶でできていて、ワタル以外に誰もいないということだけ。

この水晶の都を通り抜けてゆくことは、ワタル自身の旅の道筋を再現することなのだ。

ティアズヘヴンの家の壁にワタルが映る。サラと言葉を交わした記憶が蘇《よみがえ》る。ソノの港町を思わせる坂道を上る。潮風の匂いを思い出す。おや、ここはリリスのレンガ職人通りだ！　ファンロンの工房の扉は、ここでもやっぱり固く閉ざされている。

道は完全な一本道で、迷うことはなかった。水晶でつくられた想い出のオブジェのなかを、ワタルは粛々と進んでゆく。歩けば歩くほどに深く都のなかに分け入って行くけれど、運命の塔は少しも近づかない。いつ仰いでも、視界いっぱいに広がるその孤高の姿は、ワタルとのあいだに変わらぬ距離を保っていた。

小さな陸橋の下を通過する。するとその先は、ティアズヘヴン独特の〝通路の家〟になっていた。親切な町長に案内されて、初めてここを通ったとき、家具がないので面食らったものだった。通り抜けるためだけに造られた部屋の連なり。

ひとつ抜けて、次の部屋へ。また次の部屋へ。こうやって、サラの母親サタミが病床についているのを見舞ったっけ――

そこは病室ではなかった。空っぽで四角いだけの部屋だ。が、何かがあった。部屋の隅に、燭台《しょくだい》みたいなものが立っている。

鳥籠《とりかご》だ。やはり水晶でできた鳥籠がひとつ、ぽつりとぶらさがっている。

真っ白な小鳥が一羽、止まり木の上で小首をかしげている。ワタルは近づいて、そっと籠の縁に触れてみた。

カナリヤぐらいの大きさで、翼はしみひとつない純白。つぶらな瞳《ひとみ》はうっとりするような青い海の色だ。

チチチ……と、小鳥はさえずり、ワタルの指が触れているすぐそばまで飛んできた。じっとワタルを見ている。しきりに首をかしげ、また羽ばたいて、今度はワタルの指に止まろうと試みる。

「籠から出たいの？」

チチチと小鳥は応じた。返事をしてくれたのだ。

「じゃ、出してあげる。ちょっと待ってね」

鳥籠の扉には、ワタルの爪ぐらいの大きさの華奢《きゃしゃ》な掛け金がかかっていた。それを指先で押し上げると、扉は音もなくすうっと開いた。白い小鳥はちょこんと飛んで、扉の上に翼を休めた。それから今度は大きく飛びあがり、ワタルの頭上でくるりと輪を描いてから、何の迷いもなく右肩の上へ降りてきた。

ちょっと驚いて、ワタルは後ろに下がった。重さなど、ほとんど感じられない。でも小鳥の温《ぬく》もりが肩の上にある。

そしてそのとき——瞳の奥に幻が展開した。

現世《うつしよ》の光景だ。ワタルは夜ふけの〝幽霊ビル〟の前に立っている。大松父子《おやこ》の顔が見える。そしてすぐそばに車椅子があって、そこに座っている——座って——

大松香織だ。

黒い瞳。彼女以外の誰にも見ることのできない何かの上に焦点を結んで。言葉を失い、外界とのつながりを断たれた、滑らかな頬と輝く髪の、本当にきれいな女の子。

まばたきをすると、幻は消えた。小鳥の瞳がワタルを見ている。

この白い小鳥は——大松香織の心なのか。

「ずっとここにいたの？」

おそるおそる手をあげて、ワタルは小鳥の小さな頭に触れてみた。

「ここに閉じ込められていたの？」

ワタルに頭を撫《な》でられて、小鳥は目を閉じた。

「そうなんだね。香織さんの心は、身体から離れてここに囚《とら》われていたんだね」

なぜ？　という疑問さえも押しのけて、解放された小鳥の喜びが、ワタルの心に伝わってくる。それで充分だった。

「それじゃ僕と一緒に行こう。一緒に現世へ帰ろうね」

白い小鳥を右肩に載せて、ワタルはまた歩き始めた。ところが次の部屋に進むと、そこにもまた鳥籠があった。もう一羽、小鳥が閉じ込められている！

今度の小鳥は真っ黒だ。嘴《くちばし》の先まで黒く、瞳だけが赤い。

ちょっとのあいだ突っ立ったまま、ワタルは思案した。こっちは誰の心だ？

黒い小鳥が嘴を開き、およそらしくないダミ声でがあと鳴いた。やっぱりカナリヤぐらいの大きさなのに、鳴き声は烏そっくりだ。

パチリとスイッチが入るように、認識の灯がともった。ああ、そうか！

「石岡だね！　石岡健児だ」

幽霊ビルのなかで、彼と彼の仲間たちにやっつけられていたミツルが、バルバローネを招喚した——あの後、石岡は魂を抜かれたようになってしまったという。そう、大松香織と同じように。

「ここにいたんだ」

ワタルは急いで鳥籠の扉を開けた。黒い小鳥は弾丸のように飛び出すと、四角い部屋のなかをバサバサと飛び回り、やたらめったら壁や天井に衝突した。黒い羽が舞い落ちる。

「こら、そんなことをしちゃ駄目だよ。こっちへおいで」

ワタルは左肩を差し出した。黒い小鳥はワタルの頭に飛び移り、髪の毛をひっかけ、ギャアギャアと大騒ぎをしてから、やっと左肩の上にとまった。

「手がかかるなぁ」

思わずそう言うと、黒い小鳥はいきなり嘴の先でワタルの耳を突っついた。

「痛《イテ》ッ！　やめてくれよ」

ワタルは噴き出した。ホントに石岡だ。

「おとなしくしてないと、連れて帰ってやらないぞ」

黒い小鳥はしおしおとまばたきをしている。用心深く掌で撫でてやると、震えているのが感じられた。

「怖かったんだね」

瞳の裏に、また一瞬、現世の出来事が幻になって再現された。歯を食いしばり頬を紅潮させて、自ら招喚した漆黒のバルバローネを見つめるミツルの姿。怯《おび》えてすくむ石岡健児の、くしゃくしゃになった顔。

「もう大丈夫だ。おまえも一緒に帰ろう」

運命の塔の足元に広がる水晶の都のなかに、現世にあるべきふたつの魂が閉じ込められていた。それが今、ワタルの両肩の上に載っている。

歩みを進めると、ティアズヘヴンの建物を通り抜けて、リリスの住宅街へと出た。パム所長に案内されてここを訪れたとき、リリスに巣くう非アンカ族への強い偏見に、気分が悪くなったことを思い出す。

小公園みたいな広場に出た。ベンチがあり、植え込みがある。これもリリスだろう。

すべて水晶になっている。植え込みに咲いている花の一輪までも。

何気なく足元に目をやって、ワタルは立ち止まった。

文様があるのだ。うっすらと輝いている。水晶の地面に、硬く尖《とが》った何かで刻みつけられたみたいだ。見つめるほどに輪郭がはっきりしてくる。

ここからいったん、現世に戻れる？　そうか、四つ目の宝玉を手にいれたから。

でも、今はもうワタルひとり、真実の鏡の欠片《かけら》を持ったミーナはそばにいない。それでも文様を踏めば、光の通路が生じるというのだろうか。

チチチと、右耳のそばで白い小鳥がさえずった。話しかけられている。

「ああ、そうか。そうなんだ」

ワタルはうなずいた。「君たちを先に帰すことができるんだね？」

この都の果てるところでは、ミツルとの対決が待っている。必ず勝つ――勝たなければならないけれど、でも負けたら？　考えたくもないけれど、でも負けたら？　ワタルの連れとなった二羽の小鳥も、またこの都に取り残されてしまうことになる。

では、誰に会いに行こうか。ワタルには、多くの時は残されていない。こうしているあいだにも、魔族の侵攻は幻界《ヴィジョン》じゅうに広がっているのだ。細かいことを話さず、大急ぎで二羽の小鳥を託してもいい相手――

ワタルの顔がほころんだ。ああ、今まで忘れていたなんて。思い出さなかったなんて。怒られちゃうよ。

カッちゃんだ。僕の友達。僕の大切な現世の仲間だ。彼のところへ行こう！

現世では、どうやら夕刻らしい。

カッちゃんは二階の部屋にいて、自分の机に向かっていた。両足がぶらぶらと動いている。机の上に教科書とノートが開いてあるが、勉強しているわけではないらしい。頬杖《ほおづえ》をついている。

窓の外には夕闇と、茜色《あかねいろ》の夕焼けの最後の一筋の光が見える。小村の小母《おば》さんはもう洗濯物をしまったらしく、物干しは空っぽだ。蒸し暑い空気がどんよりと漂っている。

階下《した》から、居酒屋「小村」の、忙しく働いている気配がする。

「はい、はい、生ビールふたつね！」

小母さんの声だ。わあ、相変わらず元気だよ。ワタルは頬笑んだ。

光の通路を抜け、ワタルはカッちゃんのすぐ後ろに出ていた。ちょっとのあいだ、懐かしい友達の、真っ黒に日焼けしたうなじを見ていた。夏休み、毎日のようにプールに通っているのだろう。

「カッちゃん」

呼びかけても、カッちゃんはすぐ振り返らなかった。忙《せわ》しなく足をぶらつかせながら、何か考え込んでいる。

「カッちゃん」

もう一度呼んで、ワタルは彼の肩に手を置いた。それがあまりにも凄《すご》い勢いだったので、ワタルは後ろによろけてしまった。

カッちゃんの目は、季節はずれのふたつのドングリだった。ぐりぐりと見開いて、ついで口がぽっかりと開く。

「おどかしてごめん」

ワタルの声を聞くと、カッちゃんの顔から血の気が引いた。これほど日焼けしていても、やっぱり顔色って変わるんだ。

「み、三谷？」

ミタニか、ミタニなのかと繰り返す。うん僕だよと、ワタルは答えた。

カッちゃんが飛びついてきた。自分でも思いがけず、ワタルはちょっと泣きだした。

「何だよ、おまえ何してたんだよ？　何があったんだ？　どこ行ってたんだ？」

矢継ぎ早に問いかけながら、カッちゃんはワタルの腕をつかんで揺さぶった。

「そ、それ、それは」

「オレ心配してたんだぞ！　ホント死ぬほど心配してたんだぞ！　うちの父ちゃんも

母ちゃんも、そうだよ三谷のおばさんとこ行って、そンで、そンで」

　あわあわと言葉を並べ立てるカッちゃんの目から涙が溢《あふ》れている。

「ごめんよ、カッちゃん。今はそのことを、詳しく話してる時間がないんだ」

「え？　え？　何だって」

　あのねカッちゃんと、今度はワタルがカッちゃんの両腕をつかまえた。

「頼みがあるんだ。この小鳥」

　二羽の小鳥は、翼をバタつかせながら、必死でワタルの肩にしがみついている。爪が食い込んで、ちょっとチクチクする。

「窓から逃がしてやってくれるかな。それだけでいいんだ。カッちゃんにしか頼めないんだ。やってくれる？」

　カッちゃんの目が泳いでいる。爆発的に溢れ出した涙のせいではない。目を回しかけているのだ。

「カッちゃん、しっかりしてよ」

　カッちゃんの首がぐらぐらする。そして裏返ったような声で問いかけた。「おまえ、何かヘンなカッコしてない？」

　ワタルは笑った。「うん」

「それコスプレか？　『ロマンシングストーン・サーガ』じゃん」

「だよね。後で話すよ。ちゃんと帰ってきたら、全部話すよ。だけど今は急いでるんだ。ごめんよ」

まず白い小鳥を優しくつかんで、カッちゃんに差し出した。動物好きのカッちゃんは、さぞ頭がぐるぐるに混乱しているだろうに、それでもワタルよりずっと上手に小鳥を扱うことができた。

「どこで捕まえたんだ、この鳥」

「捕まえられていたのを、助けてきたんだ」

手も日焼けしている。爪ばかりがピンク色だ。その手で小鳥を撫《な》でながら、カッちゃんは呟《つぶや》いた。「オレ、夢見てるのかな」

「そんなもんだと思ってくれていいよ。窓開けて。ほら、早く」

カッちゃんは夢遊病者のようにふらふらと歩き、右手の甲に白い小鳥を載せたまま、左手で慎重に、物干し台に続く窓を開けた。

そっと手を差し出すと、白い小鳥は二、三度羽ばたきをして、パッと舞いあがった。物干し台の手すりをかすめて、夕空に消えてゆく。

「こっちも」

ワタルは黒い小鳥を差し出した。小鳥は暴れ、カッちゃんの手の甲にとまらずに、カッちゃんの頭を突っついた。

「何だよ、こいつ！」

カッちゃんはあわてて手を振り回し、むんずと小鳥をつかんでしまった。

「わ！ 潰《つぶ》れちゃうよ、気をつけて」

ワタルは可笑《おか》しくて仕方がなかった。

「でも、ちょっとぐらいならいいかな。こいつには、今までさんざん悩まされたもんね」

「この鳥が？ オレらを？」

カッちゃんの目がまたぐりぐりする。

「そうなんだ。でも、逃がしてやらなくちゃね」

黒い小鳥の羽ばたきは不器用で、物干し台の手すりにぶつかったり物干し竿《ざお》にとまったり、まるっきり狼狽《うろた》えてジタバタした。カッちゃんは窓ごしに身を乗り出し、両手で扇《あお》いで小鳥を空へと追いやった。

やっと、黒い小鳥も飛び去った。

「これでいいのか？」

「うん」

ほっとして、胸が晴れた。ワタルはひとつ深く息をついて、小村家のカッちゃんの部屋の、馴染《なじ》み深い匂いを吸い込んだ。

「三谷——」

カッちゃんが洟《はな》をぐすんとすすった。

「ありがとう。さ、僕はもう戻らなきゃ」

光の通路の奥で、鐘の音がした。

「戻るってどこへ？　おまえ、どうしちゃったんだよ」

ごめんよ。今はそれしか言えない。ワタルは決意を新たにした。カッちゃんに説明するためにも、幻界の冒険のすべてを話して聞かせるためにも、僕は必ず帰ってこなくちゃいけないんだ。

「もうそんなに長いことかからずに、戻ってこられるよ。絶対に戻ってくるよ。そのときね。それまで待っててよ」

光の通路へと後ずさる。カッちゃんは一瞬手をのばしてワタルをつかまえようとしたが、その手が力を失ってぽとりと落ちた。

「三谷！」

光の通路を駆け戻るあいだじゅう、カッちゃんの呼ぶ声が聞こえていた。

文様の上に戻ると、再び水晶の都。ワタルはまた完全な孤独へと戻った。

よし、行こう。ミツルに会うんだ。

54　決闘

〝幻界《ヴィジョン》〟の町や村のコラージュのような水晶《クリスタル》の都を歩き、やがてワタルは見渡す限りの廃墟《はいきょ》へと出た。

皇都ソレブリアだ。

崩れた城壁、圧壊した家々。折れた柱や割れた壁の瓦礫《がれき》のなかに、ゴーレムの残骸《ざんがい》も混じっている。もちろんこれらもすべて水晶でできているから、まっぷたつに折れた柱の断面や、瓦がまだらに剝《は》がれ落ちた屋根などに宿る屈折した輝きが、これまで通過してきたどの町よりも不可思議で美麗な景観をつくりあげていた。

水晶の造形によって抽象化されてしまえば、廃墟こそがいちばん美しいものになる。ワタルには、まだその皮肉さを揶揄《やゆ》するだけの語彙《ごい》はなかったけれど、傷みを感じることはできた。地上のソレブリアの壊滅と、あの戦いの厳しい結末は、ワタルのなかで、まだ記憶などという生やさしいものに落ち着いてはいない。透明な水晶が瓦礫の山の悲惨さを中和していても、あの場で味わった恐怖や怒り、悲しみまで薄めることはできない。

地上では今ごろ、ミーナやキ・キーマはどうしているだろう。無事ドラゴンたちの島へ帰り着くことができたろうか。南大陸では、もう魔族の侵攻に気づいているだろうか。

ワタルは目を伏せて、駆け足になった。走って走って走り抜け、するといきなり目の前に、何か巨大なものがぬっと立ち塞《ふさ》がった。ワタルは息をあえがせながらその障害物を見あげた。

大きな門だ。クリスタル・パレスの正門なのだろう。何もかもが原形を留《とど》めていないソレブリアの模造品のただ中に、皇帝の居城に通じる両開きの扉だけが鎮座している。

一瞬、要御扉《かなめのみとびら》を思い出した。でも、スケールは遥《はる》かに小さい。てっぺんを仰ぎ見ることができないほど巨大な要御扉に比べれば、これなどミニチュアみたいなものだ。

左右の扉の中央に浮き彫りされているのは、皇帝一族の紋章だろう。ぐるりには、星々の運行を図案化したらしい繊細な模様に、剣と盾、騎士とドラゴン、そして宝冠の図柄があしらわれている。

押しても引いても、扉はぴくりとも動かなかった。行き止まりだ。

周囲を見回してみた。きらきら光る瓦礫の海のなかに、抜け道らしいものはまったく見あたらない。ここを通過しなければ、先には進めないのだ。

よじ登れというのではあるまい。つるつる滑って手がかりがないもの。何とかして扉を開けなければならないのだ。

どうしろっていうんだよ？　ワタルはそこらを歩き回った。腹立ち紛れに門扉を蹴《け》っ飛ばしてみた。

おお、痛と、爪先を押さえてうずくまっていると、門扉の前の地面に、うっすらと何か図柄のようなものが見えることに気がついた。

形は、光の通路を作り出すことのできる文様に似ている。でもこちらの方がずっと小さい。現世《うつしよ》のマンホールをさらにふた回りほど縮めたくらいのサイズだ。

ひとつ、ふたつと数えると、五つあった。半円形を描いて並んでいる。

試みに、そのひとつの上に足を乗せてみた。

とたんに、ワタルの心のなかに喜びの感情が生まれ、耳の底で笑い声が弾《はじ》けた。誰が笑ってる？　これは何だ？　びっくりして飛び下がると、笑い声は消えた。喜びの感情も失《う》せた。

もう一度やってみると、やはり同じ現象が起こる。そこで、今度は隣の文様の上に乗ってみた。と、今度は急に怒りをおぼえた。やはり、文様から降りると怒りは消える。

その隣。三つ目の文様の上に乗ると、心が悲しみに満たされるのを感じた。四つ目に乗ると、その場でスキップしたくなるほど楽しくなった。

五つ目では何も起こらない。

慎重に五つの文様から距離をとり、ワタルは腕組みをした。

喜怒哀楽。ひとつの文様に、ひとつずつ。

目が晴れた。

そうか、番人たちの村で、ラウ導師が住まっていた小屋だ！　怒りの小屋では怒り、悲しみの小屋では悲しみ、笑いの小屋では笑いを浮かべているのだと、ラウ導師は言っていた。自分の勝手な気分で、訪れる〝旅人〟を迷わせないように、と。

あれと同じことなのではないか。喜怒哀楽それぞれの座している文様の上で、それにふさわしい感情を心に抱きなさいという、これは謎かけなのだ。

喜び。ひとつ目の文様の上に両足で立つと、ワタルは目を閉じて、心の内を探った。幻界で巡り合った喜びの出来事。

キ・キーマの顔が浮かんできた。番人たちの村を離れ、だだっ広い草原で、初めて彼に出会ったときのこと。

「おーい、おーい、そこのヒト！」

呼びかけてきた元気な声。土埃《つちぼこり》を蹴立てて走る彼のダルババ車。バクワの実を食べ過ぎるとおなかを壊すと教えてくれた。

そしてワタルが〝旅人〟だと知ったときの、彼の手放しの大喜び。〝旅人〟は、俺たち水人族にとって幸運の印なんだぜ！　ワタルを抱き上げて、大きな身体でぴょんぴょんはね回った、キ・キーマの喜び。それは間違いなく、幻界に訪れたワタルが初めて味わった喜びでもあった。心細い旅のはじめに、いっぺんで心を明るくしてくれた。

シュンというような音がして、足の下の文様が消えた。ワタルはまばたきをした。同時に、クリスタル・パレスの門から、何かがカチリと外れるような音が聞こえてきた。

ひとつ目はクリアしたということか。

次は怒りだ。文様に乗るとすぐに、造作もなく浮かんできた。ミーナを騙《だま》し、泥棒の手伝いをさせていたアンカ族の少年二人が、傷ついたミーナの休んでいる診療所へ忍び込み、彼女を脅しつけている。その光景を思い出すだけで、頭がかっと熱くなる。ミーナを守ろうと、前後を忘れて診療所の窓から飛び込んだときのこと。

シュン。文様が消えた。また、カチリという音がした。

三つ目。悲しみは？　喜怒哀楽の哀。思い出そうとするまでもない。あまりにも生々しく、未《いま》だ傷口から血を流している記憶。カッツの死だ。最後の最後まで、ワタルを慰め励まそうと、頬を撫《な》でてくれたあの優しい手の感触。

三つ目の文様も消えた。ワタルは四つ目の上に足を移した。

楽しみ。ああ、数え切れないほどたくさんある。ダルババ車の上で聞いたミーナの歌。サーカワの郷《さと》の水人たちとの宴《うたげ》。宿屋で囲んだ美味《おい》しい食事。休息のひとときのとりとめない無駄話でさえ、みんなみんな輝いている。

それらのなかから、ワタルは、マキーバの町の郊外で、スペクタクルマシン団の公演を観たときのことを思い出した。いつだって活《い》き活きとしているミーナだけれど、舞台の上でこそが本領発揮だった。パックとコンビになって繰り広げる軽業の数々や、息を呑《の》むような高所での鮮やかな宙返り。花を撒《ま》きながら歌っていたエンディングでは、そのころにはもう見慣れていたはずのミーナの顔に、照れくさいほどに見惚《みと》れてしまった。手が痛くなるくらい拍手したっけ。

思い出してみれば、喜びも悲しみも、みんな仲間たちと過ごした時のなかにある。

シュン。四つ目の文様も消えた。四回目のカチリという音が聞こえ、閉ざされていた門は、ワタルの腹の底に響くような重厚な音をたてて、ゆっくりと内側に開き始めた。

やった！

拳《こぶし》を握り、思わずその場でぴょんと飛びあがってしまった。解いてみれば易しい仕掛けじゃないか。

でも、五つ目の文様はまだ残っている。

念のために、もう一度その文様を踏んでみた。やっぱり何も感じない。これはワタルを迷わせるための、空のトラップにすぎないのだろうか。

喜怒哀楽。ヒトの感情に、他には何がある？ 要求されていない以上、もう気にすることはないのか。

門は開いたことだし……。

ためらいは残ったけれども、自分には時間がないことも思い出した。ワタルは門の内側へと足を向けた。心臓がどきどきしてくる。

通り抜けるあいだだけ、周囲がすうっと暗転した。ほんの数歩のあいだだろう。でも、再び視界が明るくなったときには、周囲の光景は一変していた。

ここは嘆きの沼だ。

水晶で再現された、嘆きの沼の全景だ。のっぺりと平らな水面は、その下に、静けさではなく陰湿な不安を隠している。それもそのはず、水のなかには怪魚カロンが潜み、ノコギリのような歯を剝《む》き出して、獲物を待っているのだ。周囲を取り囲む湿地にしょぼしょぼと茂る尖《とが》った草は、不用意に近づくヒトの手に傷をつける。足をとられて転べば、沼地の泥に身体が凍える。しかも嘆きの沼が満々と湛《たた》えている暗黒の水は、ヒトの身体を痺《しび》れさせ、自由を奪う恐ろしい毒の水だ。

　この沼を渡っていけというのか……。

　おそるおそる一歩踏み出してみると、沼の水面はしっかりとワタルの足を受け止めた。凍りついているみたいに固まっている。そう、どんなに形はそっくりでも、これもやはり水晶でできた模造品だからだ。それでもワタルは、蒼《あお》く静かな光を孕《はら》んだこの沼の水面下にも、やっぱりカロンが泳ぎ回っているのではないかと、一歩ごとにビクビクせずにはいられなかった。いつこの水晶の水面が割れて、カロンが躍り出てくるかもしれない。

　大丈夫、大丈夫、そんなことはない。しばらくのあいだぎくしゃくと進んで、やっとワタルにも確信が湧いてきた。このままどんどん歩いて、向こう岸まで渡りきってしまえばそれでいいのだ。

　地上の嘆きの沼では、恐ろしい幻覚に襲われた。忘れようにも忘れられない。ワタルのなかからもう一人のワタルが分かれて、父と父の愛人にそっくりな、ヤコムとリリ・ヤンヌという男女を殺してしまった。そしてそのもう一人のワタルは、ワタルの手にかかって死んだ黒衣の女の腹から生まれ出た赤ん坊に、どこまでもどこまでも追いかけられたのだ。

あれも沼の水の毒のせいだったのだろう。父さんや理香子にそっくりなヒトに出会い、彼らが幻界《ヴィジョン》でも父さんや理香子と同じふるまいをし、同じ身勝手な理屈を振り回していることを知り、その衝撃でできた心の隙に、暗黒の水が染みこんで、あんな幻覚を生んだのだ。もう二度と嘆きの沼を訪れる機会などないと思っていたのに、こんな形で再び通り過ぎることになるとは。

早く渡ってしまおう。サタミやサラの顔も、思い出さないように心の目を閉じていよう。はいはいをしながらワタルへの恨み言を並べ、逃げても逃げても追いかけてくる赤ん坊の記憶なんて、新たにすることはない。

それでも蘇《よみがえ》ってしまうものを振り払うために、ワタルは足を止め、強くかぶりを振った。ちょうど沼の真ん中あたりまで来ていた。

これは、地上の本物の嘆きの沼では、見ることのできない景色だ。湿地と茂みに縁どられて、嘆きの沼の形は、こうしてみると、ほとんど完璧《かんぺき》な円に見える。ふと、おかしなことを思いついた。これってまるで円形の舞台みたいだ。ワタルはその舞台に出ている、たった一人の役者みたいだ。

観客は？　陰気な湿地の空気と、薄暗い草むらか。パッとしないなぁ。

そのとき、どこからか呼びかける声が聞こえてきた。

〝旅人〟よ。

ワタルはとっさに身構えた。

幼き〝旅人〟　ワタルよ。

無機質な、色のついていない声だった。もしも水晶そのものがしゃべりだしたなら、きっとこんな声なのだろう。

あなたが真に私の膝下《しっか》を目指すものであるならば、その身を以《もっ》て、あなたが勇者であることの、証《あかし》をたてねばなりません。

私の膝下？　では、これは運命の女神の声なのか？

夕星《ゆうずつ》が、野に遊ぶ子を母の手に連れ帰すが如く、分かたれし魂を、彷徨《さまよ》えるものを、故郷《ふるさと》へと呼び返しなさい。あなたのもとへと連れ返しなさい。

何を連れ返せというのだ？　証を立てろとはどういうことなのだ？

ワタルに迷う時を与えずに、女神の声は宣言した。

さあ、乗り越えなさい！

呆然《ぼうぜん》と突っ立っていたワタルは、見た。

嘆きの沼の向こう岸から、何かがこちらに近づいてくる。

小さな人影だ。歩み寄ってくる。一歩、また一歩と確実に。その足どりには妙に見覚えがある。頭の形、肩の角度。薄気味が悪いほどに見慣れた姿形。

なぜならそれは鏡像だから。

もう一人のワタルだった。

上着を脱ぎ、腰の麻帯に剣を挟み、履き古したブーツの踵《かかと》の減り具合までそっくりそのまま。

違っているのは表情だけだ。不敵に歪《ゆが》んだ口元に、爛々《らんらん》と輝くふたつの瞳《ひとみ》。頬骨の飛び出した痩《や》せた顔や、ああ、よく見ればシャツの胸の前に、点々と血を飛び散らせて。

嘆きの沼の幻覚のなかに現れたワタルの姿だ。ヒト殺し、赤ん坊殺しのワタルの姿だ。

あれは幻だったはずだ。本物なんかじゃなかった。悪い夢だった。あんな事は起こらなかった。嘘だ、嘘だ、嘘だ！

おののきながら、ワタルはずるずると後ずさりした。もう一人のワタルは、着々と間を詰めてくる。互いの顔がはっきりと、つと伏せた睫毛《まつげ》が頬に落とす影までもが見分けられるほどの距離まで近づくと、今、迷いのない滑らかな動作で、勇者の剣を抜き放った。

もう一人のワタルが口を開いた。飛び出してきたのは、嘆きの沼でワタルを追いかけた、あの赤ん坊の声だった。

「待っていたぞ、このヒト殺し」

慄然《りつぜん》として、ワタルは悟った。この再現された嘆きの沼の光景は、舞台なんかじゃなかった。そんなもんじゃない。

闘技場だ。決闘の場だ。ここでワタルは、立ち塞《ふさ》がるもう一人のワタル、幻の分身《ダブル》と戦わねばならないのだ。

乗り越えなさい！

もう一人のワタルの足が、沼の面《おもて》を蹴《け》った。

何も考えられなかった。勇者の剣の柄《つか》に手を触れることさえできない。次の瞬間には分身が間近に迫り、その手のなかの勇者の剣が、ワタルの顎《あご》の下を鋭くかすめていた。ワタルは腰が抜け、仰向けにどっと倒れた。勢いのついた身体が水面を滑る。

方向転換することもできず、徒《いたずら》に滑って手足をジタバタさせていると、先回りしていた分身の足にぶつかって止まった。まともに剣が振りおろされる。ワタルは声にならない悲鳴をあげて横に転がった。分身の剣の切っ先が水面に突き刺さり、水晶の欠片《かけら》がぱっと飛び散る。

這《は》うようにして何とか立ちあがると、今度は分身が後ろにいた。振りおろされる剣の動きが巻き起こす風は、それだけでワタルの耳を削《そ》ぐほどに鋭い。血が飛び散った。痛みを感じる余裕などなかった。血の雫《しずく》の温かみを頬に感じ、シャツに赤い染みが点々と飛んで、ワタルと分身、分身とワタル、どちらが主でどちらが従なのか、どちらが本体でどちらが鏡像なのか、混乱と恐怖でぐるぐる回る頭のなかでは、もう自分でも見分けがつかない。

逃げるワタルのシャツの背中を、分身の腕がぐいとつかんだ。引き寄せられながら、ワタルは瞬間、自分から分身の方に体重を預け、体当たりで倒れかかった。

分身とワタルは一緒くたになって倒れた。折り重なると、分身の身体の冷たさに、ワタルは驚愕《きょうがく》した。こいつは何だ？　氷でできてるみたいじゃないか。実体はあるのに、動き回っているのに、生きものではなく幽霊でもない。

分身が腕を振りあげ、勇者の剣の柄でワタルの頭をぶん殴った。目から火花が出て、起きあがろうとしていたワタルはくらくらとよろけた。

「殺してやる！」

分身がワタルの声で、ワタルの言葉で罵《ののし》った。そこに込められた憎しみの波動が、ワタルの全身を震わせる。

ワタルは勇者の剣をつかんだ。言葉など浮かばない。ただ願った。飛んで！

瞬間移動《ワープ》魔法が発動し、またたきする間に、ワタルは沼の縁へと飛ばされていた。背中から落っこちて、もがくように立ちあがる。

ようやく、剣を抜くことができた。膝《ひざ》からがくがくと崩れそうだ。バカみたいに手が震えて、ぜいぜいと両肩であえいでいる。

分身は沼の中央にいて、しゃくにさわるくらいすっきりと立っていた。歪んだ笑みも消えてはいない。ニヤニヤ笑いで口が裂けそうだ。どうして僕があんな顔で笑っているんだ？

「お、おまえは」

わななく口を動かして、ワタルは言った。両手で勇者の剣を構えた。戦う姿勢なんかじゃない。腰が引けて、命綱につかまるみたいに勇者の剣にしがみついている。

「おまえは、僕じゃない。僕じゃないんだ。おまえは存在しない。おまえは幻だ！」

ワタルは魔法弾を放った。輝く軌跡を残して宙を飛ぶ魔法弾を、分身は軽々と身をかわして避《よ》けた。最後のひとつの光弾は、分身の勇者の剣で撥《は》ね返され、場違いな流星のように沼の上空へと飛んでいった。

「おまえは幻なんだ！」

声を限りに叫んで、ワタルは分身に向かって突進した。分身もワタルめがけて走り出した。突き出す勇者の剣が分身に届くかと思ったそのとき、分身は大股《おおまた》に飛びあがり、勇者の剣を握りしめるワタルの手の上へと足をかけて、ワタルを飛び越えた。

背後を取られた。しまった！　と思ったときには、したたかに背中の真ん中を蹴飛ばされ、無様に前のめりになって吹っ飛んだ。

なんというスピードだ。これじゃどうすることもできない。絶望と無力感が恐怖にとってかわり、ワタルはもう震えることさえできなかった。次はどうする？　どうしたらいい？　何をすれば太刀打ちできるんだ。

結界！

とにかく身を隠すんだ。息苦しさをこらえて、ワタルは呪文《じゅもん》を唱えた。それでなくても激しい動悸《どうき》に、結界を維持することでさらに負荷がかかり、心臓と肺が悲鳴をあげる。

ワタルの姿が消えてしまうと、分身は目を細め、片手を腰に、片手に勇者の剣をぶらつかせながら、にんまりと笑った。

ワタルは結界に隠れたまま、じりじりと移動していた。何とかこのまま分身に近づいて、剣を突き立てることができれば。消耗してゆく。息苦しさに目が飛び出しそうだ。頭のなかが真っ白になる。意識が飛んでしまいそうだ。

ヒトをバカにしたような弛緩《しかん》した姿勢で立っていた分身が、ワタルに背を向けた。こちらの姿が見えていないのだ。チャンスは今しかない。頑張れ、頑張るんだ！

あと三歩。あと二歩。あと一歩で分身の背中に剣が届く。

ワタルが剣を振り上げたとき、邪悪なニヤニヤ笑いをいっぱいに浮かべて、分身が振り返った。

「無駄だよ！」

嘲《あざけ》りの言葉と共に、素早く剣が突き出される。両手で勇者の剣を握り、腕を振りあげて、がら空きになっていたワタルの胸に、分身の剣が深々と突き刺さった。

ワタルはがくりと口を開いた。止めていた呼気が漏れて流れた。両手を上げたまま、突き刺さった分身の剣へと、ゆっくり、ゆっくり目を落とす。

じわじわと鮮血がにじみ出し、シャツを染めてゆく。分身の勇者の剣は、柄《つか》のところまでワタルの胸のなかに埋まっていた。

痛みは感じなかった。ただ、とても冷たい。分身の剣先がワタルの心臓にまで達し、分身の身体の冷たさを、直《じか》にワタルのなかに注ぎ込んでいるかのように。

僕は死ぬんだ。

呆気《あっけ》ない結論だった。ここで自分の分身に倒され、血を流して死んでゆくのだ。

力が抜けて、両膝が折れた。膝頭が沼の水面にあたり、ワタルはぺたりと座り込んだ。両腕が落ちた。それでもまだ勇者の剣をつかんでいたが、その切っ先は、両膝のあいだで力なくうなだれている。

胸の傷口から、乱暴に剣が引き抜かれた。その反動で、ワタルはどさりと横ざまに倒れた。

ケラケラと笑い声が聞こえる。分身だ。最初は肩を揺すって笑っていたが、やがてこらえきれないようにおなかを押さえ、身体を折って笑い転げ始めた。

「哀れな奴。惨めな奴。おまえはもうおしまいだ」

くるりとワタルに背を向けて、向こう岸へと戻り始める。軽やかなその足どり。踊るようにステップを踏みながら。

片手にぶらさげた分身の勇者の剣の切っ先から、ワタルの血が滴っている。

ワタル。

ワタルの勇者の剣に宿る、宝玉たちが呼びかけてきた。

しっかりしなさい、ワタル。

女神の声を思い出して。

戦ってはいけない。

あの分身は、あなた自身。

女神の言葉を思い出して。

傷口から流れ出す血が、水晶の水面の上にも広がってゆく。ワタルは自ら流した血《ち》溜《だ》まりのなかに倒れている。

女神の言葉？

薄れてゆく意識のなかで、暗黒のなかに滑り落ちてゆく前に、正気の縁にしがみつこうと、ワタルは必死に手をのばす。

呼び返しなさい。

分かたれし魂を、彷徨《さまよ》えるものを。

憎しみを漲《みなぎ》らせているワタルの分身《ダブル》。

嘆きの沼で見た幻は、幻ではなかったのだ。あれはワタルの一部だったのだ。あのとき、父に似た男と、父の愛人に似た女と、その二人のあいだに生まれようとする赤子を、ワタルは確かに憎んでいた。そしてこの手にかけたのだった。

ただ、その事実から目を背けていただけで。

呼び返しなさい。

分かたれし魂を。

憎しみのあまりにヒトの命を奪ったあの分身を？

そう、そうなんだ。あれはワタルなのだから。

頭を起こすと、口の端から血が滴った。力が入らない。ああ、もう周りは血の海だ。

それでも肘《ひじ》をつき、身体を起こした。宝玉たちが呼びかけてくる。ワタル、ワタル、死んではいけない。諦《あきら》めてはいけない。

あなたの分身を、あのまま孤独にしておいてはいけない。認めなさい。受け入れなさい。

ようやく沼の縁に座ることができた。分身はすでに対岸、湿地の茂みのなかへと姿を消そうとしている。

「おい！」

ワタルは呼びかけた。残された力をすべて集めて声にした。

分身が立ち止まった。蛇が身体の向きを変えるように、音もなくするりと振り返る。

「まだ……負けたわけじゃないぞ」

ワタルの言葉に、分身の顔から薄ら笑いが消えた。再び剣を構えると、

受け入れなさい。

勝ち誇ったような叫びをあげて、分身は突進してきた。近づいてくる。疾風《はやて》のようなそのスピード。剣先が光る。

ワタルは目を閉じ、分身に向かって静かに両腕を広げた。呼吸をひとつ。また新たな血が噴き出す。

しかしワタルはひるまなかった。分身に向かって呼びかけた。心は平静だった。怖れることなどない。ただ呼び返すだけなのだから。

自分自身から分かたれた魂を。

さあ、還《かえ》ってこい！

分身はワタルの身体に衝突し、その瞬間にかき消えた。ワタルのなかに吸い込まれ、

ワタルと一体になった。

分身の残した衝撃波が、ぱっとワタルの髪を散らした。強い反動に、ワタルは仰向《あおむ》けに倒れていった。

嘆きの沼に、静けさが戻ってきた。

まぶたを開けると、両手両足を大の字に広げて、ワタルは天上の空を仰いだ。身体の下に、嘆きの沼の水面の、硬い感触がしっかりと存在している。

そっと手を動かし、胸に触れてみた。シャツは乾いていた。首を持ちあげてみる。傷口など、どこにもなかった。

血溜まりも消えていた。

立ちあがってみた。両足はちゃんとワタルを支えてくれた。

生きているんだ。

頬笑みが浮かんだ。温かな感謝が、身体の内側を洗ってゆく。片手を胸にあてると、鼓動を感じた。

嘆きの沼で別れて以来、ずっと一人歩きを続けていたワタルの〝憎しみ〟が帰ってきた。やっと故郷に、ワタル自身のもとに戻ってきた。

ワタルはやっと、理解した。この決闘場に来るために、通らなければならなかった扉。それを開ける鍵《かぎ》となっていた五つの文様。喜怒哀楽の四つの他に、何も反応しなかった五つ目の文様が、「憎しみ」だったのだ。

ずっとずっと、ワタルはそれを遠ざけていた。自分のものではないと、自分に嘘をついてきた。

父さんを憎んでいるなんて、思いたくなかったから。そんな気持ちがあることを、どうしても認められなかったから。自分で自分を騙《だま》していた。

でも、その偽りが「憎しみ」に満ちた分身を生み出し、一人歩きをさせていたのだ。

「お帰り」

自分自身の心に向かって、ワタルは優しく呟《つぶや》いた。

震えを帯びたため息を吐き出し、立ちあがった。勇者の剣を腰に収める。

そして、周囲を流れる霧に気づいた。さっきまでは霧なんてなかったのに、どこから立ちのぼっているのだろう。嘆きの沼の水面を、すっぽりと覆っている。淡く輝き、ひそやかな涙のように、しっとりと濡《ぬ》れている。

ワタルは両目を瞠《みは》った。

嘆きの沼の中央に、霧の流れのその中に、黒いローブが落ちている。くしゃくしゃになったローブ。その端から、ブーツの先がのぞいている。乱れた髪がのぞいている。

ミツルだ。

ワタルは駆け出した。夢のなかで走っているみたいに、なかなか先に進まなかった。

滑らかな水晶に足を取られる。もどかしさに焦り、泳ぐように両手で霧をかき分ける。

「ミツル！」

叫びながら身を投げ出して、倒れているミツルに飛びついた。最初は、まるで感触がなかった。霧をかき混ぜるだけで、何も手に触れてこない。確かに黒いローブが見えるのに、影をつかもうとしているみたいだ。

「ミツル、ミツル！」

呼びながら、懸命に手探りをした。そのうちに、ミツルの実体がはっきりとしてきた。映像でしかなかった姿に、血肉がついてきた。焦点が合ってきた。

やがてワタルは、両腕でミツルを抱き上げていた。

ミツルの顔は蒼白《そうはく》で、目は閉じていた。顔じゅう傷だらけだ。腕はだらりと垂れている。どさりと投げ出された両足。左足首が、変な方向に曲がっている。折れているのかもしれない。

「ミツル、しっかりしろ、ミツル」

ミツルの身体を揺さぶると、黒いローブの陰から、まっぷたつに折れた魔導の杖《つえ》が転がり落ちた。

この血の気の失せた顔、このぐったりとした身体。腕のなかのミツル自身の惨《むご》い有様よりも、無惨に折れた魔導の杖が、ワタルに事実を突きつけ、確信させた。

ミツルは負けたのだ。

ミツルもやはり、彼にとっての嘆きの沼で、彼の分身と戦ったのだ。そして敗れたのだ。

「ミツル……」

今なら、ワタルにもわかる。知りたくないことだけれど、逃げることができないほどに、はっきりとわかってしまった。

一人歩きを続けていたミツルの憎しみは、ミツル自身よりも遥《はる》かに巨大に成長してしまったのだ。だからもう、ミツルにはそれを呼び返すことができなかったのだ。憎しみが、ミツルの本体をうち負かしてしまったのだ。

幻界《ヴィジョン》なんか、どうなろうと知るものか。

運命の塔へ行くことができればいいんだ。

そのためにはどんな手段をとることも厭《いと》わない。

固い決心。強い意志。そして〝旅人〟に与えられた宝玉の力が生む、強大な魔力。

ミツルはそれを自在に操って旅を続けてきた。多くのヒトを傷つけ、町を破壊し、嘆きを生み、とうとう最後には常闇の鏡の封印を解いて。

それはみんな、ミツルのしていることだと思っていた。ワタルだけでなく、ミツル自身もそう思っていたはずだ。だけど真実は違っていた。破壊も、殺意も、他者を踏みつけにして憚《はばか》らない傲慢《ごうまん》も、ミツルのものではなかった。ミツルの憎しみを背負った、分身のものだった。ただその憎しみが、あまりにもミツルの心に等しいものだったので、いや、憎しみ以外のものは自分にはない、それ以外のものなど必要ないと、ミツルが自分で自分を騙していたから、いつの間にかミツルには、憎しみの分身《ダブル》と、自分自身の区別がつかなくなってしまっていたのだ。

ワタルが最初、そうしたように、ミツルもまた自らの分身を倒そうとしたのだろう。しかしそれは、自分で自分を倒すことに他ならなかった。

出し抜けに、ワタルの目から涙が落ちた。ミツルの痩《や》せた顎《あご》の上に落ちた。

まぶたが震え、ミツルは目を開いた。

ワタルは声を出すことができなかった。しゃくりあげそうになるのを、必死でこらえるだけで精一杯だ。

ミツルの黒い瞳《ひとみ》が、かなり手間取り、苦痛をこらえて意識を集中し、やっとワタルの顔の上に焦点を結んだ。

「……おまえか」

ワタルはうなずいた。何度も何度もうなずいた。うなずくたびに涙が落ちた。

「どうしてだよ」

先生に居残りを命じられて、文句を言うみたいな口調だった。それはやっぱり、ミツルらしかった。

「ここまで来て……なんでこんなことになるんだ？　無様じゃないか」

あとひと息だったのにと、かすれる声でミツルは言った。目が天上の空を向く。

「運命の塔が見えていたんだ。すぐそこまで来ているんだ。それなのに……」

しゃべっちゃいけないと、ワタルは言った。抱きかかえていると、ミツルの身体が、もう快復のすべがないほどに、こっぴどく痛めつけられているのがよくわかった。

「三谷」と、ミツルは呼びかけた。ワタルは彼を見た。もうひとりの〝旅人〟の、澄んだ瞳のなかをのぞきこんだ。

「何がいけなかったんだ？　俺はどこで間違ったんだろう？」

速く走る者が先に運命の塔にたどり着くわけではない。サーカワの郷《さと》の長老は言っていた。女神さまはまだおまえを待っていると、あのソレブリアの廃墟《はいきょ》を前にしても、キ・キーマは僕を励ましてくれた。

ワタルの行くところには、どこにだってついてゆく。けっしてワタルを一人にはしない。わたし、そう決めたんだから。そうやって、強情なほどにワタルのそばにいてくれたミーナ。そしてとうとう別れる時には、固くワタルを抱きしめて、気をつけてね、気をつけるんだよと、祈るように囁《ささや》いたミーナ。

僕には仲間たちがいてくれた。僕の道を照らす光に守られていた。

だけどミツルは一人だったね。独りぼっちの旅だった。ミツルが道を踏み外していても、それを教えてくれるヒトはいなかった。

それがミツルの望んだやり方だったとしても、あまりにも不幸だ。あまりにも残酷な結果じゃないか。

「ごめんよ」

僕には今、それしか言えない。赦《ゆる》しを請うためではなく、ミツルと共に歩まなかったことを、たとえラウ導師の教えに背いたとしても、ミツルと一緒に旅をしなかったことを、それは大いなる過ちだったと、自分自身に認めさせるために。

「なんでおまえが謝るんだよ」

ミツルは笑おうとしていた。鼻先でワタルをあしらうような、あの強気の笑みを浮かべようとしていた。

「おまえは勝ったんだ。もっと喜べよ。なんで泣くんだよ。最後の、最後まで、おまえって……ホントにお人好《ひとよ》しだな」

「最後だ、なんて、い、言わないで」

「嘘はつけない」

ミツルの口調が、急に優しくなった。

「俺は負けた。ここで死ぬんだ。運命を変えることは、できなかった」

自業自得なんだろうなと、小さく呟く。ワタルと同じ洞察を、もちろん、ミツルももう手にしているのだ。

「だけど俺は、運命の塔へ行きたかった」

どうしても、どうしても、どんなことをしても、行きたかったんだ。

「わかってるよ」と、ワタルは言った。「他の誰にもわからなくても、僕にはわかる。わかってるよ、ミツル」

目を閉じて、ミツルは頰笑んだ。

「さあ、行けよ。宝玉を持って、俺のことなんか放って、行っちまえよ」

「い、嫌だよ。ミツルを一人で残していくなんて、嫌だ」

「バカ。いい加減にしろ」

ミツルの身体が痙攣《けいれん》した。呼吸がぐっと詰まり、荒くなる。

「……俺は、一人でいい」

意地を張っているのではない。ミツルだから、最後までミツルらしくふるまうだけ。

死にゆくときも。

ミツルの身体を揺さぶらないように、できるだけ優しく、慎重に手を動かして、ワタルはミツルを抱きおろし、嘆きの沼に横たえた。支えを失い、目を閉じて長々と横たわったミツルは、いっそう死に近づいたように見えた。

もう、ワタルにできることはない。ミツルは一人にしてほしがっている。

そのときふと、心のなかに、ある光景が浮かんだ。カッツと別れたときの、あのしんとした森のなかで――

「ミツル」

「何だよ」

「最後に、お祈りをさせてもらえないか」

「祈りなんか……要らない」

「僕が、そうさせてほしいんだ」

ミツルは目を開いた。瞳がワタルをとらえた。お願いだと、ワタルは言った。

「ふん、好きにしろ」

ワタルは右手をのばし、ミツルの手を取った。左手をミツルの額にあてた。

祈りの言葉、覚えているだろうか。

たどたどしく、ワタルは諳《そら》んじた。

「我ら、女神さまの申し子。地上の塵芥《じんかい》を離れ、今まさに御許《みもと》に昇らんとす」

ミツルはまた目を閉じてしまった。ワタルはその額を撫《な》でた。

「我らの祖《おや》にして源なる、浄《きよ》き光よ。旅立つこの者を導き給え」

指と指を組み合わせて、しっかりとミツルの手を握る。

「小さき子よ、地上の子よ。神のご意思に背いたことを悔いているか」

くちびるが震え、言葉はぎくしゃくとおぼつかない。声を出すと、喉《のど》の奥が熱くなる。また泣きだしちゃいけないと、ワタルは懸命に自分を抑えた。間があいた。

ワタルの乱れた呼気だけが聞こえる、長い沈黙。すると、ミツルの口元が動いた。

「はい」と、言った。祈りに応《こた》えて、はいと言った。悔いていると言った。

涙が込みあげてくる。嗚咽《おえつ》を押し返して、ワタルは続けた。「時に争い、時に諍《いさか》い、虚偽に躍り、愚蒙《ぐもう》に走り、ヒトの子の罪を重ねたことを悔いているか」

わずかな間のあと、ミツルは「はい」と答えた。

「時に偽り、己の欲に従い、女神さまの与え賜《たま》いしヒトの子の栄光に、顔を背けたことを悔いているか」

「……はい」

どうしても止められない。涙が溢《あふ》れる。

「ここに深く悔い改め、地上のあなたの罪は赦《ゆる》された。安らぎなさい、ヒトの子よ。召されゆくあなたを、永遠《とわ》の光が包むだろう」

ぼろぼろと涙をこぼし、泣きながら、ワタルは祈りをしめくくった。

「ヴェスナ・エスタ・ホリシア。ヒトの子の生に限りはあれど、命は永遠なり」

ミツルはゆっくりと、痩《や》せた頬をほころばせた。

「最後の……」

「え？」

「ヴェスナ・エスタ・ホリシア。どんな意味か……わかる、か？」

ワタルはかぶりを振った。

「〝再びあいまみえる時まで〟という、意味だよ……」

目を閉じたまま、ミツルは囁《ささや》いた。

「さよなら」

何度目のサヨナラだろう。

今度こそが本当の別れだ。

ミツルの姿が薄れてゆく。再び、霧が集まってきた。抱くように、やわらかく彼を包んでゆく。ミツルは霧に溶けてゆく。それに従い、霧は明るさを増してゆく。ミツルの命を吸い込み、浄化してゆく。

薄れてゆくミツルの輪郭を、その場にひざまずき、言葉もなくただ涙をこぼしながら見つめていたワタルは、そのとき、頭上からゆっくりと射しかけてくる、ひと筋の光に気がついた。掌ほどの大きさの、スポットライトのような光だ。淡い金色に輝き、温かみに溢れて、霧に溶けてゆくミツルの方へと、まるで手を差しのべるかのように降りてくる。

ミツルもまた、その光の感触に気づいた。霧に包まれた彼の頭が動き、顔がわずかに持ち上がる。眠たげに閉じられていたまぶたがかすかに開く。小さな光の輪は、その瞳《ひとみ》をのぞきこむように優しく照らす。

この光――。これは――これは、もしかしたら――

瞬間的な洞察に、ワタルは思わず息を呑《の》み、そして自分の口元がほころぶのを感じた。傷ついた心に喜びと安堵《あんど》が満ち、溢れ出てくる。

ヒトは死んだら光になる。光になって、地上を照らす。やがて生まれ変わるその時まで。

この光はきっと、ミツルの妹だ。幼いミツルの妹が、彼がどうしても現世《うつしよ》へと連れ戻してやりたかった妹が、運命を曲げてもその命を取り戻してやりたいと願った妹が、今、ミツルのもとにやって来た。

彼を迎えにやって来た。

ミツルにも、それがわかったのだ。うっすらと微笑む。力の抜けた指先が、光の描く小さな輪に向かって動く。幼い妹と手をつなごうとしているかのように。

「兄さんと一緒に行くんだね？」

光に向かって、ワタルは小さく呼びかけた。金色の光が、一瞬、うなずくように瞬いた。

やがてミツルの姿は完全に消え、ひとかたまりの、まばゆく輝く霧となった。金色の小さな光の輪はそれを包み込み、それを導きながら、静かに上昇を始める。

ワタルは膝《ひざ》立ちになったまま、頼りなく羽ばたく小鳥を守るように両の掌を広げ、天上へ、天上へと昇る兄妹の魂の光を見送った。

すべてが終わると、嘆きの沼を覆っていた霧も消えた。ワタルの顎《あご》の先から、最後の涙の一滴が落ちた。

ワタルは、足元に落ちている魔導の杖《つえ》を拾い、ゆっくりと立ちあがった。

魔導の杖の頭についた宝玉が、薄紫色に光っている。やがて、その宝玉からひとつ、ふたつ、みっつ、よっつの光点が現れて、ミツルの後を追うように、天の高処《たかみ》へと昇っていった。

最後にひとつだけ残った光点が、ワタルの目の高さに漂っている。ワタルは勇者の剣を抜いた。

闇も光も、勇者よ、あなたと共に。

闇の宝玉に宿る力が、ワタルに囁きかけてきた。

勇者の剣の鍔《つば》に刻まれた星の文様に、最後のひとつの宝玉が収まってゆく。

剣の付け根から切っ先に向けて、力強いエネルギーが駆け抜けた。それはワタルの腕を伝い、ワタルの心まで届いて力を与えた。

勇者の剣に五つの宝玉を集めて、ここに〝退魔の剣〟は完成した。

ワタルは顔をあげた。嘆きの沼を渡ったところ、そこに何が立ち現れているか、わかっていた。

運命の塔が、その懐を開き、頂上へと続く長い長い螺旋《らせん》階段の登り口をワタルに向けて、静かに差し招いている。

55　運命の塔

中空の巨大な塔の壁面に沿って、かろうじてワタル一人が歩けるくらいの幅しかない螺旋階段が、果てしなく上へ上へとのぼっている。

科学図鑑で見たことのある、ＤＮＡの二重螺旋の模型を思い出した。こちらの階段は一重しかないけれど、あまりの高さにふらりと目眩《めまい》をおぼえると、それがにじんで二重にも三重にも見えて、ますますよく似てくる。

運命の塔もまた、これまでに通り抜けてきた町や都のコラージュと同じく、内側から蒼《あお》い輝きを放つ透き通った水晶《クリスタル》でできていた。手すりのない階段は、どこもかしこも透明で、うっかりすると距離感を失ってしまいそうだ。間違っても足を踏み外したりしないように、ワタルは右手で壁に触れながらのぼっていった。

輝きは怜悧《れいり》なのに、触れるとほの温かい。目をやると、ワタルの顔が映る。

いや……ワタルの顔だけじゃない。その隣、水晶の壁面の奥で、笑っているあの顔は？

母さんだ。ワタルは足を止めた。母さんの姿が映っている。

今よりも若い母さんだ。髪型が違う。パステルカラーのセーターを着て、赤ん坊を抱いて笑っている。赤ん坊？　あれは誰？

僕だ。僕自身だ。やっと首がすわったばかりの乳《ち》飲《の》み子。小さな手で母さんの顎に触ろうとしている。いないいない、バア！　あやしてもらって大喜びしている。

何段か上の壁面に、別の映像がおぼろに浮かび上がり、動き始めた。ワタルは駆けのぼった。今度は誰だ？　父さんだ。夏の日の市営プール。ワタルに泳ぎ方を教えようとしている。両手を差し出してワタルの手を握り、バシャバシャと水を撥《は》ね上げながら懸命にバタ足をするワタルを励ましている。ゆっくりと後ろに下がりながら——

そう、もうちょっとでプールを横断することができる。ワタル、そら頑張れ。

次々と、壁面を彩って過去の映像が浮かび上がる。ワタル一人のために用意された、想い出を上映する映画館さながらに。ワタルは壁面から目を離すことができないまま、ひとつひとつの映像を目に焼きつけつつ、螺旋階段をのぼっていった。

やがてカッちゃんが現れた。ワタルと同じ幼稚園の園服を着て、肩から黄色い鞄《かばん》をかけている。そわそわと落ち着かないカッちゃんは、ワタルにふざけかかったりしては小村の小《お》母《ば》さんに叱られている。覚えている。この光景。入園式の後で、幼稚園の門のところで記念撮影をしたのだった。

再現されてゆく過去の出来事。
雨の日の遠足。運動会のお弁当。冬の日に、カッちゃんの家のコタツにもぐって一緒に宿題をした。拾った子猫を家に持ち帰り、うちでは飼えないと叱られて、泣き泣き公園まで捨てに行った。抱えている段ボール箱。その夜、遅く帰ってきた父さんが、ワタルがきちんと面倒を見ることができるなら飼ってもいいと許してくれて、一緒に公園まで捜しにいった。だけどもう子猫の入った段ボール箱はなくなってしまっていた。誰かが拾ってくれたんだよ、安心しろ。あのとき、父さんはワタルをおんぶしてくれた。

　イタズラばっかりしていて、母さんにベランダに閉め出され、わんわん泣いたこと。風邪をこじらせて肺炎になりかけ、夜中に救急車で病院へ運ばれたこと。鮮やかな映像となって映し出されてゆく。付き添ってくれた母さんの蒼白《そうはく》な顔。カッちゃんが小村の小母さんと一緒にお見舞いに来てくれた。小母さんはしきりと謝っていた。うちの子はバカみたいに丈夫なもんだから、ワタルちゃんに無理させちゃって。そう、雨の日にサッカーをやったのがいけなかったんだね。

　マンションの中庭で、父さんとキャッチボールをしている。そこへ母さんが、買い物袋をぶらさげて通りかかる。父さんからボールを取りあげ、ちょっと投げさせてと大暴投。一階の奥のお宅の窓《まど》硝子《ガラス》を割っちゃって、三人でペコペコ謝りに行って、父さんにからかわれた母さんは逆ギレしちゃって、その日はずっとプリプリしていた。父さんとワタル、母さんの目を盗んでそっと視線をかわし、笑いをこらえるのに苦労した――

ワタルはまだ十一年とちょっとしか生きていないのに、その年月のなかに、こんなにもたくさんの想い出が詰まっている。人の心は底なしの不思議な入れ物だ。何でも入る。いつでも取り出すことができる。

さらに階段をのぼってゆくと、ミツルが現れた。神社で出会ったときの、あのぶっちょう面。〝ここは神域なんだ〟と、大人びた口調でワタルに言った。

おや、神主さんの姿も見える。ワタルは神主さんに乱暴に何かを言い募り、それから鞄をつかんで走り出す。あれはそう、神様はホントにいるの、いるなら、何ぼさっとしてるんだよなんてことを言ったときだったろうか。

そして見えてきた。ミツルの叔母《おば》さんの顔だ。腕にはめていた銀の細いバングルを覚えている。ミツルの身を案じながらも、迷子になった小さな女の子のように途方にくれていた。こうしてみると、本当に皇女ゾフィによく似ている。

運命の塔の透き通った壁面は、ルウ伯父《おじ》さんの姿も映している。千葉のお祖母《ばあ》ちゃんの家の庭で、一緒に花火をしたときの光景だ。ルウ伯父さんは、夜の闇に紛れると、どこにいるのかわからないくらいに日焼けしている。にっと笑うと、真っ白で頑丈そうな歯並びだけがぽっかりと浮かび上がり、それが可笑《おか》しくてワタルは笑い転げた。今でも噴き出しそうだ。

　それなのに次の映像では、ルウ伯父さんの顔が歪《ゆが》んでいる。ベッドの下に逃げ込んでしまったワタルに呼びかけている。出ておいでと呼んでいる。胸の痛みが蘇《よみがえ》る。僕はあのとき、これほどの悲しみを、ルウ伯父さんに味わわせてしまっていたんだ——あの上の方で揺れているのは？　ワタルだ。カルラ族に襟の後ろをつかまれて、危なっかしくぶらさがっている。まだ〝幻界《ヴィジョン》〟のことを詳しく知らないうちに迷い込み、ねじオオカミたちの巣くう不帰の砂漠に迷い込んでしまったときの出来事だ。キ・キーマが御者台にいる。ダルババ車に乗り込んで、草原を駆けてゆく。ワタルはその隣で、馬車の揺れに今にも振り落とされそうだ。壁面のなかを駆けあがってゆく想い出のダルババ車を追いかけて、ワタルもまた階段を駆けのぼる。

　そこで、壁面が急に暗くなった。闇ではない。ただ真っ黒なものが、数え切れないほどたくさんうごめいている。飛び交っている。

　空を覆い尽くす魔族の群だ。しゃれこうべを思わせる不気味な顔に牙《きば》を剝《む》き出し、鉤爪《かぎづめ》をカチカチとかち合わせる音まで聞こえてきそうだ。

　これは——今の幻界の光景だ。

　恐ろしさと忌まわしさに、ワタルは両腕をだらりと垂らしたまま、ふらふらと壁面から後ずさりをしかけた。ブーツの踵《かかと》が階段の縁《へり》にかかり、バランスを失いかけて、瞬時に我に返った。

いつの間にか、こんな高いところにまで登っていた。塔の出入口が見えなくなっている。遥《はる》か眼下の下界はぼんやりと霞《かす》み、かすかに吹きあげる風だけが、そこに距離と空間のあることを教えてくれる。

再び塔を登り始める。記憶を再現する映像も、ワタルを伴走して登ってゆく。

ガサラの町だ。あちこちに、家具だの木箱だの樽《たる》だので構成された、不恰好《ぶかっこう》なバリケードが造られている。物見台の上には見張り番が立ち、険しい顔で空を仰ぐ。街路を駆け抜けてゆくシュテンゲル騎士団の先頭に立つのはロンメル隊長だ。

ガサラを取り巻く草原の彼方《かなた》に、ひとかたまりの黒雲が現れる。みるみるうちにふくらんで、近づいてくる。隊長たちが剣を抜く。一斉に松明《たいまつ》が灯《とも》る。キ・キーマが屋根の上に仁王立ちになり、斧《おの》を構える。ミーナ、あれはミーナだ。お年寄りや子供たちを、安全な地下室へと逃がしている。

壁面が揺れて映像がにじむ。と、今度はドラゴンたちの島が現れた。龍《りゅう》の首の形をした火山島から、ドラゴンたちが飛び立ってゆく。燃えるような身体に闘志を湛《たた》え、空をも焦がす炎の息を吐き、わらわらと飛び嗄《しわが》れ声で鳴き交わす魔族の軍団へと突っ込んでゆく。

ソノの町ではヒトびとが、船を操って沖へと逃げ出してゆく。ミツルの魔法で打ち壊された町並みに、醜い蟻のように魔族がたかっている。どの船も舳先《へさき》までヒト、ヒト、ヒトで満杯だ！

ワタルの知っている懐かしい幻界の町が、村が、魔族に侵攻されている。今、この瞬間にもあの町で、この村で、勝ち目のない必死の戦いが行われている。運命の塔の壁面は、その事実をワタルの目の前に突きつける。

急がなくちゃ！　延々と続く戦いの映像に心をひっぱられながらも、ワタルはしゃにむに螺旋《らせん》階段を駆けのぼった。

すると突然、階段が途切れた。ここが終着点か？　塔の頂上だろうか。

幻界と現世《うつしよ》をつなぐ、あの文様の形をした広間に出た。星形の頂点が、それぞれに異なる色合いに光っている。ワタルはその中央へと進み出た。

星形の文様のてっぺんが指し示す先には、優美な縦長の半円を描くアーチがある。よく見ると、塔の頂上と同じ、合掌するヒトの手の形を模したアーチだ。ここは中継地点、通り抜ければ、女神のいる場所へと行くことができるのか。

アーチの方へと足を踏み出しかけると、背後で声が聞こえた。

「ワタル」

甘い声だ。女の子の呼び声だ。一瞬身を硬くしてから、ワタルは振り返った。

いったいどこから現れたのだろう。星形の文様の端に、少女が一人、佇《たたず》んでいた。

「ワタル、やっと会えたわね」

聞き覚えのある声だ。何度となくワタルに話しかけてきた。現世でも、幻界に来てからも。ワタルはこの甘い声の主を、妖精《ようせい》だと思っていた。でも、この優しげな愛らしい声が、サーカワの郷《さと》の波打ち際で、「女神を倒せ」と唆《そそのか》してきたことを、ワタルは忘れていなかった。

敵なのか味方なのか。目的も正体も明らかにしないまま、ずっとワタルにつきまとってきたこの声――

驚きのあまりまばたきをすることさえ忘れ、息を詰めて、ワタルは少女の顔を見た。なぜなら少女が、大松香織その人に生き写しだったから。

ほっそりとした手足。華奢《きゃしゃ》な首。大きな黒い瞳《ひとみ》。その美しい顔に頬笑みを咲かせて。

「待っていた甲《か》斐《い》があったわ。よかった！　あなたなら、きっとここまでたどり着けると信じていたの」

親しげにそう言って、少女は近寄って来る。ワタルは、彼女が詰めてきた距離の分だけ、慎重に後退した。

少女は足を止めた。新品の筆みたいな、きれいな曲線を描いている眉《まゆ》が、ちょっと持ちあがる。

「どうしたの？　そんな怖い顔をして」

様々な問いかけのなかから、ワタルはひとつを選んで投げかけた。「君は誰？」

「わたし？」と、少女はおどけたように両手を広げ、

「この姿、気に入らない？　喜んでくれると思っていたのに」

スカートの裾《すそ》をつまむと、軽く片膝《かたひざ》を折って腰をかがめた。正装して舞踏会に出席した少女が、初めてのダンスのお相手に挨拶《あいさつ》するみたいに。でもここは舞踏会の会場じゃない。少女もドレスを着てはいない。うろ覚えの記憶だけれど、ワタルが初めて大松ビルの前で会ったときの香織と同じ服装だ。こざっぱりとして清潔な、中学生の女の子の普段着姿。その恰好《かっこう》で、現世の香織は車椅子に座っていた。瞳は焦点を失い、周囲に誰かいることさえ気づいてはいなかった。

それも当然だった。香織の魂は、この天上の水晶の都に閉じこめられていたのだから。ついさっき、ワタルがそこから解き放つまで。

軽やかに歩み、くるりと回ってみせる、目の前の大松香織。スカートがふわりとふくらみ、丸い膝頭が艶《つや》やかに光る。そんな姿を、ワタルは今初めて目にする。いかにも香織らしく、しかし絶対に香織ではない存在。これは誰だ？

正体は何だ？

「君は何度も、僕に話しかけてきたよね」

少女は嬉《うれ》しげにくすくす笑った。照れている。「覚えていてくれたのね？　嬉しい」

「忘れるわけないよ」

最初のうちは好ましく思えた。頼もしくも思えた。妖精だとばかり思いこんでいたときには。しかし、今はまったく違う。

「君の目的は何だ？　何のために近づいてきたんだ？　君は僕に何をさせようというんだ？」

「ずいぶん気色《けしき》ばんだ声を出すのね」

「当然じゃないか」ワタルは拳《こぶし》を握った。

「香織さんの姿を真似て出てくるなんて、趣味の悪いことをして！」

「あら、嫌いだった？　だけどあなたの心には、いつもこの女の子がいたじゃないの。いつもこの女の子のことを、あなたは気にしていたじゃないの」

そうだったろうか？　香織のことを？　僕が？　そんなはずはない。忘れていた——それとも、それは単に意識していなかっただけなのだろうか。

「奪われし無垢《むく》の魂」

少女はすらりと姿勢を正し、託宣するように謳《うた》いあげた。

「不当にも傷つけられ、歪《ゆが》められし運命の犠牲者。そう、あなたと同じ身の上の、現世のこの少女——」

だからいつも、香織のことが心にあった。

ワタルは身構え、呼吸を整えた。借り物とはいえ、ようやく姿を現した謎の声の持ち主は、どれほど鋭くワタルの心を読んでいようと、どれほど甘い笑みを浮かべていようと、けっしてワタルの味方ではない。

「もう一度訊《き》く」と、ワタルは声を強めた。

「君の目的は何だ？　また僕に、女神を倒せと唆すのか？」

少女はまるで寒気をこらえるかのように、我と我が腕で華奢な身体を抱きしめた。薄い笑みはまだその顔から剝《は》がれ落ちない。

「知りたい？」

「ああ、知りたい」

「教えてほしいの？　どうしても？」

「どうしても」

「それなら約束してちょうだい」

黒い瞳が燃えあがる。

「このわたしの正体を見ても、わたしを嫌いにならないと。わたしの姿を見ただけで、わたしを遠ざけたりはしないと」

その言葉は懇願ではなく、脅しのような響きを持っていた。少女はワタルの返事を待たず、ゆっくりと顔を伏せた。

その身体が急に縮み始めた。香織の姿が消え失《う》せてゆく。目を瞠《みは》ったワタルは、さっきまで少女の立っていたところに、歪んだ円形の小さな影だけが落ちていることに気がついた。

その影から、ぬるりと黒い手がのびた。丸太ん棒ほどの太さだ。まず右に。次に左に。団扇《うちわ》のような掌がべろべろと空をかく。ヒトの手ではない。形は似ているけれど、あの不恰好《ぶかっこう》な指先の吸盤は、けっしてヒトのそれではない。

伸ばした両腕を、腕立て伏せでもするかのように床に突っ張って、

「これがわたしの顔」

影のなかから、ふくれあがった頭が持ちあがる。

思わず息を吸い込んで、ワタルは後ずさりした。

「わたしの本当の顔よ。お気に召さない？」

甘い声だけはそのままだ。しかし、その声を発しているのは——

大きなガマ蛙だ。でろりと広がった口。飛び出した眼。青緑色の肌に、醜いいぼが点々と浮いている。

「どうなの？　答えてちょうだいよ」

言葉を続けながら、さらに腕に力を込めて、ガマ蛙は影のなかから全身を引っ張り

出した。太い後ろ脚がどさりと床に落下する。全身を覆うまだらな模様は、その色も形も、ワタルにあるものを連想させた。

魔族の姿だ。翼のある骸骨《がいこつ》。魔族の姿を色柄に、身に纏《まと》った巨大なガマ蛙。

　これが妖精の正体だったのか！

「驚いているようね、可愛いワタル」

　たるんだ喉《のど》の皮膚をぶるぶると震わせて、ガマ蛙はそう言った。

「それでもこれはおまえの求めた解答。おまえがつかんでたぐり寄せた真実。さあ、とっくりと見るがいい。これがわらわの本当の姿なのだから」

「あなたは……」

「ラウ導師はおまえに教えなかったのか？　わらわの存在を？　おまえが現世《うつしょ》で被ったのと同じ悲運を、同じ悲哀を、この幻界《ヴィジョン》で味わっているわらわのことを？」

　わらわの名はオンバと、巨大なガマ蛙は続けた。少女の甘い声のなかに、野太く乱れたどら声が、不協和音のように混じっている。

「かつてこの幻界が生まれし時に、創世の女神より、不要のものと切り離され、うち捨てられたすべての負なるものの化身」

　負なるものの集合体――

「幼き〝旅人〟よ。ここまでたどり着いたおまえならば、〝負なるもの〟の意味はわかろう。〝負なるもの〟は、この世に望んで足らぬ、あらゆるものじゃ。美を望んでそこに至らぬ醜。幸を望んでそこに至らぬ不幸。等しきを望んでそこに至らぬ不等。足らぬものを求め、至らぬことを悔やむすべての憤怒《ふんぬ》と欲望こそ、わらわの真の姿」

オンバさまに目を据えて、じりじりと後ずさりしながら、ワタルはかぶりを振った。

「僕にはわからない」

「いや、わかるはずじゃ！」

不協和音のなかで、野卑などら声が勝利を収めた。これこそがオンバさまの肉声だ。

「哀れなヒトの子よ。わらわは現世でおまえが味わう悲運を知っていた。だからこそ、おまえに親しく近づいたのだ。やがて理不尽な運命に翻弄《ほんろう》され、現世の有り様《よう》を呪って〝幻界〟にやって来るはずのおまえと知っていたからこそ」

確かに、あの甘い声が初めてワタルに呼びかけてきたのは、ワタルがまだ父さんと田中理香子のことなどつゆ知らず、平和に暮らしていたころだった。この日常のどこかに綻《ほころ》びが生じるなど、夢にも思っていなかったころだった。

「ワタル、あなたは本当に可哀想。だからわたしはあなたの力になりたかったの」

突然、オンバさまの声が甘い少女の声を取り戻した。何度となく耳にした快い声。

「やめろ！」と、ワタルは叫んだ。「もうそんな声で話しかけたりしないで！」

オンバさまは笑い始めた。ころころと玉を転がすような少女の笑い声から、もとの肉声へと戻ってゆく。やがてでろりと大きな口を開けて、そこから哄笑《こうしょう》を溢《あふ》れ出させる。

「おまえならわかるはずだ。ヒトはなぜ一方が幸に恵まれ、他方が不幸に陥れられる？　おまえばかりがなぜ、両親《ふたおや》の不和に苦しまねばならぬ？　なぜおまえなのだ？　なぜ他の子供ではない？　おまえはそこに怒りをおぼえるはずだ。その不公平を、憤怒をもってくつがえしたいと願うはずだ！」

　ワタルはただ首を振り続けた。オンバさまがどさりと一歩前に踏み出し、距離を詰める。

「他にありて我にないものを求め、それを与えられぬことを怒る。我から奪われ他に与えられるものを恨み、渇望と嫉妬《しっと》とに腸《はらわた》を燃やす。それこそがヒトの本性よ。なれば本来は〝負なるもの〟も、真実の鏡と同じく、幻界じゅうに細かく砕け散り、ひとつひとつは軽く無害な欠片《かけら》となって、無数のヒトびとのあいだに安住の地を見つけるはずであった。しかし愚かなるヒトは、〝負なるもの〟をその身の一部と認めることを嫌い、遠ざけた。〝負なるもの〟の存在を、あらざるものとして見ぬふりをした。創世の女神の所行を真似て、ヒトめらもまた、〝負なるもの〟を追放しようと企てたのだ！」

　吠《ほ》えるような声だった。

「行き場を失って彷徨《さまよ》う〝負なるもの〟は、魔界へと堕《お》ちる他にすべがなかった。しかし魔界は〝負なるもの〟に力を与え、わらわという化身を生み出した。そしてわらわは幻界へと戻ってきたのだ」

オンバさまもまた、魔界から来たというのか。幻界を恨み、羨《うらや》み、隙あらば喰《く》らおうと狙う闇の世界から。

「さればこそわらわは、ヒトを求める。本来はヒトの心にこそ棲《す》むわらわには、ヒトの心は故郷じゃ」

巨大で不恰好《ぶかっこう》な頭をかしげて、オンバさまはワタルの瞳《ひとみ》をのぞきこむ。

「おまえとて、わらわに親しんでくれたではないか。わらわがおまえを助けたことがあるのを、よもや忘れたわけではあるまい？」

ワタルは抑えようもなく震えていた。怖いのか悲しいのか、悲しいとしたらなぜなのか、心ではわかっていたけれど、それを伝えることができなかった。歯がゆかった。やみくもに首を振り続け、ぎゅっと目を閉じて、拳《こぶし》を握った。

「僕はあなたの正体を知らなかった。あなたの目的も知らなかった」

「わらわの正体」と、オンバさまは低く呟《つぶや》いた。「それはおまえだ。おまえの内にうずくまる〝負なるもの〟もわらわの一部なのだから。おまえがわらわと言葉を交わし、わらわの真の姿を見ることができるのは、ひとえに、おまえのなかにわらわが存在するからこそ」

ワタルのなかにある〝負なるもの〟。

意識したことはなかった。そんな余裕はなかった。だけれどそれは、確かにあった。運命を変えようと願う心のなかには、どうして僕だけがこんな目に遭うのだという、悲憤の叫びがあって当然のことなのだから。

憎しみが独り歩きして分身《ダブル》になったのと同じように、ワタルの知らないうちに、ワタルのなかの〝負なるもの〟が、オンバさまを呼び寄せていた。すべての〝負なるもの〟の化身が、ワタルの心に近寄っていた。

「さあ、眼《まなこ》を開くのだ。おまえにこのような悲運を与えた現世をくつがえしてしまえ。おまえ一人の運命を変えるなど、なんと小さな望みであろう。運命の塔に来たりた今、おまえはおまえの望む世を、その手につかむことができるのだ」

そして悲運を脇に押しやる？　自分の思いどおりになる世界をつくって？

「それがあなたの望みでもある？」

ワタルの問いかけに、オンバさまは大きな頭をうなずかせる。

「それこそが、わらわの勝利だ！　すべての〝負なるもの〟の勝利だ！」

粘液を滴らせる口の端から、怒りに満ちた言葉と共に、どす黒い舌がちらちらと出入りする。

「わらわは求める。わらわの世界を。わらわこそが神となり、わらわを憎み遠ざけた、すべてのものを膝下《しっか》に敷く世界を」

目的はそれなのか。だからワタルに呼びかけ、ワタルの心を動かし、女神を倒せと唆《そそのか》すことまでやってのけた——

「〝旅人〟よ、今一度わらわはおまえに問う。創世の女神を倒し、共にこの運命の塔に君臨することを望まぬか？　幻界も現世も、おまえの手の内に収めることこそを望まぬか？」

おののきながらも、ワタルの心に迷いはなかった。

「望みません」

「あなたの望みは間違いだ」

答える声は、少しも震えていない。身体を走る悪寒よりも、意志の力が勝っていた。

オンバさまの大きな口が、さらに大きく、顔の半分ほどにまで広がって、にんまりと笑った。ごろごろと喉が鳴る。

「愛《いと》しき幼子の〝旅人〟よ。わらわがおまえに、最後の機会をくれてやろうというのがわからぬのか。ここでわらわにうなずくだけで、おまえは、女神にひざまずくのではなく、運命の塔の頂点に座ることができるのだ」

「僕は嫌だ」ワタルは声を張りあげた。「あなたと手を組むことなんかできない」

オンバさまの目がまたたき、舌がべろりと自身の顔を舐《な》め回した。

「さても愚かな選択よ」

青ぶくれた手が動き、ぬるりとワタルに近づいた。ワタルは身体をかわして避《よ》けた。

「何故だ？　なぜわらわを退ける？　この身が醜いからか？　姿形という空しいものが、おまえには、神の座よりも大切なものだというのか」

「そうじゃない」ワタルはかぶりを振った。「あなたが醜いからじゃない。あなたが僕を騙《だま》そうとしたからです」

最初から話してくれればよかった。姿を見せてくれればよかった。〝醜〟の化身の苦しみを、うち明けてくれればよかったのだ。

そうしてわかり合えたならば、一緒に手をたずさえて、ここまでのぼってくることだってできたかもしれないのに。

ワタルの言葉に、オンバさまの口がくわっと開いた。「口先だけの戯《ざ》れ言を！　もしもわらわが最初からこの姿で近づけば、わらわの言葉になど耳を貸さずに逃げ出したろうに！」

「確かに驚いたでしょう。でも、あなたの本当の言葉を、もっともっと早く受け取ることができたなら、その想いの重さを感じることができたなら、僕は逃げたりしなかった」

「嘘つきめ！」

言い放つと、オンバさまは両手で床を打った。

「わらわを裏切る〝旅人〟よ、おまえの命運はここに尽きた！　今はただ、わらわの手にかかって魔界の塵《ちり》と化すことのみを、最後の幸運と思い知るがいい！」

雄叫《おたけ》びと共に、グロテスクな巨体を持ちあげて、オンバさまはワタルに襲いかかってきた。濡《ぬ》れた皮膚を覆う魔族の形をした模様が、生を得たようにうごめきだす。

ワタルは勇者の剣を抜き、横っ飛びに避けてオンバさまの脇に回った。剣先から光が迸《ほとばし》る。一瞬、ワタルは目がくらんだ。この輝き！　そして軽いことは羽のようだ。

オンバさまは身をよじり、大口を開けて生臭い息を吐き出した。突風のようなその呼気によろめき、息が詰まる。顔や手足が、火傷《やけど》したみたいにぴりぴりする。毒の息だ！

「今までも、あなたはこうやって、〝旅人〟たちを誘惑してきたのか？」

床に転がって起き直りながら、ワタルは叫んだ。

「いつもいつも、何度も何度も同じことを言って、運命の塔のこの場所で、〝旅人〟たちの前に立ち塞《ふさ》がってきたのか？」

何という不毛の繰り返しだろう。痛ましい間違いの歴史だろう。

「あなたは、なんて哀れなんだろう」

「ヒトの身の分際で、わらわを哀れむか！」

オンバさまのずしりと重いパンチの一撃を受けて、ワタルは反対側へと吹っ飛ばされた。息が苦しい。目を開けているのも辛《つら》い。このままでは毒にやられてしまう。

「おまえの命など埃《ほこり》よりも軽い。ひと呑《の》みにしてくれるわ！」

長い舌が生きもののようにうごめきながら、しゅっと音をたてて空を飛び、ワタルの身体に巻きつこうとする。勇者の剣で薙《な》ぎはらうと、オンバさまはぐえっと悲鳴をあげた。

鮮やかな剣の軌跡に、光が走る。ワタルを、退魔の剣の力が導く。

今こそワタルは真実を知った。運命の塔を登り、女神に会うために、なぜ退魔の剣が必要なのか。旅の終わりに立ちはだかる、この魔の誘惑を退けるためなのだ。運命を変える資格を持ったなら、いっそ神の座におさまり、望みのままに、世界ごと造り替えてしまえばいいと囁《ささや》く〝負なるもの〟を乗り越える。これが最後の試練なのだ。

ならば、何も怖れることはない。ワタルはオンバさまの前に躍り出ると、両足を踏ん張って剣を構えた。

「あなたは、僕には勝てない。この剣に勝つことはできない」

オンバさまがけだもののような唸《うな》り声をあげる。皮膚の上では魔族の模様が狂乱する。

「生意気な！」

罵《ののし》りと共に毒の息が吐き出される。

「心が通じないままに、繰り返されてきた間違いを正す、今がその時だ。オンバさま」

勇者の剣――〝退魔の剣〟が力強く輝く。

「もうあなたは何処へもいかない！　魔界にも帰らず、彷徨《さまよ》うこともない。この幻界こそがあなたの居場所だ。創世の時と同じく、あなたこそが塵となってヒトびとのなかに還《かえ》る！」

怒りの叫びをあげて躍りかかってきたオンバさまに、ワタルは真っ直ぐ突進した。退魔の剣の切っ先は、ぴたりとオンバさまの眉間《みけん》を狙っていた。恨みに燃える両の目の真ん中を。

手応《てごた》えがあった。深々と剣が突き刺さる。オンバさまの悲鳴が響きわたる。一瞬、オンバさまは太陽のように眩《まぶ》しく光り輝いた。その光のなかで、皮膚を覆っていた魔族の模様が、断末魔の苦しみに身をよじる。

そして爆発した。無数の塵となる。飛び散り、小雪のように空に舞う。もうどこにも原形を留《とど》めていない。空に溶けこみ、儚《はかな》く消えてゆく。長い長い悲鳴のしっぽだけが、最後まで漂っていた。

ワタルは退魔の剣を鞘《さや》に収めた。額の汗を、片手で拭《ぬぐ》う。

「ありがとう」

誰に向けてでもなく、自然にその言葉が口をついてこぼれ出た。

ワタルは広間を横切り、星の文様の頂点の輝きを踏みしめて、合掌する手のあいだを、最後のアーチをくぐり抜けた。

56

ワタルの願い

再び、長い長い階段だ。だが今度は螺旋《らせん》をのぼるのではなく、踊り場ごとに右へ左へとジグザグに折り返している。

そして、終点が見えている。

周囲に広がっているのは、塔の内側の光景ではなかった。過去を映して見せてくれた、あの壁面も消えている。夜明け前の空のような薄蒼《うすあお》い空間に、透明な階段と、その終着地である真円形の女神の座が、ただぽっかりと浮いているのだった。まるで宇宙にいるみたいだ。空に浮かぶ階段が、そこに未知の星座の形を描き出している。

駆けのぼり、駆け寄る。視界のなかで女神の座が近づき、その中心にひっそりと座っている姿が見えてきた。ワタルの心は準備を整えた。はずむ胸の底には、揺れ動くことのない決意が固まっていた。

とうとう——最後の一段をのぼる時がきた。

女神の座。

クリスタルでつくられた円盤のようなその中央に、純白のドレスに身を包み、長い裾《すそ》を優雅に垂らして、少女が一人、静かに腰かけていた。顔を伏せ、両手は膝《ひざ》の上に慎ましく揃えている。長い髪は頭の上できっちりと結い上げられ、耳元から顎《あご》、首筋にかけての美しい線が、くっきりと見える。ほっそりとした身体全体が、浄《きよ》い光輪《オーラ》に包まれている。

少女が顔を上げると、黒髪が一筋、やわらかな曲線を描く白い額の上に垂れかかった。

それは再び、大松香織だった。

「ワタル」と、呼びかけてきた。桜のはなびらのようなくちびるを、大きくほころばせて。

「とうとう来たのですね。ここがあなたの旅の終着点です。あなたはたどり着いたのですよ、運命の塔の頂点へ」

少なからず混乱して、ワタルは足を踏み替えた。後ずさりはしたくないけれど、近づくのも恐ろしかった。

ワタルの心の動揺を理解しているのだろう。大松香織の整った顔が、明るく輝いた。

「オンバさまと同じく、わたくしのこの姿も借り物です。あなたの心に在る現世《うつしよ》の人びとから、この少女の姿を借り受けました。でも、わたくしはオンバさまとは違います。あなたを謀《たばか》るつもりもなければ、害するつもりもありません。安心してください」

わたくしが運命の女神です。

少女の声でありながら、凛《りん》とした威厳に満ちている。

「なぜ……」と、ワタルは声を発した。何だか、自分の魂が溶けてしまって、水銀のように濃く重くなり、踵《かかと》のあたりに溜《た》まっているみたいな感じだ。そうやって、かろうじて、ふわふわと漂い出しそうな身体をつなぎ止めてくれている。

「どうして、香織さんなんですか」

女神はまた頰笑んだ。「その答は、あなたもすでに知っているのではありませんか。オンバさまに教えられたでしょう」

「僕が」と、ワタルは片手を胸にあてた。「香織さんのことを、ずっと心に留めているからですか？」

女神はうなずく。「彼女もまたあなたと同じく、幼き無垢《むく》な魂を、残酷な運命によって傷つけられてしまった犠牲者だから。あなたはこの旅をまっとうすることによって、あなた自身を救うと同時に、あなたと同じように苦しむすべてのヒトびとをも、救いたいと願ってきたのですよ。それこそが、あなたの目的となっていたのですよ」

気づいていませんでしたかと、優しく問いかける。

「その犠牲者のなかには、ミツルも入っているんでしょうか」

「ええ、もちろん。彼も、あなたの内に存在しているのだから」

最初から――と、囁くような声でそっと付け加える。ワタルには、それがよく聞き取れなかった。

「今、あなたがあなたの心にある願いを口にするならば、わたくしにはそれをかなえることができます。わたくしはそのために、ここにいるのです。わかりますね？」

わかっています――答える声がうわずっている。頬は熱いのに、身体は震えている。

いよいよ、この時が来た。僕の願いをかなえてもらう時が。

「さあ、こちらにいらっしゃい」

運命の女神は呼びかける。

「わたくしの手を取り、あなたの願いを言葉になさい。わたくしの手に、あなたの願いを渡してください」

すんなりとしなやかな少女の腕、大松香織の腕が、ワタルに向けて差しのべられる。

完璧《かんぺき》な静けさが訪れた。不純物のない沈黙の、何と安らかなことだろう。やっと鎮まったワタルの呼気だけが、ゆっくりと時を刻んでいる。

ひとつ、ふたつ、みっつ。呼吸するたびに心臓が動く。生きているワタル。ここにいるワタル。

ここにいないすべてのヒトたち。

ワタルは一歩、前に出た。動き出すと、そこに流れができた。作法など教わってもいない。ラウ導師でさえ、女神に会ったときにはこうしなさいと、指示してくれたことはなかった。それでもワタルは自然に動き、女神の膝下《しっか》にひざまずくと、右手で恭しくその手を取り、左手を胸にあてて、頭《こうべ》を垂れた。

「僕の……願いは」

「あなたの願いは？」

優しく促す声が、髪を撫《な》でてくれる。

願いを、言葉に。

ワタル自身が、これこそが自分の真なる願いだと気づく遥《はる》か以前から、ワタルの心は先取りをして、辛抱強く待っていてくれた。だから、最初からそう定まっていたものであるかのように、わずかなためらいもひっかかりもなしに、言葉は揺るぎなく完成して、ワタルの内から溢《あふ》れ出た。

「女神さま。あなたのお力で、常闇の鏡を打ち砕いてください。常闇の鏡も、真実の鏡と同じく、ヒトの数と同じだけの細かな欠片《かけら》となって、ヒトびとの巷《ちまた》へと散らばるべきものです。どうぞ常闇の鏡を壊してください。そして魔界からの侵攻の道を断ち、〝幻界《ヴィジョン》〟を救ってほしいのです」

ワタルの手のなかで、女神の白い指は動かない。

「それがあなたの願いなのですか？」

「はい」

「あなたは、それがどういう願いであるのか、理解をしているのですか？」

「はい、理解しています」

「わたくしが、あなたの願いをかなえてあげることのできる機会は、この一度きり。二度はないのですよ」

「わかっています」

「あなたは後悔しないのでしょうか。この願いをかなえたら、現世のあなたの運命は、何ひとつ変わらないのですよ。あなたが幻界を訪れ、この運命の塔を目指して、数々の苦難を乗り越えてきたのは、本当に、今あなたが口にした願いをかなえるためだったのですか？」

次々と、しなやかな布を繰り出してワタルを巻き取るように、女神は質問を投げかける。ワタルはそのすべてを、しっかりと心に受け止めた。

「いいのですか？　幻界を救ったところで、あなた自身は救われないというのに」

ワタルは顔をあげた。女神の美しい面《おもて》が、頬笑みを消し、厳かなほど真摯《しんし》に張りつめた表情を浮かべて、黒い瞳《ひとみ》はひたとワタルを見つめている。

「いいえ、それは違います。女神さま、幻界が救われれば、僕も救われるのです」

ゆっくりと、女神は首をかしげる。

「あなたはここへ来る前に、幻界の悲惨な有様を見てきました。あなたの旅の仲間たちに襲いかかる、魔族の群を見てきました。だから今は、そのことばかりが心に強く焼き付き、仲間たちを助け、幻界を守ることが、何よりも大切なことだと思ってしまっているのでしょう。しかしワタル、考えなさい。あなたはもう幻界へ戻ることはありません。幻界はあなたの生きる世界ではないのです。仲間たちにも、二度とあいまみえることはありません。あなたはここから現世へ戻る。戻れば、あなたは我に返るでしょう。幻界へ来たときと寸分たがわぬ、あなたを包む過酷な運命に直面し、歯噛《はが》みし、地団駄を踏んで悔しがることになるのではありませんか。それから後悔したところで、もう遅いのですよ」

自分でも驚いたことに、ワタルは女神に頬笑みかけることができた。

「おっしゃるとおり、僕は最初、僕自身の現世の運命を変えるために、この幻界にやって来ました。旅を始めたときも、固く、固く決心していました。現世の理不尽な運命を正しい形へと戻すためにこそ、僕は運命の塔を目指すのだと」

でも、今は違うのだ。すべてが違っている。ワタルには、はっきりと見える。

「それは僕の勘違いでした。僕は間違っていたのです。なぜなら女神さま、この幻界は、僕の幻界だからです。僕は幻界を旅してきました。と同時に、旅を続けながら幻界を創りあげてきたのです。僕の幻界を」

この幻界を魔族から守ることは、ワタルがワタルの心を守ることに他ならない。

「現世に戻れば、僕には辛《つら》い運命が、そこを離れたときそのままに、僕を待ち受けていることでしょう。それはわかっています。でも、もう以前とは違う。幻界に来る前の僕と、今の僕とは違っています」

「あなたは、強くなったと言うのですか」

かぶりを振って、ワタルは続けた。「強くなったとは思いません。現世の僕は、一人では生きていくことのできない子供です。だからこそ、辛い運命に泣いてばかりいました。自分が無力だから」

今だってそうだ。一人では何もできない。寂しさに泣き、恐怖に震える。大切なものが奪われることを怖れ、傷つくことを恐れる。

「幻界を訪れる前に、僕は現世《うつしよ》で、一生のうちにこんな悲しいことは、もう二度とないだろうというくらいに悲しんでいました。こんなに人を憎んだり、怒ったりすることは、もう二度とないだろうと思うくらいに憎み、悲しんでいました。これほどの不幸は、もう二度とないだろうと思うくらいに不幸でした。だから、その運命を変えたかったのです。

幻界の旅では、数々の楽しいことに出合いました。素晴らしいヒトたちに会いました。時には旅の目的を忘れてしまうほどに、嬉《うれ》しいことがたくさんあった。でも一方で、胸が破れそうになるほど悲しいことも、死ぬほど恐ろしいことも、やっぱりあったんです。悲しみに、僕は泣きました。声をあげて泣きました。恐怖に、僕は震えました。怯《おび》えてすくんで立ちあがれないような経験もしました。だけど逃げ出すわけにはいかなかった。なぜなら旅を続けたかったから。運命の塔にたどり着きたかったから。

　そして、ようやくたどり着くことができた今、わかったんです。幻界の旅は、運命の塔というゴールにたどり着くことに、意味があったのではなかったと。この旅そのものが、僕にとってかけがえのないものだったと。この旅が、僕に教えてくれたのです。女神さまのお力にすがり、運命を変えることができようと、所詮《しょせん》それはひととき限りのものだ。僕はこれからも、喜びや幸せと同じように、悲しみにも不幸にも、何度となく巡り合うことでしょう。それを避けることはできない。ましてや、悲しみや不幸にぶつかるたびに、運命を変えてもらうわけにはいかないのです」

　自分の部屋のベッドの下に潜り込んで泣いたとき、二度とこんなふうに泣くことはないだろうと思った。だけど、カッツの死にワタルは泣いた。ミツルを見送り、ワタルは泣いた。

　別れ、失い、傷つくことは、これからも繰り返されてゆくだろう。何度運命を変えてそこから逃げ出そうと、変えた運命のその先には、またその運命のなかの喪失や別離が待っている。

　喜びがある限り、悲しみがある。幸福がある限り、不幸もある。

「幻界の旅は、僕に数々の喜びと悲しみを味わわせてくれることによって、それを教えてくれたのです。徒《いたずら》に運命を変えることによりかかり、大切なものを見失ってはいけないと。真なるものは、たとえ女神さまのお力を以《もっ》てしても変えることのできないもののなかにこそある。変えることができるのは、僕だけだ。僕が、僕の運命を変え、切り拓《ひら》いていかなくては、いつまで経っても同じ場所にいて、同じことを繰り返すだけで、命を終えてしまうことになる」

　だからこそ、ワタルはワタルの幻界を守る。ワタルの幻界を、恨みと憎しみから生まれ出る、魔族に覆い尽くさせるわけにはいかないのだ。

「非力な僕には――僕たちでは、自分の力で魔族を倒すことができません。このまま放っておけば、幻界は魔界に呑《の》みこまれてしまうでしょう。ですからお願いするのです。僕の幻界をお救いください。恨みや憎しみの闇を遠ざけ、僕に、僕の幻界に、未来をください。僕の仲間たちに未来をください」

　言葉を切って口を結び、ワタルは女神の顔を見つめた。まぶたがかすかに震えている。今にもそれがぱっちりと開き、ワタルを見つめ返してくれるのではないかと思った。

が、女神は目を閉じたままだ。ワタルの手に預けた女神の白い手も、何の感情を表すこともなく、人形の手のように動きのないままだ。

「ここで魔界からの侵攻をうち払ったとしても、幻界に未来があるとは限りません」

そう言って、女神はゆっくりかぶりを振る。

「あなたもよくわかっているでしょう。争いは続くでしょう。北の統一帝国と南の連合国家は、おいそれと和解することなどできはしません。他種族差別を根絶することも難しいことでしょう。それでもあなたは幻界のヒトびとのために、現世での自分の運命を変えることのできる唯一の好機を譲ってやろうというのですか？」

ワタルには、迷いはなかった。

「はい。そうしたいのです」

争いを重ねる愚かさも、自分の信じるものしか目に入らない心の狭さも、目先の楽にばかり手をのばす性急さも、みんなみんな含めて、それがワタルの幻界なのだから。

ワタル自身なのだから。

「間違いを繰り返しても、そこから引き返し、考え直し、生きて、懸命に生きて、また自分たちの道を切り拓いてゆくことにこそ意味があります。僕の幻界に、そのチャンスを、どうぞ与えてください。お願いします」

ワタルの心は凪《な》いでいた。女神に差し出すべき言葉は、すべて差し出した。もう胸は騒いではいない。重荷をおろしたような優しい静寂に、うっとりと身をひたすことを許されたのだ。

　ワタルはもう一度、深々と頭をさげた。

　やがて、女神のたおやかな指が、強くワタルの手を握りしめてくれるのを感じた。

「わかりました」

　女神は身を乗り出し、ワタルの頬に手をあてて、顔をあげさせた。頬笑みが戻っている。女神を包む光輪《オーラ》が眩《まぶ》しい。

「あなたの願いを聞き届けましょう。お立ちなさい」

　ワタルは立ちあがり、正しく気をつけの姿勢をとった。

「あなたの剣、あなたが完成させた〝退魔の剣〟を、わたくしにください」

　ワタルは腰の帯から剣を外し、両手で捧《ささ》げ持って女神に手渡した。

　女神も、音もなくふわりと立ちあがる。

「足元をごらんなさい」

　目を落とし、ワタルは驚いた。女神の座の真円に、映像が映っている。

　かつてクリスタル・パレスのあった場所に、漆黒の霧の翼に支えられて浮かぶ常闇の鏡。闇が漲《みなぎ》るその縁から、魔族の軍団が、あとからあとから溢《あふ》れ出てくる。ただの映像であっても、それは忌まわしく恐ろしかった。そこから目を離すことができないままに、ワタルはゆっくりと後ろに退いた。

女神は退魔の剣を抜き放つと、純白のドレスの裾《すそ》を引いて、前に出た。ぴんと腕をのばし、退魔の剣を、足元に映る常闇の鏡の真上へと捧げ持つ。

「〝旅人〟ワタルよ。運命の塔より、あなたのつかんだ解答を、今、地上へと還《かえ》します」

退魔の剣の切っ先を下に向けて、女神は静かに手を離した。落ちてゆく。女神の座を通り抜け、退魔の剣が落ちてゆく。幻界《ヴィジョン》へ。常闇の鏡に向かって。

その瞬間——

かつての皇都ソレブリアの中心に、禍々《まがまが》しく君臨する常闇の鏡。そこから侵攻する魔族の群におののいていたヒトびとは、見た。

一条の光が天からくだる。まっしぐらに落下してくる光の剣。輝きながら尾を引き、一瞬の軌跡が空をふたつに分かつ。

そして光の剣は、常闇の鏡のなかへと吸い込まれていった。

常闇の鏡を支えていた漆黒の霧の翼が、大きくはためいた。よろめくように一度、二度と空をかき、そして端から消え始めた。支えを失った常闇の鏡が傾き、漲る闇が地上へとこぼれ出るかと思われたとき、その闇を押しのけるように、鏡の中央を稲妻のような光の亀裂《きれつ》が駆け抜けた。

常闇の鏡が割れてゆく。ふたつに、四つに、八つに、始まった崩壊が崩壊を呼び、分裂が分裂を引き起こし、砕けてゆく。粉々に砕けてゆく。微細な塵《ちり》へと化してゆく。

今しも常闇の鏡から飛び出そうとしていた魔族の群が、鏡の崩壊と同時に魔界へと引き戻され、あがくように突き出した腕や翼は、一瞬にして黒い塵芥《じんかい》になる。

北大陸でも、南大陸でも、常闇の鏡が砕け散った瞬間に、町を、村を、街道を襲い、空を覆い尽くしていた魔族たちが、見えない巨人の手で握り潰《つぶ》されたかの如く、爆発するような音をたてて、瞬時に黒い塵へと変わった。魔族に向かって武器を振りあげていたヒトびと、魔族から逃げていたヒトびと、魔族への恐怖に泣き叫んでいたヒトびとは、次の瞬間に、武器を振りおろすべき相手が消えていることを知る。自分を追っていた魔の化身が消えていることを知る。悲鳴はぷつりと断たれ、呆気《あっけ》にとられて瞠《みは》った目に、魔族の残滓《ざんし》の黒い塵が、頭からばさりと降りかかる。ヒトびとは、煤《すす》まみれになった顔と顔とを見合わせる。消えた。消えてしまった。魔族はいない。

やがて歓喜の声が沸き立つ。

ガサラの町ではその時、キ・キーマがブランチの屋根の上、襲いかかる三体の魔族を斬り伏せようとしていた。頭に爪を立てる一体に、喉元《のどもと》に喰《く》らいつこうとする一体に、背中にしがみついている一体。彼らをふりほどこうと暴れるキ・キーマに、宿屋の台所から持ち出してきたフライパンを構えて、ミーナが加勢していた。

「離れなさいよ！　このバカ！　キ・キーマ、しっかりして！」

「しつこい奴らだぜ！」

傷だらけのキ・キーマは、それでもまだ闘志まんまん、ぐっと剥《む》き出した歯で不用意な魔族の指を噛《か》みちぎる。

「あんたたち、なんかに、負けるもんか！」

キ・キーマが振り落とした魔族の一体を、ミーナはフライパンでブッ叩《たた》いた。

瞬間――そいつが消えた。

みんな消えていた。ガサラの町を襲っていた、数え切れない魔族たちが消え失せた。

キ・キーマとミーナは、黒い塵をかぶって呆然《ぼうぜん》と突っ立っている。

「これ、何？」

ミーナの問いかけに、答えようとしたキ・キーマは、言葉を発する前に、口に飛び込んできた魔族の黒い残骸《ざんがい》を、ぺっと吐き出さなければならなかった。

二人は目と目を見合わせ、それから同時に空を見あげた。空のさらに上を見あげた。天上の、運命の塔を。

「ワタルだ――」

ガサラの町の門を守って、シュテンゲル騎士団の騎士たちが奮闘している。足弱な年寄りや子供たちは、町の地下室へと避難している。何とかこの攻勢を退けて、次の攻撃の波が来る前に、彼らを安全な岩場や森へと逃がさねばならない。そのためには、町の門を死守せねばならないのだ。

折れた剣を捨て、松明《たいまつ》を振り回して応戦する騎士がいる。バリケードの陰には、力尽きて息絶えた同胞たちが、甲冑《かっちゅう》をつけたまま倒れている。具足や兜《かぶと》が転がっている。

「ひるむな！　押し返すんだ！」

隊長の声が部下を励ます。無傷な者など誰もいない。数に勝り、力に勝る魔族たちの死の翼に、一人、また一人と倒れてゆく。

「隊長、危ない！」

続けざまに数体の魔族を叩き落として斬り捨て、目に流れ込む汗を拭《ぬぐ》おうと、つと腕をあげたとき、そのわずかな隙をついて、魔族がロンメル隊長に躍りかかった。背後をとられてよろめく隊長に、加勢しようと飛びかかった騎士が、急降下してきた魔族の体当たりを喰らってバリケードに叩きつけられる。魔族の群は鳴き騒ぎ、勝ち誇ったように爪を鳴らし、忌まわしい翼で空を掻《か》き乱し、その音で耳がおかしくなりそうだ。

「隊長！」

バリケードのなかからもがくように起きあがった騎士は、そのはずみで兜が脱げてしまった。頭も顔も剝き出しに、一挙に広がった視界に、立ちこめる一面の黒い黒い粒子。

これは何だ？

魔族の群は消えている。ガサラの町じゅう、いや幻界じゅうの町や村で、一斉に煙突掃除をしたみたいに、いっぱいの煤が漂っている。

煤じゃない——これが魔族の残骸だ。

唐突な勝利を、騎士たちはまだ信じることができない。それでもロンメル隊長の身を案じる騎士は、狂気にかられたかのように両手でバリケードをかき分けた。

「隊長、隊長！」

どこにもいない。姿が見えない。生き残った仲間の騎士たちは、みんな黒い塵にまみれている。銀の甲冑も台なしだ。啞然《あぜん》として空を仰ぎ、さっきまで組み討ちしていた魔族がいたところに漂う塵を、手ではらって目を泳がせている。

額や鼻の頭を真っ黒にして、誰も彼も道化師のようだ。しかし戦いにこわばっていた顔が、ゆっくりと緩んでゆく。

終わったのか？　終わったのだ。始まったときと同じように唐突に。

誰かが女神の祈りを唱え始める。すぐに皆がそれに唱和する。

でも、ロンメル隊長の姿が見えない。

騎士の頭には、バリケードに突っ込む寸前に、この目で見た光景が焼きついていた。無防備になった隊長のうなじに、魔族が牙《きば》を突き立てた――噴き出した血が魔族の牙を真っ赤に染めて――

魔族は消えた。そこここで、騎士たちが安堵《あんど》と喜びの声をあげ始める。勝ち鬨《どき》が聞こえてくる。しかし彼はまだロンメル隊長を捜している。

魔族は消えた。しかし、ロンメル隊長も消えてしまった。

常闇の鏡が塵となり、魔族の群も煤と化し、幻界の風にさらわれて、散り散りに、北大陸じゅうに、南大陸じゅうに、本来あるべきヒトびとの内へと、拡散してゆくその光景を、ワタルは静かに見守っていた。

皇都ソレブリアに、青空が蘇《よみがえ》る。それを見届けて、ワタルは女神に目を向けた。

女神は頰笑んだ。

ワタルも頰笑んだ。

再び女神の手を取ると、ワタルはひざまずいた。

「僕の願いは聞き届けられました。心から感謝いたします」

突然、その姿を借りているだけのはずの少女になりきってしまったみたいに、女神は身軽に身をかがめ、膝《ひざ》を折ると、その両腕でワタルを抱いてくれた。

「ありがとう」

香織の声で――ああ、きっとこれが大松香織の声なのだ――そう囁《ささや》かれて、ワタルの心がいっぺんにほどけた。慎みを忘れ、照れもどこかに置き去りに、それが運命の女神であることも忘れて、ワタルも香織を抱きしめ返した。

ずいぶん長いこと、そうやって抱き合っていた。女神の腕の温《ぬく》もりに、ワタルは様々なヒトの温もりを重ね合わせた。母さん。ミーナ。キ・キーマの肩車。頬に触れたカッツの指先。

最後の祈りに、握りしめたミツルの手。

「さあ、〝旅人〟よ。現世《うつしよ》に還《かえ》る時がきました」

優しくワタルの肩を押しやって、言い聞かせるように、女神は言った。

「はい」

「来た道をお戻りなさい。女神の座から降りて階段をくだれば、ラウ導師が待っているはずです」

身を起こし、乱れた衣服を整える。女神が指先で、ワタルの髪をすいてくれた。

「さようなら、ワタル」

優しい笑顔に、大きくうなずきを返し、昂《たか》ぶる想いを別れの言葉にすることはできないまま、ワタルは踵《きびす》を返した。

空っぽになった気がした。

嬉《うれ》しいのに、安堵に目が回りそうなのに、だけど悲しくて、別れが辛《つら》くて、そしてそれらすべての感情が、まだ自分のものではないような気がした。

一歩一歩が、一段一段の下降が、空を踏むようだ。漂うようだ。目は開いているのに、何も見えない。蒼《あお》い蒼い空虚のなかを、ただ泳いでゆく。

だからすぐには気づかなかった。伏せた目のなかに、泥だらけの銀のブーツの先が見えてくるまで。かちり、かちりと足音が聞こえてくるまで。

ひとつ下の踊り場に、ロンメル隊長が立っている。

気づいたワタルの顔を見て、ひとつうなずくと、またゆっくりと階段をのぼり始める。近づいてくる。

銀の兜《かぶと》を小脇に抱え、乱れてごわごわになった金髪に、血や泥がこびりついている。甲冑の胸板《プレート》には、無数の長いひっかき傷。疲れた重そうな足どりで、ちょっと右肩をさげている。首筋にも大きな傷があり、乾きかけの血が固まっている。

「……隊長さんが……どうしてここへ？」

ワタルと同じ踊り場までのぼってくると、ロンメル隊長はそこで足を揃えた。

「なぜ運命の塔に来たんです？」

ちょっとまばたきをして、静かに息を吐くと、ロンメル隊長は答えた。「私が選ばれたからだよ」

意味がわからなかった。ワタルの心は、大きな荷物をおろしたばかり。

「選ばれたのだ。半身に。ヒト柱に」

豊かに響く声が、そう続けた。

「もう一人のヒト柱、残りの半身と共に、冥王《めいおう》となって大いなる光の境界を張り直す。これから続く千年、幻界《ヴィジョン》に生きる命を見守るという大役を果たすのだ」

ヒト柱――ハルネラ。

「も、もう一人は？　半身は？」

ロンメル隊長は、すっかり汚れて壊れかけた手甲に包まれた大きな手を、ワタルの肩の上に置いた。

「君は旅をまっとうした。それならば、答は自《おの》ずと明らかだろう」

ミツルか。

「私は女神さまの御許《みもと》へと昇る。君とここで会えてよかった。幻界を去る〝旅人〟を見送ることができるという特権を与えてもらえるならば、ヒト柱になるのも悪くない」

口の端を小粋《こいき》に吊《つ》りあげて、ロンメル隊長は笑ってみせた。

失われていた感覚が、肩の上のロンメル隊長の手の感触で、呼び覚まされてゆくようだった。足にも力が戻ってきた。心の焦点があってきた。

「泣いてはいけない」

先手を打たれた。ロンメル隊長の蒼い目が、厳しくワタルを見据えていた。

「これは悲しむべきことではないのだ。だから君は、泣いてはいけない」

声が出せなかったから、ワタルは口をへの字に結び、ただうなずいただけだった。

「君が常闇の鏡を砕いてくれたのだな？」

もう一度うなずく。

「ありがとう。幻界のすべてのヒトびとを代表して、君に感謝の言葉を捧《ささ》げる」

ワタルの心が、ワタルの言葉を思い出した。言いたいことはたくさんあったけれど、ここで言うべきことが、真っ先に出てきた。

「た、隊長さん」

泣いてはいけない。

「僕――僕は、カッツさんを、守れませんでした。カッツさんを死なせてしまいました」

隊長はつと眉《まゆ》を上げ、そして目を伏せた。

「そうか」

「ソレブリアの子供をかばったんです。とっさのことで……カッツさんは鞭《むち》を落として、それでも素手で魔族に向かっていきました」

「彼女らしい」

　ワタルは、込みあげてきた嗚咽《おえつ》を押し戻すためにうなずいた。

「幻界では、ヒトは死ぬと、光になる」

「はい、知ってます。キ・キーマが教えてくれました」

「そうか。では、やがて生まれ変わることも？」

「はい」

　隊長の目元がやわらぎ、笑みが戻る。

「カッツが生まれ変わり、次の生を生きる幻界を、私は見守ることになるわけだ。悪くない。ますます悪くない」

　強がりなんかではなかった。

「願わくば、千年が過ぎて私が役割を終え、光となり、そして生まれ変わるとき、何度目かの生を得た彼女と同じ場所に置かれることを。私はまだ、カッツとの論争にけりをつけていないからね」

　これは強がりだ。

「ホントは論争なんか、したくないくせに」

顎《あご》をそらして、隊長は短く笑った。

「行きなさい。私にここで、君を見送らせてほしい」

ワタルは逆らわなかった。はいと応じて、一瞬、ひたと隊長を見つめた。

「勇敢なる〝旅人〟よ」

ロンメル隊長は拳《こぶし》を胸にあて、騎士の礼をした。

「現世の君の上にも、運命の女神の加護のあらんことを」

「ありがとう」

騎士の礼を返して、ワタルは歩き出した。隊長の視線が背中を押してくれるのを感じた。

だから振り返らなかった。

階段を下りきったところに、ラウ導師が佇《たたず》んでいた。杖《つえ》を突っ張り、そこに両手を預けて、まるでワタルがちょっとお使いに行って帰ってくるのを待っている——とでもいうような、呑気《のんき》そうな顔をしている。

「では、参ろうか」

それだけ言って、ワタルの先に立った。

嘆きの沼も、町や村の透き通ったコラージュも消えていた。女神の座に続く階段と同じ、宇宙に浮いているようなぽっかりと広漠な空のなかを、ただ導師の背中を追いかけて、静かに歩んでゆく。足元に道があるのかないのか、それさえもわからない。

また、心が空白に戻る。

要御扉《かなめのみとびら》が見えてきた。その頂きを雲と霧のなかに隠した、現世と幻界の巨大な境界。

ここを通ってきたことが、もう千年も昔の出来事のように思える。扉よりずいぶんと手前で、ラウ導師は足を止めた。首をかしげて、しげしげとワタルの顔を見た。

「退魔の剣は、女神さまにお返し申しあげたのだな?」

「はい」

「では、〝旅人〟の証《あかし》のペンダントを返してもらおう」

ペンダントを外して、導師の乾いた掌の上に、そっと載せる。導師はそれを、懐に入れた。

「おぬしは良き旅をした」

「はい」

「おぬしの旅路はおぬしのもの。何人《なんぴと》もそれを取りあげることはできぬ」

「はい」

長い顎鬚《あごひげ》が揺れる。導師が頬笑んだのかもしれない。でもそれはごくわずかなあいだのことだった。あの親しみやすい、口うるさいおじいさんみたいだったラウ導師が、まったく違うヒトのように思える。

僕が、還《かえ》ろうとしているからだ。僕はもう、幻界のものではなくなるからだ。ラウ導師とのあいだには、越えることのできない隔たりがあることを、思い出さなくてはならない。

導師は痩《や》せた枯れ木のような手を、ワタルの頭の上に置いた。

「現世《うつしよ》を生きる、小さきヒトの子よ。もうおぬしに会うことはあるまい。幻界のこの良き旅の如く、現世でも良き旅を歩まれることを」

はいと答えて、ワタルはラウ導師を仰いだ。

「導師さま、お願いがあるのですが」

導師は眉毛《まゆげ》をぴくりとさせた。

「この期に及んで、何があるのかな」

ワタルはファイアドラゴンの赤い腕輪を外し、差し出した。

「これを……返していただきたいのです。これを見れば、僕が無事に旅を終えて現世に還ったと知って、安心してくれるヒトたちのところに」

ラウ導師がむぎゅうと顔をしわくちゃにしたので、ワタルはちょっとあわてた。

「ダメですか？　図々《ずうずう》しいお願いですか？」

「難しい願いではないよ。しかし、そんなことをせずとも、おぬしの旅の仲間たちは、おぬしが目的を遂げて現世へと還ったことを、もう充分に察していることだろうよ」

「それでも、渡してほしいんです。お願いします」

　ワタルは最敬礼をした。ラウ導師は動かない。

　頭の上から、ため息まじりの声が聞こえてきた。「ま、よかろう。引き受けよう。それが気持ちというものだろうからの」

　心の底から、ワタルは感謝した。

「おや」ラウ導師が、不意に頭上を仰いで声をあげた。「おお、ここからならばよく見える」

　ワタルは導師の視線を追い、目を上げた。

　広漠とした中空。はるか高処《たかみ》を、白く輝く光の幕が、優美に裾《すそ》をたなびかせながら横切ってゆく。燦然《さんぜん》と輝き、見つめるほどに浄《きよ》い光の幕は、視界いっぱいに広がる極光《オーロラ》のようだ。滑らかな曲線が、幼子の頭に触れる母の指のように、優しく空を撫《な》でてゆく。

「新しき〝大いなる光の境界〟じゃ」ラウ導師が静かに言った。

　幻界《ヴィジョン》を護《まも》る光の幕は、これから始まる千年の新鮮な輝きで空を掃き清め、みるみるうちに遠ざかっていった。

「〝ハルネラ〟は終わった。おぬしはそれをしかと見届けた」

ワタルはうなずき、手を差し出して、ラウ導師の手を握りしめた。何も言わず、しっかりと握りしめた。

そして踵《きびす》を返し、要御扉を見上げる。

音もなく、要御扉が開いてゆく。ワタルを送り出し、そして閉じれば、次に開くのは十年の後。ワタルはもう、それを知ることはない。次の〝旅人〟が、切なる願いを抱いてここを訪れる。

「ワタル」と、導師が呼んだ。「おぬしはやがて、幻界を忘れる。この旅を忘れる。しかし、真実はその心に残る」

「真実――」

ワタルがつかんだ旅の結論。

「汝《なんじ》、立ち去る時にのみ真実を得ん」

厳かにそう言って、ラウ導師は道を開けるように脇に退《の》いた。

「帰りなさい、〝旅人〟よ。あなたには現世の子として生きる義務がある」

一歩一歩、もう戻ることのない歩みを踏みしめて、ワタルは進んだ。要御扉がワタルを迎え入れる。

現世には何が待っているのか。現世で何を感じるのか。これから現世をどう生きるのか。

すべてはワタルの心のままに。

ここへ来たとき、ワタルは一人だった。今は一人ではない。みんなが一緒だ。ミツルもカッツも、ミーナもキ・キーマも。

運命の女神の美しき姿も、この心に。


ルルドの国営天文台で、バクサン博士はちょこなんと木のブーツに乗っていた。ブーツは最上階の研究室の窓際に寄せてあり、ロミが傍らに寄り添っている。

「博士」と、ロミが呼びかけた。

「おまえの言いたいことはわかっておる。しかし、今しばらく黙っておるのぢゃ」

わしの不肖の弟子どもは、しっかりとこれを観測しておるだろうかと、博士は考えているのだった。

「消えていきますね」

ロミの言葉に、博士は返事をしなかった。二人は黙って空を見つめた。

やがて、博士が言った。「要御扉も、閉じるころぢゃ」

言葉と同時にハックションと、博士は特大のくしゃみをした。ロミはあわてて、博士がブーツから、さらには窓から転がり落ちないように、その後ろ襟をつかんでぶらさげた。

ガサラの町のすぐ外に、スペクタクルマシン団は大きなテントを張り直した。臨時の病院兼避難所にしようというのだ。

診療所の先生は、身体がふたつあっても足らないほどの忙しさだ。さっきまでフライパンで戦っていたミーナは、今は看護婦役を担って、先生と一緒に怪我人たちのあいだを走り回っていた。

心を止めて、何か考えることが怖かった。ただ目の前のことを追いかけ、次々と発生する急な用事に、追い回されていたかった。あちらで子供が泣いている。こちらで怪我人が呻《うめ》いている。包帯は？　薬は？

「ミーナ！」

大テントの入口で、ブブホ団長が呼んでいる。

「こちらにおいで。ババさまがおまえにご用があるそうだ」

ミーナは怪我人たちの列を縫い、時にはその足元をまたいで、やっとこさ団長のそばまでたどり着いた。

「手が五本も六本もほしいくらいなの。ババさまは急ぎの用事なのかな？」

「自分で行って、訊《き》いてごらん」

ブブホ団長の目は優しかった。

「そしておまえも少し休みなさい。深呼吸をひとつするあいだだけでも。そんな思い詰めた瞳《ひとみ》をしていないで」

ミーナは外に出た。

ババさまは、大テントのすぐそばに、小さな机と椅子を出し、その上に水晶球を載せて、ちんまりと座っていた。周囲の喧噪《けんそう》から切り離されて、ババさまの後ろ姿だけを見ているならば、幻界にもガサラにも、何も起こらなかったみたいだ。

忙殺されているうちに、夕暮れになっていた。茜色《あかねいろ》の空が頭上に広がっている。魔族の忌まわしい翼の影など、もうどこにも欠片《かけら》も見えない。

ワタルが、わたしたちを助けてくれたんだ。女神さまにお願いして、魔族を退けてくれたんだ。

（あとでね、ミーナ）

崩れたソレブリアの城壁のそばで、最後に交わしたあの言葉。

あれは約束だったのだ。その約束は果たされた。

だけどワタルの願いは？　ワタルの旅は、この終わり方でよかったの？　必死で考えないようにしていた疑問が、あとからあとから心に浮かび上がってくる。

そしてミーナは自分を責める。そうした想いの様々を押しのけて、いちばん強く心

を震わせるのが、

——もう、ワタルには会えないの？

その悲しみだということに。

そんなの、あたしの勝手だ。ワタルは現世のヒトなんだから。ワタルは〝旅人〟だったんだから。

ババさまはミーナの足音に、丸い背中をさらに丸めながら、振り返った。

「おお、来たね」

水晶球をつるりと撫でて、その手をミーナに差し出した。

「これをのぞかなくても、もう見える。ババに手を貸しておくれ」

ミーナはババさまの手を取った。ババさまはミーナをひっぱり、大テントから遠ざける。そして顔を上げる。

「さあ、ごらん」

言われたとおりにしてみた。しかし、夕空の美しさにも、ミーナの瞳は輝かない。

「ババさま、何もないよ。お空が広がってるだけじゃない」

「消えかけておる」

ババさまの指先が、空の一点を指し示す。

尖《とが》ったような赤い光点だ。いつも見えていた。見たくなくても目に入った。ミーナにとっては、時に魔族よりも忌まわしいものであったその光。

北の凶星《まがぼし》の輝きが、薄れてゆく。見つめるうちに、夕空のなかに吸い込まれてゆく。

ハルネラが終わってゆく。

幻界の、次なる千年が今始まる。

皆がそれを見ていた。皆がそれを見送っていた。見届けていた。

嘆きの沼の畔《ほとり》では、シン・スンシが眼鏡を外し、凝った肩をぽんぽんと叩《たた》く。ティアズヘヴンでは門番が、魔族の残骸《ざんがい》を掃き清める手を休めて空を仰ぐ。サタミの病床に付き添うサラが、窓に小さな手をかけている。

ドラゴンたちも龍の島へ戻ろうとしている。傷ついたジョゾは両親のあいだにすっぽりと挟まって、岩の亀裂《きれつ》からのぞく空を見ている。

皇女ゾフィは、ようやく合流したアジャ将軍の部隊の駐屯地で、どっしりとした天幕を持ちあげて、空を見る。その脳裏に、クリスタル・パレスのミツルの寂しい横顔が蘇《よみがえ》る。

かつてトリアンカ魔病院のあったスラの森では、なぎ倒された木々の上を静かな風が渡り、小動物たちが駆け抜けてゆく。通りかかったダルババ車の御者台で、水人が夕暮れの空を見ている。

ハルネラは終わった。

大いなる白き光の境界は張り直された。女神の御代《みよ》よ、永遠なれ。

ミーナ、ミーナ！　今度はパックが呼んでいる。振り返ると、大テントの脇で、忙《せわ》しなくぴょんぴょん飛び跳ねている。キ・キーマが一緒にいるけれど、その顔は疲れて悲しげで、いかつい身体がひとまわり縮んでしまっているみたいだ。

　ミーナの胸が騒いだ。

「パック、どうしたの？」

キ・キーマが大きな手で頭をかく。そんな顔をしていることを恥じているみたいに、バツが悪そうに。パックはくるりと宙返りしてから、ミーナに駆け寄ってきた。

「さっき、白い鳥が飛んできたんだよ」

「白い鳥？」

「うん。おいらの肩にとまったんだ。とまったと思ったらもういなくなってた。そンで、こいつが手のなかに落ちてきた」

　パックはぱっと掌を開いた。

その真ん中に、ファイアドラゴンの腕輪が載っていた。

　ワタルの腕輪だ。ミーナは手で口元を押さえた。

「これ、いつか会った、ミーナの友達のつけてた腕輪だろ？　ハイランダーの腕輪だろ？」

「ワタルのだ」と、キ・キーマが言った。「俺たちへの挨拶《あいさつ》だよ。ワタルは無事に運命の塔に行った。女神さまにお会いして、俺たちの幻界《ヴィジョン》を救ってくれたんだ。そして還《かえ》っていった――ワタルの世界に。それを伝えるために、ファイアドラゴンの腕輪を残していってくれたんだ」

わかっているのに、これは目出度いことなのに、何で俺はこんなに悲しいんだろうと、キ・キーマは言うのだった。そしてぐいぐいと顔を拭《ぬぐ》った。

ミーナは腕輪を手に取ると、それを頬にあてた。涙が溢《あふ》れた。

「ミーナ、どうして泣く？　なんで泣くんだ？」

パックがあわてている。ミーナはゆっくりと膝《ひざ》を折り、しゃがみこんで顔を隠した。

ワタルは行ってしまった。幻界を去った。

旅は終わったのだ。

「何て言えばいいんだろうな」

キ・キーマの目が潤んでいる。大きな水人族が、全身で泣いていた。

「こんなとき、何て言うんだ？　やっぱりサヨナラかな？　俺たち、ワタルにサヨナラを言ってなかったよな」

ミーナはキ・キーマに抱きついた。

「サヨナラなんて、言わないよ！」

パックが今度はバック転をして、きかん気そうに口を尖らせる。

「ミーナ、教えてくれたじゃないか。おいらに教えてくれたじゃないか。サヨナラの時、サヨナラって言っちゃいけないよって」

涙を拭《ふ》いて、ミーナは顔を上げた。「そうだっけ。そんなときは何て言えばいいって、あたし、パックに教えたの？」

得意そうに胸をふくらませて、パックは答えた。「元気でねって！」

キ・キーマと顔を見合わせて、ミーナは頰笑んだ。涙に彩られた笑顔に、夕陽が映えた。

「そうだね。それがぴったりだ」

暮れゆくガサラの町の夕空に、北の凶星はもう完全に姿を消した。夜の帳《とばり》と共に、星々がもうすぐ輝き始める。降るように空を彩り、幻界を優しく寝かしつけるために。

ミーナとキ・キーマは、しっかりと抱き合いながら天を仰いだ。それぞれに心のなかで呟《つぶや》いた。きっと聞こえる。ワタルに届く。

わたしたちの〝旅人〟。わたしたちの旅の仲間。ワタル、あなたがそうしてくれたように、わたしたちもあなたに幸《さち》多かれと祈ろう。

元気でね。

終　章

ガス臭い。

どこか遠い遠い場所から駆け戻ってきた。途方もない距離を飛び帰ってきた。その勢いのままに、亘《わたる》は跳ね起きた。

自分の部屋だ。ノートや参考書が積みあげてある学習机。ちょっとスプリングの緩んだ椅子の座部には、母さんが縫ってくれたキルトの座布団が載せてある。スチールの書棚には、事典や科学雑誌が並んでいる。その後ろにはゲームの攻略本やコミックと一緒に、『ロマンシングストーン・サーガⅢ』を買うためのお小遣いを貯めている、秘密の貯金箱も隠してある。

僕の部屋。僕の家《うち》。

だけどガス臭い。クーラーは停まっている。どんよりとした夏の夜気に混じる、不愉快で危険なこの匂い。

けたたましい音をたてて、ガス漏《も》れ警報器が鳴り始める。

上掛けをはね除《の》けて、亘はベッドから飛び出した。

「母さん！」

大声で呼びながら、リビングに駆け込んだ。母の寝室のドアは開いている。台所から流れてくる強いガスの匂い。自分の部屋にガスが充満しやすいように、母さんはドアを開け放っておいたんだ。

息を止めて台所に入り、とっさに灯《あか》りをつけようとして、スイッチに触れたところで気がついた。ダメダメ、危ない！　火花が出たら爆発しちゃう。ぱっと手を離し、手探りでガス栓を見つけてぎゅっとひねった。

それからまたリビングにとって返すと、窓という窓を開け放った。どたどたと足音をたてて母の寝室に入ると、青白くやつれた月のような寝顔が見えた。枕の上に頭を載せ、仰向《あおむ》いている。夏用の薄い上掛けなのに、その下の身体の線がほとんど見えない。短いあいだに痩《や》せてしまった。辛《つら》かったから。悲しかったから。

だけど、死ぬことはない。死のうとするなんて間違いだ。

寝室のカーテンは重く手《て》強《ごわ》く、気ばかり焦る亘の手から逃げてゆく。亘はカーテンに飛びついてぶらさがった。ぶちりと音がしてカーテンごと床に転がり、からまってしまった。それでも心は歓声をあげていた。もがきながら立ちあがって窓を開ける。間にあった！　母さんは大丈夫だ。僕が助ける！　助けることができる！

〝幻界《ヴィジョン》〟から現世《うつしよ》へ、戻ってきたのはこのポイントだった。ミツルがワタルを助けてくれた、出発点のこのポイントだった。

　ガス臭さはだいぶ薄れた。それでも亘は用心に用心を重ね、真っ暗な部屋のなかを、廊下を、壁や家具にぶつかったり跳ね返されたりしながら駆け抜けて、玄関から外へ出た。お隣さんは、すぐ起きてくれるだろうか？

「すみません、電話を貸してください！　すみません、隣の三谷です！　救急車を呼びたいんです、電話を貸してください！」

　現世のこの夜に、月は出ていなかった。マンションの共用廊下に灯《とも》る蛍光灯が、亘の奮闘を静かに見守っていた。

　ルゥ伯父《おじ》さんは、千葉の家から車を飛ばして駆けつけてくれた。午前三時。救急処置室の外の廊下で、二人は肩を並べて腰をおろしていた。

　発見が早かったから良かったと、お医者さんは言った。

「お母さんの意識が戻るまでは、慎重に様子をみる必要がある。でも、命には別状ないと思うよ。坊や、お手柄だったね」

　若いお医者さんだった。急患の搬入口に救急車が乗りつけたときには、眠たそうな顔をしていた。でもストレッチャーを見るなりしゃっきりとした。そんなもんなんだ。

お医者さんもハイランダーたちと同じだと、亘は思った。

亘も診察を受けた。目がチカチカしない？　しません。胸苦しくない？　全然。頭が痛くはない？　痛くないです。

僕は大丈夫です。母さんが目を覚ますまで、待っていてもいいですか？
そうして伯父さんと二人、ずっとこうしている。廊下のベンチは大人サイズだから、深く腰かけると足が床に届かない。ぶらぶらしてしまう。僕は一人前のハイランダーなのに、なんでこんなふうにお子さまみたいに座っているんだろう？

そして思い出す。僕はもうハイランダーじゃないんだ。勇者の剣もない。宝玉の力も消えた。

僕は三谷亘に戻った。

「都市ガスじゃ死ねないんだがな」

唐突にぼそりと、ルウ伯父さんが呟《つぶや》いた。両肩を落として、大きな手はぐったりと両足のあいだに垂れている。

以前にも聞いたことのある台詞《せりふ》だ。そう、美鶴《みつる》がそう言っていたのだ。都市ガスじゃ死ねないんだよ。でも爆発したらえらいことになる。

美鶴——彼はもういない。いや、本当にいなくなったのだろうか？　現世に戻ってきていないのか？

「亘、眠くないか？」

ルゥ伯父さんが訊《たず》ねた。髭《ひげ》が伸びかけているので、顎《あご》や口の周りが青黒い。悲しげにしばたたく、二重まぶたの大きな目。

気落ちしているときのキ・キーマそっくりだ。大きな身体も優しい心も。

「眠くないよ、大丈夫」

「くたびれたら、伯父さんによっかかって眠ってもいいんだぞ」

「うん」

疲れてはいなかったけれど、不意に、コントロールがきかないほど強い感情に呑《の》みこまれて、亘は伯父さんによりかかった。伯父さんは亘の身体に腕を回してくれた。

ちょっとのあいだ、そうやって黙っていた。

「ごめんな」と、伯父さんが言った。「大人の勝手で、おまえに辛《つら》い思いばっかりさせてる。ひでぇ話だ。ホントにひでぇ」

割れて震える声だった。伯父さんの内側で伯父さんの心が泣いていて、その声が、涙なんか流していないし泣きそうになってもいない伯父さんの、しっかりした大人の声のなかに混じっている。

「伯父さん」

「む？」

「僕、伯父さんに会ったよね？」

伯父さんは頭を動かし、上から亘の顔をのぞきこんだ。

「何の話だ？」

疲れて青ぶくれた顔が、きょとんとしている。本当に当惑している。

あ、そうか。二つ目の宝玉を手にしたとき、光の通路を抜けて現世に戻り、僕は母さんの入院している病室を訪れた。そして帰ろうとしたときに、伯父さんがやって来たんだった。だからそれは、これから起こることなんだ。

でも僕は、もう現世に戻ってきてしまっている。だからあの出来事はもう起こらない。

時が戻っている。幻界で過ごした時は、現世の時として勘定されていないのだ。やっとそれが実感としてわかってきた。「ガスの夜」というポイントに帰還したということは、そういうことなのだ。

それならば、なおのこと気になる。芦川美鶴はどこにいる？　大松香織はどうしている？　そういえば、石岡健児だって——

伯父さんがごつい手で顔をごしごしこすっている。亘は伯父さんを慰めたいと思った。僕はもう大丈夫——伯父さんが思っている大丈夫の意味を超えて大丈夫なのだということを知らせたいと思った。

だけども、何と話しかけていいのかわからなかった。うっかりすると、泣いてしまいそうな気もした。悲しいわけじゃなくても、手に余るほど大きな感情を抱えると、泣いてしまう。それは亘がまだ子供だからだ。

もう勇者のワタルではないからだ。

亘は伯父さんにゆったりと身体を預け、深くもたれかかった。伯父さんの身体は温かく、ローションの匂いがした。

「伯父さん」

「うん？」

「安心したら、ちょっと眠くなってきちゃった。寝てもいい？」

「いいぞ」

亘は目を閉じた。浅い眠りに落ち込むと、すぐ夢を見た。ダルババ車に乗っている夢だった。御者台にはキ・キーマがいて、陽気な声でダルババをせき立てている。

そこで初めて涙が出た。現世に戻ってようやく流す涙には、懐かしい味がした。

結局、夜明けまで病院にいても母さんに面会することはできなくて、伯父さんと亘は、一度マンションへと引きあげた。

朝ご飯はマクドナルドで済ませた。早朝の店は空《す》いていて、パンケーキを頑張る亘のすぐ隣にまで、喫煙席で新聞を読んでいる背広姿の男の人が吐き出す煙が漂ってきた。

「亘」

「なぁに」

伯父さんはコーヒーの入ったプラスチックカップを手に、ちょっと首をかしげている。

「何？」

伯父さんはカップをトレイに置いた。困ったみたいに眉《まゆ》を寄せている。

「おまえ、さ」

「うん」

「何だか、急にしっかりしたな」

静かな口調だけれど、驚きがこもっている。亘を見る伯父さんの視線のなかに、「観察」という要素が入っていた。

亘は頬笑んだ。心のなかに、温かなお湯が満ち溢《あふ》れるように、優しさと感謝と、それと名づけようのない輝かしいものが広がってゆくのを感じた。

急にしっかりしたわけじゃないんだよ、伯父さん。僕はずうっと旅をして、帰ってきたんだ。

「お母さんが死ななくて、よかったって思ってるんだ」と、亘は言った。「死んじゃいけないよね。そうだよね？」

　そうだと答えるかわりに、伯父さんはうなずいた。目が潤んでいた。

　学校はもう夏休みだ。行っても誰もいやしない。亘はまっすぐ芦川美鶴が叔母《おば》さんと住んでいたマンションを目指した。

　朝のことで、管理人さんが集積所にゴミを積みあげていた。亘が自動ドアを抜けてロビーに駆け込むときは知らん顔をしていたけれど、はあはあいいながら出てきたときには、作業の手を止め、訝《いぶか》しげな顔でこちらを見た。

「何だね、坊やは」

「あの、あの」

　芦川の表札は消えていた。郵便受けの、彼が叔母さんと暮らしていたはずの番号のところには、真新しい白いネームプレートがかかっているだけだった。

「芦川さんて、引っ越しちゃったんでしょうか？」

「アシカワ？」

「若い女の人と、僕ぐらいの男の子の二人暮らしのおうちです。僕、その子と友達だったんだ」

管理人さんは額に手をあてて考えた。ああ、と声をあげて自分のおでこをぽんと打つ。

「引っ越してったよ」

「いつですか？」

「つい最近だ。学校の夏休みが始まった日だったかなぁ」

「引っ越してゆく二人を見たんですか？　ちゃんと二人いましたか？　男の子はいましたか？」

詰め寄る亘の勢いに、管理人さんはたじたじとなった。でもさすがは世慣れた大人で、すぐに形勢を盛り返し、逆に亘をぎろりと睨《にら》んだ。

「何でそんなことを訊《き》くんだね？　坊やがその子と友達だったなら、とっくに知ってるはずじゃないのかね？」

本当は、ここに何しに来たんだね、おや、何だか坊やの顔には見覚えがあるようだ──管理人さんが腰に両手をあて、本格的に睨みをきかそうとし始めたとき、亘はもうそこにはいなかった。

誰に訊けばいいだろう？　カッちゃんにも早く会いたいけど、彼は芦川のことはよく知らない。

宮原だ。宮原祐太郎がいる。優等生同士で芦川と仲が良かった。クラスも一緒だ。

えーと、宮原の家ってどこだっけ？

宮原祐太郎は、古い木造の家の小さな庭で、弟妹《きょうだい》たちと朝顔やヒマワリの面倒をみているところだった。よちよち歩きの妹の持っている赤い如雨露《じょうろ》が可愛い。宮原は、彼の身長よりも高く伸びたヒマワリに、支柱を立てている。

庭を囲むスチールの柵《さく》に手をかけて、亘がおはようと声をかけると、かなり驚かしてしまったのだろう、ぱっと振り返った。

「あれ、三谷じゃないか。おはよう。早くからどうしたんだよ」

宮原もスチールの柵に近づいてきた。亘はもごもごと言い訳を並べた。弟妹たちは亘に関心がないのか、咲いている朝顔の数を数えることに熱中している。

「あのさ、宮原。芦川のこと、知ってる？」

「芦川？　うちのクラスの？」

何のためらいもなしに、宮原はそう訊き返してきた。そう！　芦川はいるんだ。美鶴はいるんだ。

「あいつがどうかしたの？」

「今……どこにいるか知ってる？」

「どこって」宮原は目をパチパチさせている。「引っ越したよ」

ああ、やっぱりその返事か。

「転校生だったよね？　もう引っ越しちゃったの？」

「うん。忙《せわ》しなかったな。だけど家の都合じゃ、しょうがないだろ」

のんびりとした口調だ。

「そうだね……。芦川って、どんなヤツだったかな」

宮原は、今度こそ完全に面喰《めんく》らったのだろう、まじまじと亘の顔を見た。亘の全体を見回した。僕は三谷亘に化けた宇宙人と話をしているのじゃないかと疑っているみたいに。

「どんなヤツって言われても……」

そして笑いだした。

「ヘンだなぁ。だって三谷は、芦川のこと知らないだろ？　クラスが違うし」

「塾で一緒だったからさ」

「そうかぁ？　だけど話なんかしたことなかったろ？　あいつ無口だったし」

そうだねと、亘はうなずくしかなかった。

芦川の家に起こった事件のこと、話題になったよね？　お母さんたちが噂していたよね？　それが石岡健児たちの事件と重なって、芦川はモンダイジ扱いされてなかった？

訊《たず》ねたい。だけど、どう訊いても見当違いになりそうだ。

亘の帰還した現世《うつしょ》に、亘の知っていた芦川美鶴はもういない。いないのだ。最初からいなかったみたいに、いなくなってしまったのだ。

「三谷」と、宮原が呼びかけた。今度は彼の方が、スチールの柵に片手を載せている。亘の手のすぐそばに。

「あのさ」

彼が言い出しかけたとき、弟が大きな声を出した。「お兄ちゃあん！」

「マユミがじゃまするからアサガオ数えられないよう！」

小さい妹がわっと泣きだした。宮原は亘と弟妹たちのあいだで、お兄ちゃんになりきろうか亘の友達に徹しようか、身体ごと迷っている。

「チビちゃんが泣いてるよ」と、亘は促した。

「う、うん」

宮原は柵から手を離し、妹たちの方に身体を向けた。そこでまたちょっと迷い、気が変わらないうちに大急ぎで言ってしまおうというように、早口になった。

「学校のお母さんたち、おしゃべりだから」

「え？」

「夏休み前に父母会とかあったし、噂好きの小母《おば》さんもいるからさ、うちの母さんが、ちょっと聞いてきて——」

宮原が何を言おうとしているのか、亘にもわかった。一瞬、ガス自殺未遂の話がもう伝わっているのかと思ったけれど、いくら何でもそれは早すぎる。宮原のお母さんの耳に入ったのは、それ以前の噂話だろう。

亘たちの暮らすマンションに、亘の同級生はいないけれど、同学年の子供たちはいる。彼らや彼らの家族が何か聞きつけたり、察したりして、それが噂になったのだろう。

だって千葉のお祖母《ばぁ》ちゃん、声がでかいからなぁ。

「三谷ン家《ち》、いろいろ大変だって？」

「うん」亘は素直にうなずいた。安心してそうすることができる相手だ。そして亘も、ヘンに頑《かたく》なにならずに事実を認めることができるほどに強くなった。

「うちも、ホラ」

宮原は照れくさそうに鼻の下をこすった。

「親は再婚だから。いろいろゴタゴタしたんだよ」

妹の派手な泣き声はおさまっている。二人でアサガオの根本にしゃがみこみ、何か掘っているみたいだ。

「オレも……すごく嫌だと思ってた。そのころって」

「うん、わかる」

宮原は笑顔になった。「だけど、今じゃそう悪くないよ。妹も弟も、可愛いし。うるさいけどさ」

今度は弟が泣きだした。チビちゃんに赤い如雨露で叩《たた》かれた。

「うん」と、亘は言った。胸が熱くなって、それ以上の言葉が出てこなかったのだ。

「だからさ」宮原は自分で自分にうろたえている。「何かその……なんていうか」

がんばれよ。正しい言葉が見つかってほっとしたみたいな顔でそう言った。

「うん」

おにいちゃぁあああんと、弟たちが二人で泣きわめく。宮原はアアはいはいと、それでもやっぱり楽しげに、二人のそばに引き返していった。

それにしても、アサガオ、いったいいくつ咲いてるんだろ？

家へと引き返す道、亘は頭も心も真っ白で、何も考えていなかった。不在の芦川美鶴がつくった空白と、宮原がくれた温《ぬく》もりが、確かにそこにあるだけだった。

だから、どこを歩いているのかさえ意識していなかった。道の反対側から、首からラジオ体操の出席カードをぶらさげて、大あくびしながらカッちゃんがやって来る。それを見ていても、認識するまで時差があった。

「ふわわぁぁぁぁ――よう」

カッちゃんは亘に手を振る。オハヨウと言ったつもりであるらしい。

亘は足を止めた。その場で固まってしまってカッちゃんを見つめる。

小村君、転校生の芦川美鶴を覚えているかね？

「何だぁ？　朝からこんなとこで何してンの？　ラジオ体操、こっちの方じゃないだろ？」

「カッちゃん」

「何だよ」

カッちゃんはひゅっと顎《あご》を引く。真面目《マジ》じゃん、三谷。朝っぱらから。

「鳥を逃がしてくれて、ありがとう」

「あん？」

カッちゃんの反応を見届けるまでもなかった。やっぱり、あの出来事も起こらなかったことになっているんだ。だって、時制からすれば、あれも未来の事だもんな。

「何でもないよ」と、亘は笑った。

「顔洗ってねえだろ？　ていうか、寝てないような顔してんじゃん」

そうなんだと亘が答える前に、カッちゃんの賢い頭脳がくるくると働き、

「もしかして」と、心配そうな表情になった。「家で何かあったか？　おじさんのこ

とで」

カッちゃんには隠せない。でも、今この場で言って心配させることもない。もっと落ち着いてから話そう。

「カッちゃん」

「あ？」

「六年生の石岡って、どうしてるかな」

「石岡健児？　あいつのこと？」

「うん」亘は言葉を選んだ。「記憶ソウシツとか……そういうことになってない？　行方不明になって、やっと戻ってきたと思ったら、魂が抜けたみたいになっちゃってたとか」

カッちゃんは目を寄せて亘の顔を見た。それからずずいと近づいてきて、亘の鼻先で手をひらひらと振ってみせた。

「見えるか？　これ、わかる？」

「わかるよ」亘は噴き出してしまった。しかしカッちゃんは手を緩めない。

「おまえがゆうべ寝てないのは、『探偵メドウズ　消えた依頼人』をやってたからだな？　推理アドベンチャーゲームとしては、シリーズ最高の傑作って言われてンだよ。ハマると徹夜は確実だってな。三谷クン、目を覚ましてくれ。オレたちの現実生活のなかには、失踪《しっそう》者なんか一人もいないぞ」

亘は笑い転げた。カッちゃんは亘をつかまえて、ミタニミタニしっかりしろと揺さぶった。笑いながら揺さぶり続けた。

「石岡は行方不明になんかなったことねぇよ。記憶ソウシツにもなってねェ。けど、最近おとなしくなったって話、聞いたな。誰かがあいつをつかまえて、あの曲がった根性を、ちょっと直してくれたのかもな」

それだけ聞けば、充分だった。

病院から連絡があったのは、その日の昼過ぎのことだった。そのころには千葉のお祖母ちゃんも来ていたけれど、亘はルウ伯父《おじ》さんと二人で病院へ出かけた。

母さんの病室に入るときは、伯父さんも廊下で待っていてもらった。

母さんは泣いたし、亘も泣いた。母さんは謝り、亘も謝った。

だけど大切な言葉は、やっと二人の涙の波がおさまったころに、母さんの口からぽろりとこぼれ出た。

「意識を失っているあいだ、ずっとね……母さん、夢を見てた」

「どんな夢？」

それがねえ——母さんの瞳《ひとみ》を見るだけで、亘にはわかった。母さんが見ていた夢の欠片《かけら》が、そこに残っていたから。

「不思議な夢だったの。あんたの好きなテレビゲームそっくりの……別世界の夢だった。そのなかを、亘が旅をしているの。見習い勇者になって旅をしているの。大きなトカゲ男みたいな人と、ネコ耳の女の子と一緒に、楽しそうに旅をしているの」

「母さん、その旅がどんなものだったか、覚えてる？」

もしも覚えていなかったなら、僕が話して聞かせてあげる。残らず、すっかり話してあげる。そしてその旅から、僕が何を持ち帰ったのかも。

「覚えてる。何もかも覚えているわ」と、母さんは言った。「亘、あなたは立派な勇者だったよ」

「母さん」と、亘は言った。「それなら、僕らはもう大丈夫だね」

失ったものを嘆いて自分を苦しめるよりも、今の自分たちを大事にすることができるよ。

「お父さんが……帰ってこなくても？」

母さんが小さく訊《き》いた。

「うん」と、亘はうなずいた。「だって、世界はまだ残っているんだからさ」

僕の幻界《ヴィジョン》。僕の現世《うつしよ》。

母さんの瞳に、ミーナの青灰色《ブルー・グレイ》の瞳が重なって見える。最後まで亘を励ましてくれた、〃棘蘭《しらん》のカッツ〃の黒い瞳がかぶる。

騎士の礼で亘を見送ってくれた、ロンメル隊長の蒼《あお》い瞳が映る。

母さんは亘を抱きしめた。

それから数日後のことである。

母さんが退院してきたので、亘と二人、しばらく千葉のお祖母ちゃんの家に行くことになった。お祖母ちゃんは、邦子さんはホントは小田原の実家へ行きたいんじゃないのなんてスネていたけれど、

「今後のことを、お義母《かあ》さんともゆっくり相談したいですし。お願いします」

母さんにそう言われて、ほっとして、険しい顔を緩めて、いそいそと先に帰っていった。

父さんからは、何度か電話があった。母さんは、かなり長いこと話し込んでいた。でも、もう泣いたり叫んだりはしなかった。

亘は、僕は大丈夫だよと、父さんに言った。

「邦子さん、すまないね」

お祖母ちゃんがそんなことを言っているのも、ちらりと耳にした。まず、カッちゃんに知らせなければならない。そして小村の小父《おじ》さん小母《おば》さんが許

してくれたなら、カッちゃんも後から千葉の家に遊びに来るのだ。ルウ伯父さんは、夏休みじゅういたっていいぞと言ってくれていた。

「そのかわり、二人にはうんと働いてもらうからな」

もちろん、カッちゃんは大喜びだった。

「だけどルウ伯父さんは手強《てごわ》いよ。スイカ割りバトルをやらされるからね」

「そりゃ何だ？」

「スイカ割りなんだけど、棒を持って目隠ししてるのが一人じゃないんだ。全員なんだ」

「ゲゲゲ！」

小村家を出る間際まで、亘はある場所へ、カッちゃんを誘おうと思っていた。一人で行く勇気が出なかったのだ。

でも、それじゃねと別れる時になって、一人で行くべきだと心を決めた。

そして、大松さんの幽霊ビルに足を向けた。

あの場所がどうなっているのか、今までこの目で見る勇気がなかった。何も変わっていないのだろう。変わっているわけがない。でも、それを確かめるのが怖かった。

建築途中で放置された中途半端な鉄骨が、色褪《いろあ》せた青いビニールシートに包まれて立っている。

「建築計画のお報《しら》せ」の看板が、雨ににじんだ文字をさらして傾いている。そんな光景を目にしたら、本当に本当にすべてが終わり、

――魔法が解けてしまった。

それを実感することになるのが怖かった。

だから亘はゆっくりと歩いた。どうしても伏し目がちにもなった。

それでも、音は聞こえた。

重機の唸《うな》りだ。目をあげると、ブルドーザーとクレーン車が、幽霊ビルの前の路上に頑張っているのが見えた。

ビニールシートが剥《は》がされ、幽霊ビルが裸になっている。クレーン車のアームの先には、錆《さ》びかけた鉄骨がぶらさがっている。

お化けビルが解体されている。亘は駆け出した。

後ろからぽんと肩を叩《たた》かれたのは、あの鉄の階段、ラウ導師に出会った場所、亘を要御扉《かなめのみとびら》へと導いてくれたあの通路が、ビルの本体から取り外され、ゆっくりと運び去られてゆくのを見つめている時だった。

「やあ、三谷君」

振り返ると、大松社長がニコニコ笑って亘を見おろしている。

「こ、こんにちは」

「びっくりしたろう？」社長さんは、解体されてゆく鉄骨に向けて手を振った。

「取り壊しちゃうんですね」

「うん。雨ざらしで、すっかり傷んでいたからね。いったん壊して、一から建て直すことになったんだよ。やっと資金の都合もついたし、今度こそいいビルを建てるぞ」

　お化けビルは地上から消えるのだ。

　視界が、ほんの少しだけにじんだ。たくましい重機の稼動音が、亘のため息をかき消してくれた。

　さようなら。

　そのとき、大松社長がつと脇に寄り、親しげに身をかがめて、誰かに耳を寄せた。亘は、社長さんの隣に、社長さんの陰に隠れるようにして、「誰か」がいることに気がついた。

「そんなに恥ずかしがることはないだろう」

　社長さんは嬉《うれ》しそうに笑い、その「誰か」の肩に手を回した。

「三谷君には、以前にも会ったことがあるんだよ。おまえは覚えていないだろうけれど」

　大松香織だった。

車椅子に乗ってはいない。ほっそりとしたきれいな足。膝丈《ひざたけ》までの、袖《そで》なしの白いワンピース。肌は眩《まぶ》しいほどに白く、ポニーテールにした艶《つや》やかな黒髪が、夏の強い陽射しを照り返している。

「最近、具合がよくなってきてね」

大松社長は、宝物に触れるように、そっと香織の肩を撫《な》でている。

「今日もちょっと散歩しようと思って出てきたんだ。ほら香織、コンニチハは？」

少女は魅入られたように亘を見つめている。どこかで会ったことがあるけれど、どこだったのかは思い出せない。言葉を交わした記憶はあるけれど、その内容は忘れてしまった。

思い出そうとしてつかめないけれど、確かにわたしはあなたを知っている。黒い瞳がそう告げている。

もう薄れゆくだけの記憶だけれど。

「僕……」

魂は、あなたのもとに還《かえ》っていた。ちゃんと、ちゃんと還っていた。

この肩に乗った、白い小鳥。

「僕、このビルのなかに忍び込んで、ひっくり返っちゃったことがあるんです。それで社長さんのうちで介抱してもらったんです」

気がついたら、ぺらぺらしゃべっていた。自分の声じゃないみたいだった。

大松社長は笑った。「そうそう、そんなことがあったんだ」

亘はただ、大松香織を見つめていた。香織も亘を見つめていた。

「こんにちは」と、彼女は言った。

わたくしにあなたの退魔の剣をください。あのときの声だった。華奢《きゃしゃ》な手を亘に差しのべた、あのときの姿だった。

その腕が、幻界を去る亘を慰め励まし、温かく抱きしめてくれたことを、けっして、けっして忘れはしない。

あなたは僕の運命の女神でした。

「初対面の挨拶《あいさつ》ってわけだ。あらためてよろしくな、三谷君」

大松香織は父親を振り仰ぎ、まぶしそうに笑った。その笑顔は、真夏の太陽よりも明るく、大松社長の顔を照らしている。

「こんにちは」と、亘も言った。

ヴェスナ・エスタ・ホリシア。
再びあいまみえる時まで。
幻界《ヴィジョン》に、現世《うつしよ》に。
人の子の生に限りはあれど、命は永遠なり。

解説　世界でいちばん大切なもの

大《おお》原《はら》まり子《こ》

いちどページを開くとおもしろくてやめられず、「いつまでおきてるの」と家族に叱られ、朝陽が昇るまで読みふける——そんな至福の読書体験を味わいたいなら、『ブレイブ・ストーリー』をめくるといい。

小学校五年生の少年、三谷亘は、両親の離婚という現実をつきつけられ、心が凍りついてしまう。子供にとって家庭は世界そのもの。安心できる世界が突然、奪われてしまったのだ。

几帳面《きちょうめん》でまじめな、ある意味かたくなな母、論理的で頭はいいけれど、ちょっと冷たい感じの父。

家が居酒屋をやっているクラスメイトのカッちゃん、努力しなくても優等生の宮原、素行不良の石岡。独り者のルウ伯父《おじ》さん。父の恋人。亘のほのかな初恋相手といってもよい、車椅子の美少女。

そして……実の父親に一家を惨殺されたという、転校生の芦川美鶴。

この大作の四分の一も使って、主人公・亘が生きる現実の世界が、ていねいにていねいに描かれてゆく。

小学生も高学年になれば、さまざまな違いが、勝ち負けとなって身にしみてくる。勉強の出来不出来や、親の仕事やお小遣いのこと、外見や性格の良し悪し、生まれつきとしかいいようのない器の差だってある、と亘は感じている。女の子たちの人気も気になるし、不公平だと思う。

大人びて勉強もできるし、驚くような美少年ぶりで女子に騒がれている、転校生の美鶴。

親しくなりたいと近づいた亘は、徹底的にバカにされ、相手にされない。亘は傷つきながら、彼の中に何か不穏なものを感じ取る。そして、興味を惹《ひ》かれる。傷ついて、ひるみながらも、なぜだろうと考え、人を知りたいと思う気持ちを持ち続ける。甘くはない、けれど、やさしさを忘れない、宮部作品ならではのまなざしに包まれて、亘を応援したくなる。

美鶴ははじめ、亘のことをジャマだと思っていたが、両親の離婚という不幸の中にいることを知って、ちらりとほんとうの姿を見せる。それはおだやかな少年の姿ではない。自分の運命を変えたいと願う、激しい怒りだった。

亘もまた運命を変えたいと望み、美鶴に導かれ、ビルの工事途中の建設現場に現れた要御扉《かなめのみとびら》から、一気に〝幻界《ヴィジョン》〟へ飛ぶ。

この扉は十年に一度だけ、開く。「命をかけて、あらゆる困難を乗り越えてでも、運命を変えたい、失ったものを取り戻したいと、強く願う人間がいなくては、扉は姿を現さない」。

幻界は、現実世界に住む人たちの想像力のエネルギーが創り出した場所だ。

そこにいるのは、オカリナのような声で歌いながら導くオレンジ色の鳥たち、旅の始まりを手助けしてくれる魔導士の老人、旅の道連れとなるトカゲに似た姿の水人族……。

普通小説のリアリティで、きっちり構築された第一部から一気に急展開、テレビゲームのようなファンタジー世界に入るので、最初はちょっととまどうけれど、すぐに幻界になじんでしまう。

貧しい北の大陸と、豊かな南の大陸。北では、アンカ族とよばれる人間に似た種族が力を握り、水人族や猫人間のネ族など他の種族を差別している。

そこは、見たこともない世界だけれど、どこか現実を写している。

世界のリアリティって何なんだろう。上辺《うわべ》はいくら嘘でも、どこかに真実だと感じられる手応《てごた》えがあれば、世界は確かにそこに現れる。すべては紙の中の出来事、それでも世界はそこにある。

亘が幻界で出会うさまざまなヒトたちは、現世にいる人々に似ているケースがある。大きくて力持ち、気さくで親切、全身ウロコに覆われた水人族のキ・キーマは、どことなく、自由人のルウ伯父さんを連想させるし、クラスメイトのカッちゃんにも似ているようだ。

おもしろいのは、あちら側の世界が、現実の世界と微妙に重なりながら、さらに先を行っていて、亘にさまざまな経験をもたらしてくれることである。

たとえば猫人間、ネ族の女の子ミーナは、亘がまだ出会っていない、中学に上がったら出会うかもしれない、芯《しん》が強くて魅力的な女の子だ。社会の治安を司るハイランダーのブランチ長、カッツ姐《ねえ》さんと、その元恋人ロンメル隊長の、〝正義〟をめぐる対立は、大きな学びとなる。

また亘は、現世では気づかなかった、自らの心の中にある父への憎しみから〝父殺し〟も経験する。これは、夢＝ファンタジーの中で行われるもので、実際に殺すわけではないが、父を赦《ゆる》し乗りこえるために必要な体験だった。

そして芦川美鶴。

現世でのあまりに過酷な運命にねじ曲がってしまった少年の様子は、読んでいるだけでも不安になってくる。なんとかならないものかと、でもやっぱりだめなんだろうかと、亘といっしょに見守ってしまう。

不器用なゆえに、よく観察し、一つ一つ考えながら、ゆっくり歩んでゆく亘。一方、頭がよく、自分の目的に向かって、わき目もふらずに進んでゆく美鶴。こんな簡単な計算問題を解くこともできないのかと呆《あき》れ、亘を嗤《わら》いながら、一見上手に世渡りしてゆく。

損得だけの計算で人生を渡ってゆけたら、どんなに楽だろうか。

人の心や世界の複雑さが見えなくなってしまった――自分の欲望のために見ないですませるようになってしまったのは、成長どころか後退でしかない。それは〝おとな〟になったのではなく、へし折れてしまったのだ。何か大きな力にねじ伏せられて、魂を入れる器が壊れてしまったのだ。

美鶴の生き方は、金にむらがり、中身のない出世ゲームに興じる一部の〝おとなたち〟の姿を思い出させる。

彼らは優秀だ。難題も器用にこなす。当たり前のようにジャマ者を押しのけ、駆け足で、手に入れたいものを目指す。だが、高い地位にふさわしい人間だとは思えない。だって、カッツがいうように、彼は「幻界なんてどうなってもいいと思ってるからだよ。(中略)自分が通り過ぎた後に死体の山ができようが、廃墟がいくつも残ろうが、おかまいなし。手っ取り早い方法を選んで、とっとと先に進めればいいと思っている」のだから。

美鶴は、最後に、大きな罪を犯す。善良で親切な皇女に取り入り、だまして、宝玉のありかを聞き出すのだ。

この部分は、読んでいてもいたましい。だまされた皇女の哀しみ、そして、だました美鶴の人としての堕落に、胸が苦しくなる。

私たちが住んでいる、ほんとうの現実世界では、このところ、勝ち組・負け組といった言葉をよく耳にする。

詐欺にあうと、まるで詐欺にあった人に落ち度があるかのように非難されたりする風潮は、どうしたことだろう。だました人は何かを盗んで得をしたのだろうか。

ほんとうに勝つこと、何が勝ちで、何が負けなのか、この本の最後に答えがある。

今回、アニメ化されるとのことで、とても楽しみだ。

アニメ映像の美しさと共に、小説の文章の美しさも味わってほしい。

この本には、すばらしい描写がたくさんある。

「あるものは頭の端から、あるものは肩の先から、またあるものは胴のなかほどから、見えない波に洗われ、崩れてゆく砂の城のように、ゴーレムたちは土に還り始めた」

なんて、スゴイでしょ？

テレビゲームのようなファンタジーの世界を、あえて文章で、小説で書くことに、作者は意味を感じているはず。言葉の持つ力を信じているのだと思う。さまざまな体験を重ねてゆく亘の気持ちと成長が、言葉でつづられることで、はっきり伝わってくる。

そして、宮部作品の最大の美質は、その奥底に善の光りを宿していることではないだろうか。

この本を読んで、私は、やろうと思いながら先のばしにしていたことを、やってみようと一歩踏み出した。この本から、勇気《ブレイブ》を一つ与えてもらった。

大人の読者はもちろん、子供たちも、ぜひ最初のページをめくってみてほしい。

あなたにも、ブレイブが宿りますように。

（この解説は、角川文庫旧版に収録されたものです）

本書は、二〇〇三年三月に小社より単行本（全二冊）として、二〇〇六年五月に角川文庫（全三冊）として刊行されました。改版にあたり角川文庫旧版（下巻）を底本としました。